# Loretta
# CHASE

# Lady Scandale

ROMAN

*Traduit de l'américain
par Anne Busnel*

*Titre original*
**YOURS SCANDALOUS WAYS**

*Éditeur original*
Avon Books, an imprint of HarperCollins Publishers, New York

© Loretta Chekani, 2008

*Pour la traduction française*
© Éditions J'ai lu, 2009

## Loretta Chase

C'est la reine incontestée, dans les pays anglophones, de la romance de type Régence, notamment avec le fameux *Lord of Scoundrels*, véritable phénomène éditorial, que les Éditions J'ai lu ont l'immense plaisir d'offrir aux lectrices françaises sous le titre *Le prince des débauchés*. Surnommée la Jane Austen des temps modernes, Loretta Chase, passionnée d'Histoire, situe ses récits au début du XIX siècle. Elle a renouvelé la romance avec des héroïnes déterminées et des héros forts, à la psychologie fouillée. Style alerte, plein d'humour, elle sait anaylser avec finesse les profondeurs de l'âme et de la passion. Elle a remporté deux Rita Awards.

# Lady Scandale

*Du même auteur*
*aux Éditions J'ai lu*

**LE PRINCE DES DÉBAUCHÉS**
*N° 8826*

*Les Carsington :*
**1 - IRRÉSISTIBLE MIRABEL**
*N° 8922*
**2 - UN INSUPPORTABLE GENTLEMAN**
*N° 8985*
**3 - UN LORD SI PARFAIT**
*N° 9054*
**4 - APPRENDS-MOI À AIMER**
*N° 9123*

# Remerciements

À Anna Baldi, grâce à qui j'ai pu faire parler mes personnages en italien.

À Owen Harpern, Sherrie Holmes, Margaret Evans Porter et Katherine Shaw dont la connaissance de la ville de Venise m'a été d'une aide précieuse.

*À ma famille et à mes amis, avec un merci tout particulier à Walter, Cynthia, Mary Jo, Nancy et la jumelle.*

# Prologue

> *J'ai besoin d'un héros…*
> Lord BYRON, *Don Juan*, Chant I[1]

*Rome, juillet 1820*

Elle le précéda dans l'escalier qui menait à sa chambre tout en ôtant ses vêtements un à un.

Marta Fazi était assurément agile. Son regard sombre demeurait rivé à celui de James tandis qu'elle poursuivait son ascension… à reculons, sans faire le moindre faux pas.

Ses dents blanches étincelèrent lorsqu'elle se débarrassa en riant de son loup de dentelle, de son voile aérien, puis de la cape qui dissimulait sa robe. Enfin, si l'on pouvait appeler ainsi ce morceau de soie et de gaze transparente qui ne semblait tenir que par quelques rubans faciles à dénouer.

Marta ne conserva que ses émeraudes : un lourd collier orné en son centre d'un spectaculaire cabochon qui reposait entre ses seins, ainsi que les boucles d'oreilles et le bracelet assortis.

---

[1]. Lord Byron, *Don Juan*, Éd. Florent Massot, 1994. Traduction et notes de Benjamin Laroche. Nouvelle édition revue, corrigée et complétée par Stéphane Michalon et Julie Pribula. Tous les extraits de *Don Juan* sont tirés du même ouvrage (*N.d.É.*).

James marqua une pause, le temps d'enlever tranquillement son manteau. Il le crocheta au bout de l'index par-dessus son épaule, puis reprit son ascension sans se départir de cet air de détachement amusé qu'il avait adopté dès le début pour ferrer le poisson.

Habituée à susciter le désir et à avoir tous les hommes à ses pieds, Marta avait vu dans cette prétendue indifférence un défi auquel elle n'avait pas su résister. James n'avait donc pas eu grand-chose à faire pour qu'elle jette son dévolu sur lui.

En réalité, la simple idée d'un contact physique avec cette femme lui répugnait. Mais puisqu'il n'avait pas le choix, il s'était contenté de montrer ses réticences, ce qui avait suffi à piquer la belle dans sa vanité.

Car belle, elle l'était. Il avait même entendu dire que lord Byron lui avait dédié un poème, qui n'était pas destiné à la publication. Il fallait avouer que son type de beauté était de ceux que les poètes se plaisent à louer : brune au tempérament volcanique, Marta était ce qu'il était convenu d'appeler « une superbe créature ».

Un genre qui ne suscitait pas un enthousiasme forcené chez James, loin s'en fallait. À trente et un ans, il avait eu son content de maîtresses pulpeuses à la sensualité débridée. Marta serait assurément la dernière. S'il survivait à cette rencontre. Dans l'hypothèse contraire aussi, d'ailleurs.

« Dans tous les cas de figure, c'est moi qui gagne », songea-t-il.

Si sa mission échouait, il mourrait lentement, dans d'horribles souffrances. Personne ne le pleurerait comme un héros tombé en pleine gloire. Personne ne se douterait qu'il avait perdu la vie en tentant de sauver le monde. Selon toutes probabilités, on ne retrouverait même pas son cadavre... ou ce qui en resterait.

« Une dernière fois, se dit-il alors que la porte de la chambre se refermait dans son dos. Pour ce maudit roi et ce maudit pays ! »

Il déboutonna son gilet, l'abandonna avec son manteau sur la chaise la plus proche, tout en continuant d'avancer vers Marta qui reculait inexorablement vers le lit.

Elle n'avait aucun mal à trouver son chemin dans la pièce plongée dans une semi-pénombre. Des domestiques avaient dû préparer la chambre peu de temps auparavant, car deux chandelles brûlaient.

Marta ne devait pas dormir souvent seule.

Cette luminosité étudiée permettait à James de distinguer ses dents étincelantes entre ses lèvres charnues, ainsi que l'éclat vénéneux, sur sa peau dorée, des émeraudes serties de diamants. Mais même dans l'obscurité totale, il l'aurait repérée au parfum capiteux et suave, semblable à celui des roses fanées, qu'elle laissait dans son sillage.

Lentement, elle fit glisser ses mains sur ses seins fermes et généreux, puis sur ses hanches pleines. Elle avait un corps à damner un saint et ne l'ignorait pas.

— Vous voyez, susurra-t-elle, je ne vous cache rien. Je m'offre entièrement à vous.

Sa façon de s'exprimer lui indiquait qu'elle avait passé la grande majorité de sa vie dans le sud de l'Italie et qu'elle avait peu – très peu – d'instruction. Il détecta également un soupçon d'accent étranger. Chypriote, selon toutes probabilités.

Lui aussi avait des origines multiples, ce qui ne l'empêchait pas de s'exprimer dans un italien parfait, la langue de sa mère. De cette dernière, il avait hérité ses cheveux bouclés d'un noir de jais, et de son grand-père son profil de patricien romain. Marta n'avait donc aucune raison de suspecter qu'il était non seulement le fils d'un aristocrate anglais, mais de surcroît agent du gouvernement de Sa Majesté.

En résumé, James Cordier était une plus grande imposture encore que cette panthère sensuelle qui lui faisait face. Le tout était qu'elle ne s'en aperçoive pas.

— Entièrement ? répéta-t-il tout en déboutonnant son pantalon. Pas tout à fait. Ces pierres sont jolies, mais votre beauté n'a nul besoin d'être rehaussée.

Sans compter qu'un collier aussi lourd n'était pas vraiment pratique quand on culbutait une fille. « Hé, tu vas me crever un chasse avec tes caillasses ! » aurait-il pu ajouter dans l'argot appris au cours de sa jeunesse tumultueuse.

Elle eut un rire de gorge :

— Un compliment, enfin ! J'ai bien cru que je n'en entendrais pas de votre bouche.

— Le spectacle que vous m'offrez me délie la langue.

— Tant mieux. Et je vois que le petit bonhomme se réveille lui aussi, commenta-t-elle en baissant les yeux sur son érection.

Normal. James n'était qu'un homme après tout, et elle était diablement excitante. Comme la plupart des femmes dangereuses.

Marta se décida à ôter ses boucles d'oreilles. Elle les posa sur la table de chevet. Puis ce fut le tour du bracelet.

James fit passer sa chemise par-dessus sa tête. Il s'approcha de la jeune femme qui avait du mal avec le fermoir du collier.

— Laissez-moi vous aider.

C'était un fermoir ancien, probablement d'origine, qui requérait de la dextérité et de l'attention. La parure n'avait pas été créée pour les occasions ordinaires, mais pour des cérémonies officielles. Elle avait appartenu à une reine plus de deux siècles auparavant. Son propriétaire actuel avait fui la France et Napoléon en emportant ses biens de valeur.

Plus tard, il avait fait rapatrier ces trésors par un homme de confiance. C'est là que Marta et deux de ses acolytes, déguisés en nonnes, avaient mis la main dessus.

Aux yeux de Marta Fazi, l'ancienneté de ces pierres chargées d'histoire ne signifiait rien. Elle avait grandi dans la rue, était quasi analphabète, dépourvue de sens moral et de scrupules. Mais elle avait un faible pour les hommes séduisants et une passion pour les émeraudes.

C'étaient là les informations que James avait pu rassembler à son sujet. Il n'avait pas besoin d'en savoir plus pour mener à bien sa mission : subtiliser la parure, prendre la poudre d'escampette, retourner les pierres à leur légitime propriétaire et laisser les diplomates s'occuper des détails.

Sur le plateau de la table de chevet, les bijoux formaient un petit monticule scintillant. Il fallait maintenant se mettre au travail.

« À la guerre comme à la guerre », s'exhorta James. Après tout, il était soldat, même s'il faisait partie d'une armée invisible. Personne n'épinglait de médaille sur la poitrine des types comme lui. Et s'il se faisait prendre, personne ne viendrait à sa rescousse.

« Alors, Jamie, mon garçon, quoi qu'il advienne, ne te fais pas pincer ! » se conseilla-t-il à lui-même.

Il donna donc à Marta ce qu'elle attendait de lui, avec vigueur et efficacité. Pour être un espion au service de la Couronne, il n'en était pas moins capable d'apprécier une bonne empoignade, surtout quand la fille était jolie.

Lorsque, enfin, Marta parut raisonnablement rassasiée – du moins momentanément –, il lui chuchota :

— Je meurs de faim. Pas toi ?

— Oh, si, acquiesça-t-elle dans un murmure. Un en-cas, un verre de vin… Histoire de reprendre des forces. Le cordon pour sonner le domestique est à ta droite.

— Laissons-le dormir. Je vais aller repérer le terrain.

Elle eut un rire ensommeillé :

— Ça ne m'étonne pas. Toi, j'ai compris que tu étais un prédateur au premier regard !

Là, elle n'avait pas tort.

Il quitta le lit. Son pantalon était à portée de main, il s'en était assuré un peu plus tôt. Il l'enfila, attrapa sa chemise. Tournant le dos à la jeune femme, il fit passer le vêtement par-dessus sa tête et, dans le même mouvement, ni vu ni connu, il escamota les émeraudes en étouffant leur cliquetis dans les plis du tissu.

Le reste fut absurdement facile. Les tentures du lit à baldaquin empêchaient Marta de voir la chaise sur laquelle il avait laissé son gilet et son manteau. Il s'en saisit au passage, et se glissa hors de la pièce.

Un autre aurait attendu pour s'éclipser que la jeune femme se soit endormie. Mais James était dans l'état d'esprit de lady Macbeth : « Si, une fois fait, c'était fini, il serait bon que ce fût vite fait. ».

Dans cette affaire, la célérité était essentielle. Marta ne tarderait pas à remarquer la disparition des pierres. Et il y avait gros à parier qu'elle prendrait très mal la chose. Le dernier qui avait eu le malheur de lui déplaire avait perdu ses parties intimes. Morceau par morceau.

James n'avait sans doute que quelques minutes devant lui. Quelques secondes, peut-être.

Il dévala l'escalier.

Une seconde. Deux. Trois. Quatre. Cinq. Six. Sept…

— Arrêtez-le ! hurla-t-elle. Arrêtez cet homme ! Brisez-lui les jambes !

James atteignait le palier quand une grosse brute jaillit en haut de l'escalier. Vif comme l'éclair, il plongea de côté en détendant d'un coup sec son bras aux muscles raidis. Le balourd ne fut pas assez rapide pour l'éviter et se le prit en pleine gorge.

Basculant en arrière, il plongea dans l'escalier tête la première.

À l'étage supérieur, Marta vociférait en grec, appelait ses hommes, leur enjoignait de capturer le fuyard vivant. Elle avait quelques projets le concernant.

Un poignard frôla la tête de James dans un sifflement menaçant.

Glapissant toujours, Marta décrivait les sévices qu'elle comptait lui faire subir, et quelles parties de son anatomie elle découperait en premier.

James bondit par-dessus le corps du costaud inanimé, traversa le hall au pas de course.

Une porte s'ouvrit à la volée et une deuxième brute fonça sur lui. James réitéra le coup du bras d'acier, qu'il accompagna cette fois d'un uppercut au plexus solaire. Les jambes du rufian plièrent sous son poids et il s'effondra à terre. Un craquement retentit, qui lui arracha un hurlement de douleur.

Rotule brisée, supputa James.

Les braillements de Marta couvraient largement les gémissements de l'homme.

James n'avait aucune raison de s'attarder.

L'instant d'après, il franchissait le seuil.

Et, en un clin d'œil, il se fondit dans la nuit.

# 1

*Ô vous tous qui n'avez jamais vu de gondole,*
  *Écoutez ce que c'est : – c'est un étroit bateau*
*Long, couvert, très-commun à Venise, et qui vole*
*Comme l'oiseau de mer, doucement, rasant l'eau.*
*Une image quelconque est sculptée à la proue ;*
  *Noir est l'extérieur, peu coquet je l'avoue,*
  *– On dirait un cercueil posé sur un canot ;*
  *– C'est une invention selon moi sans pareille,*
*On s'y dérobe aux yeux indiscrets à merveille,*
*Et de ce qu'on y dit l'on n'entend pas un mot.*
                                    Lord BYRON, *Beppo*[1]

*Venise, mardi 19 septembre 1820*

Des pénis. Partout.

Pensive, Francesca Bonnard contemplait le plafond du salon de son hôtel particulier, le *palazzo* Neroni, qu'elle louait depuis son installation à Venise.

Un siècle ou deux plus tôt, la famille Neroni s'était prise de passion pour les moulures et sculptures de plâtre ornementales. En conséquence, les murs et le

---

1. Lord Byron, *Beppo*. Traduction de S. Clogenson, Éd. Michel Levy Frères, 1865. Tous les extraits de *Beppo* sont tirés du présent ouvrage (*N.d.É.*).

plafond du salon étaient encombrés de rosaces, tentures, fruits, fleurs et personnages de plâtre.

Mais le plus fascinant, aux yeux de Francesca, étaient ces angelots dodus appelés *putti*. Ils gambadaient au plafond, se dissimulaient à demi entre deux pans de rideaux, ou s'agrippaient au cadre des fresques. Ce n'étaient pas les seules statues présentes, puisqu'on comptait également quatre vestales aux seins dénudés qui se dressaient aux angles de la pièce, ainsi que quatre adonis musclés qui paraissaient soutenir les cloisons. Mais les *putti* les dépassaient largement en nombre.

Tous ces petits mâles dans le plus simple appareil exhibaient autant de petits pénis. Une bonne quarantaine la dernière fois qu'elle les avait comptés. Encore qu'aujourd'hui, Francesca avait l'impression qu'ils étaient plus nombreux. Se reproduisaient-ils spontanément, ou étaient-ce que les quatre adonis et les quatre vestales bien en chair se mettaient à fricoter à peine la maisonnée endormie ?

Depuis trois ans qu'elle vivait ici, Francesca avait visité nombre de demeures vénitiennes au luxe ostentatoire. Toutefois, la sienne les battait à plates coutures dans la catégorie « excès en tout genre ».

C'était aussi la seule maison où l'on pouvait admirer autant d'organes reproducteurs masculins prépubères.

Francesca se tourna vers son amie Giulietta.

— Je ne devrais plus y faire attention, mais ils attirent tellement l'œil. Les gens qui viennent ici pour la première fois en restent bouche bée. J'y ai bien réfléchi, et je suis sûre maintenant que Dante s'est inspiré du *palazzo* Neroni pour écrire son *Enfer*.

— Ma foi, laisse donc tes visiteurs reluquer les *putti* si ça leur chante, rétorqua Giulietta qui, le coude posé sur le bras du fauteuil et le menton calé au creux de la main, regardait elle aussi le plafond.

Pendant ce temps-là, tu peux les dévisager à ta guise sans passer pour un grossier personnage.

Les deux jeunes femmes ne se ressemblaient pas du tout. Francesca était élancée, d'une beauté exotique, tandis que Giulietta était plus petite, avec quelque chose de doux dans les traits. Son visage en forme de cœur et ses yeux noisette à l'expression candide pouvaient laisser croire qu'elle n'était qu'une innocente jeune fille. À vingt-six ans, elle avait un an de moins que Francesca, mais une expérience de la vie dix fois supérieure.

Jamais personne n'aurait eu l'idée de qualifier Francesca Bonnard de « douce », elle le savait. De sa mère, elle avait hérité les traits réguliers et les yeux en amande d'un vert inhabituel. Son épaisse chevelure châtaine lui venait de sa grand-mère paternelle, une Française, et le reste de sir Michael Saunders, son bon-à-rien de père.

Les Saunders étaient plutôt grands, et Francesca l'était aussi – comparée, du moins, à la plupart des femmes. Ces quelques centimètres supplémentaires avaient incité les caricaturistes à la surnommer « La Géante », ou encore « L'Amazone », dans les billets calomnieux qui avaient été publiés dans les gazettes au moment de son divorce.

Cela faisait maintenant cinq ans qu'elle était séparée de John Bonnard – qui s'était récemment vu attribuer une baronnie et portait désormais le titre de lord Elphick. Depuis, Francesca avait cessé de croire à des chimères telles que l'amour et le mariage. Et aujourd'hui, elle assumait fièrement sa taille, marchait la tête haute, et soulignait par sa mise les courbes voluptueuses dont la nature l'avait dotée.

Autrefois, les hommes l'avaient trahie, blessée, abandonnée.

Mais c'était bien fini.

À présent, ils rampaient à ses pieds dans l'espoir d'un regard.

Ce jour-là, elle attendait la visite de plusieurs admirateurs, ce qui expliquait pourquoi elle ne recevait pas son amie Giulietta dans le petit boudoir qui jouxtait sa chambre, et dont l'ambiance était bien moins oppressante que celle du *Putti Inferno*. Ce boudoir était réservé à ses intimes, et elle n'avait pas encore décidé lequel de ses visiteurs aurait droit à ce statut.

Rien ne pressait, du reste.

Quittant le canapé sur lequel elle se prélassait – dans une posture nonchalante qui aurait horrifié sa vieille gouvernante –, elle s'approcha de la fenêtre qui surplombait le canal.

Ce n'était pas *le* canal, à savoir le Grand Canal de Venise, mais l'un des plus larges parmi ceux qui constituaient le dédale de voies aquatiques de la cité, également appelées *rii*. Et même si le Grand Canal n'était guère éloigné, le canal qui longeait le *palazzo* Neroni était l'un des plus tranquilles de Venise.

Ce n'était pas un bel après-midi. La pluie crépitait sur le balcon et, de temps en temps, une bourrasque de vent secouait les carreaux. Francesca promena les yeux sur le morne paysage… et cilla à plusieurs reprises.

— Bonté divine, je crois qu'il y a du monde en face ! s'exclama-t-elle.

— Tu veux dire à la *Ca'*Munetti ? Vraiment ? s'étonna Giulietta qui se leva à son tour pour la rejoindre.

À travers le rideau de pluie, on discernait la silhouette sombre d'une gondole. Celle-ci venait de se ranger devant la façade du *palazzo* qui se dressait sur la rive opposée du canal.

*Ca'* était la contraction qu'utilisaient les Vénitiens pour le mot *casa*, maison. Jadis, seul le palais des

Doges était désigné comme un *palazzo*. Toute autre demeure n'était alors qu'une simple *casa*. Mais à présent, n'importe quelle habitation, grande ou petite, luxueuse ou modeste, s'arrogeait fièrement le titre de *palazzo*.

À première vue, il n'y avait aucune raison pour que celle d'en face fasse exception à la règle.

Vue de l'extérieur, sa façade était en tous points semblable à celle du *palazzo* Neroni. Un portail qu'on franchissait sitôt descendu de la gondole donnait accès à l'*andron*, sorte de grand vestibule. Des fenêtres agrémentées de balcons en fer forgé s'alignaient le long du *piano nobile*, ou « bel étage ». Au-dessus se trouvait un autre niveau, moins luxueux, et plus haut encore les soupentes qui abritaient les quartiers des domestiques.

Cela faisait toutefois plus d'un an que la *Ca'*Munetti était inhabitée.

— Il n'y a qu'un seul gondolier, remarqua Francesca. Et deux passagers, dirait-on. C'est tout ce que je vois avec cette maudite pluie.

— Ils n'ont pas de bagages, apparemment.

— Peut-être leurs malles ont-elles été déjà expédiées ?

— Tu crois ? Personne ne semble les attendre. Regarde, la maison est plongée dans l'obscurité.

— Ils n'ont sans doute pas eu le temps d'engager des domestiques, supposa Francesca.

Les Munetti avaient emmené les leurs en partant. Même s'ils n'étaient pas aussi désargentés que la plupart des vieilles familles vénitiennes, ils avaient probablement trouvé la vie à Venise trop onéreuse ; à moins qu'ils n'aient renoncé à vivre dans une ville tombée sous la coupe des Autrichiens. Toujours est-il qu'à l'instar des propriétaires du *palazzo* Neroni, ils préféraient louer leur maison à des étrangers.

— C'est curieux de venir s'installer à Venise à cette époque de l'année, fit observer Giulietta.

— Qui sait, nous avons peut-être lancé la mode ? D'un autre côté, s'il s'agit d'étrangers, ils ne savent tout simplement pas que ce n'est pas la bonne période.

Tous ceux qui en avaient les moyens fuyaient Venise durant les chaleurs moites et suffocantes de l'été. Dès juillet, les nantis regagnaient leurs villas du continent et se gardaient de revenir avant la Saint-Martin, soit le 11 novembre, qui annonçait le retour de l'hiver.

Pour sa part, Francesca avait quitté quelque temps plus tôt la villa du comte de Magny, située à Mira, suite à une querelle qui avait pour objet un ami en visite, un certain lord Quentin fraîchement débarqué d'Angleterre. Ici, chez elle, à Venise, elle n'avait de comptes à rendre à personne. Et elle n'était pas le point de mire des villageois ébaubis. De toute façon, elle n'avait pas une passion pour la campagne et préférait de loin la vie citadine.

Parfois – rarement –, Londres lui manquait. Mais de moins en moins. Au début, elle avait vraiment eu le mal du pays, même si elle ne l'avait jamais avoué.

Un domestique fit son entrée pour dresser la table à thé.

— Arnaldo, avez-vous des nouvelles de la *Ca' Munetti* ? interrogea Francesca.

— Oui, madame. Des bagages sont arrivés hier, en fin d'après-midi. Juste quelques malles. Ces gens ont engagé le gondolier Zeggio, qui est le cousin de la femme du cousin de notre cuisinier. Il dit que son nouveau maître est apparenté à la famille Albani. Apparemment, il souhaite étudier avec les moines arméniens, comme l'a fait votre ami lord Byron.

Giulietta arqua les sourcils et échangea un regard entendu avec Francesca. Puis elles éclatèrent de rire.

— Byron a peut-être étudié au monastère de San Lazzaro, mais il n'avait rien d'un *moine*, pouffa Giulietta.

Francesca reprit son sérieux et, les yeux fixés sur le portail qui s'ouvrait de l'autre côté du canal, murmura :

— Tout de même, juste deux domestiques…

— Le nouveau locataire est peut-être vénitien, après tout ? Et dans ce cas, il n'a pas de quoi payer les gages d'une domesticité nombreuse. Seuls les étrangers et les courtisanes peuvent s'offrir une brigade de gens de maison.

Arnaldo se retira et la conversation se poursuivit entre les deux femmes.

— Mon nouveau voisin serait donc un étranger sans fortune. Ou un ermite, supputa Francesca.

— Dans un cas comme dans l'autre, il ne nous intéresse pas.

— Oh, Seigneur non ! s'esclaffa Francesca.

Son rire joyeux, d'une sensualité grisante, était aussi célèbre que sa beauté. Peut-être même plus.

Quand son divorce l'avait mise à l'écart de la bonne société, elle avait dû apprendre à manipuler les hommes. Et elle s'était révélée bonne élève. Fanchon Noirot, son mentor parisien, lui avait même dit qu'elle possédait un véritable don.

Francesca avait appris à parler aux hommes et, plus important encore, à les écouter.

Pourtant, quand elle riait, les hommes se taisaient, totalement sous le charme.

Lord Byron lui avait d'ailleurs dit à ce propos :

— Quand vous riez, ma chère, les hommes retiennent leur souffle.

— Ils feraient mieux de retenir les cordons de leur bourse ! avait-elle répliqué.

Il avait ri, quoique d'un air contrit, car c'était la stricte vérité.

Francesca Bonnard était une courtisane, et elle pratiquait des tarifs si prohibitifs que peu d'hommes étaient en mesure de s'offrir ses faveurs. Lord Byron, lui, n'en avait pas les moyens.

*Pendant ce temps, de l'autre côté du canal*

De toutes les villes du monde, il avait fallu qu'elle choisisse celle-ci.

C'était diablement gênant.

Sans parler de l'humidité.

La gondole de James avait quitté la terre ferme sous le crachin, mais c'est sous un véritable déluge qu'elle avait longé le Grand Canal. On avait été obligé de calfeutrer la *felze*, cette petite cabine amovible qui abritait les passagers en cas de mauvais temps.

À travers les lames des volets de bois noir, James n'avait entrevu que l'image floue des façades et des portails, sans rien entendre d'autre que le tambourinement de la pluie sur le pont.

Pour un peu, on se serait cru dans ces Enfers auxquels croyaient ses ancêtres romains. La gondole aurait tout aussi bien pu flotter sur le Styx, parmi les ombres des morts.

Les pensées de James avaient cessé de vagabonder lorsqu'il avait entendu l'écho du raclement des rames contre la coque, signe qu'ils passaient sous un pont. Le gondolier avait annoncé dans la foulée :

— *Ponte di Rialto.*

Le type se nommait Zeggio. À première vue, il semblait trop jeune pour mener une embarcation, si petite soit-elle, trop joli garçon pour effectuer un travail aussi physique, et trop naïf pour être pris au sérieux par qui que ce soit.

Ce physique ingénu expliquait que les collègues de James voient en Zeggio le guide idéal pour circuler dans Venise. En réalité, l'homme, âgé de trente-deux ans, était loin d'être candide. Le gouvernement britannique avait eu plusieurs fois recours à ses services si bien qu'il était devenu un agent local très apprécié.

Au demeurant, il aspirait à devenir le James Cordier vénitien.

Le pauvre idiot.

Après avoir quitté le Grand Canal pour bifurquer dans une voie navigable plus étroite, puis une autre encore, la gondole s'était enfin immobilisée devant la *Ca'* Munetti.

— Ah, Venise! Un endroit merveilleux, vraiment! grinça James, en englobant d'un regard circulaire les façades grises des maisons environnantes et les silhouettes anthracite des gondoles.

Sedgewick, qui avait été son ordonnance dans l'armée, marmonna quelques paroles inintelligibles. De petite taille, il avait un physique passe-partout qui faisait que les gens ne remarquaient jamais sa présence. C'était en général leur première erreur. Parfois leur dernière.

— Que dis-tu, Sedgewick?

— Que je préférerais être en Angleterre, grommela l'autre.

— Tu n'es pas le seul.

Il aurait certes fait plus froid là-bas, et certainement pas plus beau. Mais enfin, l'Angleterre était l'Angleterre, pas l'une de ces maudites contrées grouillant d'étrangers. Non pas que James puisse se considérer comme un étranger à Venise. Sa mère était apparentée à la moitié des grandes familles italiennes. Son arbre généalogique était aussi distingué que celui de lord Westwood, son père.

Mais Venise n'était pas l'Italie.

Venise, c'était… Venise.

Alors que Zeggio amarrait la gondole au poteau qui émergeait des eaux noires, James jeta un coup d'œil à la demeure qui faisait face à la *Ca'* Munetti.

C'était là qu'*elle* habitait.

Elle, c'est-à-dire Francesca Bonnard, fille d'un escroc notoire, feu sir Michael Saunders; et ex-épouse d'un prétendu parangon de vertu, lord Elphick; à présent la courtisane la plus chère de Venise.

Trois siècles plus tôt, ce titre de gloire aurait symbolisé une éclatante réussite sociale. Ce n'était plus aussi vrai aujourd'hui. Venise n'avait plus ce rayonnement mondial, surtout depuis quelques décennies. Néanmoins, « La Bonnard », comme on l'appelait, était réputée pour pratiquer les tarifs les plus outranciers de toute la Vénétie, et peut-être bien de tout le continent européen selon certains.

Pourquoi la reine des courtisanes était-elle venue s'installer à Venise ? La cité légendaire était pauvre, la plupart des riches familles aristocratiques l'ayant désertée, et la foule de visiteurs qui y affluait autrefois s'était considérablement réduite.

Alors oui, pourquoi n'était-elle pas restée à Paris où elle avait connu la gloire trois ou quatre ans plus tôt, là où elle pouvait sélectionner à sa guise ses protecteurs parmi une multitude de nobles fortunés ?

Ou pourquoi pas Vienne ?

Ou Rome ? Ou Florence ?

Il le découvrirait sans doute tôt ou tard, si cette information se révélait capitale. Et mieux valait tôt que tard. Car à cause d'elle, il avait dû reporter des projets qui lui tenaient à cœur.

Après avoir récupéré les émeraudes dérobées par Marta Fazi, il les avait restituées à leur propriétaire. Ce dernier, en échange du service rendu, avait signé un important traité avec le gouvernement britannique. Et avait gratifié James d'une généreuse récompense au passage.

Cette mission était censée être sa dernière. À l'heure qu'il était, il aurait donc dû faire route vers l'Angleterre afin de jouir d'une retraite bien méritée.

Mais non.

Aussi était-il en train de vouer Francesca Bonnard aux gémonies quand le portail s'ouvrit en grinçant.

Il sauta sur la margelle de pierre et, la seconde d'après, pénétra dans l'*andron*, une pièce aux murs lambrissés de bois sombre. Il y faisait froid et une odeur de moisi flottait dans l'air.

James et Sedgewick suivirent Zeggio dans l'escalier qui les mena à l'étage – le *piano nobile*. Puis ils débouchèrent dans un vaste hall, le *portego* comme l'appelaient les Vénitiens, qui traversait la maison de part en part.

L'endroit était clairement conçu pour épater la galerie. Une rangée de lustres courait sur toute la longueur du plafond, parallèlement à la ligne de candélabres posés sur des tables, le long du mur. Bien entendu, les pampilles des lustres et les coupelles des candélabres étaient en verre de Murano et devaient refléter les flammes des bougies dans une extraordinaire féerie lumineuse, encore accentuée par les dorures de la décoration.

Consterné, Sedgewick secoua la tête et marmotta :

— Il ne manquait plus que ça. Mais quelle sorte de gens peuvent bien construire une ville sur pilotis au beau milieu d'un marais ?

— Les Italiens, rétorqua James. Ce n'est pas un hasard si, autrefois, ils dirigeaient le monde, et si Venise régnait sur toutes les mers du globe. Admets au moins qu'ils étaient de grands ingénieurs.

— J'admets juste qu'il y a tout ce qu'il faut ici pour attraper la malaria et le typhus.

Zeggio intervint :

— Oh, vous ne tomberez pas malade à cette période de l'année ! La malaria vient seulement en été et le typhus au printemps.

— Ça nous laisse quand même la pneumonie, l'angine purulente ou une bonne phtisie, grogna Sedgewick.

— Je te reconnais bien là, Sedgewick, commenta James. Toujours à voir le bon côté des choses.

Zeggio les précéda dans une pièce située au bord du canal.

— Vous verrez qu'en automne et en hiver, Venise est bien plus agréable que le continent, assura-t-il. C'est pour ça que tout le monde revient le jour de la *San Martino*.

Tout le monde sauf *elle*.

Elle avait récemment résidé à Mira, dans la villa d'été du comte de Magny, dont elle avait fait la connaissance à Paris et qui était sans doute un ancien amant – ou peut-être un amant actuel, la rumeur restait floue sur ce détail.

Mais fin août, après avoir eu plusieurs conversations avec lord Quentin, le supérieur de James, Francesca Bonnard avait abandonné Magny aux beautés locales pour rentrer à Venise avec armes et bagages.

Lord Quentin n'avait pas réussi à la persuader de lui rendre certaines lettres qu'elle avait en sa possession. D'autres agents avaient bien tenté de les récupérer par des méthodes plus sournoises, en vain. Lord Quentin avait alors convoqué James, qui venait tout juste de boucler sa malle et s'apprêtait à embarquer sur le premier bateau en partance pour l'Angleterre… loin des conspirations, assassins et prostituées sanguinaires qui avaient jusqu'alors constitué son quotidien.

À quand remontait sa dernière conversation avec des gens respectables aux petits secrets anodins, des gens normaux en somme ? La dernière fois où il s'était retrouvé en compagnie de gens, hommes ou femmes, qui n'appartiennent pas à la lie de la société datait de quand ? Quand avait-il pour la dernière fois croisé le regard innocent d'une vraie jeune fille – autre que sa sœur ?

Il ne s'en souvenait même plus.

Avec un soupir, il reporta son attention sur son environnement.

Il y avait là de la soie, du velours et des dorures à profusion, et cependant, l'ambiance générale de cette pièce était plus domestique que celle du *portego*. Il y faisait également plus chaud, car on avait allumé un feu dans la cheminée avant leur arrivée. Ce qui n'empêchait pas les lieux de dégager une atmosphère morne et surannée.

— Démodé et décati, lâcha Sedgewick, qui regardait autour de lui d'un œil critique.

— Venise est comme une belle *cortigiana* – une courtisane – qui a connu sa minute de triomphe, expliqua Zeggio dans son anglais parfois approximatif.

— Son heure de gloire, corrigea James.

— Son heure de gloire, répéta Zeggio.

James s'approcha d'une fenêtre pour jeter un coup d'œil au canal étroit. Il entrevit une silhouette féminine qui passait devant la fenêtre d'en face. Un moment plus tard, elle refit son apparition et s'immobilisa devant la croisée. En dépit de la pluie qui masquait les détails et de la rosace de pierre qui protégeait le carreau, il recula spontanément dans l'ombre. Se cacher était une seconde nature chez lui.

— La dame est chez elle aujourd'hui, indiqua Zeggio, qui l'avait rejoint. Son amie aussi. Cette gondole, là, c'est celle de la *signorina* Sabbadin. Elles prennent le thé ensemble presque tous les jours. Elles sont comme ça, ajouta-t-il en levant la main, l'index et le majeur collés. Comme des sœurs. Tous ses amis ont suivi la dame à Venise parce qu'ils s'ennuient sans elle. Mais ici, on ne s'embête jamais. Il y a l'opéra, les ballets, les pièces de théâtre. Et bientôt, après Noël, le carnaval commencera.

James regardait la pluie tomber.

— Sedgewick, si jamais nous sommes encore là quand le carnaval débutera, tu es autorisé à m'abattre.

— Bien, monsieur. Dans ce cas, il faudrait peut-être se mettre tout de suite au travail, suggéra l'ancien ordonnance.

James hocha la tête.

— Zeggio, va te renseigner pour savoir où elle va ce soir. Il faut que je m'habille en conséquence.

— Elle ira à La Fenice, sans aucun doute.

— Ah oui. Le plus bel opéra de Venise. C'est l'endroit où il faut se montrer, n'est-ce pas ?

— Ce soir, on y donne *La Gazza Ladra*, de Rossini.

— *La Pie voleuse*, traduisit James pour Sedgewick, dont les nombreux talents n'incluaient pas la connaissance de langues étrangères.

— Cet opéra, elle y va tout le temps, précisa encore Zeggio. Mais je poserai la question, pour être tout à fait sûr. Je me débrouillerai pour que quelqu'un vous emmène dans sa loge pour faire les présentations, d'accord ?

— Non. Je ne veux pas lui être présenté tant que je n'ai pas compris qui elle est. Il me faut un jour ou deux, le temps de la cerner.

— Il faut d'abord connaître la cible, expliqua doctement Sedgewick. Mais mon maître n'a pas de mal à comprendre les femmes. Celle-ci ne lui causera pas plus de difficultés que les autres.

— Puisse-tu dire vrai ! soupira James.

Remarquant qu'une grande gondole guidée par deux gondoliers approchait du *palazzo* Neroni, il demanda :

— Qui est-ce ?

Zeggio tendit le cou et étudia l'embarcation avant de répondre :

— Ah, celui-là ! Il est arrivé à Venise peu de temps après elle. C'est le prince héritier de Gilénie. Un blond aux cheveux bouclés, très beau. Un peu stupide aussi. Mais il paraît qu'elle l'aime bien.

Le royaume de Gilénie n'était qu'un point minuscule sur la carte de l'Europe. Mais dans le métier de James, on connaissait le moindre de ces minuscules points.

— Le prince Lurenze, acquiesça-t-il. Un gamin de, quoi ? vingt et un ans tout au plus ?

— Avec tout le respect que je vous dois, monsieur, vous aviez six ans de moins quand vous avez été recruté, lui fit remarquer Sedgewick.

— C'est vrai, renchérit Zeggio, enthousiaste. Le *signor* Cordier est une légende ! Je pensais même que vous n'étiez qu'un mythe avant de vous voir de mes propres yeux.

— Peut-être, reprit James, mais il y a un monde entre un jeune casse-cou britannique, fût-il le fils cadet d'un aristocrate, et l'héritier d'une des plus vieilles monarchies européennes. Croyez-moi, Lurenze a eu une enfance bien plus protégée. Il a été élevé dans un cocon. Je m'étonne même que ses parents lui aient permis de sortir de leur champ de vision.

— Il est venu avec toute une escorte, l'informa Zeggio. Une tripotée de diplomates qui sont aux petits soins pour lui. Et ça lui complique beaucoup la vie avec les dames : le pauvre, il n'est jamais seul !

— Cela doit pimenter la situation dans les boudoirs. Du moins s'il les fréquente.

— Vous croyez que le prince est encore puceau ? s'enquit Sedgewick.

— Je ne parierais pas là-dessus. Quoi qu'il en soit, son expérience doit être très limitée. Bref, il ne constituera pas un problème, assura James avec un geste de la main. Et si Magny reste en villégiature comme tous les gens raisonnables, il n'y aura pas non plus de souci de ce côté-là.

— Et la dame ? s'inquiéta Zeggio.

Cette fois, ce fut Sedgewick qui répondit d'un ton catégorique :

— Les dames ne sont jamais un problème pour le maître. Jamais !

*Pendant ce temps, à Londres*

John Bonnard, baron d'Elphick, était assis à son bureau. Il venait de fêter son quarantième anniversaire, mais ses cheveux blond foncé étaient encore épais, ses yeux noisette brillaient, et il avait encore la plupart de ses dents. L'un dans l'autre, même s'il n'était pas très grand et manquait de carrure, il était considéré comme l'un des hommes les plus séduisants d'Angleterre.

Toutefois, si les observateurs avaient pu lire en lui, ils auraient eu une tout autre opinion.

À cet instant précis, il trahissait un peu de sa réelle personnalité en arborant la mine la plus renfrognée qui soit. Une lettre était posée devant lui, toute chiffonnée, comme si elle avait été roulée en boule avant d'être dépliée, puis lissée du plat de la main.

La plupart des missives que lui envoyait son ex-femme subissaient le même sort. Mais, bizarrement, aucune n'avait fini au feu.

La frêle femme brune qui se tenait de l'autre côté du bureau regarda la lettre, puis leva ses beaux yeux sur John. Depuis vingt ans, Johanna Ide était la maîtresse d'Elphick, et sa complice en toutes choses. Elle avait été maintes fois témoin de cette scène, néanmoins, elle s'abstint de hausser les épaules, consciente que, cette fois, les choses n'avaient pas tourné comme ils l'espéraient.

Une autre lettre était arrivée. Et, comme d'habitude, cela avait mis Elphick de mauvaise humeur.

— La garce, gronda-t-il.

— Je sais, très cher. Mais elle ne vous ennuiera plus très longtemps.

Il releva brusquement la tête.

— C'est vrai. Tout est prêt. J'ai reçu un message ce matin même. Marta Fazi est sortie de prison. Il aura fallu le temps et cela m'a coûté assez cher, mais enfin, c'est fait. Elle doit être en route pour Vérone, à moins qu'elle ne soit déjà arrivée.

Ce fut au tour de Johanna de se rembrunir. Elle connaissait Marta Fazi, dont Elphick se servait depuis des années et qui faisait partie de son harem. Chacune était persuadée d'être la seule à posséder le cœur du baron. Johanna, moins naïve, encourageait ces liaisons. Les affaires étaient les affaires, et leur entreprise se montrait florissante.

S'ils avaient été dépourvus de sens pratique, Elphick et elle se seraient officiellement unis des années plus tôt. Mais comme une ambition égale les dévorait – ils étaient sur ce point de vraies âmes sœurs –, chacun s'était marié de son côté.

À présent, Johanna était veuve et Elphick divorcé. Pourtant, ils n'étaient guère pressés de convoler. Il faudrait d'abord que tout soit en ordre, c'est-à-dire que son ex-femme soit hors de combat et qu'il obtienne le poste de Premier ministre qu'il briguait.

Le plus important pour l'heure était de faire en sorte que personne ne soupçonne quel genre d'homme Elphick était en réalité. Et pour cela, Johanna était prête à se battre comme une lionne à ses côtés.

— Je sais ce que vous pensez, reprit-il. Vous préféreriez que j'emploie quelqu'un d'autre pour récupérer ces lettres.

— Fazi sait à peine lire !

— Elle saura reconnaître mon écriture. Je lui ai envoyé assez de billets doux ! Et on lui dira quels noms chercher, c'est tout ce qu'elle a besoin de savoir.

— Elle est aussi un peu dérangée…

— Elle peut bien faire ce qu'elle veut à Francesca, du moment qu'elle me rapporte les lettres.

— Je n'y vois personnellement aucun inconvénient, mais je voudrais être tout à fait sûr que Marta aura bien ces lettres *avant* que votre ex-épouse n'ait un accident fatal.

— Marta n'a pas pour habitude de tuer ses rivales. Il est plus probable qu'elle se contente de défigurer Francesca. Auquel cas cette putain pourra dire adieu à ses riches amants !

Le véritable problème provenait plutôt de ces derniers.

Cinq ans plus tôt, Francesca Bonnard avait volé dans ce même bureau ces fameuses lettres qui, lues par une personne au fait du genre de missives qui s'échangeaient entre espions, pouvaient se révéler terriblement compromettantes.

Par chance, à l'époque où Francesca les avait dérobées, elle était l'une des femmes les plus vilipendées de Grande-Bretagne. Aurait-elle tenté à ce moment-là de dévoiler les liens secrets que son mari entretenait depuis des années avec les autorités françaises que personne ne l'aurait crue. On aurait supposé d'emblée que ces lettres étaient des faux motivés par un farouche désir de revanche et la volonté d'entraîner son mari dans sa chute. Peut-être même aurait-il pu contre-attaquer en la faisant condamner pour diffamation.

Mais, évidemment, elle avait été plus maligne. Elle s'était bornée à quitter le pays et avait embrassé le plus vieux métier du monde, tandis que John

Bonnard, de son côté, avait continué de grimper les échelons dans son parti.

Aujourd'hui, il était baron. Il s'était fait quelques ennemis en chemin, et ces gens cherchaient maintenant à l'abattre par tous les moyens. Il avait entendu dire que l'un de ses détracteurs les plus acharnés, lord Quentin, se trouvait actuellement en Italie.

Ce n'était pas bon signe.

Depuis son départ, au lieu de sombrer dans la débauche pour finir ruinée, rongée par la vérole et à moitié folle – comme Johanna et Elphick en avaient tout d'abord été persuadés –, Francesca Bonnard avait aussi grimpé les échelons.

Elle fréquentait désormais des hommes très influents.

Et représentait donc un véritable danger.

*Pendant ce temps, à Vérone*

— Vous ne comprenez donc pas ? cria Marta Fazi à l'homme qui venait d'apporter un message au petit cottage dans lequel elle résidait. J'ai perdu mes meilleurs hommes à cause de ce porc de Romain ! Il m'en a estropié deux qui ne seront plus bons à rien. Et six ont été emmenés en prison par les soldats. Ils y moisissent toujours !

— Mais nous vous avons fait sortir, objecta le messager. Et cela nous a coûté une petite fortune en pot-de-vin.

— J'en vaux la peine, rétorqua Marta avec suffisance. Et lord Elphick le sait très bien. Mais que voulez-vous que je fasse sans mes hommes de main ?

— Vous n'avez qu'à en engager d'autres.

Marta fronça soudain les sourcils. Son regard se fixa sur un point situé derrière le messager. Elle le contourna et se dirigea vers une petite statuette posée sur une étagère qu'elle fit pivoter face contre le mur.

— Pourquoi elle me regarde comme ça ? marmonna-t-elle. Elle sait pourtant ce que j'ai enduré. Ce sale type... Qu'il rôtisse en enfer !

— Peu importe ce type.

Elle fit volte-face, les yeux étincelants de rage.

— Peu importe ? glapit-elle. Vous savez ce qu'il m'a fait ?

— Je sais qu'il vous a fait perdre votre sang-froid, ce qui vous a valu d'échouer en prison. Du coup, nous avons été obligés de payer...

— Mes émeraudes ! hurla-t-elle. Mes belles émeraudes ! Il les a prises !

— Il y a plus important... tenta d'arguer le messager.

— Seules les reines portent ces émeraudes ! coupa-t-elle, avant de geindre, les mains pressées sur sa poitrine : Elles étaient à moi. Vous savez ce que j'ai dû faire pour les avoir ? Oh, je les aimais comme des enfants ! Mes petits bébés chéris. Je n'en retrouverai jamais d'aussi belles...

Ses yeux sombres s'étaient remplis de larmes. Cette femme, capable de mutiler ses adversaires juste pour s'amuser, de tuer sans se départir de son sourire, pleurait à chaudes larmes sur ces cailloux verts.

— Quand je retrouverai ce porc, quand je mettrai la main sur lui... articula-t-elle, hagarde.

— Vous le chercherez plus tard. Pour l'heure...

— Qui est cet homme ? Comment s'appelle-t-il ?

— Nous n'en savons rien. Nous n'avons pas le temps de procéder à une enquête. Oubliez-le. Oubliez ces maudites émeraudes. Vous ne les retrouverez jamais, de toute façon. Elles sont retournées dans les coffrets royaux dont vous les aviez tirées.

— Non !

Marta s'empara de la statuette sur l'étagère et la lança à travers la pièce. Elle heurta le dossier d'une chaise et se brisa en mille morceaux.

— Oublier ? répéta-t-elle. Marta Fazi n'oublie jamais ! Il ne m'a même pas laissé un bracelet. Pas un. Rien ! Toutes mes émeraudes, parties. Disparues !

— Mais *elle*, elle a des bijoux, lui rappela le messager. Des bijoux magnifiques. Tout le monde le sait.

La tempête s'éteignit aussi vite qu'elle s'était déchaînée.

Le messager poursuivit :

— Mme Bonnard possède des saphirs, des perles, des rubis, des diamants. Et, bien sûr, des émeraudes.

— Des émeraudes ?

Marta eut le sourire d'un enfant à qui on vient de proposer une confiserie.

— Des émeraudes splendides qui ont autrefois appartenu à l'impératrice Joséphine. Trouvez ces lettres, et personne ne se formalisera si vous emportez quelques babioles en partant. Si vous rapportez à Sa Seigneurie les papiers demandés, Elle vous offrira les bijoux de la Couronne.

*Venise, cette nuit-là, à l'opéra*

Officiellement, la saison n'avait pas commencé, pourtant les loges et la corbeille de La Fenice étaient quasiment remplies. James savait qu'il y avait deux raisons à cela : tout d'abord, on jouait *La Pie voleuse* de Rossini, un opéra particulièrement populaire, ensuite, Francesca Bonnard et ses amis occupaient l'une des loges les plus chères.

Si beaucoup de spectateurs fixaient la scène, ils étaient tout aussi nombreux à lever le nez pour dévisager la célèbre courtisane.

Et comme on était en Italie, le reste ne faisait ni l'un ni l'autre.

Les théâtres italiens ne ressemblaient pas aux théâtres anglais. Ils étaient avant tout des lieux de rencontre pour la société. Afin d'accueillir la foule, les escaliers et les salons où l'on pouvait se rafraîchir étaient immenses. Jusqu'à très récemment, le vaste hall avait abrité des tablées de joueurs de cartes. Maintenant que le jeu était interdit, on se contentait de parties de backgammon.

En saison, les gens cultivés se rendaient au théâtre quatre ou cinq fois par semaine si bien que leur loge, spacieuse, était presque une seconde maison. Quelques-unes étaient meublées comme de véritables petits salons et avaient à peu près le même usage. De certaines, on apercevait à peine la scène.

Durant la représentation, les gens mangeaient, buvaient et discutaient. Ils jouaient aux cartes ou badinaient. Les domestiques allaient et venaient. Les voix des acteurs ou des chanteurs offraient une sorte de fond sonore.

Parfois – par exemple au début d'une aria particulièrement appréciée –, le public se taisait et écoutait de toutes ses oreilles.

Ce n'était certes pas le cas lorsque James pénétra dans la loge où Francesca Bonnard tenait sa cour. Sur scène, les chanteurs s'égosillaient et s'interpellaient sans que personne leur prête la moindre attention.

L'entrée de James passa totalement inaperçue. Avec sa perruque et sa livrée, il était en tous points semblable aux autres valets qui s'activaient un peu partout, apportant qui un sandwich, qui un verre de vin, qui un châle.

Se déguiser en domestique présentait nombre d'avantages. Leurs maîtres leur accordaient autant d'importance qu'aux meubles. James aurait pu poignarder le prince de Gilénie devant une douzaine de témoins sans qu'aucun d'eux soit capable par la suite de décrire sa physionomie, de se rappeler la forme de sa perruque ou la couleur de sa livrée. James le savait, pour avoir à deux reprises éliminé quelque rebut d'humanité dans des circonstances similaires.

Il faudrait quand même compter avec Lurenze. Et puisque, vu la réputation de la dame, il fallait s'attendre qu'un homme – voire plusieurs – interviennent dans le tableau, James préférait que celui-ci soit jeune et pas trop futé. Le comte de Magny – plus mûr, et sûrement plus sagace puisqu'il avait réussi à garder sa tête sous le régime de la Terreur – se serait sans doute révélé un obstacle plus sérieux.

James se désintéressa du prince aux boucles blondes et reporta son attention sur la courtisane assise à son côté. Tous deux occupaient les meilleurs sièges, c'est-à-dire les plus proches de la scène, et Lurenze avait la place d'honneur, à la droite de la belle qu'il couvait d'un regard d'adoration qu'elle feignait de ne pas remarquer.

D'où il se tenait, James ne voyait de la jeune femme que les épaules rondes et la nuque gracile qui semblait trop fragile pour supporter le poids de son lourd chignon. Ses cheveux d'un auburn profond, chatoyant, avaient été artistement relevés en une coiffure assez simple. Les quelques mèches qui s'en échappaient donnaient une impression de léger décoiffé, l'effet ainsi créé évoquant non pas une femme sortant du lit, mais des bras d'un amant.

Subtile différence. Et diablement efficace. De fait, James lui-même, si blasé qu'il fût, ne put s'empêcher de réagir physiquement. L'espace d'une seconde, il oublia sa mission, tandis qu'une sensation doucereuse naissait dans son bas-ventre.

Au vrai, cela n'avait rien d'étonnant. Cette femme n'était pas n'importe quelle courtisane, elle était la *reine* des courtisanes, et il était logique qu'elle soit experte dans l'art de provoquer le désir des hommes.

Il laissa son regard redescendre sur sa silhouette.

Un collier de saphirs et diamants ornait son cou de cygne. Les pendants assortis se balançaient doucement à ses oreilles, petites et bien modelées tels de délicats coquillages. Comme Lurenze lui murmurait quelques mots, elle se pencha et son étole glissa.

James en resta un instant bouche bée.

Sa robe n'avait pour ainsi dire pas de dos ! La jeune femme avait dû faire fabriquer un corset spécial pour pouvoir la porter. On voyait parfaitement ses omoplates et, sur celle de droite, une petite tache de naissance de forme bizarre.

James se surprit à déglutir bruyamment.

Bonté divine, cette fille était un morceau de choix. Et audacieuse, aucun doute. Quelqu'un l'avait jugée digne de porter cette parure somptueuse, et cela signifiait déjà beaucoup en soi. James n'était pas sûr d'avoir jamais contemplé des pierres d'une telle qualité, et Dieu sait qu'il en avait vu – et volé – des quantités ! Ces bijoux surpassaient même les fameuses émeraudes subtilisées à Marta Fazi.

Une bouteille de vin à la main, il s'avança pour remplir les verres des spectateurs.

Lurenze était tellement penché vers la courtisane que ses boucles blondes menaçaient de se prendre dans son pendant d'oreille. Comme il se redressait enfin, son attention fut attirée par la marque qui ornait l'omoplate de la jeune femme. Sourcils froncés, il porta son lorgnon à son œil droit et s'exclama :

— Mais c'est un serpent !
*Un serpent ?*

James s'était penché, lui aussi. Le prince avait raison. Ce n'était pas une marque de naissance comme il l'avait cru, mais un tatouage.

— Impudent personnage! s'écria Lurenze. Comment oses-tu regarder ainsi une dame? Baisse les yeux tout de suite! Et fais un peu attention ou tu vas…

— Diantre! souffla James, qui tenait la bouteille de guingois et venait de renverser du vin sur le pantalon du prince.

Lurenze fixa d'un œil stupéfait la tache violette qui s'élargissait sur son entrejambe.

— *Perdono, perdono*, s'empressa de dire James, la mine contrite. *Sono mortificato, eccellenza.*

Il saisit la serviette drapée sur son avant-bras et entreprit de tamponner maladroitement le pantalon souillé.

Francesca Bonnard ne daigna même pas tourner la tête dans leur direction, Toutefois James surprit le léger frémissement de ses épaules. Un rire, vite étouffé, retentit sur sa gauche. La seule autre femme assise dans la loge semblait, elle aussi, trouver la scène divertissante.

Les joues écarlates, le prince repoussa la main de James.

— Arrête, idiot! Fiche-moi le camp. Ottar! Où est mon valet? *Ottar*?

Quelques centaines de têtes se tournèrent dans sa direction et autant de voix chuchotèrent avec colère:

— Chuuut!

L'aria de Ninetta était sur le point de commencer.

— *Perdonatemi, perdonatemi*, murmura James. *Mi dispiace, mi dispiace.*

Sans cesser de s'excuser, James recula, parfaite incarnation de la servilité et de la crainte.

C'est alors que La Bonnard se tourna et le regarda droit dans les yeux.

Il aurait dû y être préparé. En comédien expérimenté qu'il était, il aurait dû rester parfaitement maître de lui. Mais son regard vert le cueillit à froid, et il eut l'impression que la foudre s'abattait sur lui.

*Isis.* C'était ainsi que lord Byron l'avait surnommée, en référence à la déesse égyptienne. À présent, James comprenait pourquoi. Ces yeux en amande d'un vert limpide... cette bouche ahurissante, voluptueuse, aux lèvres pleines... ce nez admirable, ces pommettes hautes, la ligne de la mâchoire...

Difficile de ne pas ressentir l'impact de cette beauté renversante, exotique, terriblement sensuelle, impact aussi puissant qu'un coup de poing en pleine figure.

Une bouffée de chaleur l'envahit, le prenant au dépourvu.

Tout cela ne dura qu'un instant – après tout, il était un vieux briscard – avant qu'il ne détourne les yeux, conscient d'avoir été trop lent.

Il était furieux de s'être laissé déstabiliser.

Par un simple regard.

Et ce n'était pas fini.

Elle continua de le jauger. Son regard descendit sur sa personne, puis remonta tranquillement. Enfin elle reporta son attention sur la scène.

Mais juste avant qu'elle ne lui présente son profil altier, James eut le temps d'apercevoir un sourire espiègle incurver sa bouche affolante.

# 2

> *On les voit nuit et jour à travers les lagunes*
> *Aller et revenir, passer le Rialto,*
> *Circuler en tous sens, – doucement vont les unes,*
> *D'autres rapidement filent incognito ;*
> *D'autres encore au seuil des palais amarrées,*
> *Stationnent sans bruit dans leurs sombres livrées,*
> *Attendant le départ d'un couple heureux d'amants.*
> *– La plus folle gaîté, sous leurs noires tentures*
> *Éclate à l'aise, autant qu'au fond de ces voitures*
> *Qui vont suivant le char dans les enterrements.*
>
> Lord BYRON, Beppo

Les deux jeunes femmes gloussaient comme des écolières tandis que leur gondole se frayait un chemin à travers la flotte d'embarcations agglutinées autour de l'entrée secondaire de La Fenice.

— Oh, la tête de Lurenze quand il est revenu dans la loge pour trouver le comte russe installé à sa place ! pouffa Giulietta. On aurait vraiment dit un petit garçon déçu. Le pauvre !

— Un petit garçon, en effet, acquiesça Francesca. Il me fait penser à un chiot… et je ne suis pas sûre d'avoir la patience de le dresser.

— Les jeunes gens sont plus vigoureux, mais, hélas, souvent maladroits, observa Giulietta.

— Et pressés, renchérit Francesca. Cela dit, il est très beau.

— Et c'est un prince très riche et, de surcroît, très généreux.

— Il est vrai que ce serait un fort joli coup, admit Francesca.

— Mais tu hésites encore. À cause du comte de Magny ?

— Non, il n'a aucune influence sur mes décisions.

— Tu es encore fâchée contre lui ?

— Il n'est pas question que je laisse un homme me dicter ma conduite. Or il a le culot de donner des conseils à propos de mes amants. Il a même émis des objections au sujet du marquis !

— Bellaci ? Pour quelle raison, grand Dieu ? Cet homme t'a couverte de bijoux ! Je me demande d'ailleurs pourquoi tu l'as quitté.

— Un an et demi avec le même homme, c'est bien assez.

Plus une liaison se prolongeait, plus elle courait le risque de s'attacher. Et il était hors de question que cela lui arrive de nouveau.

— Il ne te manque donc pas, ton beau marquis ? s'enquit Giulietta.

— Quand un homme part, j'en suis toujours soulagée.

Cette vérité s'étendait aux deux hommes qu'elle ait jamais sincèrement aimés dans sa vie : son père et son mari.

— J'admets que Lurenze manque de savoir-faire, enchaîna-t-elle. Si un valet avait renversé du vin sur le pantalon de Bellaci, par exemple, celui-ci aurait retourné la situation d'un mot d'esprit ou d'un trait d'ironie. Alors que Lurenze est passé pour un fieffé nigaud !

Giulietta secoua la tête d'un air indulgent :

— Il était terrassé de honte parce que l'incident s'est produit devant toi. Il m'a fait pitié, mais je n'ai pas pu m'empêcher de rire. La façon dont ce valet tenait sa bouteille ! Pour un peu, on aurait cru qu'il avait délibérément visé les parties viriles du prince !

— J'ai eu la même impression. D'où sort ce valet, d'ailleurs ? Tu sais qui il sert ?

— Qui s'en soucie ? Tu as remarqué ses épaules ? Et ses jambes ? *Buon Dio !*

En dépit de la fraîcheur du soir après cette longue journée pluvieuse, Giulietta s'éventa fébrilement.

— Oh, oui, j'ai remarqué, reconnut Francesca.

Il ne lui avait pas échappé que le domestique était magnifiquement proportionné. Doté d'une carrure impressionnante, il avait des cuisses musclées sous ses chausses, et ses bas dessinaient plus précisément encore les contours nerveux de ses mollets.

Elle avait aussi noté qu'il se mouvait aussi souplement qu'un chat, et elle se souvenait d'avoir pensé : « En voilà un qui n'est sûrement pas maladroit ! » Elle aurait poursuivi son examen si elle en avait eu l'occasion, mais celle-ci ne s'était pas présentée.

— Je regrette de ne pas avoir bien vu son visage, dit-elle encore. Mais cela ne se fait pas d'illuminer sa loge au théâtre.

— La loge doit rester obscure, pour favoriser l'intimité, la séduction, les petits mots doux et les plaisanteries coquines. Dommage qu'il ne soit pas revenu plus tard, ce beau valet. J'aurais aimé l'étudier de plus près. De *beaucoup* plus près…

— Et s'il s'était révélé laid comme un pou, tu aurais pu lui cacher le visage avec sa serviette, répliqua Francesca en riant. Beau garçon ou pas, il a eu l'indélicatesse de disparaître. Il nous offrait pourtant une distraction bienvenue.

— Pourquoi diable les aristocrates n'ont jamais un corps pareil ? soupira Giulietta.

— Parce qu'ils n'exercent pas leurs muscles dans les basses besognes.

— Lui, je l'aurais volontiers laissé besogner mon petit corps, gloussa Giulietta. Histoire qu'il conserve ses muscles.

Une image se forma dans l'esprit de Francesca : des jambes nues, musclées, entremêlées avec les siennes.

Une onde de chaleur la parcourut.

— Tu es trop charitable, dit-elle en s'éventant à son tour. As-tu jamais songé à devenir nonne ?

— C'eût été avec joie, hélas, la cornette n'est pas du tout seyante. Et toutes ces heures de prière sont terribles pour les genoux. Non, décidément, cela ne m'aurait pas convenu. Je suis née pour être catin.

— Comme moi.

Chassant résolument ses pensées lubriques sur les valets trop virils, Francesca agita la main.

— Songe un peu : si je n'étais pas courtisane, je ne serais pas ici, en train de passer du bon temps avec ma meilleure amie.

Après minuit, quand les théâtres laissaient les amateurs de culture se rendre aux soirées, bals et réceptions auxquels on les avait conviés, les canaux de Venise s'illuminaient de centaines de lanternes accrochées à l'avant des gondoles. Aux fenêtres des demeures, on apercevait la flamme tremblotante des chandelles.

Ici, dans cette ville où l'on n'entendait jamais les sabots des chevaux marteler le pavé, on se déplaçait dans un silence bienfaisant seulement ponctué de murmures. Les conversations couraient sur l'eau, se mélangeaient, coulaient dans l'oreille de Francesca comme si elle se trouvait au centre d'un vaste salon.

Mais cet endroit était beaucoup mieux que n'importe quel salon. Ici, on n'était pas obligé de jouer un rôle ou de tenir des propos mondains. On pouvait se laisser simplement dériver au fil de l'eau et, par une belle nuit claire comme celle-ci, se pencher hors de la *felze* pour observer les étoiles.

On pouvait, comme Francesca en cet instant, tendre l'oreille et discerner les notes poignantes d'un violon. Même quand Venise grouillait de monde, elle apparaissait beaucoup plus paisible que n'importe quelle autre ville.

Tout à coup, il y eut un bruit de course sur la rive toute proche. Une forme sombre bondit dans la gondole avant de se recroqueviller aux pieds d'Uliva, le gondolier qui se tenait sur la proue.

Tout se passa si rapidement que Francesca n'eut même pas la présence d'esprit de crier. Les gondoliers réagirent plus vivement. Mais alors qu'Uliva et son collègue Dumini ébauchaient un mouvement vers l'intrus dans l'intention manifeste de s'en débarrasser, l'homme implora d'une voix étouffée :

— Pitié ! Par Dieu ayez pitié !

L'inconnu se mit à genoux. Emmitouflé dans une cape, il avait le visage en partie dissimulé par un chapeau à large bord. À la faible lumière de la lanterne, Francesca ne distinguait que sa longue et mince moustache tombante et son petit bouc. Il lui rappelait un portrait du XVII$^e$ siècle qu'elle avait vu quelque part. À Londres ? À Florence ? Au *palazzo* Manfrini ? La barbe n'était pas vraiment à la mode en Europe, et sûrement pas ce genre de barbiche pointue.

— Gondoliers, je vous conjure ! ajouta-t-il dans un mauvais italien. Pas me trahir ! Moi pas dangereux, regardez : pas couteau, pas pistolet, assura-t-il en levant les mains.

C'est seulement à cet instant qu'il parut remarquer la présence des deux femmes.

Ignorant son cœur qui battait la chamade, Francesca déclara avec calme à Giulietta :

— Voilà une façon inédite d'attirer notre attention.

Venise était l'une des villes les plus sûres du monde, néanmoins, une femme n'était en sécurité nulle part. Francesca n'avait pas oublié ce qui s'était passé à Mira, peu de temps après sa rencontre avec lord Quentin.

Son malaise s'accentua.

— Oh, merci Dieu, vous anglaise! dit l'homme, cette fois dans la langue de Shakespeare, mais avec un accent tout aussi prononcé. Mon parler en italien pas bon! Mieux l'anglais. Mille pardons, *senoritas*. *Signorine.* Mesdames... J'ai un ennui, c'est tout.

Puis, tourné vers Uliva, l'énergumène leva ses mains réunies pour mimer le geste du gondolier en train de ramer.

— Peut-être vous avancer? Comprenez? Avant que gros problèmes arrivent.

Uliva lui retourna un regard de marbre. De l'autre côté de la *felze*, Dumini n'attendait qu'un signal de son acolyte. Uliva n'aurait aucun mal à balancer l'intrus dans le canal, ou à l'assommer d'un bon coup de rame. Mais l'homme, en dépit de son accent et de son phrasé ridicules, avait le maintien d'une personne de qualité. Cela ne prouvait certes pas que ses intentions étaient honnêtes, mais cela suffisait pour que les gondoliers hésitent.

L'étranger se tourna vers Francesca pour plaider de nouveau sa cause.

— Je sais, sauter dans bateau très étrange. Moi expliquer: je visitais belle dame chez elle. Mais, hélas, son *esposo*... comment dire?

— Son mari, proposa Giulietta.

— Si. Lui rentrer plus tôt parce qu'avec sa maîtresse... vous savez, beaucoup de cris, pas contents, grosse voix...

— Ils se sont disputés.
— Si. Et après... c'est avec moi qu'il dispute, reprit l'inconnu, le pouce pointé sur sa propre poitrine. Même pas le temps de remonter *pantaloni* ! Lui crier, crier, et courir derrière moi avec grand couteau pointu.

Giulietta s'esclaffa et Francesca ne put s'empêcher de sourire. L'anecdote n'avait rien de bien extraordinaire. Certaines escapades amoureuses de lord Byron étaient tout aussi rocambolesques et cocasses.

D'un geste, elle ordonna aux gondoliers de se remettre à ramer.

Uliva haussa les épaules. On était à Venise, après tout.

L'étranger inclina son chapeau sur sa tête, puis envoya un baiser à Francesca.

— Vous si débonnaire, madame ! Sauver moi. Merci, merci. Mais je pas comprendre. Dame mariée. Pas jeune niaise. Ici, à Venise, toutes dames mariées ont beaucoup amants, non ?

— Une épouse vertueuse n'en a qu'un seul, répondit Giulietta. Mais parfois les maris réagissent de manière impétueuse, comme si leur femme avait vingt galants. Celui dont vous avez croisé la route devait être de très mauvaise humeur parce qu'il venait de se quereller avec sa maîtresse, car je vous assure que d'ordinaire, on ne fait pas tant d'histoires pour si peu.

— Qu'une femme mariée ait un ou deux amants, c'est tout à fait normal, renchérit Francesca. Mais vingt... c'est une coquine qui risque de se forger une mauvaise réputation. Vous devez être nouveau à Venise, monsieur... ?

— Mon Dieu, j'oublier de me nommer. Je suis Don Carlo Frederico Manuelo da Guardia Aparicio. Mais *vous*, ajouta-t-il encore, la main pressée sur le cœur. Non, ne dites pas qui êtes vous. Je suis mort sûrement et vous anges du paradis. Pourtant ma maman me dire toujours : « Tu iras cuire en enfer ! ».

— C'est sans doute là que nous finirons tous les trois, dit Francesca. Mais pour l'heure, restons à Venise. Je suis Francesca Bonnard et voici ma très chère amie Giulietta Sabbadin. Ici, vous n'encourrez pas le courroux d'un mari ombrageux, car nous sommes des courtisanes. *Cortegiane.*

— Ah, je comprends. Moi stupide de pas deviner avant. Vous si belles, si mirifiques, si élégantes !

De nouveau, il embrassa le bout de ses doigts pour leur envoyer un baiser. Amusée, Francesca reprit :

— Quoi qu'il en soit, vous êtes maintenant en sécurité. Où désirez-vous que nous vous déposions ?

— Égal pour moi.

L'homme, qui était resté à genoux durant cet échange, se redressa en position assise dans un mouvement d'une souplesse féline. Avec surprise, Francesca se rendit compte qu'il était beaucoup plus imposant qu'elle ne l'avait cru. Ses longues jambes bloquaient l'entrée de la *felze*. Ses épaules étaient fort larges. Sa silhouette avait, en fait, quelque chose de familier, pourtant Francesca ne parvenait pas à se rappeler où elle aurait pu le voir auparavant.

Évidemment, l'Italie regorgeait d'hommes séduisants, sans compter les tableaux et statues à l'effigie de superbes spécimens masculins. Celui-ci n'était qu'un parmi tant d'autres, rien ne le distinguait vraiment du lot en dehors du fait qu'il se trouvait à bord de sa gondole, presque à ses pieds, là où elle préférait voir les hommes en général.

Pourtant son pouls s'était un peu emballé, et une tension inexplicable s'était logée au creux de son ventre.

« Celui-ci n'est pas inoffensif », songea-t-elle.

L'homme tira son chapeau sur son front.

— Moi aller où vous aller, jolies dames. Moi courtisane aussi. Vous séduire hommes et moi séduire femmes.

Il y avait du vrai là-dedans, songeait James qui observait les deux femmes sous le bord de son chapeau. Il avait déjà fait don de son corps pour son pays et était sur le point de recommencer. S'il attrapait la vérole et que son *pego* tombait, il n'aurait que ses yeux pour pleurer. Il ne s'attirerait certainement pas la sympathie de ses supérieurs. Il n'était pas rare que des hommes perdent un membre à la guerre, et, après tout, il était un soldat, pas vrai ? Et un soldat bien payé, par-dessus le marché. Voilà tout ce que sa situation leur inspirerait.

Un homme ne risquait pas d'aller très loin dans ce métier s'il ne maîtrisait pas l'art de l'improvisation. Manifestement, Francesca Bonnard était plus méfiante que son amie. Elle s'était raidie de façon notable lorsqu'il s'était déplié devant la *felze*, mais quand il avait plaisanté, elle avait paru se détendre. À présent elle l'étudiait, et attendait, se demandant sans doute si elle devait le faire jeter par-dessus bord ou pas.

Il la regarda et attendit aussi.

— Vous ne pouvez pas être une courtisane, vous êtes un homme ! objecta son amie aux yeux de biche nommée Giulietta.

— Si, Dieu merci. Mais si moi pas courir plus vite cette nuit, peut-être moi perdre attribut. Grand couteau pointu, vous rappeler ?

— N'empêche, une courtisane est forcément une femme, insista Giulietta.

— Quel mot alors dans votre langue ? Pour un homme qui se vendre très cher ?

— Mari, répondit Francesca avant d'éclater de rire.

James retint son souffle.

Il avait entendu parler de son rire, mais n'avait voulu voir là qu'un de ces mythes inventés par les hommes pour justifier leur comportement stupide avec une femme.

Et pourtant… Il avait beau *savoir* que ce rire faisait partie de sa panoplie de séductrice, le son velouté le prit de court. C'était le rire d'une amante ; le rire qui accompagne les propos coquins chuchotés entre les draps froissés après l'amour ; le rire des secrets partagés, d'une intimité presque insupportable.

Le rire de la sirène qui appelait Ulysse.

« Par pitié, que quelqu'un me ligote au mat ! », pensa-t-il.

Il se remémora le regard qu'elle lui avait adressé à l'opéra, quand il était déguisé en valet, puis son sourire alors qu'elle se détournait. Hélène avait dû sourire ainsi à Pâris, ou Cléopâtre à Marc-Antoine.

Bon sang, elle excellait dans sa partie !

Il commençait à voir en elle un véritable défi, et n'était-ce pas ce qui lui plaisait par-dessus tout ? Au début, il avait renâclé à accepter cette mission parce qu'il craignait, entre autres choses, que ce soit une perte de temps. Il avait même dit à ses employeurs que n'importe quelle recrue était capable de séduire une femme pour lui subtiliser un paquet de lettres.

— Un mari ? répéta-t-il, feignant d'être déconcerté. Non, non. Pas marié. Juste… vous savez, coucher, donner plaisir à riche dame, parfois vieille.

— Francesca vous taquine, intervint Giulietta. Elle parlait des maris anglais. Les Anglais sont fous. Elle aussi est anglaise, mais seulement un petit peu folle. Y a-t-il une expression qui désigne un homme qui vend son corps, Francesca ? Aucune ne me vient à l'esprit. Il y en a des centaines pour les vilaines filles comme nous, mais au masculin...

— Un aristocrate désargenté, suggéra Francesca.

James ravala un sourire. Elle avait de l'esprit, dans la tradition des plus grandes courtisanes, telle la fameuse Hariette Wilson qui, bien que n'ayant pas un physique extraordinaire – hormis sa magnifique poitrine –, était célèbre pour sa personnalité et son sens de l'humour.

Jusque-là tout allait bien. Si Francesca Bonnard daignait se montrer spirituelle avec lui, son affaire était en bonne voie.

— Vrai, approuva-t-il gravement. J'ai beaucoup frères et sœurs, mais moi le plus jeune... Pas d'argent pour tous. Alors moi faire mon chemin dans le monde... Vous comprendre ?

— Si vous voulez faire votre chemin à Venise, dit Giulietta, je vais vous donner un bon conseil : tenez-vous éloigné d'Elena da Mosta. Elle a la vérole. Elle l'a donnée à lord Byron, et c'est pour ça que Francesca a refusé de le prendre pour amant, alors qu'il était absolument charmant avec elle.

— Il est charmant avec toutes les femmes qui lui plaisent, intervint Francesca Bonnard. C'est-à-dire à peu près toutes celles qui croisent sa route. Qu'il soit capable de désigner celle qui, parmi sa multitude de conquêtes, lui a donné la vérole, dépasse l'entendement.

— Mais de toutes, c'est Francesca qu'il préférait, assura Giulietta. Il lui a même écrit des poèmes.

— Lord Byron écrit des poèmes à tout le monde, c'est sa manière de converser avec les gens. Avez-vous lu les derniers ? demanda Francesca à James. Ne sont-ils pas remarquables, très différents des précédents ?

Son visage s'était soudain illuminé. Elle s'était penchée en avant et le regardait droit dans les yeux. Ce changement d'attitude, qui contrastait avec sa réserve première, le prit au dépourvu. Il faillit répondre : « Oui, je suis d'accord, ils n'ont vraiment rien à voir ! »

Mais déjà, elle secouait la tête :

— Non, bien sûr, fit-elle en s'adossant de nouveau à son siège. Ils n'ont pas été traduits, comment auriez-vous pu les lire ?

James jura en silence. Il avait été à deux doigts de se trahir !

Évidemment, il avait lu ces poèmes, et, évidemment, il avait été surpris. Car ils étaient en effet à mille lieues du romantisme échevelé de *Childe Harold*. Mais il n'avait pu en discuter avec personne. S'il avait été à Londres, cela aurait été différent. À Londres, on trouvait toujours un club, un salon, où les gens échangeaient leurs points de vue sur la poésie, la musique, les dernières pièces de théâtre et les romans récemment parus.

On n'avait pas ce genre de relations quand on allait de ville en ville et de pays en pays pour sauver le monde.

— Elle m'a lu ces poèmes, sinon je n'aurais rien compris, expliqua Giulietta. Je parle bien l'anglais et je m'entraîne tout le temps avec elle, mais lire me donne mal à la tête. Les mots ne s'écrivent pas du tout comme ils se prononcent, et franchement, cela n'a aucun sens, aucune logique.

Francesca Bonnard s'était détournée. Accoudée à la fenêtre de la *felze*, elle avait le visage levé vers le ciel et semblait contempler les étoiles.

Giulietta bavardait aimablement et James l'écoutait, d'une oreille seulement. Le reste de son attention était concentré sur Francesca. De nouveau, cette dernière était distante. Il percevait sa méfiance aussi sûrement que si elle l'avait repoussé de la main.

Que s'était-il passé pour qu'elle change d'attitude à ce point ? Le revirement avait été si subit...

Cette histoire s'annonçait décidément plus corsée qu'il ne l'avait pensé. Il n'était pas en présence d'une Marta Fazi. Cette femme était beaucoup plus complexe. Elle était intelligente et elle possédait quelque chose de plus que les autres, même si, pour l'heure, il ne parvenait pas à définir cet atout caché.

Nul doute, quoi qu'il en soit, que Francesca Bonnard allait lui donner du fil à retordre.

Cela faisait longtemps qu'il n'avait pas eu un tel défi à relever.

Son cœur se mit à battre un peu plus vite.

Peut-être allait-il s'amuser, au bout du compte.

Finalement, Francesca se débarrassa de leur nouvel ami au *Café Florian*.

Le spectacle terminé, les noctambules allaient souvent passer deux ou trois heures au café. Le *Florian*, situé sur la place Saint-Marc, était le plus populaire parmi la population vénitienne et les visiteurs qui sympathisaient avec leur cause. Les militaires autrichiens et leurs amis préféraient le *Quadri*, qui lui faisait face.

À l'instar des autres lieux de rassemblement, le *Florian* recevait des gens de différentes catégories sociales, plus ou moins respectables.

Ce soir-là, parmi la clientèle, se trouvait la comtesse de Benzoni. L'âge l'avait peut-être fanée – elle avait bien soixante ans –, mais n'avait en rien diminué son appétit de vivre, et elle avait toujours un faible pour les jeunes gens virils.

Trois ans plus tôt, elle avait tenté d'ensorceler lord Byron.

Ce soir-là, elle jeta son dévolu sur don Carlo.

Dès qu'il devint clair que la comtesse avait refermé ses griffes sur le bel Espagnol, Francesca suggéra à Giulietta de partir.

La porte de l'établissement à peine franchie, Giulietta s'abandonna au rire.

— Francesca, que tu es cruelle ! s'exclama-t-elle entre deux hoquets.

— N'a-t-il pas dit qu'il voulait donner du plaisir à une femme mûre ? Eh bien, il a de la chance. Il l'a trouvée sans même avoir à le chercher.

Les deux femmes traversèrent la place Saint-Marc.

— Il n'aurait jamais croisé la route de la comtesse si tu n'avais fait des pieds et des mains pour avoir la table voisine de la sienne, objecta Giulietta. Tu l'as donc pris en grippe, ce pauvre don Carlo ? Moi, je l'aime bien. Il est amusant, et j'aime les hommes qui me font rire.

— Tu aimes les hommes d'une manière générale.

— Et, d'une manière générale, pas toi.

— Je préférerais avoir un chien, c'est un fait. Mais un chien ne pourrait m'entretenir et m'offrir le luxe auquel je me suis habituée.

— Quand même, insista Giulietta, je trouve don Carlo très gentil.

Francesca se tapota la tête.

— Il se pommade bien trop les cheveux à outrance. Quand il a enlevé son satané chapeau, j'ai cru qu'il s'était renversé un pot de saindoux sur la tête. Son valet doit l'appliquer à la truelle !

Elle avait eu un mouvement de recul à la vue de ces cheveux sombres lissés sur le crâne de l'Espagnol, et qui luisaient à la lumière des chandelles. La comtesse de Benzoni n'avait pas paru rebutée, en revanche. Il faut dire qu'elle s'intéressait exclusivement à une partie de son anatomie située en dessous de la ceinture.

— Madame !

Francesca se retourna et souffla :

— Zut.

Le blondissime prince de Gilénie se hâtait vers les deux femmes, un grand sourire aux lèvres.

— Enfin ! s'écria-t-il. Je vous ai cherchée partout. J'ai pensé que, peut-être, j'aurais le bonheur de vous retrouver au *Florian*.

Après la déconvenue que lui avait infligée le comte russe en prenant sa place à l'opéra, Son Altesse n'avait apparemment rien perdu de son ardeur.

Même s'il faisait plutôt sombre au pied du Campanile, le clocher de la place Saint-Marc, Francesca voyait l'étincelle de bonheur dans les yeux du prince. Autrefois, John Bonnard l'avait regardée de cette façon et, chaque fois, elle avait senti son cœur bondir dans sa poitrine.

La phalène et la flamme. Une vieille histoire. Un cliché.

Tout à coup, stupidement, elle eut envie de pleurer. John Bonnard était un fourbe. Le prince Lurenze, lui, n'avait pas une once de méchanceté en lui. Elle n'avait pas envie de le décevoir. Elle aurait eu l'impression de donner un coup de pied à un chiot pataud et attendrissant. Mais elle n'était pas sûre de vouloir entamer une liaison avec lui, et la pitié n'était certainement pas un bon motif.

De toute façon, plus elle lui faciliterait la tâche, plus vite il se lasserait d'elle.

— Le *Florian* était bondé et surchauffé, expliqua-t-elle. Et je suis fatiguée.

Le beau visage du prince afficha une expression inquiète.

— Bien sûr, très chère. Le climat est tellement étrange, dans cette ville. Un jour, on étouffe et l'air est plus épais que de la soupe. Le lendemain, on gèle sous la pluie et le vent. Mais c'est votre beauté qui attire les foules, madame. Vous êtes fatiguée, je le conçois. M'accorderez-vous le grand honneur de vous escorter jusque chez vous ?

— C'est très aimable à vous, Votre Altesse, mais pas ce soir, objecta-t-elle avec douceur. Une autre fois.

— Je me fais du souci pour vous. Nous vivons une époque dangereuse. Partout, tout n'est que révolte et insurrection. Il n'y a pas si longtemps, le duc de Berry a été assassiné.

— Vous êtes trop gentil de vous tracasser pour moi. Et je suis flattée que vous me rangiez dans la même catégorie que l'héritier du trône de France.

Elle lui tapota le bras et fut récompensée par un sourire radieux qui lui tarauda davantage encore la conscience.

— Soyez sûr que je suis en d'excellentes mains, ajouta-t-elle. Mes gondoliers sont capables de régler leur sort à n'importe quel brigand. Bonne nuit, Votre Altesse.

Elle s'inclina dans une profonde révérence, lui offrant en guise de consolation une vue plongeante sur son décolleté. Giulietta l'imita. Puis, alors qu'il demeurait figé sur place à battre des cils, elle prit son amie par le bras et l'entraîna à sa suite.

Une fois passé le Campanile, elles entrèrent sur la *piazzetta*, petite place située entre le palais des Doges et la *Zecca*, l'hôtel des monnaies. À cette heure de la nuit, l'endroit était loin d'être désert, et les deux jeunes femmes ne cessaient de croiser des connaissances qu'elles saluaient d'un signe de tête. Elles parvinrent bientôt en vue de leur gondole, amarrée à un ponton.

Il n'avait pas échappé à Francesca que Giulietta observait un silence fort inhabituel. Cette dernière attendit qu'elles soient installées dans la *felze* et que l'embarcation longe les façades qui flanquaient le Grand Canal pour soupirer enfin :

— Pauvre garçon ! Il me fait peine.
— Que voulais-tu que je fasse ? Que je couche avec lui par pitié ?
— À ta place, c'est exactement ce que je ferais.
— Je ne peux pas. Il me faut un amant, une relation durable, pas une aventure d'un soir.
— Je sais. Ce n'est pas à moi que tu vas apprendre combien c'est mauvais pour la réputation de coucher avec le premier joli garçon venu. On est cataloguée comme fille facile et on perd son mystère, on devient une banale putain des rues, *una puttana*. Et nous, nous sommes des courtisanes !

Francesca laissait son regard errer sur les gondoles qui remontaient ou descendaient le canal, leurs lanternes oscillant doucement dans la nuit.

— Les hommes sont un investissement, dit-elle. On doit les choisir avec soin, en pensant à l'avenir.
— Tu crois que Lurenze perdra tout intérêt pour toi le jour où il t'aura mise dans son lit ? Permets-moi d'en douter.

Francesca haussa les épaules :

— Le problème, c'est que je ne sais pas vraiment ce que je veux. Et il n'est pas le seul candidat en lice.
— Avant, tu semblais apprécier sa compagnie.
— *Avant ?* répéta Francesca, surprise, en tournant la tête pour dévisager son amie.
— Avant que tu voies ce valet à *La Fenice*. À mon avis, il t'a donné des idées.
— Bien sûr qu'il m'a donné des idées. En tant que fantasme amusant. Mais pas en tant qu'amant attitré. À moins que ce ne soit un voleur de bijoux, ajouta-t-elle avec un sourire malicieux. Et encore, il faudrait que ce soit un voleur *très doué* !

Giulietta lui rendit son sourire. Les bijoux offraient à une femme une sécurité matérielle indiscutable. Et, contrairement aux billets de banque, on pouvait les afficher dans le monde. Francesca savait que lord Elphick grinçait des dents chaque fois qu'elle lui envoyait une lettre pour lui annoncer qu'une nouvelle merveille était tombée dans son escarcelle.

Quelle délicieuse forme de revanche !

Cette pensée la fit rire, et Giulietta, qui devinait à quoi elle songeait, s'esclaffa à son tour.

*Quelques heures plus tard*

Sous le regard fasciné de Zeggio, James, debout devant le miroir, enlevait doucement sa fine moustache et son bouc postiches.

— Les déguisements les plus simples sont toujours les meilleurs, expliqua-t-il. Par principe, les gens rangent les inconnus dans des catégories : le domestique, l'étranger, etc. Et ils ne remarquent que ce qui sort de l'ordinaire : une cicatrice, une moustache bizarre, un chapeau biscornu. À l'intérieur du *Florian*, j'ai été obligé d'ôter mon chapeau. Et Francesca Bonnard a trouvé mes cheveux si répugnants qu'elle n'a pas fait attention à mes traits. La prochaine fois qu'elle me verra, elle ne me reconnaîtra pas.

Zeggio hocha la tête d'un air entendu :

— D'autant qu'elle ignore que vos cheveux sont naturellement bouclés.

— Certes. Mais dis-moi, Sedgewick, comment va-t-on enlever toute cette graisse ? Un bon savonnage ? Ou veux-tu d'abord essayer d'en ôter le maximum en le raclant avec un peigne ?

— J'avoue que je regrette que vous n'ayez pas opté pour une perruque, monsieur, bougonna Sedgewick en guise de réponse.

— Trop risqué. En cas de bagarre, elle serait tombée. Je n'avais aucun moyen de savoir si ses gondoliers allaient se jeter sur moi ou non. Ma parole, elle a dû engager les deux plus costauds de toute la ville! Cet Uliva... il a des mains comme des jambons.

— Elle doit se sentir menacée, la maison est très surveillée, intervint Zeggio. Deux portiers, un côté du canal, un côté rue. Impossible d'entrer sans se faire repérer. Comment allez-vous faire, *signor*?

— Je ne vais rien faire.

— Non? fit Zeggio, les yeux écarquillés.

James se mit à rire:

— Elle s'est crue maligne en m'abandonnant à la comtesse de Benzoni! J'aurais pu lui échapper et la suivre, mais à quoi bon? Quand La Bonnard veut se débarrasser d'un homme, elle le fait, voilà tout. Elle en avait assez de moi et je n'aurais rien gagné en lui collant aux basques. À la place, j'ai préféré glaner quelques renseignements à son sujet.

— Le prince Lurenze s'est lancé aux trousses de la dame, et où cela l'a-t-il mené? lança Sedgewick à Zeggio.

Si James n'avait pas suivi la jeune femme, Sedgewick et Zeggio s'en étaient chargés à sa place, se fondant aisément dans la foule de gondoliers et de domestiques qui allaient et venaient dans les environs de la place Saint-Marc.

— De mon côté, j'ai tiré parti de l'occasion qui m'était offerte, reprit James. La comtesse de Benzoni est charmante, et très bavarde. Elle m'en a plus appris en une demi-heure de conversation que La Bonnard ne m'en aurait dit en une semaine. Ces informations ajoutées à mes propres observations me donnent des indications sur la voie à suivre.

Comme il se détournait du miroir, il surprit le regard admiratif de Zeggio posé sur lui.

« Autrefois, j'étais comme lui, songea-t-il. Je trépignais d'impatience à l'idée d'une nouvelle mission. J'avais le goût de l'aventure. Où est-il passé aujourd'hui ? Quand m'a-t-il passé ? »

— Tout le monde recherche La Bonnard, poursuivit-il. Elle a l'habitude d'être demandée, pourchassée, harcelée. Alors nous allons inverser les rôles. C'est *elle* qui va me courir après. Jusqu'à ce que je l'attrape, conclut-il avec un sourire carnassier.

# 3

> *Et moi aussi, j'aime la solitude,*
> *mais entendons-nous :*
> *il me faut la solitude, non d'un ermite,*
> *mais d'un sultan ;*
> *et pour grotte un harem.*
> Lord Byron, *Don Juan, Chant I*

*Deux nuits plus tard*

Les nuits comme celle-ci, Francesca appréciait vraiment sa liberté. Elle s'était d'abord rendue à l'opéra, puis au *Florian*, et à présent – Giulietta l'ayant quittée pour se rendre à un rendez-vous galant –, elle rentrait chez elle où elle allait pouvoir se détendre, lire sans doute, avant d'aller se coucher.

Elle ne serait pas obligée de faire la conversation à un homme en réprimant ses bâillements. Ni de se montrer à toute force spirituelle, charmeuse, ou tout simplement agréable.

Ce soir, elle était seule avec elle-même.

Assise dans la *felze*, le menton calé dans la main, elle regardait défiler les façades familières des hôtels particuliers. C'était si bon, parfois, de ne pas avoir à parler, ni même à penser, de simplement savourer l'instant et son environnement : ces demeures magnifiques, érigées depuis des siècles, la quiétude du canal, la paix de cette étrange cité.

Francesca avait visité bien des villes depuis son départ d'Angleterre, mais dans aucune d'entre elles elle ne s'était sentie aussi apaisée.

Financièrement, elle était à l'abri. Elle était libre, plus libre qu'elle n'aurait osé le rêver dans son ancienne vie. Et elle avait une amie à qui elle pouvait se confier.

Elle n'avait besoin de rien... excepté peut-être d'un amant qui lui aurait donné quelques heures de plaisir avant de s'en aller, la laissant tranquille pour la nuit. Ou d'un chien. Oui, ce serait peut-être mieux, songea-t-elle avec un sourire. En lieu et place du plaisir charnel, un chien lui offrait amour et dévotion inconditionnelle.

Évidemment, un chien ne vous achetait pas de diamants. Ni de rubis, d'émeraudes, de saphirs, de perles, de péridots, d'améthystes... Il lui faudrait donc se résoudre à prendre un amant, pensa-t-elle encore avec un soupir fataliste.

Comme la gondole approchait du *palazzo* Neroni, elle leva les yeux sur la *Ca'* Munetti. Arnaldo lui avait appris que le nouveau locataire était en train d'engager des domestiques. Plusieurs bateaux avaient apporté des provisions. Du nouvel arrivant, Arnaldo ne savait pas grand-chose. Le gondolier Zeggio avait déclaré que son maître comptait mener une vie retirée, qu'il était là pour étudier avec les moines et se concentrer sur son travail, quel qu'il fût. Il irait peut-être au théâtre de temps en temps, ou bien visiter une église ou un *palazzo* afin d'admirer les œuvres d'art qu'ils recelaient, mais il n'avait pas l'intention de fréquenter les *conversazioni* – les salons vénitiens, ou du moins ce qu'il en restait –, ni d'aller à des réceptions ou à des dîners.

Cet homme vivait donc en reclus sans pour autant être un ermite. D'après les informations que Francesca avait obtenues à son sujet, il était à peu près du même âge que lord Byron, mais « peut-être plus beau ». Et la silhouette qu'elle avait entrevue à la fenêtre de la *Ca'* Munetti était celle d'un homme de haute taille.

Le reste étant laissé à son imagination, elle s'amusa à se le représenter, et perdit conscience de son environnement. Lorsqu'un bruit léger d'éclaboussures lui parvint, elle n'y prêta pas attention.

La nuit était sombre et les gondoliers n'anticipèrent pas le danger.

Tout se passa en un clin d'œil.

Un raclement, et la gondole pencha d'un côté.

Francesca leva la tête à temps pour voir un homme bondir sur le pont, se ruer sur Uliva qu'il jeta dans le canal. Tout cela ne prit qu'une seconde. Il y eut une gerbe d'eau. Le cœur tambourinant dans la poitrine, Francesca voulut crier, mais sa gorge nouée ne laissa passer qu'un curieux son étranglé.

De nouveau, la gondole tangua. Un bruit sourd, des éclaboussures. Elle devina que le second gondolier venait à son tour de se retrouver à l'eau.

Comme elle cherchait à sortir de la *felze*, une main brutale la repoussa en arrière. Le souffle coupé, elle bascula sur le dos. La seconde d'après, l'homme se laissait tomber sur elle.

Elle se débattit, tenta de lui décocher des coups de poing. Mais son assaillant était une grosse brute, bien trop lourde pour qu'elle puisse espérer se dégager.

L'odeur âcre qui émanait de son corps crasseux lui envahit les narines, et elle eut un haut-le-cœur.

Il referma les mains sur sa gorge. Frénétique, elle le griffa, se démena de plus belle. Mais autant essayer de repousser un éléphant. Elle essaya de lui envoyer son genou dans les parties génitales, comme on le lui avait appris, mais impossible de libérer ses jambes.

L'homme marmonna une obscénité et ses mains se resserrèrent sur le cou de Francesca.

James était rentré chez lui une heure plus tôt. Il s'était déshabillé pour ne garder que sa chemise et son pantalon, avant d'enfiler une robe de chambre en velours. Un verre de vin à la main, il se tenait devant la fenêtre en compagnie de Zeggio quand l'attaque se produisit sous ses yeux.

Zeggio surveillait la petite barque – à une maison de la leur – depuis minuit.

— Je n'aime pas ça, avait-il avoué à James. Mais que faire? Il ne faut pas attirer l'attention sur nous. Qu'en pensez-vous, *signore*?

— Moi non plus, je n'aime pas cela, avait répondu James.

Quelques instants plus tard, la gondole de Francesca Bonnard était apparue à l'intersection de deux canaux. Elle n'était plus qu'à quelques mètres du portail du *palazzo* Neroni quand la petite barque était sortie de l'ombre pour fondre sur la gondole.

James aperçut deux silhouettes masculines à bord.

L'attaque fut menée en un éclair. Celui qui manœuvrait la barque saisit le rebord de la gondole afin de la retenir, puis s'arc-bouta de façon à maintenir l'embarcation stable tandis que son complice sautait à bord d'un mouvement étonnamment leste en dépit de sa corpulence.

Pris par surprise, les deux gondoliers furent balancés à l'eau avant d'avoir eu le temps de dire *ouf*! Puis l'énorme brute se rua dans la *felze*.

Tout cela n'avait pas duré une minute. Mais il fallut moins de temps encore à James pour se débarrasser de sa robe de chambre et de ses souliers, ouvrir la fenêtre, prendre appui sur le balcon de fer forgé et plonger dans l'eau tête la première.

Francesca suffoquait. Son agresseur l'écrasait de tout son poids. Avec un grondement sourd, il commença à se frotter contre elle. En dépit des couches de vêtements qui les séparaient – pelisse, robe, jupons, pantalons et chemise, ainsi que les guenilles répugnantes qu'il portait –, elle sentait nettement son érection. Nul besoin de fournir un terrible effort d'imagination pour comprendre quelles étaient ses intentions.

Trop terrifiée pour éprouver du dégoût, elle concentra tous ses efforts sur sa respiration, essayant d'avaler quelques précieuses goulées d'air pour ne pas perdre conscience. L'homme pesait aussi lourd qu'un bœuf et lui soufflait son haleine fétide en pleine figure.

Elle entendit vaguement du bruit aux alentours de la *felze*, sans que son esprit en devine l'origine. Une main agrippée aux doigts épais qui l'étranglaient, elle tâtonnait désespérément de l'autre autour d'elle, à la recherche d'un objet, n'importe quoi, susceptible de lui servir d'arme.

La tête de James émergea au ras de la coque de la barque. Il leva les bras, s'accrocha au rebord et, avec toute son énergie, fit basculer l'embarcation.

Le rameur, qui ne s'attendait pas du tout à cet assaut, bascula dans l'eau avec un cri et un juron.

James se retourna pour s'agripper cette fois à la gondole, et se hissa sur le pont. Sitôt debout, il se précipita dans la *felze*. Vautrée sur Francesca Bonnard, la brute ahanait. James saisit l'homme par le dos de son vêtement raidi par la crasse. Surpris, ce dernier releva la tête et James en profita pour glisser le bras sous son cou de taureau et lui écraser la trachée.

Le rufian était particulièrement costaud, mais la prise de James ne lui laissait aucune chance. Le visage violet, il tenta de se libérer en quelques violents soubresauts, mais très vite, l'air lui manqua. L'instant d'après, il s'affalait comme une masse.

James tira le corps hors de la *felze*, le fit basculer par-dessus bord sans autre forme de procès, et regarda la forme inerte s'enfoncer dans les eaux noires.

Enfin il retourna vers elle.

Étalée sur le dos, elle avait les jupes retroussées haut sur ses longues jambes gainées de soie blanche. L'une de ses jarretières avait été arrachée et dévoilait sa cuisse fuselée. La main sur la gorge, elle respirait par à-coups.

Comme il lui tendait la main pour l'aider à se relever, elle eut un mouvement de recul, puis roula sur le côté pour s'emparer d'une bouteille qu'elle lui lança à la tête. Par réflexe, James esquiva le projectile qui termina sa course dans le canal.

Le soulagement l'envahit et apaisa la tension qui habitait son corps. La rage qui le consumait se calma également un peu.

Poings sur les hanches, il se mit à rire. Il ne put s'en empêcher. La situation était trop absurde. Et le plus ridicule dans tout cela, c'était encore lui, dans sa chemise et son pantalon dégoulinants d'eau.

— *Ma amo solo te, dolcezza mia,* dit-il.

Je n'aime que toi, ma douce.

— *Vai al diavolo !* répliqua-t-elle, le souffle court.

Allez au diable, en italien, avec un charmant petit accent.

— Voilà qui est à la fois grossier et ingrat de votre part, protesta-t-il. Dire que je viens de ruiner mon meilleur pantalon pour voler à votre secours ! À moins que je me sois mépris. Aurais-je interrompu vos ébats avec un amant de cœur ? Vous aimez peut-être être un peu… malmenée ?

Tant bien que mal, elle s'assit, rabattit ses jupes sur ses longues jambes galbées. À la lumière de la lanterne, il vit qu'elle était pâle comme la mort. Ses grands yeux ressemblaient à deux puits sombres.

— Vous êtes anglais ? s'exclama-t-elle, incrédule.

Il était bel et bien réel. Tout cela était réel.

Elle avait froid, elle tremblait et avait un goût de bile dans la bouche. Elle craignait d'être malade.

Les yeux fixés sur l'homme qui venait de se matérialiser devant elle, Francesca aspirait de longues goulées d'air en s'efforçant de réfléchir lucidement.

Il ne pouvait pas être réel.

Les statues grecques ou romaines ressemblaient à cela ; les dieux de l'Antiquité, les demi-dieux, passe encore. Mais pas les simples mortels, pas les hommes dans la vraie vie.

Pourtant, il respirait. Fort. Sa poitrine se soulevait et retombait sous sa chemise trempée dont le lin lui collait à la peau, révélant des pectoraux puissants et des épaules à l'avenant. Quant à son pantalon, il moulait telle une seconde peau ses hanches étroites et ses longues jambes athlétiques.

De très longues jambes. Elle ne se souvenait pas d'avoir jamais rencontré un homme aussi grand. À moins que cette impression ne vienne du fait qu'elle était toujours étalée sur le sol de la cabine.

Elle vit un beau visage aux traits vigoureux qui affichait une expression si froide qu'on l'aurait cru ciselé dans le marbre. Son attitude menaçante offrait un curieux contraste avec les boucles noires humides qui retombaient sur son front.

Elle se sentit glacée tout à coup. Puis une onde de chaleur l'assaillit, juste avant qu'elle n'ait froid de nouveau, puis chaud encore. La tête lui tournait comme si l'univers tout entier s'était mis en branle. Elle ne parvenait plus à comprendre ce qui se passait autour d'elle. Il avait parlé en italien, puis en anglais. Cela n'avait aucun sens.

Elle regarda la main qu'il lui avait tendue, et qui était maintenant retombée à son côté. À première vue, il avait des mains normales, quoique assez belles. Pourtant, un instant plus tôt, elles avaient transformé un colosse en poupée de chiffon. Il avait jeté ce vaurien par-dessus bord comme s'il s'agissait d'un vulgaire rat.

*Qui était cet homme ?*
*Que faisait-il ?*

De nouveau, elle reporta son attention sur son visage aux traits si durs. Il venait de rire et un sourire s'attardait encore sur ses lèvres, mais il n'y avait nulle chaleur dans son regard.

Elle aurait voulu qu'il s'en aille, qu'il plonge et que les eaux du canal l'engloutissent, effacent sa trace. Ce devait être une créature marine, pas un être humain. Elle devait faire un cauchemar...

Mais il lui avait sauvé la vie.

Oui, qui que soit cet homme, il l'avait secourue.

C'était la première fois, en vingt-sept ans d'existence, qu'un homme venait à son secours.

« Qui êtes-vous ? » eut-elle envie de crier.

Mais seule cette question stupide franchit ses lèvres :

— Vous êtes *anglais* ?


James savait déjà comment il allait jouer cette scène, même s'il venait d'en improviser le scénario.

— En partie, admit-il.

Elle jeta un regard hébété autour d'elle.

— Je ne comprends pas... Qui était cet homme ? Pourquoi s'en est-il pris à moi ?

Sa voix était enrouée. Il devina que, dans un endroit mieux éclairé, il aurait discerné sur son cou délicat les meurtrissures infligées par les doigts de son assaillant.

De nouveau, la fureur enfla en lui, cette rage insensée qui s'était emparée de lui quelques minutes plus tôt à la vue de ce butor vautré sur elle.

Insensée, oui, c'était le mot qui convenait.

D'accord, il avait le sang chaud. Après tout, il était à moitié italien. Mais des émotions aussi primaires n'avaient pas leur place dans sa profession. Les coléreux perdaient leur sang-froid. Ils rataient leurs missions. Par leur faute, leurs camarades se faisaient torturer et tuer. Les coléreux finissaient avec des doigts ou des membres en moins. On les jetait dans des culs-de-basse-fosse infestés de rats, ou on les enterrait vivants, ou encore on les abandonnait nus sous le soleil ardent du désert. Bref, il leur arrivait tout un tas de mésaventures douloureuses qui se terminaient rarement bien.

« Calme-toi, s'enjoignit-il. Réfléchis. »

De toute évidence, Francesca Bonnard ne s'était pas attendue à cette attaque. Elle ne se savait pas menacée. Et lui non plus n'avait pas pensé qu'elle puisse être en danger. Ses supérieurs n'avaient fait allusion à aucun péril pesant sur elle.

À présent, abasourdie, elle s'interrogeait. Tout comme lui.

Mais bon, ce ne serait pas la première fois qu'on lui aurait caché une partie de l'histoire.

Ses missions, quand on les lui exposait, paraissaient toujours très simples, un jeu d'enfant : « Rapportez-nous ces lettres. » Et pourtant, d'une façon ou d'une autre, cela se révélait invariablement *un mare di merda*, un bourbier.

Il scruta rapidement les environs, puis :

— Ils étaient deux. Mais il n'y a plus personne maintenant. Avec un peu de chance, ils se seront noyés tous les deux.

Il n'ajouta pas que c'était ennuyeux.

Mais lorsqu'il avait vu ce porc se frotter sur elle, il avait vu rouge, et il avait chargé, tel un taureau fou. À présent, il le regrettait. S'il s'était contenté d'assommer le grand costaud au lieu de le jeter à l'eau, il aurait pu ensuite l'interroger et lui soutirer de précieux renseignements.

Maintenant, il y avait gros à parier que le type était mort. Quant à son complice, s'il ne s'était pas noyé, il devait être loin. Du boulot pas très propre, il fallait le reconnaître. Très mauvais exemple pour Zeggio.

Qu'est-ce qui lui avait pris de plonger ainsi, bille en tête, tel un preux chevalier qui s'en va combattre un dragon pour sauver sa princesse ?

Enfin, il n'allait pas réécrire l'histoire. Ce qui était fait était fait.

Il se raidit soudain en entendant un clapotis. Deux têtes jaillirent à la surface de l'eau. Puis il reconnut Uliva.

— Voilà vos gondoliers, dit-il. Ils n'ont pas l'air trop amochés.

Ces deux-là avaient été pris par surprise, mais ce n'étaient pas des mauviettes. Peut-être auraient-ils réussi à sauver leur maîtresse si James leur en avait laissé l'occasion. Mais il n'avait pas voulu prendre le risque. Ils auraient pu arriver trop tard. Il fallait très peu de temps pour tuer quelqu'un, il était bien placé pour le savoir.

Les deux gondoliers se hissèrent sur le bateau.

— Ramenez cette dame chez elle au plus vite, leur intima James en italien. Et donnez-lui un peu de cognac pour la remettre d'aplomb.

Il s'approcha du bord. La gondole s'était immobilisée au milieu du canal, mais celui-ci n'était pas très large. Ce n'était qu'un *rio*, un canal secondaire. Et il était déjà mouillé. En trois brasses, il serait à la *Ca'*Munetti. Et la fraîcheur de l'eau lui ferait du bien, de toute façon.

Il était temps de filer. Il n'était pas content du tout de sa performance. Tout avait été planifié avec soin, leur rencontre, la façon dont il piquerait sa curiosité. Et voilà que les choses avaient dérapé.

Il prit position, prêt à piquer une tête. Elle l'arrêta d'un cri dans son élan :

— Attendez! Que faites-vous? Où est votre bateau? Vous… vous n'allez pas partir à la nage, tout de même? Et je ne sais même pas qui vous êtes!

Il se tourna à demi, croisa son regard effrayé. Il se rappela sa mine narquoise au *Florian*, son mouvement plein d'arrogance quand elle s'était éloignée, l'abandonnant à la comtesse de Benzoni, et son rire, promesse de péché, et son sourire… Le sourire du diable en personne.

Une petite douleur fusa dans sa poitrine. Il éprouva une vive nostalgie tout à coup, comme s'il venait de perdre un trésor infiniment précieux. Puis, avec une résignation empreinte d'ironie, il lui déclara :

— Je suis votre voisin d'en face.


*Une heure plus tard,* palazzo *Neroni*

Le voisin était encore plus grand que Francesca ne l'avait cru en l'apercevant à la fenêtre de la *Ca'*Munetti. Mais elle ne s'était pas doutée qu'il était si bien découplé.

Il s'était changé et se trouvait dans le petit boudoir où elle avait l'habitude de recevoir ses intimes, mais elle se souvenait parfaitement de son corps tel qu'il lui était apparu un peu plus tôt. L'image demeurait gravée dans son esprit et n'était pas près de s'effacer. Il suffisait d'ailleurs qu'elle y repense pour avoir de nouveau chaud, puis froid, puis chaud.

Il était pourtant tout à fait décent à présent, vêtu d'habits secs empruntés à ses domestiques. Les manches de la chemise étaient cependant trop courtes, le gilet et le pantalon mal ajustés, quant aux chaussures, disons qu'il avait réussi à les enfiler…

En dépit de cette tenue pour le moins originale, il conservait la même froide assurance dont il avait fait montre sur la gondole.

Elle aussi aurait pu se changer et enfiler une robe de chambre par-dessus l'un de ses déshabillés vaporeux, bref, se mettre à l'aise. Après tout, elle était une courtisane, on n'attendait pas d'elle une mise pleine de modestie.

Pourtant, après avoir pris un bain chaud et s'être frictionné pour se débarrasser de toute réminiscence du contact et de l'odeur du porc qui l'avait agressée, elle avait demandé à sa camériste Thérèse de lui sortir une robe qu'elle aurait tout aussi bien pu porter si elle avait été invitée à prendre le thé.

Mais ce soir – ou plutôt ce matin, vu l'heure –, il n'était pas question de boire du thé.

Arnaldo, le majordome, avait apporté une bouteille de cognac. Son sauveur sirotait le sien, et semblait l'apprécier en connaisseur tout en jetant des regards en direction de la chambre adjacente.

Francesca s'installa sur le sofa, et avala une longue gorgée de cognac.

— Mon nouveau voisin, murmura-t-elle pensivement. Ce n'est pas là une façon de se présenter très éclairante.

Jusqu'à présent, elle n'en avait pas appris davantage sur son compte. Il faut dire qu'elle n'avait guère eu le loisir de le questionner. Sitôt arrivé au *palazzo* Neroni, il l'avait poussée dans la maison, quasi manu militari, puis s'était occupé de distribuer des ordres aux domestiques, d'un ton si impérieux qu'on aurait pu croire qu'il était le maître des lieux.

Mais une chose était sûre, ce n'était pas un homme du commun.

— La rumeur prétend que vous appartenez à la famille Albani, reprit-elle pour rompre le silence qui menaçait de devenir pesant. Des gens très distingués qui, me suis-je laissé dire, ont donné un pape ou deux à la chrétienté. Et voilà que vous m'annoncez que vous êtes anglais.

Son verre à la main, il s'approcha d'un grand portrait de Francesca suspendu au mur, côté *portego*. L'un des nombreux que le *marchese* avait fait exécuter par son artiste de prédilection, du temps de leur liaison. Cette œuvre, la plus récente et la plus imposante, était la seule que son ancien amant lui ait cédée après leur rupture.

— Je suis le fils de lord Westwood, commença-t-il, les yeux rivés sur le portrait. Ma mère, qui est sa seconde épouse, se nomme Véronica Albani. Ils viennent à Venise de temps en temps. Peut-être les avez-vous déjà croisés ?

— D'ordinaire, je ne suis pas invitée dans la bonne société, répondit Francesca, qui s'efforçait de se remémorer lord Westwood.

Autrefois, elle connaissait par cœur le Debrett, qui recensait tous les grands noms de l'aristocratie anglaise. Elle maîtrisait parfaitement les liens subtils qui existaient entre toutes ces familles. N'était-elle pas, à l'époque, l'épouse de John Bonnard, la meilleure hôtesse qui fût ?

Aujourd'hui encore, elle se souvenait du nom de ceux qui l'avaient bannie après son divorce – c'est-à-dire tout le monde. Pourtant, celui de lord Westwood ne lui disait rien. Elle n'avait aucune idée de la place qu'il occupait dans la hiérarchie nobiliaire : duc, marquis, comte, vicomte, baron ?

— Je ne dirai pas vraiment de mes parents qu'ils font partie de la haute société, rétorqua-t-il, avant d'ajouter en détachant les yeux du tableau pour les reporter sur elle : La ressemblance est frappante.

Tandis qu'il la dévisageait tranquillement, Francesca commença à se troubler. Tout à coup, elle avait l'impression d'être une écolière intimidée.

Réaction parfaitement grotesque.

« Tu es une courtisane, et la plus célèbre de toutes, se rappela-t-elle. Une demi-mondaine. Une putain. Comporte-toi comme telle. »

— Personne ne semble connaître votre nom, observa-t-elle. C'est très mystérieux. Je me demande ce qu'il y a d'inscrit sur votre passeport, et comment il se fait qu'une information aussi simple demeure inconnue de tous.

Il haussa les épaules.

— Ne voyez là aucun mystère. Je ne suis à Venise que depuis quelques jours, et les curieux n'ont pas eu le temps de se renseigner, voilà tout. Mais ils n'auraient pas eu beaucoup de mal à se donner. Il suffisait de demander au gouverneur autrichien, le comte de Goetz, ou encore à M. Hoppner, le consul général britannique.

Il marqua une brève pause, puis ajouta :

— Je m'appelle James Cordier.
— Et moi, Francesca Bonnard.
— Je sais. Vous êtes célèbre, semble-t-il.
— Pas en bien.

Il la rejoignit en quelques enjambées.

— Vraiment ? fit-il.

Il avait ouvert de grands yeux, l'air authentiquement surpris, et elle découvrit, étonnée, que ceux-ci n'étaient pas brun foncé ou noirs, comme elle l'avait tout d'abord cru, mais bleus, d'un bleu profond.

Il prit place dans le fauteuil le plus proche, et se pencha en avant pour l'étudier avec attention comme s'il se tenait devant un autre de ses portraits.

— Et qu'avez-vous donc fait de si terrible ? s'enquit-il d'une voix douce.

Francesca avait toutes les peines du monde à ne pas se trémousser sur son siège. Elle était accoutumée aux regards des hommes. En revanche, elle n'avait pas l'habitude qu'on la scrute ainsi, comme si elle était une bête curieuse. Elle se raidit, mal à l'aise, et... Oh Seigneur, une sensation de chaleur lui monta aux joues.

Elle était en train de *rougir*. Elle !

Elle était déconcertée, voilà tout, tenta-t-elle de se rassurer. D'ordinaire, elle ne côtoyait pas ce genre d'homme. Un érudit qui vivait quasiment reclus. Elle ne serait d'ailleurs pas surprise de découvrir que c'était un excentrique.

— Vous ne fréquentez peut-être pas beaucoup la bonne société, avança-t-elle prudemment.

— Si vous faites allusion à la bonne société anglaise, vous avez raison. Je ne réside pas souvent dans mon pays.

— Je suis divorcée, annonça-t-elle sans détour. J'étais autrefois mariée à John Bonnard, devenu lord Elphick. Notre divorce a provoqué un scandale retentissant.

— Votre ex-époux vous en voudrait-il encore ? hasarda-t-il. Se pourrait-il qu'il soit animé de mauvaises intentions à votre endroit et qu'il ait engagé des sbires pour vous éliminer ?

Francesca songea à la visite de lord Quentin, à son intérêt subit pour ces vieilles lettres. Puis elle chassa cette possibilité. Elphick ne gagnerait rien à se débarrasser d'elle. Au contraire, il se retrouverait dans les ennuis jusqu'au cou. Elle n'était plus cette divorcée que tout le monde conspuait. Sur le continent, elle était désormais une femme considérée, qui bénéficiait du soutien d'amis influents. Si on l'assassinait, cela créerait un choc énorme et une enquête serait diligentée.

Elphick ne pouvait prendre un tel risque, d'autant qu'il ignorait quelles dispositions elle avait prises à propos des lettres en cas de mort suspecte.

Non, décidément cela ne tenait pas debout.

— Vous faites fausse route, assura-t-elle. Je suis plus utile à mon ex-époux vivante. Comparé à moi, il peut se draper dans sa noblesse et jouer les vertueux. Non, me tuer gâterait son plaisir.

— Et mourir gâterait le vôtre, fit remarquer James Cordier.

Surprise, elle éclata de rire.

C'était incongru. Comment pouvait-elle rire aussi aisément alors qu'elle venait d'échapper de justesse à un viol, et très certainement à une mort horrible ?

Cela prouvait une fois de plus, s'il était besoin, qu'elle était de la race des survivants.

Elle perçut comme une curieuse tension chez James Cordier, tension qui parut se communiquer à toute la pièce, dont l'air même sembla soudain plus dense. Mais l'impression se dissipa lorsqu'il reprit :

— La première pensée qui vient à l'esprit, c'est qu'il s'agissait de voleurs. Mais quelle curieuse manière de procéder. Il aurait quand même été beaucoup plus logique de vous assommer pour vous soulager de vos bijoux et de votre bourse. Mais l'objectif était visiblement de s'attaquer à votre personne, de vous malmener le plus possible. J'ai vu toute la scène de mon balcon, et il est clair que l'agression a été planifiée. Les crimes violents étant rares à Venise, on peut en conclure qu'on ne vous a pas choisie au hasard. Quant au motif...

Il haussa les épaules, et elle ne put s'empêcher de penser qu'il avait une carrure vraiment impressionnante.

— Vous parlez comme un avocat, observa-t-elle d'un ton crispé. Et vous semblez plutôt versé en matière de criminels.

— Et vous, vous parlez comme quelqu'un qui connaît bien les avocats, et qui ne les aime pas beaucoup.

— Je suis divorcée, lui rappela-t-elle. Mon père était sir Michael Saunders, l'homme qui, à lui seul, a failli anéantir l'économie britannique il y a quelques années. Vous comprendrez donc, monsieur Cordier, que j'aie une certaine expérience des avocats. Et, vous avez raison, je n'ai aucune sympathie pour les membres de cette profession. Je ne les hais pas non plus. Pour une femme dans ma position, ils représentent une nécessité malheureuse, c'est tout.

— Ah, oui. Votre position, murmura-t-il. Vous êtes une divorcée.

— *Divorziata e puttana*, articula-t-elle. Une divorcée et une putain.

Il jaillit de son siège comme si un diablotin à la solde de Satan venait de lui piquer les fesses de sa fourche chauffée à blanc.

— Dieu du ciel! s'exclama-t-il. Je vous demande pardon. Est-ce que je vous empêche de travailler?


Elle fixait James, ses yeux verts paraissaient immenses dans son visage, et son regard était empreint d'une infinie vulnérabilité. C'était juste le contrecoup de son agression, il le savait, mais cela ravivait malgré lui la colère qu'il avait eu tant de mal à étouffer. Avant cette épreuve, elle était si sûre d'elle, si pleine de morgue...

Puis cette expression de trop grande fragilité s'émietta, et elle éclata d'un rire plein de gaieté et de fraîcheur, éblouissant.

Il sentit son cœur manquer un battement, puis un autre, avant de se mettre à tambouriner dans sa poitrine.

Il ne parvenait pas à se dominer. De même qu'il ne pouvait s'empêcher de sourire.

Oh oui, elle était douée! Une virtuose. Et il commençait à comprendre – pas seulement avec son intellect, mais avec ses tripes – pourquoi elle était si diablement chère, et pourquoi les hommes qui en avaient les moyens payaient sans sourciller. Sa beauté était exceptionnelle, mais sa vitalité, sa sensualité exubérante faisaient d'elle une femme unique.

Elle devait être prodigieuse au lit.

Il ne s'étonnait plus que le marquis de Bellaci – connu pour son inconstance – se soit attaché si longtemps à elle.

Son rire se calma, mais une étincelle espiègle s'alluma dans ses prunelles.

— M'empêcher de travailler! répéta-t-elle. Celle-là, il faudra que je la raconte à Giulietta. Elle va l'adorer. Non, monsieur Cordier, vous ne m'empêchez pas d'arpenter les rues, parce que je ne travaille pas sur le trottoir. Du reste, vous aurez peut-être remarqué que Venise n'en compte pas beaucoup. Je suis une courtisane d'un autre genre, beaucoup plus vénale. Et j'avais prévu de passer cette soirée au lit, en compagnie... d'un bon livre.

— Vraiment? Cela me laisse pantois, je l'avoue – du moins l'Italien qui est en moi. Je n'aurais jamais imaginé qu'une femme comme vous pouvait passer une nuit seule. Il est aussi vrai que je ne comprends tout simplement pas ce qui pourrait pousser un homme à divorcer de vous. Elphick serait-il attiré par les personnes de son sexe ? Ou préférait-il les moutons ? Mais peu importe, cela ne me regarde pas, ajouta-t-il avec un geste de la main. Vous comptiez lire et je vous en empêche. Et un bon livre est peut-être préférable à un amant, après tout.

— Parfois, oui, acquiesça-t-elle, sa belle bouche incurvée en un sourire léger, qui donnait un aperçu de celui, ravageur, qui faisait battre le cœur d'un homme avant même de s'être formé, et envoyait dans ses veines un courant brûlant qui irradiait jusque dans son entrejambe.

Cette esquisse de sourire portait en elle tous les possibles. Elle pouvait être une invite. Ou une simple taquinerie.

Mais quelle qu'elle soit, elle était diablement efficace. Déjà la température de James grimpait et son cerveau tentait de négocier avec son sexe.

« Du calme, mon vieux, s'enjoignit-il. Tu as un peu plus de bon sens que cela tout de même. »

Il était plus avisé que la plupart des hommes. Il ne pouvait se permettre de succomber à son charme vénéneux. Car ainsi, il lui aurait laissé la main. Or il avait déjà décidé de la façon dont il allait jouer cette partie : en se faisant désirer.

— Il a divorcé pour adultère, précisa-t-elle.

— Révoltant. J'aurais supposé qu'il avait un motif sérieux, je ne sais pas, que vous aviez saupoudré son café avec de l'arsenic, ou que vous l'aviez battu au golf.

— Je crains de n'avoir pensé à l'arsenic que bien après, quand il était trop tard.

— Il n'est jamais trop tard pour l'arsenic. C'est un poison lent. Trop lent. Sauf si l'on veut rendre la personne horriblement malade, la faire mourir à petit feu, dans d'atroces souffrances. Pour un résultat plus rapide, je recommanderais l'acide prussique.

— Vous semblez très au fait de ces questions.

Il se souvint qu'elle l'avait vu tuer un homme. À moins qu'il ne l'ait qu'à demi étranglé ? Sur le moment, sa fureur était telle qu'il n'avait pas vérifié si le type respirait encore quand il l'avait jeté dans le canal. Qu'il soit inconscient ou mort, un homme sombre plus ou moins de la même manière.

Quoi qu'il en soit, Francesca Bonnard allait forcément s'interroger sur un homme capable d'en terrasser un autre à mains nues. Elle n'avait rien d'une Marta Fazi. Bien au contraire...

— Je m'y connais, oui, acquiesça-t-il. Il se trouve que, dans ma jeunesse, j'ai traîné avec des gens peu recommandables.

Ce n'était que la stricte vérité. En général, quand c'était possible, il préférait ne pas trop s'en éloigner. C'était beaucoup plus simple ainsi.

— Ma famille m'a envoyé dans l'armée, le meilleur endroit au monde pour canaliser les tendances à la violence, expliqua-t-il encore.

Là encore, il ne mentait pas.

— La violence, oui, fit-elle. C'est assez masculin. Mais le poison ? Je pensais qu'il s'agissait d'une arme féminine.

— Je proviens d'une longue lignée d'empoisonneurs. Ma mère a du sang Borgia et Médicis dans les veines.

Il se pencha pour poser son verre sur la table, et une odeur fleurie lui chatouilla les narines. Du jasmin ? Il aurait aimé se pencher davantage pour découvrir si elle le mettait sur sa peau ou dans ses cheveux, mais résista à la tentation et s'obligea à se redresser.

— Quant à vous, ma chère, vous provenez certainement d'une longue lignée de femmes curieuses, plaisanta-t-il. Je serais enchanté de satisfaire votre curiosité, mais je suis contraint de signaler l'incident qui vient de se produire au gouverneur. La loi est très stricte, comme vous le savez, et je devrais déjà être en route. Ensuite, les moines m'attendent à 10 heures précises. Je vous ferai parvenir mon traité sur les méthodes criminelles les plus populaires au XVIe siècle. Mes sœurs assurent que c'est un excellent soporifique au moment du coucher.

— Pourquoi ne pas me l'apporter vous-même ? Vous pourriez m'en faire la lecture.

Elle ne précisa pas « au lit », mais c'était inutile.

Un sourire aux lèvres, elle darda sur lui son regard aussi limpide que l'eau d'une source. Il eut envie d'y plonger, même s'il savait qu'il s'y noierait.

« Ligotez-moi au mat ! », songea-t-il encore, avant de répondre :

— *Devo andare*. Je dois m'en aller. *Buona notte, signora*.

— *Buon giorno*. L'aube est presque là.

— *A rivederci*.

Et avant qu'elle puisse le persuader de regarder le lever du soleil en sa compagnie, il se leva et quitta la pièce.

Il était en nage.

# 4

> *C'est fâcheux, je l'avoue ;*
> *la faute en est à ce soleil indécent*
> *qui ne peut laisser en repos notre argile chétive,*
> *mais qui la chauffe, la cuit, la brûle,*
> *si bien que, nonobstant jeûnes et prières,*
> *la chair est fragile et l'âme se perd :*
> *ce que les hommes appellent la galanterie,*
> *et les dieux l'adultère, est beaucoup*
> *plus commun dans les pays chauds.*
> Lord BYRON, *Don Juan, Chant I*

*Le lendemain après-midi*

Le traité de M. Cordier avait été livré alors que Francesca n'était pas encore levée, même si elle ne dormait pas. Elle avait passé une grande partie de la nuit – enfin, de ce qu'il en restait – à ruminer des envies de meurtres. Ce qui avait heureusement détourné ses pensées des malandrins qui avaient bel et bien tenté de la tuer.

Elle écrivit une brève missive au comte de Magny pour lui expliquer ce qui s'était passé et lui assurer qu'elle se portait bien. Puis, après avoir demandé à Arnaldo de faire livrer ce message dans les plus brefs délais, elle se saisit du livre de James Cordier et, vêtue d'un déshabillé en soie, alla s'installer sur la méridienne dans son boudoir.

Elle lut :

*En réalité, le deuxième époux de Lucrèce Borgia fut étranglé parce qu'il était devenu, bien innocemment, un obstacle aux ambitions politiques du frère de Lucrèce, César Borgia. Le meurtre eut lieu dans les appartements du couple. Lucrèce fit tout ce qu'elle put pour sauver son jeune mari de vingt ans, en vain. Longtemps, elle demeura inconsolable et son père, las de ses pleurs, l'envoya à Rome.*

— C'était là mon problème, murmura Francesca. Moi, je n'avais pas de frère.

— Madame, la signora Sabbadin...

— Oh, poussez-vous ! fit la voix de Giulietta qui contourna Arnaldo venu l'annoncer et pénétra dans le boudoir.

Elle se rua vers Francesca, s'accroupit près d'elle et s'empara de sa main.

— Ma chérie, la nouvelle a déjà fait le tour de Venise : on aurait essayé de te tuer ! Ce ne peut pas être vrai !

Francesca posa son livre.

— Si, c'est vrai. Jusque-là du moins, car si on t'a raconté quoi que ce soit d'autre, ce sont sans doute de pures affabulations.

Sans lui épargner les détails sordides, elle narra à Giulietta les circonstances de son agression. Puis elle relata l'intervention musclée de M. Cordier, et le moment qu'ils avaient ensuite passé ensemble, jusqu'à son départ au petit jour.

Au milieu de ce récit, Giulietta devint livide. Elle reprit un peu de couleurs quand Francesca lui raconta comment elle avait vainement essayé de séduire son nouveau voisin.

— Il est parti, tu te rends compte ? Je vais le tuer ! conclut-elle. Je devrais utiliser du poison parce qu'il est trop imposant pour que je l'étrangle.

— Grand, beau, et réfractaire à tes avances ? Qui pourrait te reprocher d'avoir envie de l'assassiner ? commenta Giulietta en riant.

Francesca lui fit de son voisin un portrait tout à fait alléchant : d'épais cheveux noirs bouclés, des yeux d'un bleu profond, un corps d'athlète, une virilité éclatante.

Elle en salivait encore. Elle n'aurait pas dû se laisser impressionner par un physique avantageux. Elle moins qu'une autre. Elle le savait et secoua la tête.

— Je m'en remettrai ! Ce n'était qu'un moment de faiblesse passager, bien compréhensible étant donné les événements.

— Il est beau, il t'a sauvé la vie, tu es sous le choc, terrifiée. Il est tout naturel que tu aies voulu te blottir au lit contre un homme fort.

— Quoi de mieux qu'une heure d'amour pour oublier un incident aussi déplaisant ? Si seulement il m'avait donné satisfaction, j'aurais peut-être pu dormir, tandis que là, je n'ai pas fermé l'œil de la nuit.

— Je comprends. Après un grand choc ou un deuil, faire l'amour nous prouve que nous sommes bien vivants. Ce que je ne comprends pas, en revanche, c'est pourquoi il a refusé. Tu crois qu'il préfère les hommes ?

— Non.

Francesca jeta un coup d'œil à la petite table placée, comme toujours, à portée de main. Aujourd'hui s'y trouvaient une carafe de vin sur un plateau d'argent, ainsi que deux verres de cristal, car elle s'était doutée que Giulietta viendrait plus tôt que d'ordinaire. Le bouche-à-oreille fonctionnait très bien à Venise.

Elle imagina la longue main de M. Cordier posant son verre sur cette même table. Elle réprima un frisson en se remémorant avec quelle froide efficacité il s'était débarrassé de son assaillant – un frisson de peur ou d'excitation, elle n'aurait su le dire.

À un moment donné, elle avait senti qu'elle lui plaisait. Puis, d'un coup, cette impression s'était évaporée. Il s'était redressé sur son siège et avait retrouvé toute sa réserve.

— Non pas que cela m'importe, enchaîna-t-elle, car il n'aura pas de seconde chance. Il est fils d'aristocrate, mais pas l'aîné, vois-tu? Jamais il ne pourra m'assurer un niveau de vie égal à celui qui est le mien aujourd'hui, et je n'ai pas l'intention de baisser mes prétentions.

Et il y avait autre chose : chaque fois que Francesca ajoutait à sa collection le nom d'un amant prestigieux, elle s'empressait d'en informer lord Elphick, et se plaisait à l'imaginer grinçant des dents, impuissant et rageur devant sa fulgurante ascension, lui qui avait cru la voir sombrer sans tarder dans la déchéance.

Et il n'était pas question de lui donner satisfaction. Jamais.

— J'ai fait des avances à ce M. Cordier pour l'unique raison que j'étais choquée et que je ne savais plus où j'en étais, décréta-t-elle avant d'ajouter après une hésitation : Et, bien sûr, je lui étais aussi reconnaissante. Sais-tu, Giulietta, que c'était la première fois qu'un homme se portait à mon secours? Aucun de ceux qui m'ont fait la cour durant ma première saison à Londres ou ensuite, lorsque j'étais mariée, n'a levé le petit doigt pour m'aider quand mon mari s'est conduit de manière si abominable. À l'époque, mon père avait déjà pris la poudre d'escampette, m'abandonnant aux loups. Tu imagines ce que j'ai ressenti en voyant ce parfait étranger voler à ma rescousse!

Giulietta saisit la carafe de vin sur la petite table et remplit les deux verres, avant d'en tendre un à Francesca.

— Tu es en vie, déclara-t-elle. Jamais je n'en remercierai assez ton cher voisin.

Francesca leva son verre. Elles trinquèrent et burent une gorgée.

— Mais pour le moment, reprit Giulietta, oublions, veux-tu, cet homme mystérieux qui a si stupidement refusé ce que tu lui proposas.

Francesca eut un rire contraint.

— Facile à dire pour toi. Tu ne l'as pas vu. Et tu ne l'as pas vu *mouillé* !

— Tôt ou tard, nos chemins se croiseront, et je comprendrai enfin pourquoi tu étais prête à transgresser pour lui tes principes sacrés. Pour l'heure, la question qui importe est : qui te hait assez pour souhaiter ta mort ?

*Ce soir-là, à* La Fenice

*La Gazza Ladra,* une fois encore.
Lurenze. Encore.
Mais pas à la place d'honneur cette fois, nota James qui venait de pénétrer dans la loge de La Bonnard en compagnie du gouverneur, le comte de Goetz.

À la droite de la jeune femme se trouvait un officier russe aux cheveux blond-roux ; à sa gauche, sa fidèle amie Giulietta Sabbadin. Les deux femmes étaient penchées l'une vers l'autre et chuchotaient derrière leurs éventails dépliés.

L'officier russe, qui devait connaître un tant soit peu les femmes, n'essayait pas de s'imposer dans leur discussion et bavardait tranquillement avec le consul russe assis à ses côtés.

Lurenze, qui, à l'évidence, ne s'était jamais interrogé sur cette énigme qu'on nomme « La Femme », était installé un peu en retrait et ne quittait pas Francesca Bonnard des yeux. Il affichait l'expression pleine d'espoir d'un chien allongé sous la table qui attend la chute d'une croûte de fromage. Son attention demeurait fixée sur l'objet de sa convoitise et Goetz, protocole oblige, dut s'y reprendre à plusieurs fois pour réussir à lui présenter James.

Sans chercher à dissimuler sa contrariété, le prince daigna saluer James d'un vague hochement de tête, avant de laisser échapper un soupir irrité. James devina la raison de son agacement : Lurenze voyait en lui un nouveau rival.

Mais l'instant d'après, le prince se détournait pour reporter sur La Bonnard un regard dégoulinant d'adoration.

Bien que les deux courtisanes n'aient pas tourné la tête de son côté, James savait qu'elles étaient conscientes de sa présence. Leur attitude s'était imperceptiblement modifiée ; il y décelait une tension qui lui disait mieux que des mots qu'elles étaient attentives à ce qui se passait dans leur dos.

Ignorant les chuchotements de son conseiller qui tentait de lui expliquer où M. Cordier se situait dans l'aristocratie anglaise, Lurenze osa enfin s'adresser à la dame de son cœur :

— Madame, il y a une telle foule ici. Peut-être aimeriez-vous prendre l'air.

— Merci, Votre Altesse, répondit Francesca en lui adressant à peine un regard – et en feignant de ne pas remarquer James. Mais je ne trouve pas qu'il y ait une telle foule.

— C'est parce que vous êtes assise au premier rang, répliqua Lurenze. Cela m'inquiète beaucoup, du reste, je vous l'avoue, ajouta-t-il, avant de se tourner vers Goetz : Monsieur, vous devriez expliquer à cette dame qu'il est dangereux pour elle de s'exposer ainsi. Après ce qui est arrivé hier soir…

Francesca adressa un sourire paresseux au Russe assis à côté d'elle.

— Mais je tiens à ce qu'on me voie, objecta-t-elle. Je veux montrer à tous ces gens que je n'ai pas peur, qu'il ne me viendrait pas à l'idée de me cacher ou de fuir.

— Je suis d'accord, intervint James.

Réprimant son agacement – souriait-elle ainsi à *tous* les hommes ? –, il se fraya un chemin vers le premier rang, Goetz dans son sillage.

— Que Mme Bonnard se cache serait un crime, ajouta-t-il.

Dans un même mouvement plein de grâce, les deux têtes féminines se tournèrent dans sa direction,

— Monsieur Cordier, le salua Francesca froidement. Vous avez donc abandonné vos chères études pour vous joindre à nous ? Comme c'est flatteur.

— Il a fallu que j'insiste, précisa le comte. Sans quoi…

— Laissons là ces sujets ennuyeux, coupa James. Goetz, ayez donc la bonté de me présenter à ces charmantes dames.

— Oui, je vous en prie, renchérit Francesca. Giulietta meurt d'impatience de faire la connaissance de mon intrépide voisin.

— Mourir ne sera pas nécessaire, assura James, avant de s'incliner sur la main de Giulietta.

— Oh, il dit cela, mais tu sais ce que j'ai dû faire pour attirer son attention, lança Francesca à son amie.

Au milieu de cet échange, le comte de Goetz parvint tant bien que mal à procéder aux présentations. Le Russe, qui se révéla être le comte de Vimstikov, se leva.

— Puis-je vous serrer la main, monsieur Cordier ? Vous avez toute ma gratitude. Je crois du reste parler au nom de toutes les personnes ici présentes – et peut-être de tous les Vénitiens – en vous remerciant du fond du cœur pour ce que vous avez fait.

James avait du métier, et parvint donc à masquer sa surprise. Il avait souvent reçu des félicitations et s'était vu attribuer nombre de récompenses, qu'il s'agisse de présents ou d'espèces sonnantes et trébuchantes. Mais jamais encore il n'avait eu droit à des remerciements publics.

De fait, la veille, il avait, comme il se doit, signalé le crime au comte de Goetz, ainsi qu'au consul général britannique, M. Hoppner. D'ordinaire, il œuvrait à couvert, mais étant donné l'identité de la victime, sa notoriété et le fait que la scène se fût déroulée sous les yeux de ses deux gondoliers, il aurait eu du mal à garder le secret. De plus, si tout cela se révélait n'être, en définitive, qu'une banale agression crapuleuse qui n'avait rien à voir avec sa mission, les hommes du gouverneur étaient les mieux placés pour régler l'affaire.

Comme tout le monde semblait penser qu'il s'agissait d'un crime ordinaire, quoique inexpliqué, il était logique qu'on le remercie. Il espérait que ces gens avaient raison – cela simplifierait les choses –, mais en toute franchise il en doutait. Cette agression lui semblait tout sauf ordinaire. Pire, elle était complètement inattendue – du moins s'il se fiait à ce que ses supérieurs lui avaient dit de cette femme. Le hasard avait voulu qu'il se trouve au bon endroit au bon moment pour la sauver.

S'il n'avait pas été là…

Il chassa cette pensée de son esprit. Lurenze venait enfin de se rappeler ses bonnes manières et lui exprimait également sa reconnaissance.

— Toutefois, ajouta Son Altesse, de tels actes d'héroïsme ne devraient pas être nécessaires, car une dame ne devrait jamais se déplacer seule la nuit.

Le comte de Goetz intervint aussitôt pour défendre avec vigueur les méthodes modernes de la police vénitienne.

— Cet incident déplorable était une aberration qui n'est pas près de se réitérer, Votre Altesse. Je vous promets que nous allons mener l'enquête, assura-t-il.

Il s'approcha du prince pour lui expliquer quelle action avait déjà été entreprise. Le consul russe se mêla à la conversation. Et les intérêts nationaux poussèrent apparemment le comte de Vimstikov à céder sa place à James pour participer aux débats.

Le pauvre Lurenze se retrouva donc cerné de toutes parts par ses interlocuteurs et, à son grand dépit, perdit de vue sa bien-aimée.

Comme James ébauchait un mouvement en direction du siège laissé vacant, Francesca Bonnard l'arrêta en se levant.

— Pas ici. Prenez donc mon fauteuil. Giulietta rêve de toucher vos muscles.

Giulietta Sabbadin adressa un sourire suave à James :

— Nous venons d'avoir une grande discussion entre femmes, expliqua-t-elle. Je soutiens que seuls les hommes qui travaillent dur ont une musculature développée. Il faut donc que je vérifie par moi-même.

— Si c'est pour des raisons *scientifiques*, fit James en souriant.

Les trois fauteuils étant placés devant la rambarde du balcon, ils disposaient de très peu d'espace pour manœuvrer. En croisant Francesca, James sentit la caresse de sa robe en soie. Son parfum le grisa et, de nouveau, il se posa la question. Sa peau ? Ses cheveux ? Il dut se faire violence pour ne pas s'incliner sur elle, fixa son attention sur les perles qu'elle portait. Elles étaient aussi grosses que des œufs de caille ! Combien d'hommes au monde, et encore moins à Venise, dans cette loge d'opéra, pouvaient se permettre d'acheter les faveurs d'une telle femme ?

Il n'eut pas le temps de calculer la valeur nette des mâles du voisinage. Le public réclamait le silence à grand renfort de « chut ! » courroucés, et il s'assit sans tarder.

Sur scène, le vilain major était sur le point d'enlever la pauvre Ninetta.

C'était une des meilleures scènes de *La Pie voleuse*.

M. Cordier était le seul homme de la loge de Francesca à s'intéresser vraiment à l'opéra qui se jouait devant eux. Les autres rongeaient leur frein en silence, car les Italiens les auraient sans doute tués s'ils avaient proféré le moindre mot. Il faudrait attendre que le public exprime son opinion en bravos et en applaudissements, ou en sifflements furieux, voire en projections de fruits et légumes variés, avant que toute activité considérée comme normale puisse reprendre dans la loge.

Le voisin de Francesca ne quittait pas la scène des yeux. Elle eut donc tout le loisir de l'étudier à la dérobée, de humer son odeur, de s'interroger sur cette virilité qui, il fallait bien l'avouer, ne la laissait pas indifférente.

Une impression de force sidérante irradiait de sa personne, et Francesca était convaincue que les autres hommes en avaient eux aussi conscience.

« Les hommes sont soit des loups, soit des chiens, lui avait expliqué Fanchon Noirot, son mentor. Certains sont nés pour commander, d'autres seront toujours des suiveurs. Quand un meneur apparaît, les autres s'effacent, ou se battent pour lui ravir cette position. Tu dois rechercher l'homme le plus puissant, celui devant qui les autres s'inclinent. »

Pour le moment, Francesca était bien consciente que le mâle dominant de La Fenice était assis à côté d'elle.

Et il l'ignorait comme si elle était transparente.

Un traitement auquel elle n'était pas accoutumée. Et ce n'était pas tout. M. Cordier se permettait de suivre l'opéra, il semblait même complètement captivé, ce qu'elle ne s'autorisait jamais. Se passionner pour le spectacle, c'était si provincial !

Mais M. Cordier se fichait manifestement de l'opinion d'autrui et de ce qui se faisait ou non.

Il avait aussi tous les atouts en main : il était (a) un noble de sexe masculin, et ils faisaient tout ce qui leur plaisait, (b) un érudit, qui pouvait donc se permettre certaines excentricités, (c) l'homme au sommet dans la hiérarchie masculine, qui n'avait donc de comptes à rendre à personne.

Sauf qu'un fils cadet n'était pas au sommet de la hiérarchie pour elle, se rappela-t-elle. Même si sa présence était telle qu'il évinçait les autres à ses yeux. Il n'était pas au sommet, et son regard bleu, ses boucles noires, ses larges épaules ne changeaient rien à l'affaire.

Il n'était pas au sommet, même s'il lui avait sauvé la vie. Il avait eu l'occasion d'en être remercié, n'avait pas voulu la saisir. Aucun homme n'avait de seconde chance avec elle.

Elle se leva.

Aussitôt, tous les messieurs présents l'imitèrent, James Cordier également, bien qu'il le fît de manière machinale, sans quitter des yeux la scène où évoluaient les chanteurs. Francesca serra les dents. Elle aurait voulu lui donner un coup d'éventail – voire lui jeter sa chaise à la figure ! Mais un éclat aussi puéril aurait été ridicule. Elle s'avança donc vers Lurenze.

À son approche, les hommes qui entouraient le prince s'écartèrent, et le visage de ce dernier s'illumina.

Elle lui adressa le plus ensorcelant des sourires.

James trouvait Giulietta divertissante. En temps ordinaire – s'il avait été à la place des autres hommes présents, par exemple –, il aurait préféré sa gaieté et son caractère facile aux sautes d'humeur et au mystère de La Bonnard.

Mais James n'avait pas droit à une vie ordinaire. Pas encore. Plus tard, quand il serait de retour en Angleterre, ce serait possible. Il choisirait alors pour compagne une jeune fille douce, fraîche et joyeuse qui lui ferait oublier ses démons. Qui lui rappellerait que la vie n'était pas uniquement faite de trahisons, de tromperies et de meurtres. Qui lui prouverait que tout le monde ne passait pas son temps à naviguer dans *un mare di merda*, ce que sa mission se révélait rapidement être.

Comme toujours, il luttait sans relâche pour ne pas se noyer. Il ne pouvait donc faire du charme à Giulietta afin de passer une nuit fort agréable en sa compagnie.

Il était obligé de jouer au chat et à la souris avec son amie, la provocante Francesca, qui était en train de raviver les espoirs – et l'ardeur – du malheureux Lurenze.

— Vous lui résistez, mais vous la désirez, chuchota Giulietta derrière son éventail.

— Quel homme ne la désire pas ? rétorqua-t-il avec un haussement d'épaules. Je m'étonne juste que vous soyez amie avec elle.

— En général, nous n'avons pas du tout le même type d'hommes. Par exemple, Lurenze me plaît beaucoup plus qu'à elle.

— Il est assez beau, j'en conviens.

« Il paraît qu'il a la cervelle d'un écureuil, mais il n'en reste pas moins le plus bel écureuil de la ville », ajouta-t-il en silence.

— Il est tellement gentil, poursuivit Giulietta. C'est le contraire d'un enfant gâté. Il ne demande qu'à faire plaisir, c'est si rare.

— Cela ne durera pas.

— Je sais, soupira-t-elle, mélancolique.

— Je suppose que vous jugeriez indigne d'aller chasser sur les terres de votre amie... même si ces terres sont plutôt vastes.

— Elle n'y verrait pas d'inconvénient, mais le prince n'a d'yeux que pour elle. Vous comprenez, il a mené jusqu'ici une vie très protégée. C'est pourquoi il s'extasie devant les femmes mystérieuses, vénéneuses. Je suis, hélas, affligée d'un visage en cœur de petite fille! Je n'ai donc aucune chance.

— La fraîcheur d'un visage juvénile n'est pas un handicap, que je sache. Certains hommes trouvent cela très attirant.

« C'est à coup sûr mon cas », aurait-il pu préciser.

— Mais pas lui. Stupide prince! Il n'a pas idée du bon temps que nous pourrions prendre ensemble, de tout ce que je pourrrais lui apprendre. Elle, elle lui brisera le cœur. Cela dit, je sais que cela lui arrivera tôt ou tard, alors autant que ce soit avec elle, car au moins, elle ne se montrera pas cruelle. Mais je ne peux m'empêcher de rêver à ce qui pourrait être, confia-t-elle dans un nouveau soupir.

— Vous n'iriez quand même pas jusqu'à éliminer votre rivale, j'imagine.

Giulietta le regarda avec de grands yeux incrédules.

— Vous voulez dire Francesca? Vous croyez que j'aurais pu envoyer ces porcs tuer mon amie... à cause d'un *homme*?

C'était confondant l'infini dédain avec lequel une femme pouvait prononcer ce mot.

James se mit à rire :

— Si j'ai bien compris, les hommes sont si insignifiants qu'ils ne méritent pas qu'on se donne le mal de tuer pour eux.

— Ne vous méprenez pas à mon sujet. Je ne suis pas quelqu'un de gentil. Je suis italienne, dans ma chair et dans mes os. Si jamais j'apprends qui a tenté de tuer Francesca, je tuerai cette personne, homme ou femme, et avec le sourire. Et même la police autrichienne ne m'attrapera pas.

— Mme Bonnard n'a apparemment aucune idée de l'identité du ou des commissionnaires. Elle assure que ce ne peut être son ex-mari.

— Je ne le pense pas non plus. Francesca et lui jouent un jeu. En l'éliminant, il admettrait sa défaite.

— Un jeu, dites-vous ?

Giulietta détourna la tête en agitant son éventail :

— C'est entre eux.

— Mais vous êtes au courant.

— Si vous voulez en savoir plus, posez-lui des questions à *elle*.

Le sujet était clos.


Francesca risqua un rapide coup d'œil du côté des fauteuils du premier rang. Penchés l'un vers l'autre, M. Cordier et Giulietta paraissaient en grande discussion. À cette vue, elle éprouva un pincement au cœur, une émotion comme elle n'en avait pas ressentie depuis des années et contre laquelle elle se croyait immunisée.

Ce n'était pas vraiment de la jalousie, tâcha-t-elle de se convaincre. Elle était juste piquée au vif parce que cet individu semblait s'intéresser à Giulietta alors qu'il l'ignorait elle.

Elle reporta son attention sur le prince.

— Je suis peut-être un peu stupide, après tout, dit-elle.

— Voilà qui est impossible ! protesta-t-il avec galanterie.

Elle se pencha légèrement afin de lui offrir une meilleure vue sur son décolleté.

— Que voulez-vous, je n'ai pas envie de passer pour une lâche. J'ai toujours pensé qu'il valait mieux affronter les ennuis. Il est vrai, cependant, que je ne me suis encore jamais trouvée dans une telle situation. Il est possible que je ne raisonne pas logiquement. Qu'il existe un risque… Oh, pas bien grand car il est de notoriété publique que la police autrichienne est efficace !

— De notoriété publique, oui, répéta Lurenze en baissant la voix. Ils sont si stricts, si guindés. Quand j'essaie de plaisanter avec eux, ils ne se dérident jamais. Ils ressemblent trop à mon père.

— Je suis convaincue qu'ils vont retrouver ces hommes en un rien de temps. Venise est si petite. Personne ne peut s'y cacher bien longtemps, et la lagune est bien surveillée. D'ici peu, ils mettront la main sur ces vauriens… ou sur leurs cadavres, ajouta-t-elle, au souvenir du visage bouffi de son agresseur, le cou coincé dans l'étau du bras de M. Cordier. Mais jusqu'à ce que l'affaire soit résolue, il serait plus sage de ne pas tenter le diable. Il vaudrait peut-être mieux que je ne me déplace pas sans escorte masculine – du moins pour le moment.

— Madame, sur ce point comme sur tant d'autres nous sommes complètement d'accord. Et si vous vouliez bien…

La voix du prince s'éteignit et son sourire s'effaça tandis que son regard quittait Francesca pour remonter sur un point situé derrière elle.

Au même instant, elle perçut une présence dans son dos. Et bien qu'elle s'interdit de tourner la tête, elle en sentit les effets dans tout son corps.

— Madame Bonnard, un mot, je vous prie.

La voix était profonde, l'accent, reconnaissable entre tous, celui des Anglais appartenant aux classes privilégiées.

Francesca tourna très légèrement la tête, de manière à ne lui présenter que son profil, et répondit d'un ton froid :

— Seulement un mot, monsieur Cordier ? Lequel, je suis curieuse de le savoir ?

Il se pencha et approcha la bouche de son oreille pour chuchoter :

— *Andiamo*.

Le son velouté et le souffle de son haleine firent naître une suite de petits frissons sur sa nuque. Elle se traita mentalement d'idiote. À quoi rimait cet émoi imbécile ? Il n'y avait rien de romantique ni même d'intime au fait qu'un homme dise à une femme : « Allons-y. »

Elle se tourna complètement, se heurta à son regard direct qui ne cillait pas et comprit, trop tard, que pour soutenir ce regard, elle se retrouvait dans la position indigne de devoir lever la tête.

— En deux mots, conclut-il en se redressant tranquillement, une esquisse de sourire aux lèvres comme s'il s'agissait d'une plaisanterie connue d'eux seuls.

— L'opéra n'est pas terminé, monsieur Cordier, répliqua-t-elle, refusant d'entrer dans son jeu, et je ne suis pas prête à partir.

— Madame vous dit qu'elle n'a pas envie de partir, intervint Lurenze qui, d'abord intimidé, retrouvait de l'audace pour défendre sa belle.

Après tout, il était prince.

Cordier l'ignora purement et simplement.

— Réfléchissez, madame. Dans la cohue, tout à l'heure, quand tout le monde quittera le théâtre, n'importe qui pourrait vous accoster, puis s'échapper dans la confusion générale. Vous pourrez toujours revoir l'opéra une autre fois, si vous êtes si soucieuse d'en connaître la fin. Ou je peux vous la raconter.

Elle ne lui précisa pas qu'elle connaissait la fin de cette œuvre pour l'avoir vue un nombre incalculable de fois.

— Je ne suis pas lâche et je ne fuirai pas, ripostat-elle. Je refuse de laisser une bande de criminels diriger ma vie.

— Madame ne souhaite pas partir maintenant, insista Lurenze. Lorsqu'elle en manifestera le désir, je l'accompagnerai où il lui plaira d'aller. Le comte de Goetz nous fournira une escorte de soldats.

Cordier daigna finalement lui accorder un regard. Le prince rougit, mais campa sur ses positions.

— C'est excessivement aimable de votre part, Votre Altesse, dit James, mais même s'il n'était pas en dessous de votre condition de jouer les chiens de garde, je sais que vous ne voudriez pas mettre Mme Bonnard en danger.

Lurenze se raidit comme s'il venait de recevoir une gifle.

— La mettre en danger ? Que voulez-vous dire ?

— On ne peut exclure que l'agression ait été perpétrée par des révolutionnaires ou des anarchistes. Comme Votre Excellence le sait, ces gens choisissent comme cible des personnalités. Or vous êtes le prince héritier du royaume de Gilénie, tandis que moi, je n'ai aucune espèce d'importance à leurs yeux.

— J'admets que M. Cordier n'a aucune espèce d'importance, confirma Francesca. Cependant...

— Parfait ! coupa James. Je suis heureux que nous soyons tous d'accord.

Elle ouvrait la bouche pour répliquer lorsqu'il referma la main sur son bras et exerça une pression, légère mais indéniable.

Francesca baissa les yeux sur cette main importune, les releva pour toiser leur propriétaire. Dans un monde civilisé, un tel regard suffisait pour que le gêneur, confus, la lâche aussitôt en bredouillant quelques mots d'excuse. Cordier, lui, ne le vit même pas. Il salua Lurenze d'un signe de tête et ajouta quelque chose en russe à l'intention du comte de Vimstikov, sans pour autant libérer Francesca.

À sa grande fureur, la pression de ses doigts fut suffisante pour l'obliger à se lever de son siège et la mener hors de la loge.

— Cordier, siffla-t-elle, si vous ne me lâchez pas immédiatement, je vais vous donner un coup de pied là où cela fait très mal, et je vous certifie que vous vous en rappellerez.

— Vous êtes toujours aussi obtuse ? murmura-t-il. Vous ne voyez donc pas que j'essaie d'aider votre amie Giulietta ?

# 5

> *Le soleil disparut à l'horizon,*
> *et la lune montra son disque jaunissant :*
> *la lune est dangereuse en diable ;*
> *ceux qui l'ont appelée « chaste » ont, à mon sens,*
> *commencé trop tôt leur nomenclature ;*
> *le plus long jour, le vingt et un juin lui-même,*
> *voit s'accomplir moins d'actes pervers*
> *que n'en éclaire en trois heures la lune souriante,*
> *– tout en conservant son air modeste.*
> Lord BYRON, *Don Juan, Chant I*

Il fallait bien l'admettre, James n'avait pas toute sa tête.

Il écoutait Giulietta et s'efforçait de retenir tout ce qu'elle lui confiait d'intéressant sur son amie. Mais, du coin de l'œil, il surveillait cette dernière qui se trouvait en compagnie de Lurenze. Il ne captait qu'un mot sur dix de leur conversation, mais n'avait guère besoin de plus pour en comprendre l'essentiel. À un moment, il vit Francesca Bonnard se pencher vers le prince pour lui permettre de reluquer son décolleté généreux et, tendant l'oreille, il perçut son changement de ton, plus doux, plus aguicheur.

Il s'entendit alors adresser quelques mots d'excuse à Giulietta et se retrouva debout. Il se dirigea vers le couple : la tête brune ornée de perles inclinée vers la blonde comme pour échanger quelque secret.

Francesca Bonnard était en train de déployer ses talents de sirène pour ensorceler le jeune prince, et sa victime se trémoussait presque de plaisir tel un chiot dont la maîtresse grattouille le ventre.

James se rendit compte qu'il était à deux doigts de l'arracher de son siège et de l'entraîner manu militari hors de la loge.

Par chance, mentir était chez lui une seconde nature. Cela ne lui coûtait absolument pas. Autrefois, il avait eu une conscience, mais c'était il y a fort longtemps et il n'en gardait qu'un vague souvenir.

Il mentit donc à propos de Giulietta, et Francesca parut avaler son boniment. C'est tout ce qui comptait. La fureur de la jeune femme était palpable, pourtant elle ne protesta plus et se laissa guider vers l'escalier.

Lorsqu'ils croisèrent certaines de ses connaissances, elle les salua de manière tout à fait naturelle et échangea quelques mots aimables avant de prendre congé, apparemment très à l'aise. Comme la plupart des courtisanes, c'était une excellente actrice. Sans doute mourait-elle d'envie de lui plonger une dague dans le cœur, mais quiconque les aurait vus en cet instant marcher tranquillement côte à côte n'en aurait assurément rien deviné.

Ils débouchèrent à l'air libre et James constata avec soulagement que la gondole de la jeune femme était prête à partir. Cela ne le surprit guère. Comme l'avait affirmé Zeggio, ses gondoliers étaient des employés fiables dont les aïeux avaient servi des générations durant les plus grandes familles vénitiennes, sachant protéger leurs maîtres de toutes les traîtrises, tant sur le plan politique que personnel.

Quand James pria le dénommé Uliva de ne pas emprunter le chemin habituel, ce dernier se borna à hocher la tête, sans demander confirmation à sa maîtresse.

Bientôt, ils longèrent le *rio delle Veste*, au milieu de la foule d'esquifs qui convergeaient vers la porte arrière de La Fenice.

La Bonnard s'était installée dans la *felze*, dans la même posture que le soir où il s'était présenté à elle sous les traits de don Carlo. Le coude appuyé sur le rebord de la fenêtre, elle avait calé la joue sur son poing et feignait de contempler le paysage nocturne.

Cette fois encore, elle l'ignorait.

Il regretta de ne pouvoir lui rendre la pareille. Sans réfléchir, il avait fermé la porte de la *felze*. L'intérieur de la cabine paraissait encore plus exigu et, même avec les fenêtres ouvertes, James se sentait à l'étroit, oppressé.

La gondole glissait sans heurt sur l'eau. Néanmoins, de temps en temps, un mouvement léger faisait entrer sa hanche ou son épaule en contact avec la sienne. La soie de sa robe frottait contre son pantalon dans un doux froissement. Et la brise légère qui entrait par la fenêtre lui apportait l'arôme délicat de son parfum.

Il avait besoin d'une distraction. Une dispute aurait fait l'affaire, mais il refusait d'être le premier à briser le silence. Pour s'occuper l'esprit, il se mit à fixer les perles et les diamants qui pendaient à son poignet ganté et tâcha d'en calculer la valeur.

Finalement, une fois qu'ils se furent éloignés des autres bateaux, ce fut elle qui déclara avec détachement :

— Ainsi, vous vouliez aider Giulietta dans son entreprise. Comme c'est galant de votre part.

— Je pensais que vous comprendriez tout de suite. J'avais du mal à croire que vous vouliez garder le prince pour vous alors que vous ne le désirez pas vraiment.

— C'est imprudent de laisser croire à un homme qu'on le désire, rétorqua-t-elle, avec un regard si plein de mépris qu'il ne réussit pas à l'ignorer. Ils ne peuvent que le présumer.

— Vous voulez parler de moi. Vous avez décidé que j'étais présomptueux.

— Vous semblez persuadé que je me languis de votre compagnie. Permettez-moi de vous détromper, et d'apaiser ainsi votre anxiété. La nuit dernière, j'étais choquée, je l'avoue, et le sentiment de gratitude que j'éprouvais envers vous l'a emporté sur la raison. Ce n'est plus le cas ce soir. Vous avez perdu la seule et unique chance qui vous était offerte.

— Ce n'est pas dans ce but que je vous ai fait sortir du théâtre.

— En tout cas, ce n'était pas pour Giulietta. Ce prétexte était aussi peu convaincant que celui que vous avez donné à Lurenze.

Il n'avait aucune raison de se sentir embarrassé. Il passait sa vie à inventer des prétextes.

Mais s'il trouvait facile de mentir aux autres, il était incapable de se mentir à lui-même. Il ne pouvait feindre d'ignorer la véritable raison qui l'avait poussé à emmener la jeune femme. Et savoir qu'elle-même en avait parfaitement conscience le fit rougir. Il se sentait parfaitement idiot. Non, pire que cela. Lui, l'espion professionnel, était redevenu l'espace d'un instant le gamin impétueux d'autrefois.

De son côté, elle continuait de jouer la reine des glaces, la main contre la joue, dans une attitude nonchalante, son regard vert glissant avec indifférence sur le panorama.

— Et vous, observa-t-il, vous avez minaudé devant Lurenze dans l'espoir que je réagisse exactement comme je l'ai fait.

À sa grande surprise, elle convint en souriant.

— Et cela a marché, n'est-ce pas ? Les hommes sont si prévisibles. Ils ne peuvent s'empêcher de rivaliser entre eux.

James s'obligea à sourire, lui aussi.

— C'est tellement vrai. Nous nous battons comme des coqs de basse-cour pour n'importe quoi, même si cela ne nous intéresse pas vraiment.

— Si vous cherchez à piétiner ma vanité, il va falloir trouver mieux que cela. Souvenez-vous, monsieur Cordier, que je suis divorcée. J'ai été insultée et traînée dans la boue par des experts de la calomnie.

Il éprouva un curieux frémissement. Ce ne pouvait être sa conscience qui le rappelait à l'ordre, il l'avait abandonnée en France dix ans plus tôt. Non, c'était plutôt… de l'irritation.

— Et vous, souvenez-vous que je ne suis pas un rejeton royal bichonné de vingt et un ans, madame Bonnard, mais un homme de trente et un qui a vu du pays. Vous n'êtes pas la première à tenter de me rendre fou, figurez-vous.

Elle eut un rire narquois.

— Je n'ai même pas commencé à essayer, répliqua-t-elle. Quand je le ferai – *si* je le fais un jour –, croyez-moi, vous le saurez.

— Vous avez fait votre possible hier soir.

Elle arqua ses délicats sourcils.

— Vous avez vraiment cru que je faisais un effort ?

— Je sais reconnaître un numéro de charme quand j'en vois un.

— Ce que je vous offrais n'était qu'un « oui » modéré, monsieur Cordier. Du bout des lèvres. Un cran au-dessus du « non ». Mais si je devais vraiment déployer mes talents – sans même sortir le grand jeu –, je vous assure que vous n'y résisteriez pas.

James se souvint de son rire de sirène. Une sensation de malaise le picota, qu'il s'empressa de chasser.

— Vous avez une haute opinion de vous-même, madame. Mais ces perles que vous portez, et qui ont dû coûter une somme fabuleuse, ne prouvent pas que vous êtes irrésistible, seulement que certains hommes sont plus faibles que d'autres.

Un homme avait fait preuve de faiblesse, effectivement, songea-t-il en examinant les pendants d'oreilles qui encadraient son visage, puis les deux rangs de perles qui lui ceignaient le cou. Le rang supérieur, plus court, était composé de perles en forme de poires dont la taille allait croissant. La perle la plus volumineuse reposait entre ses seins qui pigeonnaient au ras de son décolleté. À sa respiration rapide, il devinait qu'elle n'était pas aussi indifférente qu'elle le prétendait. Son exquise robe de soie couleur écume de mer – un blanc bleuté éblouissant – imitait l'opalescence des perles. À ses poignets gantés de blanc, d'autres perles mêlaient leur douceur à l'éclat des diamants.

Tous ces bijoux constituaient une tentation presque insupportable pour un voleur dans l'âme. Pourquoi n'avait-il pas pour mission de lui dérober ces pierres ? Il l'aurait fait, tout simplement, et en aurait eu fini une bonne fois pour toutes avec Francesca Bonnard.

— Vous n'imaginez pas que je puisse vous mettre à genoux, n'est-ce pas ? reprit-elle d'un ton sarcastique. Dans ce cas, aurez-vous le courage de parier avec moi ?

James reporta son attention sur le visage de Francesca Bonnard.

Dans la *felze*, la tension grimpa d'un coup.

— Je ne parie pas avec les femmes. Cela va contre les principes de la galanterie.

— C'est ce que prétendent les hommes. Alors qu'en vérité, ils ne supportent pas l'idée de perdre face à une femme.

— Je ne perds jamais.
— Cette fois, vous perdrez. Voyons, laissez-moi réfléchir...

Elle ferma brièvement les yeux. Quand elle les rouvrit, ils pétillaient de malice.

— Je sais ! Il y a une parure de péridots dans la boutique Faranzi qui me fait très envie.

Il s'étonna :

— De simples péridots ? Je vous croyais plus ambitieuse.

— J'adapte mes ambitions à votre bourse. Ces pierres, vous le constaterez, sont horriblement chères. Il vous faudra emprunter pour les acquérir, toutefois, elles restent à la portée du fils cadet de lord Westwood.

— Je vois. Vous voulez non seulement que je me saigne aux quatre veines, mais que je sois aussi douloureusement humilié.

Elle hocha la tête.

— Alors, qu'en dites-vous ?
— Et si vous perdez ? hasarda-t-il.
— Cela n'arrivera pas. Mais si cela apaise votre fierté masculine de l'imaginer, alors je vous en prie, dites-moi quel sera mon gage.

« Les lettres, songea James. Ces maudites lettres qui me contraignent à vous fréquenter. Tout ce que je veux, ce sont ces lettres, et allez au diable ! »

— Les péridots, dit-il.

Cette réponse la prit au dépourvu. Elle écarta la main de sa joue et inclina la tête pour l'étudier avec attention.

— J'en ferai cadeau à ma fiancée, expliqua-t-il.

Elle battit des cils.

— Vous êtes fiancé ?

Il aurait été facile de mentir. Trop facile. Et il était trop furieux pour formuler ce mensonge-là.

— Pas encore. Mais cela ne saurait tarder. Ce sera un beau symbole pour ma future épouse. Ce bijou sera la preuve que je peux rester fidèle à mes principes et à l'honneur face à une tentation soi-disant irrésistible.

Les yeux en amande se plissèrent.

— Le « soi-disant » est de trop.

— C'est vous qui le dites. Il ne vous reste plus qu'à me dire l'heure et le lieu.

— Ici. Maintenant, fit-elle en détournant le regard vers la fenêtre. Il nous reste encore du temps avant d'atteindre le *palazzo* Neroni. Cela ne devrait pas être très long, de toute façon.

Son assurance – non, son insolence – était inimaginable. Horripilante. Se sachant en colère, il aurait dû tenir sa langue. Il aurait dû prendre le temps de se calmer et de réfléchir. Mais il était trop furieux. Contre elle et contre lui-même.

— Faites de votre pire, lâcha-t-il.


Francesca ne se rappelait pas avoir été aussi furieuse.

Elle s'était ridiculisée la veille en se jetant à sa tête, et maintenant ce type était persuadé qu'il n'avait plus qu'à se baisser pour la cueillir – au moment qui lui conviendrait.

À ses yeux, elle n'était qu'une vulgaire putain.

« Mais c'est bien ce que tu es, chuchota une petite voix rationnelle dans sa tête. C'est ce que tu as choisi de devenir. »

Certes. Cependant, ces perles qui, selon lui, incarnaient la faiblesse des hommes, étaient en réalité une marque de pouvoir et le symbole de l'estime qu'on lui accordait désormais.

Depuis qu'elle avait quitté l'Angleterre, cette île froide et triste peuplée de provinciaux, de puritains et d'hypocrites, aucun homme ne lui avait jamais manqué de respect.

Excepté celui-ci.

Un Anglais, bien entendu. Du moins ne l'était-il qu'à moitié, mais cette moitié était plus que suffisante.

Il avait besoin d'une bonne leçon.

Elle tendit le bras afin de fermer le volet de bois de son côté. Puis elle se pencha par-dessus James Cordier et, prenant soin de lui frôler le torse de ses seins, fit de même pour la deuxième fenêtre.

Lorsqu'elle se redressa, elle nota que sa poitrine musclée se soulevait un peu plus rapidement qu'auparavant. Elle croisa les mains sur son giron.

— Voilà, personne ne peut plus nous voir, annonça-t-elle.

— Il n'y aura rien à voir, je vous le garantis.

— C'est ce que nous verrons.

Elle regarda ses mains un moment, prolongea l'attente, pour le plaisir. Il était assis à sa droite, elle commença donc par le gant gauche. Lentement, elle le fit glisser jusqu'à son poignet, où ses bracelets cliquetèrent. Elle tira sur le pouce, l'index, et poursuivit, doigt après doigt, sans hâte, comme si elle avait l'esprit ailleurs.

Elle garda ses bracelets.

Le gant tomba sur sa cuisse.

Elle ne le regardait pas. Elle n'en avait nul besoin. Elle savait qu'il avait les yeux rivés sur ses mains, qu'il respirait plus vite et plus bruyamment, et s'efforçait de se contrôler.

Elle s'attaqua au second gant avec la même indolence, comme elle l'aurait fait si elle avait été seule dans son boudoir. Une femme qui se déshabille.

Le gant tomba sur son jumeau.

Elle ajusta ses bracelets, laissa glisser ses doigts fins sur les perles et les diamants qui scintillaient désormais contre sa peau nue.

Elle leva les mains.

Il se raidit.

Elle ne le toucha pas.

Elle se toucha elle, posa l'index sur son oreille droite, lui fit suivre la courbe du pavillon délicat, puis s'attarder derrière le lobe nacré, là où elle aimait qu'on l'embrasse.

James Cordier changea de position sur la banquette.

Francesca l'ignora, feignant de savourer en solitaire ces trésors dont la Nature l'avait parée.

Son index descendit sur le pendant d'oreille en forme de gouttelette, caressa la surface lisse et brillante, encore et encore, savourant visiblement ce contact sensuel.

Puis sa main vint se poser sur le collier et frôla les perles satinées, une fois, deux fois, dans un lent mouvement de va-et-vient hypnotique qui sembla durer une éternité... avant que ses doigts ne descendent plus bas encore, sur la soie de sa robe qui émit un doux froissement.

Puis sa main menue s'arrondit autour de son sein.

Un bruit rauque s'échappa de la gorge de James Cordier.

Elle n'avait toujours pas jeté un regard dans sa direction. Elle observait sa main exactement comme elle l'aurait fait si elle avait été seule dans sa chambre... occupée à se caresser.

Son pouce suivit langoureusement le bombé d'un sein au-dessus de la dentelle qui gansait son décolleté.

Puis elle repoussa le tissu, découvrant deux centimètres supplémentaires de chair crémeuse.

James Cordier poussa une sorte de grondement sourd.

— *Diavolo!*

Son bras s'enroula autour de la taille de Francesca. Il l'attira sur ses genoux, la saisit par la nuque et approcha son visage du sien.

Tout avait été si vite. Plus vite qu'elle ne s'y attendait. Elle n'était pas prête. Elle n'avait pas fini.

— Je n'ai pas fi...

Sa bouche la réduisit au silence. Une bouche chaude, obstinée, et très très en colère.

Les mains posées sur sa poitrine, elle le repoussa. Non, elle n'était pas prête.

— Je n'ai pas...

Puis elle oublia le reste, parce que sa bouche était si chaude, et si assurée, et...

Ses mains cessèrent d'appuyer contre son torse, et les pensées qui tournaient dans son esprit furent balayées par un chaos de sensations.

Son odeur. Une odeur d'homme. Il sentait le savon à raser, l'amidon et le linge fraîchement repassé. L'air humide de Venise s'accrochait à la laine de sa redingote. Et tout cela se mêlait au parfum naturel de sa peau.

Son contact. Sous ses vêtements civilisés, il était dur, puissant, et irradiait une chaleur animale. Elle sentait la tension musculaire de ses cuisses, et la dureté de son érection sous ses fesses.

Une brûlure naquit au creux de son ventre, se déroula en elle tel un serpent de lave en fusion.

Ses doigts remontèrent jusqu'à ses épaules, s'y cramponnèrent un instant avant de glisser vers sa nuque, de s'emmêler à ses épais cheveux bruns. Elle le tint comme il la tenait, et lui rendit son baiser avec une obstination et une colère égales aux siennes. Une ardeur et un désir aussi violents.

Elle laissa sa langue envahir sa bouche. Il avait exactement le goût dont elle avait rêvé, le goût fort et épicé du péché, ce péché contre lequel on l'avait si souvent mise en garde et dans lequel elle s'était immergée.

Elle entendit vaguement un martèlement sourd. Elle en ignorait la provenance et s'en moquait totalement. Seules comptaient ses mains qu'il faisait glisser sur son cou, sur ses perles, et jusqu'à l'endroit qu'elle l'avait silencieusement incité à explorer un moment plus tôt.

Il tira sur son décolleté, cueillit un sein au creux de sa paume. Interrompant leur baiser, il baissa la tête tandis qu'elle se cambrait en arrière pour lui laisser une plus grande liberté de mouvement. Il lui baisa le sein longuement, goulûment, avant de rendre le même hommage à son jumeau.

Puis il releva la tête pour la regarder, ses yeux bleu nuit étincelant à la lueur de la lanterne.

— Vous êtes une vilaine fille, dit-il d'une voix enrouée de désir.

Après quoi il la souleva et la reposa sur la banquette à côté de lui. Sans ménagement.

La passion qui brûlait en elle se mit à bouillonner à grosses bulles rageuses. Elle faillit bondir et lui labourer le visage de ses ongles... Mais un reste de bon sens lui rappela qu'il était bien plus fort qu'elle, et qu'elle ne ferait que se ridiculiser davantage.

Une fois de plus, elle prit conscience du martèlement sourd, et découvrit qu'il s'agissait du crépitement de la pluie sur le toit de la *felze*.

Cordier ouvrit le volet et jeta un coup d'œil dehors.

— Vous êtes arrivée chez vous. Vous avez perdu, *cara*, annonça-t-il tranquillement.

Elle était arrivée ? Déjà ?

D'un geste brusque, elle ouvrit le volet de son côté et aperçut la façade du *palazzo* Neroni.

Incrédule, elle battit des cils.

Puis elle tourna la tête vers Cordier, mais il regardait toujours dehors.

— *Maledizione*, murmura-t-il.

Elle se pencha pour voir ce qui le faisait jurer ainsi.

Une grande gondole au luxe ostentatoire attendait, amarrée au ponton éclairé par des torches. Par la fenêtre de l'*andron* illuminé, Francesca aperçut deux silhouettes. Elle reconnut Lurenze et le comte de Goetz.

Cordier se tourna vers elle et chercha à rajuster son corsage. Repoussant sa main d'une tape bien sentie, elle s'en chargea elle-même. Puis elle lissa ses jupes et afficha une expression neutre.

Quand leur gondole s'immobilisa, elle était prête. Elle permit à Cordier de l'aider à quitter l'embarcation, mais feignit de n'avoir d'yeux que pour Lurenze à qui elle adressa son sourire le plus envoûtant.

— Quelle agréable surprise ! lui lança-t-elle en ignorant ostensiblement les autres. Mais peut-être ne devrais-je pas être suprise ? Étions-nous convenus d'une *conversazione* que j'aurais oubliée à cause des récents événements qui m'ont bouleversée ?

— Non madame, pas du tout, intervint Goetz. Nous sommes ici parce que nous ne voulions pas perdre une minute pour vous informer.

Lurenze se contenta d'acquiescer d'un hochement de tête. Sans doute avait-il besoin de temps pour reprendre ses esprits après un tel sourire.

— Peu après que vous soyez partie avec M. Cordier, j'ai reçu un message, poursuivit le gouverneur. Un homme a été capturé alors qu'il tentait de s'enfuir à bord d'une gondole volée. Nous avons des raisons de croire que c'est peut-être l'un de ceux qui vous ont attaquée. M. Cordier, vous serez content d'apprendre que cet individu est d'ores et déjà sous les verrous. Je vais vous demander de bien vouloir venir l'identifier, par égard pour cette dame à qui je souhaiterais épargner cette tâche éprouvante.

— Tout va bien, assura Lurenze. N'ayez crainte, madame, je reste pour vous protéger... comme un chien de garde, acheva-t-il avec un regard de défi à l'intention de Cordier.

En dépit de son attitude bravache, le prince n'était visiblement pas à l'aise, car jusqu'à présent, Francesca l'avait toujours envoyé promener quand il lui avait proposé sa protection.

Elle s'approcha de lui.

— C'est très généreux de votre part, Votre Altesse. Merci infiniment. Je serai très heureuse de profiter de votre compagnie.

Les yeux gris de Lurenze s'illuminèrent. Les commissures de sa belle bouche se relevèrent et son visage se métamorphosa sous l'effet d'une joie radieuse qu'il ne se donna même pas la peine de dissimuler.

Comment ne pas répondre à un tel sourire, à une telle gentillesse ?

Francesca jeta un bref coup d'œil au gouverneur, comme si elle avait un mal fou à détacher les yeux du prince.

— À une autre fois, monsieur le comte.

Tandis que ce dernier s'inclinait, elle glissa son bras sous celui de Lurenze.

— *Adio*, monsieur Cordier, lança-t-elle par-dessus son épaule, avant d'entraîner le prince vers l'escalier.

Elle ne se retourna pas une fois.

*Plus tard, au palais des Doges*

James espérait de tout cœur que les Autrichiens détenaient le bon bonhomme parce qu'il avait sacrément besoin de passer sa rage, de préférence en molestant quelqu'un.

Seigneur, il avait été à un cheveu de perdre complètement la tête et de prendre La Bonnard là, sur la banquette de la *felze*.

Un collégien n'aurait pas mieux fait avec son premier béguin.

C'était cette énorme perle, qui lui avait heurté le crâne au moment où il enfouissait le visage entre ses seins parfumés, qui l'avait d'un coup ramené à la raison. Ce léger contact l'avait brusquement arraché à sa transe, lui rappelant qui il était, qui elle était, et ce qu'il était sur le point de...

À ce souvenir, ses joues s'enflammèrent.

*Imbecille! Idiota!*

Dire que sa tactique consistait à se faire désirer. Oui, vraiment, il s'y prenait comme un chef!

S'il ne s'était ressaisi de justesse, elle aurait triomphé avec éclat avant de l'envoyer paître. Elle avait de bien plus gros poissons qui l'attendaient dans ses filets.

Des péridots, vraiment! Ces pierres n'étaient que de simples colifichets pour elle, même si elle savait pertinemment qu'en s'endettant pour les lui offrir, il s'empêtrerait dans un piège financier fatal.

Cela dit, il avait réussi à se tirer d'affaire. Il avait gagné, et elle était furieuse. Si Goetz n'était pas arrivé comme un cheveu sur la soupe, James aurait pu la provoquer de plus belle pour relancer le pari.

« Je vous donne une autre chance », aurait-il pu lui proposer.

Elle l'aurait alors invité chez elle et, s'il avait été assez malin et habile, il aurait pu recueillir ses confidences.

Mais non. À la place, il allait endosser son rôle officiel afin d'essayer d'extorquer des informations à un gredin, tout en se débrouillant pour que le gouverneur autrichien ne devine pas ses véritables motivations.

Telles étaient les pensées de James alors qu'il empruntait les couloirs du palais ducal en compagnie du comte de Goetz. Ils avaient déjà discuté de la meilleure façon de conduire l'interrogatoire. James s'était débrouillé pour imposer ses vues tout en faisant en sorte que Goetz soit convaincu que l'idée venait de lui. Après avoir quitté la grande salle du conseil et traversé un corridor étroit, ils entrèrent dans la salle de l'Inquisiteur Public.

L'endroit n'était guère accueillant. Même les gens portés à la gaieté percevaient son atmosphère lugubre, comme si ce lieu chargé d'une sombre histoire était encore hanté par les âmes de ceux qui y avaient souffert.

La terreur était une méthode ancienne, mais des plus efficaces quand il s'agissait de délier les langues. Les Autrichiens l'avaient bien compris. Ils avaient jeté le prisonnier dans l'endroit appelé les *pozzi*, les puits.

Jadis, les cachots exigus, humides et sombres grouillaient de malandrins coupables d'avoir troublé l'ordre public. Aujourd'hui, ils étaient quasi déserts.

Pendant qu'on allait extirper l'homme de sa geôle, le gouverneur fit visiter à James cette partie du palais des Doges. Puis le prisonnier entra, encadré par deux gardes, précaution inutile puisqu'il portait des fers aux chevilles.

James se tenait dans l'ombre, comme il avait été convenu avec Goetz. Le prisonnier fixa donc son attention sur le gouverneur, sans prendre garde à cette vague silhouette qu'il prenait pour celle d'un quelconque sous-fifre.

L'interrogatoire se déroula en italien.

Il ne dura guère. Primo parce que le patois du Sud parlé par le suspect était incompréhensible pour le gouverneur. Même James avait du mal à saisir ce que l'homme baragouinait. Secundo parce que ce dernier – qui disait s'appeler Piero Salerno – clama tout de suite ne rien savoir à propos d'une certaine dame.

Il était tombé d'un bateau de pêche. Il n'avait jamais essayé de voler une gondole. Il était juste monté à bord parce qu'il était fatigué d'avoir nagé si longtemps.

Telle était sa version des faits. Et bien qu'elle n'ait ni queue ni tête, il n'en démordait pas.

Avec un soupir, Goetz se tourna vers James.

— Connaissez-vous cet homme, monsieur ?

Le prisonnier sursauta. Apparemment, il avait totalement oublié qu'il y avait quelqu'un d'autre. Tendant le cou, il plissait les yeux, s'efforçant de distinguer l'homme qui se tenait dans la pénombre, tandis que lui se trouvait – comme l'avait suggéré James – dans une zone parfaitement éclairée.

Même avec un éclairage défectueux, James aurait reconnu cette trogne. Il n'avait fait que l'entrevoir durant l'échauffourée, mais dans son boulot, on était physionomiste par principe.

— C'est lui, déclara-t-il sans hésitation.

Et il sortit de l'ombre.

Piero eut un mouvement de surprise et recula d'un pas. L'un des gardes l'obligea à reprendre sa position en le piquant de la pointe de sa baïonnette.

— Quel dommage, murmura James. J'espérais plutôt mettre la main sur l'autre. Celui-ci manœuvrait seulement la barque.

— Il est complice, le châtiment sera le même, décréta Goetz.

— Et s'il se montre coopératif ? Il serait peut-être plus enclin aux aveux si je lui parlais seul à seul.

Le malfrat écarquilla les yeux.

— Non ! cria-t-il.

Ainsi, il n'avait pas été très loin la veille, après que James eut fait chavirer la barque. Il avait donc été témoin de ce qui était arrivé à son acolyte, le gros costaud.

James lui répondit d'un froid sourire.

Goetz fit signe aux deux gardes, et tous trois quittèrent la pièce, laissant James seul avec le captif.

S'exprimant dans l'italien le plus commun, James déclara :

— La nuit n'a pas été très bonne pour moi, Piero. J'ai dû quitter l'opéra avant la fin du spectacle, alors qu'on y jouait une œuvre de Rossini. Une femme s'est lamentée sur ses déboires amoureux jusqu'à me faire mal aux oreilles et une autre s'ingénie à me contrarier. Je n'avais nulle envie de venir ici, tu sais. J'ai bien mieux à faire que de m'occuper d'un tas de crasse comme toi, mais je suis de mauvaise humeur et j'ai très envie de frapper quelqu'un. Tu n'es pas un premier choix, mais tu feras l'affaire, espèce de fumier !

Il fit un pas en avant. Piero chercha à se dérober, mais ses fers l'entravaient. Il trébucha et tomba à la renverse. James se pencha, le saisit par le bras et le remit debout d'un geste brutal qui lui arracha un cri de douleur.

— Je peux tirer beaucoup plus fort que cela, le prévint-il. Je peux te déboîter l'épaule comme un rien. Tu veux une démonstration ?

Piero se mit à brailler :

— Au secours ! À l'aide ! Il va me tuer !

Il tenta de se ruer vers la porte, trébucha de nouveau. Comme James s'approchait, il tenta de ramper sur le dos pour se maintenir à distance. La terreur se lisait dans ses yeux.

— Tu peux bien hurler tout ton soûl, personne ne viendra, espèce de furoncle purulent ! Et si je te tue, cela ne gênera personne non plus. Cela fera juste économiser au gouvernement le prix de ton procès et de ton exécution. Mais je vais te donner un conseil d'ami : après ces femelles qui m'ont assommé, tes gémissements ne m'arrangent pas l'humeur.

Une fois encore, il remit rudement l'homme debout et lui enserra le bras dans sa poigne d'acier. Piero étouffa une plainte.

— Pour me rendre le sourire, poursuivit James, il faudrait me dire qui tu es, le nom de ton ami – s'il est toujours en vie –, et m'expliquer pour quelle raison vous avez attaqué cette dame. Maintenant, je vais compter jusqu'à trois. C'est le délai dont tu disposes pour tenter de me mettre de bonne humeur. Un. Deux...

— C'est nous qui avons attaqué la putain! débita l'homme à toute allure.

James serra plus fort. Des larmes jaillirent des yeux de Piero.

— Celui que vous avez jeté à l'eau, c'est Bruno. Je me suis caché et j'ai attendu, mais je l'ai pas revu. Je pense qu'il s'est noyé. Alors j'ai volé la gondole et j'ai essayé de rentrer...

— Oublie la gondole, elle ne m'intéresse pas. Dis-moi plutôt pourquoi vous êtes venus à Venise, ton comparse et toi.

— Pour voler. C'est ce qu'on fait, Bruno et moi. On a eu des problèmes à Vérone, alors on est allés à Mira. La putain était là, elle aussi. Elle passait l'été là-bas. Tout le monde parle que de ses bijoux. Mais du jour au lendemain, elle a décidé de retourner à Venise. Alors on est venus, nous aussi. C'était plus facile de la suivre ici que dans le petit village où tout le monde voit tout. Après, on a juste attendu le bon moment...

Une fois lancé, l'homme continua de vider son sac. Mais ce qu'il avait à dire n'avait plus d'intérêt pour James.

Ainsi, les deux gredins auraient fait tout ce chemin depuis Mira, simplement pour voler des bijoux? Difficile à croire. Pour vivre de ce genre de larcins, mieux valait s'installer n'importe où en Italie, dans les États pontificaux par exemple, où la corruption sévissait. Ou plus au sud, dans le royaume des Deux Siciles. Mais ici, à Venise, où les Autrichiens avaient établi leur autorité ? Non, décidément cela n'avait pas de sens.

Pourtant Piero campait sur ses positions. Le vol, insistait-il, seul le vol avait motivé leur action. Bruno avait juste décidé de s'offrir un petit divertissement en violant la fille. Et il l'avait étranglée pour l'empêcher de crier, arguait-il encore.

— C'est une putain, de toute façon. C'est ce qu'elles aiment, tout le monde le…

James le repoussa si violemment que l'homme battit l'air des bras avant de chuter lourdement sur le sol.

Cette fois, James ne chercha pas à le relever.

S'il touchait encore ce porc, il le tuerait.

# 6

*Et puis, les plus circonspects ont beau faire,*
*il y a dans la vie des moments,*
*des heures, des jours d'abandon,*
*où il suffirait d'un coup d'éventail*
*pour vous assommer,*
*et les dames frappent quelquefois*
*excessivement fort ;*
*l'éventail se transforme en glaive dans leur main,*
*et il serait difficile d'en dire la raison.*
Lord BYRON, *Don Juan, Chant I*

James en avait fini avec Piero, mais il n'était pas libéré pour autant. Le gouverneur le garda au palais des Doges jusqu'à l'aube pour lui mettre les points sur les *i*, dans les moindres détails, avant de consentir enfin à le laisser partir.

Même à une heure aussi indécente, James serait retourné chez Francesca Bonnard s'il n'avait été conscient de porter sur lui l'odeur de Piero, mélange de crasse corporelle et des remugles écœurants qui suintaient des murs de la prison et s'accrochaient à ses vêtements.

Aussi retourna-t-il à la *Ca'* Munetti.

À cette heure, les domestiques étaient déjà levés et vaquaient à leurs occupations. Il n'eut donc pas à attendre longtemps pour prendre un bain. Après quoi, il fit à Zeggio et à Sedgewick un bref résumé de sa confrontation avec Piero.

Puis il alla se coucher en se disant que, une fois qu'il aurait les idées claires, il trouverait le moyen de surmonter les difficultés actuelles.

Il ne dormit pas longtemps, à cause d'un rêve qui perturba son sommeil. Cela commença d'une façon merveilleuse : Francesca Bonnard, complètement nue, se pendait à son cou et pressait son corps splendide contre le sien. Puis Lurenze faisait son apparition. Francesca repoussait alors James pour courir se jeter dans les bras du prince.

James se réveilla en sursaut, conscient de n'être plus seul dans la chambre.

Il se redressa en position assise. Zeggio et Sedgewick se tenaient sur le seuil, arborant des mines soucieuses.

— Quoi ? fit James, hébété. Quoi ?

— Vous avez crié, monsieur, répondit Sedgewick d'un air d'excuse. Ce qui ne vous arrive jamais, comme j'étais en train de l'expliquer à M. Zeggio ici présent. Mais vous parliez italien, et je ne comprenais pas ce que vous disiez.

— Je lui ai traduit, intervint Zeggio. Vous disiez : « Reviens ici tout de suite, diablesse ! » J'ai dit à Sedgewick qu'il n'y avait pas de quoi s'inquiéter. C'est un rêve, rien de plus.

— Mais, enchaîna Sedgewick, étant donné que cette nuit, vous étiez aux *pol*...

— Aux *pozzi*, corrigea Zeggio. Les prisons, très profondes, comme des puits.

Sedgewick poursuivit :

— D'après ce qu'on m'a dit, cet endroit flanque la chair de poule. Et vu que vous avez vous-même été emprisonné à Paris dans ce trou à rats... celui où ces salopards de Français vous ont torturé... j'ai suggéré de vous secouer. Mais vous vous êtes réveillé tout seul, finalement.

L'interrogatoire à Paris. James avait mis presque un an à s'en remettre. Dix ans s'étaient écoulés depuis. La douleur s'oubliait facilement, mais les détails sordides étaient restés gravés dans sa mémoire.

Ils étaient plusieurs à avoir été trahis, mais lui avait fait partie des chanceux qui s'en étaient tirés. Deux de ses compagnons avaient été torturés à mort. Sur sa peau, les cicatrices s'étaient estompées. Ses ongles avaient repoussé. Et il s'était remis au travail, résolu à se venger.

Mais il était beaucoup plus jeune, à l'époque. Si jamais une telle mésaventure se reproduisait aujourd'hui, il mettrait beaucoup plus de temps à s'en remettre – s'il s'en remettait, ce qui n'était pas sûr du tout.

À présent, il savait que la piste pour remonter jusqu'aux traîtres n'était pas seulement tortueuse et compliquée. Elle était sans fin.

« Je deviens trop vieux pour tout cela », songea-t-il avec accablement, avant de dire à Sedgewick :

— Trouve-moi des habits et apporte-moi mon nécessaire à raser, s'il te plaît.

Il se rasa et s'habilla rapidement, comme toujours. S'attarder à ses ablutions n'était pas son genre

Il avait avalé la moitié de son petit déjeuner quand Zeggio, qui était allé préparer la gondole, refit son apparition avec un petit paquet entre les mains.

— C'est une servante qui l'a apporté, précisa-t-il. De la part de la *signora* Bonnard.

James fixa le colis joliment enveloppé.

Après avoir posé sa tasse de café, il s'en saisit et ôta le papier d'emballage.

À la forme de la boîte, il devina tout de suite ce qu'elle contenait.

Renfrogné, il l'ouvrit.

Il n'avait pas besoin de lever la tête pour savoir que Zeggio et Sedgewick s'étaient approchés subrepticement pour satisfaire leur curiosité.

James se retint de balancer l'élégant écrin à l'autre bout de la pièce. Des péridots n'étaient pas aussi précieux que des perles, des diamants ou des émeraudes, soit. Toutefois, des péridots de cette qualité n'étaient pas bon marché. Les têtes couronnées en portaient, et cette parure, avec ses pierres parfaitement taillées serties de brillants, était digne d'une reine.

Immobile, il ne parvenait pas à en détacher ses yeux et enrageait intérieurement, même s'il n'avait objectivement aucune raison – non, aucune raison valable – d'être en colère.

Elle se moquait de lui, ni plus ni moins. Le pari ne signifiait rien à ses yeux, et, pour elle, le prix de ces péridots était risible. Tel était son message. Il n'avait été qu'une simple diversion, un jeu passager au cours d'un voyage au bout duquel une proie autrement plus importante l'attendait.

Lorsqu'il se sentit à même de contrôler sa voix, il déclara :

— Un simple pari, rien de plus. Mme Bonnard a perdu et paie rubis sur l'ongle. Elle a dû envoyer sa domestique dès potron-minet se poster devant la boutique du joaillier en attendant l'heure d'ouverture.

— De très jolies pierres, commenta Sedgewick à mi-voix.

— Certes. C'est très fair-play de sa part. Je me dois de la remercier. En personne. Zeggio, la gondole est-elle prête ?

Il s'était exprimé tout à fait calmement, mais quelque chose d'impalpable dans son ton envoya Zeggio vérifier à toute allure que les préparatifs étaient terminés.

Ce quelque chose poussa également Sedgewick à froncer les sourcils.

— Monsieur… commença-t-il.

James leva la main.

— Je m'en charge, coupa-t-il.

— Bien, monsieur.

— Au moins, j'aurai appris quelque chose.

— Oui, monsieur. C'était une simple tentative de vol, rien à voir avec…

— Je sais maintenant pourquoi Elphick a divorcé. Ce que je ne comprends pas, c'est pourquoi il ne l'a pas étranglée.

*Au palazzo Neroni, peu après*

Francesca était nue.

C'est du moins ce qu'auraient dit les gens respectables, car exposer autant de chair n'était certainement pas considéré comme décent.

Non seulement elle n'avait pas jugé bon de passer une robe, mais elle ne portait même pas une vraie chemise de nuit.

Au lieu de ces vêtements en coton mal coupés qu'enfilaient les femmes vertueuses pour se mettre au lit, elle avait passé une exquise chemise de nuit vaporeuse en soie jaune pâle dont le décolleté était fermé par un ruban noué. Un ruban de soie rose fronçait le tissu sous les seins. Par-dessus, un déshabillé du même jaune délicat feignait de protéger ses bras, ses épaules et sa gorge, dans un jeu de transparence qui ne laissait pas grand-chose à l'imagination. Les poignets et l'ourlet étaient frangés de dentelle et rebrodés de perles scintillantes qui captaient la lumière à chacun de ses mouvements.

Au moment où elle pénétrait dans le *Putti Inferno*, elle regretta de ne pas avoir ordonné que son petit déjeuner lui soit servi dans la petite salle qui jouxtait son boudoir. Trop tard. Elle allait choquer les chérubins de plâtre.

Ignorant les petits doigts potelés qui pointaient la prostituée qu'elle était, elle reporta son attention sur Lurenze, qui s'était levé au bruit de ses pas, le visage rayonnant.

À sa vue, il écarquilla les yeux, posa la main sur son cœur, puis bredouilla quelque chose dans sa langue maternelle.

— Bonjour, le salua-t-elle avec un petit sourire complice.

Arnaldo était là pour lui avancer sa chaise, fort heureusement, car pour l'heure, Son Altesse était temporairement inopérationnelle.

Après quelques secondes et bredouillis supplémentaires, Lurenze réussit enfin à articuler :

— Vous ressemblez à… à… à l'écume de la mer dans le soleil ! Je n'ai jamais rien vu de plus beau de toute ma vie. Dans mon pays, les femmes ne s'habillent pas ainsi. Elles ne dévoilent pas leurs trésors.

— Dans mon pays non plus, rétorqua Francesca.

— Dans ce cas, je suis heureux que nous ne soyons pas dans l'un de nos deux pays.

Francesca perçut un léger brouhaha en provenance du *portego*. Arnaldo servit le café avant de s'éclipser pour voir ce qui se passait.

Francesca but quelques gorgées, grignota une pâtisserie, puis la reposa dans son assiette parce que ses mains tremblaient.

Son cœur cognait dans sa poitrine, pourtant, elle continua d'adresser des sourires ensommeillés à Lurenze, tout en glissant de temps à autre quelques sous-entendus qui passèrent complètement au-dessus de sa blonde tête.

Arnaldo réapparut.

— Le *signor* Cordier est là, *signora*. Préférez-vous que je lui dise de revenir à un autre moment ? s'enquit-il, sans même jeter un regard à Lurenze.

— Non, faites-le entrer.

Elle ne précisa pas qu'elle s'attendait à sa venue. Arnaldo tourna les talons.

— Je parie… commença-t-elle.

Elle s'interrompit et ne put s'empêcher de sourire. Elle avait peut-être perdu son pari, mais Cordier n'allait pas tarder à découvrir à qui il avait affaire.

— Je suppose, poursuivit-elle, que M. Cordier est venu nous dire ce qu'il a appris cette nuit de l'homme qui a été arrêté.

— Enfin ! s'écria Lurenze. Cela prend tellement de temps. Je m'apprêtais à faire envoyer un domestique pour tâcher d'en savoir plus.

— Les questions judiciaires prennent toujours un temps fou, il faut respecter les procédures, signer tout un tas de papiers…

— En effet. Parfois la paperasse menace de me rendre fou. Il y a tant de règles à observer. Et l'étiquette ! Il faut parler à celui-ci, écouter celui-là se plaindre de je ne sais quoi et cet autre qui réclame telle ou telle chose… Et ce sera pire le jour où je monterai sur le trône de Gilénie. Il me faut prendre exemple sur vous, madame, qui êtes si patiente et gracieuse en toutes circonstances.

— C'est que vous savez tirer le meilleur de moi-même.

Il rougit de plaisir.

Il était si facile de le contenter !

Francesca se pencha pour poser la main sur celle du prince.

— Vous êtes si bon, dit-elle. J'ignore d'où vous vient ce caractère heureux, mais je vous en prie, ne changez pas.

— Moi, bon ? répéta-t-il dans un rire. Mais je ne suis pas venu à Venise pour être bon !

— Vous êtes venu pour jeter votre gourme. Je comprends tout à fait. Mais on peut jouer les vilains garçons tout en gardant un cœur généreux, observa-t-elle en lui caressant la main.

Arnaldo reparut.

— *Signor* Cordier, annonça-t-il.

Juste derrière, haute silhouette menaçante, se tenait le fils turbulent de lord Westwood. Il entra, avec, à la main, le paquet qu'elle lui avait fait livrer.

Une étincelle dangereuse s'alluma dans son regard bleu comme il passait de Francesca au visage empourpré de bonheur du prince, pour s'arrêter finalement sur leurs mains jointes.

« C'est une professionnelle, ne l'oublie pas », s'enjoignit James.

Il débita les civilités d'usage, elle débita les civilités d'usage, et Lurenze, extatique, se montra tout en cordialité princière.

« Toi aussi tu es un professionnel, Jamie, se rappela-t-il. Alors comporte-toi comme tel. »

Aussi la question qui lui vint tout naturellement fut : quelle serait la manière la plus professionnelle de tuer Lurenze ?

D'un geste languide, Francesca Bonnard ôta sa main de celle du prince.

— Nous venons juste de commencer le petit déjeuner, monsieur Cordier. Voulez-vous vous joindre à nous ? proposa-t-elle.

Il était tard. James ne s'était pas soucié de consulter une horloge avant de quitter sa demeure, mais au soleil, il était au moins midi. James s'interdit de penser à ce que ces deux-là avaient fait depuis qu'il les avait quittés. Il s'interdit de les imaginer nus sur un lit aux draps froissés, bras et jambes enchevêtrés, somnolant dans la lumière du matin qui entrait à flots par la fenêtre.

Mais il était très difficile de maîtriser son imagination quand on voyait le rien-du-tout en soie vaporeuse que La Bonnard portait pour cacher – ou plutôt exhiber – ses appas.

Le majordome apporta une chaise qu'il installa devant la petite table où le couvert était mis pour deux.

James s'assit.

Francesca Bonnard adressa un sourire sensuel à Lurenze qui le lui rendit, l'air profondément satisfait. Et pourquoi ne l'aurait-il pas été? La veille, James avait fait tout le boulot pour la mettre en condition. Son Altesse n'avait eu qu'à récolter le fruit de son travail.

James se rendit compte qu'il avait les doigts crispés sur le paquet. Il le posa sur la table.

— Je vois que vous avez apporté un cadeau pour madame, commenta Lurenze, les yeux baissés sur la boîte.

— Pas exactement.

— Y aurait-il un problème, monsieur Cordier? feignit-elle de s'inquiéter. Ce n'est pas ce que vous souhaitiez: le cadeau idéal pour votre promise?

— Oh, vous êtes fiancé? dit Lurenze. Félicitations!

— Non, je ne suis pas fiancé.

— Pas encore, précisa Francesca. Mais il s'y prépare activement.

Lurenze hocha la tête.

— Pour moi, tout est déjà prêt. Bientôt, on fêtera mes fiançailles. Mais le choix de ma future épouse n'est pas encore arrêté. Ce sera sans doute l'une de mes cousines. Ou la fille d'une grande famille italienne, russe ou hongroise. La moitié des pays du monde veut s'allier à la Gilénie, mais ce sont les

Russes qui se montrent les plus pressants. J'aimerais qu'ils me laissent un peu en paix, mais c'est impossible. Hélas, un homme dans ma position ne peut se marier en suivant les élans de son cœur! acheva-t-il en coulant un regard langoureux en direction de Francesca.

Regard qu'elle lui rendit tout aussi langoureusement.

« Pardonnez-moi, il faut que j'aille vomir », pensa James qui se leva.

— Eh bien, au revoir.

Les yeux semblables à ceux de Cléopâtre s'élargirent.

Ah, elle ne s'attendait pas à cela. Elle pensait pouvoir le tourmenter le temps qu'il lui plairait. « Désolé, *cara*. J'ai déjà été torturé, et par des experts en la matière », aurait-il pu lui expliquer.

— Mais vous n'avez pas touché à votre petit déjeuner! protesta-t-elle.

— Et qu'en est-il du prisonnier? renchérit Lurenze. N'êtes-vous pas venu nous donner des nouvelles, afin que madame soit définitivement rassurée, du moins je l'espère?

Damnation. James avait oublié Piero. Du reste il avait oublié tout ce qu'il était censé se rappeler. Tout s'était effacé de son cerveau quand il avait vu le beau visage aux traits classiques de Lurenze qui reflétait une joie candide... ces yeux qui n'avaient encore presque rien vu du monde, de ses horreurs et de ses trahisons, qui brillaient du bonheur d'avoir pu posséder cette femme... son plaisir intact, dépourvu du moindre doute, du moindre souvenir déplaisant.

Et elle qui lui caressait la main et l'encourageait dans ses illusions...

« Reprends-toi, Jamie. Tu laisses ton sexe réfléchir à ta place. »

— Je ne voulais pas gâcher votre petit déjeuner avec ce sujet déplaisant, prétendit-il.

— Au contraire, si l'enquête a progressé de quelque manière que ce soit, mon appétit s'en trouvera accru, affirma Francesca.

Et, d'un geste, elle lui fit signe de se rasseoir.

James demeura debout. Il ne resterait pas une minute de plus qu'il n'était nécessaire. Il n'avait qu'une envie, déguerpir et aller soigner son cerveau malade.

— L'homme qui a été capturé est celui qui dirigeait la barque, commença-t-il. Nous avons obtenu ses aveux. Ces gens étaient des voleurs qui en avaient après vos bijoux, madame. Mais l'autre s'est apparemment dit qu'il pouvait bien vous violenter pour le même prix. Son complice prétend qu'il ne tentait pas de vous assassiner, seulement d'étouffer vos cris pour vous empêcher d'alerter la garde.

Il la vit porter la main à son cou gracile, dans un geste qu'il jugea involontaire. C'était une réaction instinctive, de même que sa brusque pâleur.

James réagit instinctivement, lui aussi. Il la rattrapa au moment où elle s'affaissait contre son dossier. Puis, la soulevant dans ses bras d'un mouvement preste, il alla l'étendre sur le canapé.

Stupéfait, Lurenze mit un moment à réagir. Mais avant qu'il puisse appeler les domestiques à la rescousse, James lança :

— Votre Excellence, auriez-vous l'obligeance de m'apporter une serviette humide ?

Le prince obtempéra sans rechigner, puis revint à la hâte vers le canapé au bord duquel James s'était assis, sa hanche pressée contre celle de la jeune femme. Il s'empara du linge et se mit à lui en tamponner les tempes, le front et les joues.

Elle battit des cils, ouvrit les yeux. À la lumière du jour, on distinguait nettement les petites pépites d'or qui dansaient dans le vert de ses prunelles.

— Bonté divine, me suis-je évanouie ? murmura-t-elle.

— C'était sans doute trop d'émotion pour vous, madame, surtout au saut du lit, déclara Lurenze. Je suis si bête de ne pas y avoir songé ! J'aurais dû demander à M. Cordier d'attendre au moins que vous ayez mangé quelque chose. Vous avez à peine grignoté quelques miettes de cette pâtisserie.

— Vous avez peut-être raison, admit-elle. Mais que c'est embarrassant ! C'est la première fois de ma vie que je m'évanouis.

— *Mi dispiace*, fit James. Je vous présente mes excuses.

« *Imbecille*, se gourmanda-t-il. *Idiota !* »

Il n'avait pas de conscience, certes. Mais le problème, c'est qu'il avait laissé ses émotions régir son cerveau, et pas qu'une fois.

Il s'était délibérément comporté comme un mufle.

Il était là le soir où elle s'était fait agresser. Il avait vu ce qu'elle avait subi, à quel point elle était choquée et terrifiée. Et à présent, en pleine lumière, il discernait les ecchymoses bleutées sur sa gorge.

Le problème, là encore, c'est qu'il voyait également Lurenze qui n'était toujours pas redescendu de son petit nuage de félicité post-coïtale.

— Mais ces nouvelles sont bonnes, n'est-ce pas ? insista ce dernier. On a trouvé l'un de ces individus et il est en prison. On ne tardera pas à retrouver l'autre, je présume, à moins qu'il ne soit mort et que la mer l'ait englouti. Soyez rassurée, madame. Personne ne viendra plus vous importuner. Je monterai la garde la nuit, et voici M. Cordier qui vient me remplacer le jour.

James se redressa en cillant.

— Vous remplacer ? répéta-t-il stupidement.

— Mais, vous êtes ici, et que pourriez-vous avoir de plus important à faire que de protéger madame ?

Personnellement, je ne la quitterais pas d'un pas si j'avais le choix, mais je ne suis pas libre de mes journées. Je dois donner une audience à ces Russes qui me harcèlent. Je puis bien les faire patienter quelques heures, mais enfin, il faut quand même que je les reçoive avant le dîner. En outre, je suis invité ce soir, et il m'est impossible de me décommander. Les Bavarois ont organisé une grande réception en mon honneur, je suis tenu d'y faire une apparition. Et je dois encore me changer et me raser, ajouta-t-il en se frottant la mâchoire. Mme Bonnard est infiniment patiente. Elle ne se plaint jamais, mais je sais bien que les mentons râpeux ne plaisent pas aux dames.

Peu après, après avoir rappelé plusieurs fois à James que « madame » devait se nourrir correctement, Son Altesse se décida à quitter les lieux.

Madame s'était alors totalement remise. Elle quitta le canapé et raccompagna le prince jusqu'à la porte du *portego*. Là, elle lui donna un baiser sur la joue. Il rosit de plaisir, lui prit la main et y déposa un baiser, non pas comme un gamin énamouré, mais comme un gentleman, un homme du monde.

Enfin, il s'en alla.

Francesca ne revint pas s'installer à la table du petit déjeuner. Elle passa devant James pour s'immobiliser devant la fenêtre. Dans les rayons du soleil, les perles brodées sur son déshabillé scintillèrent davantage encore et la soie jaune devint presque transparente.

À travers le tissu arachnéen et les ruchés qui voletaient au moindre mouvement, James distinguait nettement le galbe de ses seins. Involontairement, ses mains s'arrondirent tandis qu'il se rappelait leur douceur et leur fermeté lorsqu'il y avait plaqué les paumes. Il se souvenait aussi du parfum de sa peau. S'il avait été un chien, sa truffe en aurait frémi. Mais en l'état actuel des choses, son cerveau était tout bonnement en train de fermer boutique. Sous peu, il serait incapable de la moindre pensée rationnelle.

Il tenta de détourner les yeux, mais son regard descendit malgré lui sur sa silhouette, la ligne souple de son dos, sa taille fine, l'arrondi de ses hanches, et ses longues jambes fuselées.

— Quelles sont les chances de retrouver le deuxième individu ? demanda-t-elle à brûle-pourpoint.

James reporta son attention sur son profil. Elle n'avait pas tourné la tête et continuait de regarder par la fenêtre.

— Veuillez vous habiller, madame Bonnard.
— Non.
— Vous faites ceci à dessein, je le sais bien.
— C'est exact.
— Pour me punir.
— En effet.
— C'est uniquement dans ce but que vous m'avez envoyé les péridots.
— Oui.
— Et vous avez couché avec le prince par dépit.

Elle se décida enfin à tourner la tête et le considéra de ses grands yeux verts.

— Oh non ! Je ne couche jamais avec personne par dépit. Je suis une femme d'affaires.

— Le prince l'ignore ! Il est éperdument amoureux de vous.

— Sans doute. Le premier amour, c'est quelque chose qu'on n'oublie jamais. Que dit Byron à ce propos ? « Mais plus doux encore, plus enivrant que tout est le premier amour, si vibrant de passion qu'il n'est pareil à nul autre souvenir, comme le souvenir de sa chute pour Adam. L'arbre de la connaissance a été pillé, il n'y a plus rien à apprendre…

— … et la vie n'offrira plus rien d'aussi précieux que ces instants de péché impardonnable au goût d'ambroisie, ce feu que Prométhée a dérobé pour nous au Ciel… »

Alors qu'il citait Don Juan, il vit la physionomie de la jeune femme se modifier, ses joues rosir, puis pâlir de nouveau.

— Est-ce cela que vous avez ressenti la première fois que vous avez aimé ? s'enquit-il. Cette enivrante douceur ? Et parce que le réveil a été brutal, vous sentez-vous obligée de rendre la pareille, d'empoisonner le cœur d'un autre innocent ?

— Ma foi, que de compassion pour le prince ! railla-t-elle. Vous devez avoir le cerveau aussi tendre que le cœur si vous me prenez pour une idiote. Allons, je sais bien que vous n'avez que faire de lui ! Vous êtes juste vexé parce que vous avez tenté de jouer avec moi et que vous avez perdu. Sachez que je suis plus douée à ces petits jeux que vous ne le serez jamais, Cordier. Et que je ne laisse jamais la moindre chance à mes adversaires. Je vous ai appâté, vous avez mordu à l'hameçon, voilà tout.

Dans un furieux froufrou de soie et de dentelle, elle s'éloigna de la fenêtre, revint vers la table pour s'emparer de l'écrin qu'elle lui lança. Par réflexe, il l'attrapa.

— Mais à présent, ce jeu m'ennuie, jeta-t-elle. Rentrez donc, petit poisson, et emportez vos joujoux avec vous.

Il baissa les yeux sur l'écrin, puis les leva vers le visage de la jeune femme qui exprimait le plus profond dédain.

Francesca retint son souffle.
Elle était allée trop loin. Il allait la passer par la fenêtre. Il en était assurément capable, physiquement en tout cas.
Et elle n'était pas certaine de pouvoir l'en blâmer.

Elle carra les épaules dans l'attente de... quoi au juste ? Si ce n'était un plongeon dans le canal, au moins l'une des contre-attaques verbales foudroyantes dont il avait le secret.

Il n'avait pas idée à quel point il lui avait fait mal en évoquant ce premier amour. Ou peut-être que si.

Lentement, il reposa l'écrin sur la table.

Elle songea à se rapprocher du cordon de la sonnette. Pour demander de l'aide.

Il s'approcha. Elle se figea.

— Vous, dit-il d'une voix sourde. Vous.

Puis il s'immobilisa, porta la main à sa tête. Ses épaules se mirent à bouger.

Et un grand éclat de rire fusa de sa gorge, aussi sonore et brutal qu'un coup de pistolet.

Elle sursauta.

Toujours riant, il se détourna d'elle. Elle demeura immobile, les yeux fixés sur lui, interdite.

— *Diavolo*, murmura-t-il en secouant la tête. Je vais prendre congé, à présent. *Addio*, ajouta-t-il en se dirigeant vers la porte.

Et il sortit, emportant l'écrin des péridots, la laissant médusée.

Elle resta ainsi un moment, à serrer et à desserrer machinalement les poings. Puis elle éclata :

— Espèce de brute suffisante et arrogante...

Fulminant, elle fonça vers la porte, en franchit le seuil. Cela suffisait ! C'était la dernière fois qu'il la plantait là. Elle savait fort bien comment ramener les hommes à ses pieds, les faire rappliquer d'un claquement de doigts comme...

Elle s'arrêta net.

Deux hommes se tenaient là, à moins de vingt pas. Au son de ses talons qui claquaient furieusement sur le sol, ils pivotèrent d'un même mouvement et la regardèrent.

L'un d'eux était Cordier.

L'autre était un peu moins grand et avait bien trente ans de plus.

— Madame... fit une voix à sa droite.

C'est seulement à cet instant qu'elle remarqua la présence d'Arnaldo. Elle avait pourtant dû passer devant lui comme il venait lui annoncer l'arrivée de ce nouveau visiteur.

Le majordome se racla la gorge, puis :

— Le comte de Magny.

Ce dernier la considérait, les sourcils arqués.

— Enfin, Francesca, auriez-vous perdu l'esprit à vous promener dans ces couloirs pleins de courants d'air à moitié nue ? Allez donc passer un vêtement, mon petit.

— Monsieur... commença-t-elle.

— Allez, allez, coupa-t-il en la congédiant d'un geste de la main. Je tiendrai compagnie à votre ami.

# 7

> *Cependant il était jaloux,
> bien qu'il n'en témoignât rien,
> car la jalousie n'aime pas à se mettre
> le public dans sa confidence.*
> Lord Byron, *Don Juan, Chant I*

Le comte de Magny n'était pas le vieillard chétif que James avait imaginé. Plein de prestance, il devait approcher le mètre quatre-vingts, et se tenait parfaitement droit. Sa canne à pommeau d'or n'était de toute évidence qu'un accessoire de mode.

Son visage patricien était marqué de rides profondes autour des yeux et de chaque côté de son long nez. Des fils gris striaient ses souples cheveux châtains. Une petite lueur dansait au fond de ses yeux bruns. Humour ? Ruse ? Cruauté ? James n'aurait su le dire.

Ce qu'il savait, en revanche, c'est que le comte soignait son apparence et que, pour ce faire, il n'épargnait ni son temps ni son argent. Sa mise était des plus élégantes, sa chemise parfaitement amidonnée. Il arborait sur son gilet une profusion de chaînettes, insignes, médailles et décorations diverses.

— Ne vous sentez pas obligé de tenir compagnie à mon visiteur, objecta Francesca Bonnard. M. Cordier s'en allait justement.

— Cordier, répéta Magny. Je connais ce nom.

Qui ne le connaissait pas ? songea James. Sa famille, que ce soit du côté paternel ou maternel, était très ancienne et comptait de nombreux membres. Ses parents étaient connus dans les cercles de la haute société européenne. Lord et lady Westwood avaient toujours passé beaucoup de temps à l'étranger. Même en temps de guerre, ils avaient refusé de rester retranchés chez eux.

— Vous portez un nom français, pourtant vous ne l'êtes pas, fit encore remarquer le comte.

— Pas cette branche de la famille. Du moins, pas depuis plusieurs siècles. Mon père est le trentième comte de Westwood.

— Une famille normande, acquiesça le comte avec un hochement de tête.

— Une très *grande* famille, intervint Francesca Bonnard. M. Cordier est l'un des nombreux enfants issus du second mariage.

Le ton sous-entendait clairement qu'en tant que cadet, elle le considérait comme du menu fretin. Le comte lança à James un regard que celui-ci ne parvint pas à interpréter.

— Et il s'en va, insista-t-elle.

— Pas encore, dit James, qui tapota sa redingote comme s'il cherchait quelque chose. Il semblerait que j'ai oublié mon calepin dans votre chambre.

Une lueur assassine s'alluma dans les yeux verts.

— C'est impossible, rétorqua-t-elle, puisque vous n'avez jamais...

— Inutile d'envoyer un domestique, l'interrompit-il. Je vais aller le chercher moi-même.

— Vous ne connaissez pas le chemin.

— Ne dites pas de sottises. Je n'étais pas si saoul que cela hier soir, *mia cara*. Je suis tout à fait certain de retrouver... mon chemin. Et comme vous comptiez justement vous habiller… ajouta-t-il en s'approchant d'elle.

Souriant, il lui offrit le bras. Elle lui rendit son sourire et il se remémora le serpent tatoué sur son omoplate. Un cobra. Si elle avait eu des crochets, elle les lui aurait montrés.

Elle accepta cependant son bras.

— Cordier, je vous jure que vous allez le regretter amèrement, gronda-t-elle entre ses dents.

— Oh, parfait, dit-il, sans prendre la peine de baisser la voix. J'attends cela avec impatience.

James découvrit que les appartements de la jeune femme comportaient plusieurs pièces situées à l'opposé du *portego*, côté jardin. Le salon dans lequel elle avait essayé de le séduire ce premier soir donnait sur une autre salle qui débouchait elle-même sur plusieurs pièces en enfilade. On passait de l'une à l'autre par des portes voûtées. La plus petite, adjacente à la chambre, était manifestement réservée à la toilette de la maîtresse de maison. Le lit était niché dans une alcôve.

À l'instar du boudoir, la suite était décorée avec une certaine sobriété, du moins selon les critères vénitiens. Les teintes neutres et claires allaient du rose pâle au vert amande en passant par le blanc et l'or. Pas un seul *putto* en vue. Quelques fresques discrètes ornaient les murs, des paysages pour la plupart, et aux plafonds, encerclées de moulures dorées, quelques petites scènes circulaires montraient des créatures mythologiques.

Il n'y avait aucun portrait, pas même un de la maîtresse des lieux. En revanche, elle avait apposé sa patte de bien d'autres façons. Une pile de livres sur la table de chevet, près du lit. Ses affaires de toilette jetées en vrac sur le plateau de la coiffeuse.

Coiffeuse sur laquelle elle avait aussi abandonné ses perles – les fameuses perles si somptueuses – parmi les brosses, les peignes et les flacons.

Contrairement aux lits qui meublaient le *palazzo* de James, le sien n'était pas à baldaquin. Aucune tenture ne dissimulait les draps froissés. Et ce n'était pas la seule preuve de ce qui s'était passé là durant la nuit. Ses habits étaient éparpillés un peu partout dans la pièce. Une mule en satin vert émeraude gisait au pied du lit ; sa jumelle à l'envers, sous la chaise, près du secrétaire.

Il se souvint de la lenteur calculée avec laquelle elle avait ôté ses gants dans la *felze*. Il n'aurait pas dû s'autoriser de tels souvenirs, car dans la foulée, il l'imagina se débarrassant de ses vêtements sous le regard concupiscent de Lurenze…

Et à présent, Magny était dans la place. La familiarité désinvolte avec laquelle il s'était adressé à la jeune femme, son ton gentiment autoritaire ne laissaient aucun doute sur la nature de leurs relations.

James sentit des coups sourds résonner sous son crâne.

— Combien d'amants avez-vous au juste ? demanda-t-il dès qu'il eut refermé la porte derrière eux. Et combien sont au courant de l'existence des autres ? Magny sait-il que vous voyez Lurenze ? Et Lurenze sait-il pour Magny ? Y en aurait-il d'autres que je n'aurais pas encore repérés ? Je ne voudrais pas commettre un impair par inadvertance.

— Par inadvertance ? Non, vous le feriez délibérément, répliqua-t-elle d'un ton suave. Chercheriez-vous querelle à un homme assez vieux pour être votre père ?

— Je n'ose vous demander ce que vous trouvez à un homme assez vieux pour être *votre* père.

— Oh, ne soyez pas timide, Cordier ! Osez demander.

Elle avait commencé à dénouer le lien qui maintenait le col de son déshabillé.

James désigna de la main le paravent installé dans un angle de la pièce et décoré d'une scène pastorale où des bergères jouaient avec des agneaux. Derrière, devinait-il, se trouvaient sans doute une commode et une aiguière.

— Si vous faisiez semblant d'être pudique pour une fois ? suggéra-t-il. Ou attendez, j'ai une idée révolutionnaire : que diriez-vous de vous dévêtir dans le cabinet de toilette ?

— Comme c'est curieux. La plupart des hommes donneraient un bras pour me regarder me déshabiller.

— C'est justement le problème, figurez-vous. Ils sont déjà si nombreux à avoir assisté à ce spectacle intime.

— Pourtant vous ne quittez pas la chambre. Bizarre.

S'approchant de la fenêtre, il se tourna résolument vers le carreau.

— Il faut que nous parlions, décréta-t-il.

— Est-ce vraiment ce que nous devons faire ?

James fixait le puits au milieu du jardin.

— Nous devons parler raisonnablement, insista-t-il. Mais vous êtes toujours si provocante. Je vous ai demandé pourquoi Elphick avait divorcé, vous vous en souvenez ? Je n'arrivais pas à croire qu'un homme puisse souhaiter se séparer de vous pour l'unique raison que vous ne lui seriez pas parfaitement fidèle. Même les gentlemen anglais passent l'éponge sur les aventures de leurs épouses. Histoire de sauver la face en public et de maintenir un semblant de paix conjugale en privé. Ces liaisons demeurent rarement secrètes, je sais, mais on n'en fait pas une maladie. Alors pourquoi diable un homme du monde, ambitieux de surcroît, voudrait-il *divorcer* et admettre ainsi devant le commun des mortels, du balayeur des rues au vendeur ambulant, qu'il a été cocufié ?

— Vous devriez poser la question à Sa Majesté le roi George IV. Il n'a été que trop content de laver publiquement le linge sale de la reine Caroline, il n'y a pas si longtemps.

— Les rois sont une espèce différente. En d'autres temps, ils envoyaient leurs épouses adultères poser leur jolie tête sur le billot en les accusant de haute trahison.

— C'est ainsi que les hommes voient les choses, n'est-ce pas ? Une trahison. Leurs femmes ne sont que des vassales, leur propriété. Lorsque nous promettons de vous aimer, de vous honorer et de vous obéir, cette obéissance doit être totale et aveugle. Je ne m'en étais pas rendu compte, et Elphick, de son côté, n'avait pas compris quel genre de femme il avait épousée. À vous entendre, Cordier, cette affaire apparaît inutilement compliquée et mystérieuse. Pourtant la raison qui l'a poussé à divorcer est on ne peut plus simple. Comme vous l'avez constaté par vous-même, je suis impossible.

Il pivota pour lui faire face. Elle avait enlevé son déshabillé et se tenait devant lui uniquement vêtue de ce morceau de soie vaporeuse qui ne cachait absolument rien de son corps splendide. C'était bien la « chemise de nuit » la plus affriolante qu'il ait jamais vue, et Dieu sait qu'il avait vu plus que sa part de lingerie féminine !

Son cœur s'emballa dans sa poitrine. Son sang se rua dans ses veines et convergea droit vers son entrejambe où une tension inconfortable commença à se faire sentir.

Quant à son cerveau, il commença à lâcher prise.

« Arrête Jamie ! s'ordonna-t-il. Ne flanque pas de nouveau tout par terre ! »

Mais elle était là, belle à damner un saint avec sa peau crémeuse et ses courbes parfaites, sous ce chiffon de soie à travers lequel il devinait les pointes sombres de ses seins.

« Tu as déjà été torturé par des experts, mon vieux, continua-t-il. Tu n'as qu'à te dire qu'il s'agit d'un supplice de plus. »

À choisir, il aurait préféré se faire arracher les ongles.

— Nous devons parler, répéta-t-il entre ses dents serrées. Mais vous vous obstinez à me provoquer, et vous y réussissez parfaitement, je dois avouer. Le problème, c'est que tout cela n'est qu'un jeu pour vous. Vous voulez juste me voir ramper à vos pieds et vous supplier.

— Pas seulement, mais je reconnais que cela me ferait très plaisir.

— Je ne dis pas que le plaisir ne serait pas partagé. Mais ensuite, vous me jetteriez dehors, et ce n'est pas du tout ce que je veux. Regardez comment vous traitez ces perles, ces perles uniques, ajouta-t-il en désignant d'un geste le collier abandonné sur la coiffeuse.

— Ma camériste a pour consigne de ne pas entrer dans cette chambre avant que je l'aie sonnée. Vous me jugerez peut-être vieux jeu, mais je déteste que les domestiques entrent dans mes appartements comme dans un moulin, quelle que soit la personne qui s'y trouve.

— Vieux jeu. *Vieux jeu ?* répéta-t-il encore, en riant cette fois. Seigneur, madame Bonnard, vous êtes impayable ! Pour la première fois de ma vie, j'envisage de trucider mes frères aînés pour que vous en veniez à me considérer enfin comme un amant digne d'intérêt.

— Si j'en crois votre traité, ce ne serait pas une première dans l'aristocratie européenne.

Sa remarque le fit rire de nouveau. Elle était drôle. Elle l'horripilait. Elle le rendait fou. Il était à moitié italien, comment aurait-il pu se tenir à distance ?

Il la rejoignit, glissa lentement le bras autour de sa taille, puis referma sa main libre sur l'arrière de sa tête.

— Vous êtes diabolique, murmura-t-il.
— Je sais.
— Vous n'obtiendrez rien d'autre de moi qu'un ou deux baisers. Je ne suis pas une de vos babioles. Je ne me laisserai pas manœuvrer pour prouver je ne sais quoi, puis jeter au rebut.
— C'est ce que vous croyez, dit-elle en rejetant la tête en arrière d'un mouvement gracieux, un sourire indolent aux lèvres.
— Ce que je vais commencer par faire, c'est effacer ce petit sourire de vos lèvres.

Il effacerait aussi son petit prince de sa mémoire, lui ferait oublier jusqu'à son existence. Il en connaissait bien plus sur les femmes que ce pauvre Lurenze n'en apprendrait jamais, même s'il passait sa vie à étudier le sujet.

Il l'embrassa, mais pas sur son sourire diabolique. Il l'embrassa sur la tempe, et juste là, en haut de la pommette. Puis, se rappelant ce qu'elle avait fait la veille à bord de la gondole, il retraça le chemin qu'elle avait suivi avec le doigt, autour de son oreille, déposa un baiser plus appuyé à l'endroit précis où elle avait marqué une pause.

Il la sentit trembler contre lui.

Lui aussi tremblait.

Doucement, tout doucement, comme si elle était cette jeune fille innocente et pure dont il avait tant rêvé, il fit descendre sa bouche le long de son cou, et agrippant le bord de sa chemise de nuit du bout des dents, il dévoila son épaule laiteuse qu'il embrassa.

Il lui fit un collier de baisers là où les perles avaient reposé sur sa chair nacrée, la veille, puis frôla le renflement de ses seins.

Il savait que son cœur battait aussi vite que le sien.

Elle s'efforçait de demeurer parfaitement immobile, mais il perçut les frissons qu'elle ne put réprimer. Elle ne pouvait pas non plus dissimuler l'accélération de son souffle que sa poitrine qui se soulevait et retombait de plus en plus vite trahissait. Pas plus qu'elle ne pouvait masquer la chaleur qui accentuait le parfum de sa peau, mélange grisant de jasmin et de musc intime.

Il voulait se perdre dans ce parfum, se perdre en elle. Il voulait oublier tout le reste, n'écouter que l'appel de cette sirène.

« Ligotez-moi au mat ! » supplia-t-il en silence.

Il releva la tête.

Lentement, elle ouvrit les yeux. Son regard flou accrocha le sien. Elle lui prit le visage entre ses mains.

— Sauvage ! souffla-t-elle de sa voix voilée.
— Matez-moi, beauté. Je vous mets au défi.

Il fit glisser ses mains sur ses seins, s'attarda au creux parfaitement incurvé de sa taille, avant de descendre empoigner avec ravissement le doux renflement de ses hanches.

« Ce n'est pas pour ça que tu es venu », lui rappela la voix intérieure qui avait réussi à le maintenir en vie toutes ces années.

Il le savait. Il savait bien que ce n'était là que le moyen d'arriver à ses fins.

Pourtant, il ne pouvait nier que le contact léger de ses mains le tenait captif, et de même que son regard... au fond duquel dansait un fantôme : le fantôme d'une autre fille, qui n'était ni sûre d'elle ni cynique ; une âme à la dérive, d'une candeur infinie, capable de croire n'importe quoi et de faire montre d'une confiance absolue.

Il se dit que ce n'était qu'un fantasme, qu'il était en train de s'attendrir, que son cerveau mollissait à mesure que son sexe durcissait dans son pantalon. Pourtant, il ressentit un coup en plein cœur, qu'il ne pouvait se permettre d'éprouver.

Alors, pour se protéger contre ces sentiments incongrus, pour oublier cette troublante vulnérabilité qu'il lisait dans son regard, il l'embrassa.

Un baiser long, profond, passionné. Elle le retenait toujours, ses paumes encadrant son visage comme si elle l'avait tenu ainsi toute sa vie, comme si l'offrande de ses lèvres n'était pas une reddition, mais une invite, comme si elle voulait l'attirer dans un lieu d'où il ne pourrait plus s'échapper.

Il savait que rien n'était éternel, qu'il y avait toujours une issue, pourtant, il se perdit, perdit son équilibre, son sens de l'orientation. Il perdit également la petite voix intérieure qui le gardait dans le droit chemin, son guide. Ses sens se saturèrent d'elle, de son goût, de son odeur. La soie fila sous ses doigts qui partaient à la reconnaissance de ses courbes splendides. Elle se mit à bouger sous ses caresses, à onduler, le pressant de s'emplir les mains de ses trésors, d'emplir son monde d'elle et d'elle seulement, ne laissant de place pour rien d'autre.

La petite voix l'aurait mis en garde en criant qu'elle jouait la comédie, qu'elle était une catin et maîtrisait à merveille l'art de séduire les hommes. Mais la petite voix avait disparu en chemin. Il n'y avait plus que cette femme tiède et consentante entre ses bras… cette odeur de jasmin grisante… ce corps souple qui palpitait… ces seins ronds qui s'écrasaient contre son torse… et la douceur de ce ventre plat qui se pressait contre son érection.

Sans interrompre leur baiser, il referma les poings sur la soie qui couvrait ses hanches et remonta l'étoffe, centimètre par centimètre, tandis que leur parade érotique se transformait en passion irrépressible.

La chemise de soie retroussée, ses mains s'aventurèrent sur la peau nue de ses hanches, sur la rondeur de ses fesses. Il glissa les doigts entre ses cuisses, et elle interrompit leur baiser pour exhaler une sorte de sanglot, tandis que son corps était parcouru d'un frémissement.

Sa chair intime était moite. Elle était prête et il aurait pu la prendre là, tout de suite, comme ses instincts les plus primaires le lui ordonnaient.

Mais le besoin de vaincre était puissant, lui aussi, sans doute plus que n'importe quel autre.

« Je suis plus fort que tous les autres. C'est moi qui te ferai capituler. Complètement. »

Il insinua les doigts entre les pétales de son sexe, entreprit de la caresser, d'abord doucement, à l'écoute de ses soupirs. Puis, quand elle arqua le bassin et chercha à se frotter contre sa main, il accéléra le rythme, lui donnant ce qu'elle réclamait, petit à petit, sans hâte.

Il voulait en finir. Il voulait la posséder entièrement, mais, plus encore, il voulait qu'elle se rende, aussi se força-t-il à prendre son temps pour la mener au plaisir.

Elle laissa retomber la tête contre sa poitrine. Le cœur de James battait si fort qu'elle devait en être tout assourdie. Mais son cœur à elle devait cogner tout aussi violemment à en juger par sa respiration de plus en plus rapide. Puis son corps se crispa, et elle laissa échapper un petit cri, avant de s'affaisser contre lui, tremblante.

Il ôta sa main, l'enveloppa de ses bras et l'écrasa un instant contre lui. Puis il la souleva et l'emporta vers le lit.

Avant de la reposer sur ses pieds.

Quelque part au loin, des bruits leur parvenaient : des voix, le claquement de talons sur le dallage du *terrazzo*.

James les entendit sans vraiment comprendre ce que cela signifiait. Mais l'expérience, l'instinct et l'entraînement se conjuguèrent pour le faire réagir sans qu'il ait à réfléchir. Il avait appris à distinguer un bruit de pas à travers plusieurs cloisons et portes closes, même quand le son était étouffé par un épais tapis. Il avait les sens aiguisés d'un chat, prétendaient certains de ses collègues.

Mais aujourd'hui, il se trouvait particulièrement sourd, aveugle et empoté.

D'un geste, il l'écarta de lui, entrevit la lueur qui s'allumait dans ses yeux verts. Était-elle en colère ? Blessée ? Il n'aurait su le dire. Cela ne dura qu'une seconde, puis elle aussi perçut les bruits qui se rapprochaient, et son regard vola vers la porte.

Les voix en provenance du *portego* devinrent audibles.

— Bien sûr, monsieur le comte, disait une domestique, je vais rappeler à ma maîtresse que vous l'attendez.

— Inutile, je vais le lui rappeler moi-même, fit la voix du comte.


Francesca n'était pas prête.

Elle était bouleversée, dévastée.

Elle ne comprenait pas.

Le plaisir charnel, elle le comprenait. Elle avait appris à en donner et à en recevoir.

Elle avait aussi appris à toujours garder la main, à ne jamais céder complètement.

Or, après un combat ridiculement bref, elle avait totalement capitulé devant lui. Quelques caresses, quelques baisers, et cette force qu'elle avait si durement gagnée avait fondu comme neige au soleil.

Son cœur battait encore la chamade. Elle regarda autour d'elle et s'efforça de réfléchir.

Du coin de l'œil elle vit Cordier se pencher et ramasser quelque chose par terre. Son déshabillé. Oui, elle devait s'en couvrir. Vite.

Il lui lança le vêtement et elle s'empressa de glisser les bras dans les manches aériennes, tandis qu'il retournait se poster près de la fenêtre, les mains jointes dans le dos.

La porte s'ouvrit.

La camériste apparut, le comte de Magny dans son sillage.

Francesca dut prendre sur elle pour réussir à dire avec naturel :

— Ah, te voilà, Thérèse.

Sa voix résonna étrangement, même à ses propres oreilles. Trop aiguë, frémissante. Elle prit une courte inspiration et reprit :

— Tu tombes bien, je ne saurais réussir à m'habiller sans toi.

— Eh bien, je vais vous laisser, dit Cordier.

— Vous avez retrouvé votre calepin, je suppose, observa le comte, les sourcils froncés.

— Oui, acquiesça Cordier qui tapota sa poche, avant d'ajouter à l'adresse de Francesca : Il était bien caché, pas vrai, *cara* ?

*Cara*. Quelle farce. Elle ne lui était pas chère du tout. À ses yeux, elle n'était qu'une simple conquête, et qui lui était tombée toute cuite dans le bec, de surcroît. Elle était bien obligée de l'admettre, à sa grande honte.

Un sauvage.

Il prit poliment congé du comte de Magny, beaucoup moins poliment d'elle, lui prenant la main et lui plantant un baiser mouillé sur les phalanges, entre ses bagues.

Elle eut soudain envie de pleurer.

Elle eut envie de le tuer aussi, de plonger une dague dans son dos, alors qu'il s'éloignait, puis franchissait le seuil.

Le bruit de ses pas décrut.

Le comte lui décocha l'un de ces regards qu'elle connaissait bien, puis s'approcha à son tour de la fenêtre. Là, exactement comme l'avait fait Cordier l'instant d'avant, il joignit les mains dans le dos.

S'efforçant d'oublier tout ce que Cordier avait fait d'autre, Francesca passa dans son cabinet de toilette. Thérèse l'y suivit et laissa la porte ouverte. La camériste était au service de Francesca depuis que celle-ci avait vécu à Paris. Étant française et éminemment pragmatique, elle n'était pas troublée le moins du monde par la profession de sa maîtresse. Aux yeux de Thérèse, seules comptaient les hordes d'admirateurs qui se pressaient à la porte du *palazzo* Neroni, et la valeur des bijoux qu'ils se battaient pour offrir à Francesca. À cet égard, peu de femmes pouvaient rivaliser avec elle sur le continent européen, hormis, bien sûr, quelques têtes couronnées. Sans compter qu'une des grands-mères de madame était une aristocrate française !

Pour toutes ces raisons, Thérèse chérissait sa place et ne l'aurait cédée pour rien au monde. Férocement loyale, elle ne se serait jamais laissée aller à divulguer aucun des secrets de sa maîtresse, quel que soit le pot-de-vin promis. Avec elle, aucun de ses riches amants n'avait droit à un traitement de faveur. Madame décidait.

Ainsi Thérèse ne prenait jamais la peine de fermer une porte quand un homme était présent. Elle ne s'éclipsait pas non plus discrètement, à moins d'en recevoir l'ordre. Elle ne parlait et ne comprenait pas plus d'anglais qu'il n'était nécessaire dans l'exercice de ses fonctions, et elle affichait le même dédain pour l'italien, ce qui arrangeait plutôt Francesca et ses invités.

Le comte de Magny ne prêtait pas plus d'attention à Thérèse qu'elle ne lui en accordait. C'est cependant en anglais qu'il déclara :

— Vous n'auriez pas dû quitter Mira. Je vous avais dit que ce n'était pas la bonne période de l'année pour venir à Venise.

— Vous n'auriez pas dû venir, rétorqua Francesca, qui regardait Thérèse remplir d'eau une cuvette de faïence.

Elle aurait voulu effacer sur sa peau les traces des mains de Cordier, effacer cette faiblesse qu'il avait en quelque sorte dévoilée, et qui lui semblait maintenant suinter par tous ses pores.

— C'est pour cela que je vous ai écrit, reprit-elle. Je voulais vous rassurer. Je me doutais que certaines rumeurs parviendraient jusqu'à vous. Des histoires terriblement exagérées, bien entendu. Je suis sûre qu'on vous a dit que j'avais été assassinée, pas moins. Je sais comment ces ragots se répandent et enflent de manière démesurée, en particulier dans les campagnes.

— À propos de ragots…

— Seigneur, je savais que cela allait venir sur le tapis ! marmonna-t-elle.

— … j'ai entendu des bruits sur Lurenze et vous. Mais j'arrive, et c'est un Anglais que je trouve chez vous. Savez-vous qui est son père ?

— Je n'ai jamais rencontré lord Westwood. Elphick et lui ne fréquentaient pas les mêmes cercles. Même si mon ex-mari faisait son possible pour se faire accepter dans ces sphères supérieures.

— Westwood est un grand héros, surtout aux yeux de l'aristocratie française. On ne compte plus le nombre de cous que son épouse et lui ont sauvés de la guillotine, en prenant des risques personnels non négligeables.

Pour la énième fois, l'image jaillit dans le cerveau de Francesca : Cordier plongeant dans la *felze* et glissant le bras sous le cou de la brute qui se débattait en vain, puis râlait, le corps agité de soubresauts... puis devenait inerte sous l'étreinte impitoyable.

— Prendre des risques est donc atavique dans cette famille, fit-elle remarquer. Figurez-vous que Cordier a plongé de son balcon dans le canal pour me porter secours quand j'ai été attaquée sur ma gondole. Cela dit, je ferais une distinction entre le courage physique – disons même la témérité – et l'héroïsme. Et il est la brebis galeuse de la famille, il me l'a dit lui-même.

Elle entendit un long soupir et jeta un coup d'œil en direction de la porte, mais le comte de Magny n'était pas dans l'encadrement. Sans doute se trouvait-il toujours près de la fenêtre, à fusiller le jardin du regard.

— Je ne vous demanderai pas ce qui se passe entre vous, dit-il.

— Des agaceries. Quoi qu'autres ? répondit-elle d'un ton léger.

Comment aurait-elle pu deviner qu'avec Cordier, de telles agaceries seraient si dangereusement grisantes ? Comment aurait-elle pu deviner que la simple caresse de ses lèvres sur sa peau la toucherait au plus profond de son être, dans cette partie d'elle-même qu'elle avait enfouie des années auparavant ?

C'était comme s'il avait atteint son âme et l'avait mise sens dessus dessous.

Il s'était souvenu de chacun des gestes qu'elle avait esquissés la veille, quand elle avait voulu lui donner une leçon à bord de la gondole. Partout où elle avait fait glisser ses doigts sur sa propre peau, il avait posé la bouche. Il n'avait fait que suivre le tracé qu'elle avait dessiné pour lui la veille, et pourtant il l'avait prise par surprise.

Il l'avait caressée et embrassée exactement comme elle le lui avait montré, et l'avait réduite à l'état d'épave tremblante. Elle, qui était une experte dans l'art du plaisir et de la séduction ! D'un seul baiser, il l'avait fait sienne, l'avait dénudée, dépouillée de toutes ses protections, pour la laisser vulnérable et aveuglée par le désir.

Il lui avait donné du plaisir – et elle aimait cela –, mais là, ce n'était pas pareil. Il avait brisé quelque chose en elle, et elle avait été à un cheveu de pleurer.

Elle ne comprenait pas pourquoi et n'était pas sûre de vouloir comprendre.

Pourquoi diantre n'avait-il pas été plus rapide et égoïste ? Pourquoi ne l'avait-il pas jetée sur le lit pour la trousser, profiter de son corps offert, et lui permettre de jouir à son tour de son corps viril ?

Un vrai sauvage.

— Je ne veux pas savoir, répondit le comte. C'est préférable ainsi. Mais si vous avez deux sous de jugeote, mon petit, vous renverrez celui-ci à ses affaires. Si je suis encore en vie aujourd'hui, c'est parce que je suis meilleur juge que la plupart de gens pour ce qui est de la nature humaine. Et je vous le dis, ma chérie, celui-ci ne vous apportera que des ennuis.


Le fauteur de troubles reprit l'écrin sur la table du *portego*, là où il l'avait laissé après avoir quitté madame, un instant avant que le comte ne survienne.

Cette fois, James franchit le seuil sans s'arrêter et descendit l'escalier qui menait à l'*andron*.

Il se concentra sur son environnement, nota chaque détail. Il avait déjà emprunté ce chemin, mais jamais en plein jour. Il n'y avait plus qu'à espérer que ses années d'entraînement avaient survécu à la tempête Bonnard et que, une fois calmé, il serait en mesure de se remémorer la configuration des lieux avec précision.

Avec un peu de chance, une partie de son cerveau était demeurée lucide et opérationnelle, alors même que le reste était en proie à des émotions ravageuses telles que la colère, la jalousie, la passion, la frustration, et quelques autres qu'il préférait ne pas examiner de trop près.

Si tout le reste échouait, il n'aurait plus qu'à fouiller la maison. Et dans ce cas, mieux vaudrait avoir une bonne représentation mentale des lieux, afin d'aller droit aux cachettes les plus plausibles. Il n'aimait guère se transformer en cambrioleur, mais lorsque cela se révélait nécessaire, il préférait savoir d'emblée où chercher.

Ici, ce n'était pas le cas. Même si, comme la plupart des maisons vénitiennes, celle-ci était agencée assez simplement, elle n'en demeurait pas moins vaste et recelait un nombre incalculable de cachettes possibles.

Avec la plupart des gens, et dès lors qu'il avait compris comment fonctionnait leur esprit, il devinait assez aisément où ils risquaient de garder leurs objets précieux. Le problème, c'est qu'il ne pouvait déchiffrer les méandres d'un cerveau féminin qui s'échinait à embrouiller le sien.

Il regagna rapidement sa gondole. Sedgewick et Zeggio, qui discutaient tranquillement, tournèrent la tête avec un bel ensemble. La même expression méfiante était inscrite sur leurs traits.

« Ils pensent que j'ai perdu la tête, songea James. Et ils n'ont pas tort. »

Il ordonna à Zeggio de les emmener sur l'île de San Lazzaro.

Il avait besoin de s'éclaircir les idées, et il était convaincu qu'il y parviendrait plus vite s'il était sur l'eau, à bonne distance de Venise – et d'*elle*.

La minuscule île, autrefois refuge des lépreux des environs, abritait désormais un monastère arménien où Byron avait étudié.

Un monastère. Le paradis !

# 8

*Ô plaisir ! Tu es véritablement
une chose charmante, quoique nous soyons
assurés d'être damnés à cause de toi.
À chaque printemps je prends la ferme résolution
de me corriger avant la fin de l'année ;
je ne sais comment cela se fait,
mais autant en emporte le vent.
Pourtant j'ai la certitude que ce vœu de continence
peut être religieusement observé ;
j'en suis fort affligé, et on ne peut plus honteux,
et je compte, l'hiver prochain,
me réformer complètement.*
Lord BYRON, *Don Juan, Chant I*

— Vous n'auriez pas dû venir, répéta Francesca à Magny en émergeant du cabinet de toilette.

Il avait quitté la fenêtre et s'était assis sur une chaise. Les mains croisées sur le pommeau en or tarabiscoté de sa canne plantée entre ses jambes, il fixait le parquet.

— J'ai entendu des choses, et ces choses m'ont laissé penser que vous aviez perdu l'esprit, dit-il.

— Vous êtes libre de penser ce que vous voulez.

Elle s'approcha du secrétaire dont le plateau, comme celui de sa coiffeuse, était encombré d'objets hétéroclites tels que bijoux, étoles, gants, crèmes de soin et lotions diverses.

S'asseyant, elle se mit à fouiller dans ce bric-à-brac à la recherche d'une feuille de papier et d'une plume.

— Je ne permettrai à aucun homme de diriger ma vie, ajouta-t-elle. Si je l'avais souhaité, je me serais remariée.

— Thérèse, veuillez ranger ces perles dans un endroit approprié, intima le comte à la camériste, avant de s'exclamer : Bonté divine, Francesca, laissez votre domestique prendre soin de vos bijoux ! Que vous arrive-t-il pour que vous en veniez à être aussi négligente ?

« Regardez comment vous traitez ces perles uniques ! lui avait dit Cordier. Je ne suis pas une de vos babioles. Je ne me laisserai pas manœuvrer pour prouver je ne sais quoi, puis jeter au rebut. »

Les hommes se servaient des femmes, mais quand venait leur tour, là c'était tout autre chose ! Cela devenait un crime majeur.

— Prends-les, ordonna-t-elle à Thérèse qui, bien qu'elle ait ignoré les instructions du comte selon son habitude, mourait sans doute d'envie de lui obéir.

Poussant une boîte de poudre, elle s'exclama :

— Ah, voilà une plume !

Elle s'en saisit, repéra l'encrier parmi les nombreux flacons, dégagea un espace sur le plateau du secrétaire. Sous un foulard, elle découvrit quelques feuilles de papier.

Magny se garda bien de lui demander à qui elle souhaitait écrire une lettre. Il savait qu'elle lui aurait rétorqué que cela ne le regardait pas.

— J'ai cru comprendre qu'on avait arrêté un de ces hommes, reprit-il après un moment de silence orageux.

— De vulgaires voleurs des rues. Ou doit-on dire « voleurs de canaux » à Venise ? corrigea-t-elle dans un petit rire destiné à cacher un frisson involontaire.

— Cela ne m'amuse pas du tout.

Elle haussa les épaules :

— Ces individus ont entendu dire que je possédais de beaux bijoux. Ils ont cru faire un joli coup et ont profité de l'occasion pour tenter de s'amuser un peu avec une faible femme, voilà tout.

— C'est ainsi que le gouverneur voit les choses ? C'est ainsi que *vous* voyez les choses ?

Francesca était en train d'écrire. Elle suspendit son geste, la plume figée au-dessus de la feuille, puis se tourna pour regarder le comte.

— L'homme était déjà en prison quand il a fait ces aveux. Il est sûr de se faire exécuter. Pourquoi mentirait-il ? Qu'a-t-il à perdre à dire la vérité ?

— Je l'ignore. Mais je ne peux m'empêcher de penser que cela a un rapport avec cette histoire, à Mira.

— La visite de lord Quentin ?

Francesca s'était rembrunie. Elle pivota de nouveau face à l'écritoire et reprit la rédaction de son billet.

Elle ne savait pas comment lord Quentin avait eu vent de ces lettres qu'elle avait dérobées cinq ans plus tôt dans le tiroir fermé à clé du bureau de son ex-mari. Elle ne savait pas non plus comment il s'était procuré le fragment qu'il lui avait montré et qui ressemblait de façon étonnante à ceux qu'elle détenait déjà. Mais il semblait en tout cas qu'il avait fait cette découverte peu de temps auparavant.

« Cette affaire nous occupe depuis un moment, lui avait-il confié. Mais ce n'est que récemment que nous avons commencé à assembler les pièces du puzzle. »

Ces pièces indiquaient qu'Elphick était bien ce qu'elle le soupçonnait d'être quand elle avait pris la fuite : un traître à la solde des puissances ennemies.

Mais à cette époque, personne ne l'aurait écoutée si elle avait porté de telles accusations contre lui. Il avait déjà totalement détruit sa crédibilité, du moins le peu qui lui restait depuis que son père avait escroqué la moitié de la haute société.

Francesca avait montré l'une de ces lettres à ses propres avocats. Ils lui avaient assuré qu'elle ferait plus de mal que de bien si elle les rendait publiques, que ce soit pendant le procès pour inconduite que John avait intenté à son amant, lord Robert Meadows, ou encore durant la procédure de divorce. Les avocats de John n'auraient aucun mal à faire croire que ces lettres avaient été inventées et rédigées par une femme vindicative et amorale. Ces mêmes avocats qui avaient déjà répandu sur elle les pires calomnies. Oh, ils n'avaient pas eu grand-chose à faire, dans la mesure où son père s'était chargé de leur paver la route !

Il est vrai qu'elle n'était pas blanche comme la colombe. Elle avait rendu la monnaie de sa pièce à son époux infidèle. Mais qui se souciait de montrer du doigt un homme volage, même si ses aventures étaient innombrables ?

Elle-même n'avait fauté qu'une seule fois, dans un accès de rage, de dépit et de chagrin, par désir de revanche contre cet homme qui lui avait brisé le cœur. Mais John s'était employé à empoisonner les esprits et l'affaire avait vite pris des proportions démesurées.

Tel père telle fille ! avait-on clamé partout en Angleterre.

Son amant, embarrassé par le procès et écœuré par tant de fiel, avait lui aussi fini par se détourner d'elle.

À Mira, lord Quentin l'avait pressée de lui remettre les lettres. Elle se rappelait parfaitement leur échange.

— Vous avez sûrement entendu la rumeur. Elphick espère devenir sous peu notre prochain Premier ministre.

— Certains diraient que l'Angleterre s'est choisi le chef qu'elle mérite.

— Si l'homme est un traître, n'est-il pas temps qu'il soit enfin châtié ? avait insisté lord Quentin.

— Qu'il soit pendu et écartelé, vous voulez dire ? Mais cette punition serait-elle suffisante ? Non, laissez-moi plutôt faire.

Elle n'avait pas ajouté : « Et en quel honneur devrais-je vous faire confiance ? »

Pour ce qu'elle en savait, lord Quentin était peut-être à la solde d'Elphick, et tout ce qu'il lui avait dit pouvait n'être qu'un tissu de mensonges concocté par l'esprit retors de son ex-mari.

Lord Quentin était revenu plusieurs fois à la charge, jusqu'à ce qu'elle ordonne aux domestiques de le considérer comme *persona non grata* chez elle.

Quelques semaines plus tard, la villa avait été fouillée. Un travail particulièrement efficace. Les traces laissées ne sautaient pas aux yeux, mais le comte de Magny les avait remarquées, et dès qu'il les lui avait montrées, Francesca n'avait pu que se rendre à l'évidence.

Il l'avait mise en garde : ses comptes en banque et le contenu de ses coffres seraient probablement étudiés à la loupe. Des agents de l'État pouvaient obtenir ce qu'ils souhaitaient, et Elphick avait construit un réseau d'alliés au sein du gouvernement.

Magny lui avait donné un tas de conseils. Bien trop. Elle avait fini par le trouver envahissant, et comme elle avait décidé depuis longtemps qu'aucun homme n'aurait plus jamais barre sur elle, ils avaient commencé à se quereller sans cesse.

Ce qui l'avait poussée à quitter Mira.

La voix du comte s'éleva, l'arrachant à ses réminiscences.

— Vous refusez toujours mon aide ?

— Si votre aide se résume à prendre les décisions à ma place, je vous remercie, mais non.

— Francesca, c'est absurde. Laissez-moi vous ramener à Paris.

— Mes ennemis me trouveront aussi facilement là-bas qu'ici, si c'est ce qui vous inquiète. Personnellement, je ne m'inquiète pas. Ils n'oseront pas me tuer avant d'avoir trouvé ce qu'ils cherchent, parce qu'ils ignorent quelles dispositions j'ai prises au cas où il m'arriverait malheur. Ils ne peuvent prendre le risque de voir publier ces lettres.

— Francesca…

— Pardonnez-moi, mais je dois finir ma correspondance, coupa-t-elle avec agacement.

*Dimanche soir*

Quand Marta Fazi apprit que Piero avait été jeté en prison et que Bruno avait disparu, elle brisa encore quelques madones, eut une crise de larmes en pensant à ses chères émeraudes, et jura de déchaîner sa vengeance sur quiconque aurait le malheur de la contrarier.

Puis, comme toujours, elle retrouva d'un coup un calme olympien.

Le plan A consistait à envoyer ses sbires terrifier l'Anglaise pour la forcer à rendre les lettres. Cela ayant échoué, elle décida de passer au plan B sans attendre.

Elle commença par se mettre en quête d'autres hommes de main, afin de remplacer ceux qui lui faisaient défaut. Ce n'était pas facile dans une ville telle que Venise, néanmoins cela restait dans le domaine du possible. Marta avait appris qu'une femme déterminée pouvait trouver n'importe où des hommes suffisamment faibles et veules pour faire ses quatre volontés.

Certes, Venise n'était pas le paradis des criminels. Mais cela ne signifiait pas pour autant qu'il n'y en avait aucun. Comme dans d'autres villes réputées plus dangereuses, il existait des quartiers défavorisés dans lesquels vivotaient des miséreux prêts à tout par désespoir.

Dans de tels endroits, le crime se portait fort bien, et tant que cela se limitait à quelques vauriens qui se volaient et s'égorgeaient entre eux, les autorités et les braves gens ne voyaient guère de raison de s'en mêler.

Le problème n'était donc pas de trouver des malandrins, mais d'en dénicher dont elle pourrait se faire comprendre. Les Vénitiens n'entraient pas dans cette catégorie. Ils auraient tout aussi bien pu parler chinois pour ce qu'elle entendait de leur jargon.

Heureusement pour elle, Venise grouillait d'étrangers. Il y avait des Albanais, des Arméniens, des Grecs, des Turcs et toutes sortes de communautés juives. La ville avait également attiré son lot de parias en provenance de toute l'Italie, y compris des régions où Marta avait elle-même vécu.

Parmi ces rufians qui correspondaient aux critères qu'elle avait définis, il s'en trouvait certains qui accepteraient – contre espèces sonnantes et trébuchantes – de s'aventurer hors de leur environnement habituel au risque d'attirer l'attention de la soldatesque autrichienne.

Le prix à payer, comme c'était généralement le cas avec les pauvres sans avenir, n'était pas bien élevé. De fait, Marta ne mit guère de temps à trouver ceux dont elle avait besoin.

*3 heures du matin, le mardi suivant,*
Café Florian, *place Saint-Marc*

À cette heure, les salons de l'établissement étaient quasiment déserts. Les clients s'en étaient allés, soit chez eux, soit vers d'autres distractions.

Francesca et Giulietta étaient restées à la table de Lurenze. Et, pour une fois, il n'y avait personne d'autre. Le prince avait réussi à se débarrasser des diplomates et courtisans qui d'ordinaire ne le quittaient pas d'une semelle.

Seuls demeuraient quelques gardes du corps qui tâchaient de se rendre invisibles en patrouillant dans les environs, certains à l'intérieur du café, d'autres aux abords de l'établissement.

À l'autre bout de la salle, les seuls clients qui s'attardaient encore étaient installés à la table de la comtesse de Benzoni. Don Carlo n'en faisait pas partie. Peut-être avait-il quitté Venise, jugeant que la ville ne comptait pas assez de riches femmes mûres, musa Francesca en promenant le regard sur les visages.

Il commençait à se faire tard. Elle avait envie de partir et réfléchissait au moyen de décourager le prince de la suivre quand, tout à coup, l'atmosphère du salon se modifia de façon palpable.

Francesca tourna la tête. Cordier venait de faire son entrée, vêtu d'une redingote noire qu'il n'avait pas jugé bon de boutonner. Sur sa chemise blanche immaculée, il portait un gilet brodé sur lequel se détachaient une montre de gousset et sa chaînette en or. Sa cravate blanche était nouée simplement, sans recherche particulière. Son pantalon havane, de coupe ajustée, soulignait la musculature puissante de ses cuisses. Des souliers noirs, un chapeau noir calé sous le bras et des gants blancs complétaient sa tenue de parfait gentleman anglais.

Son expression et sa façon de se mouvoir, qui rappelait celle d'un fauve, racontaient cependant une tout autre histoire.

Francesca se rappela la mise en garde du comte de Magny : « Ma chérie, celui-ci ne vous apportera que des ennuis. »

Le fauteur de troubles ne lui adressa pas un regard, mais se dirigea droit vers la comtesse.

Au grand agacement de Francesca, tous les hommes présents à la table, y compris l'amant de la comtesse, le chevalier Giuseppe Rangone, s'écartèrent pour laisser passer le nouveau venu.

Elle reporta son attention sur Lurenze, qui s'appliquait à décrire la miniature d'une princesse bavaroise qu'on lui avait récemment présentée, princesse qui pouvait prétendre monter à ses côtés sur le trône de Gilénie.

Francesca s'obligea à se concentrer sur les paroles du prince, mais son regard déviait sans cesse du côté de Cordier. Bien que celui-ci ait une mise plutôt discrète, il était impossible de l'ignorer. D'abord parce qu'il y avait très peu de monde. Et ensuite parce qu'il dépassait d'une tête la plupart des autres hommes... sauf lorsqu'il se penchait pour baiser la main d'une des femmes présentes ou leur murmurer Dieu sait quoi, leur arrachant un sourire ou les faisant rougir – ce qui n'était pas un mince tour de force dans ce groupe.

Une silhouette masculine replète passa dans le champ de vision de Francesca, l'empêchant de voir ce qui se passait à l'autre bout du salon.

L'homme corpulent s'arrêta à leur table. Il tenait un plateau recouvert d'un pan de tissu.

— Qu'est-ce que c'est ? s'enquit Lurenze. Des babioles pour les dames ?

— Façon de parler, murmura Giulietta.

Elle glissa un regard espiègle à Francesca, puis, d'un geste, invita le vendeur à dévoiler le contenu de son plateau.

Celui-ci obtempéra et Lurenze se pencha pour jeter un coup d'œil. Il eut un mouvement de recul, comme si on venait de lui montrer un rat mort, et agita la main d'un air dégoûté.

— Êtes-vous fou ? s'écria-t-il. Couvrez-moi cela immédiatement et allez-vous-en !

Lorsqu'il le voulait, Lurenze pouvait se montrer fort impérieux. Le vendeur rabattit à la hâte le tissu sur le plateau et commença à se détourner.

— Non, attendez, je vous prie, intervint Giulietta.

L'index replié, elle fit signe au vendeur de s'approcher. Puis elle tourna un regard limpide vers le prince.

— C'est très important, Votre Altitude. Ce sont des préservatifs.

— Je le sais bien, rétorqua Lurenze. Je ne suis pas un gamin. Mais vous... je vous en prie, ne parlons pas de ces choses dans un lieu public. C'est très inconvenant de la part de cet homme de venir montrer sa camelote à des dames.

— C'est toujours très inconvenant de la part d'un homme de montrer sa camelote à une dame, confirma Giulietta.

Francesca s'esclaffa. Lurenze mit quelques secondes à comprendre la plaisanterie et, partagé entre l'embarras et l'amusement, secoua la tête.

— Oh, quelle vilaine ! fit-il.

— Mais Votre Radiance, les préservatifs sont très utiles, objecta Giulietta. Vous ne voudriez pas avoir un héritier malformé ou idiot pour vous succéder sur le trône de Gilénie. Voire ne pas avoir de descendant du tout ! Car la vérole a des conséquences fâcheuses sur la santé. On peut même devenir fou, ou avoir des lésions horribles sur le visage, sans parler de verrues dégoûtantes sur les parties intimes.

Le teint clair du prince vira aussitôt au rose vif.

— *Signorina* Sabbadin, je vous promets que je ne fréquente personne qui souffre de ce genre de maladies !

— Et lord Byron ?

Les yeux écarquillés, il répéta :

— Lord Byron ? *Lord Byron ?* Mais... que me racontez-vous là ? C'est un *homme* ! Les messieurs ne vont pas avec les messieurs. C'est... contre nature !

— Lord Byron est un grand poète, dit Giulietta. Mais même lui, qui est un homme de lettres d'une intelligence incontestable, a reçu d'une certaine dame du monde un cadeau dont il se serait fort bien passé.

— Et je pourrais citer plusieurs grandes dames anglaises qui ont reçu des cadeaux similaires des messieurs les plus distingués, renchérit Francesca.

« Et avec un peu de chance, une de ces dames aura transmis la vérole à Elphick, » ajouta-t-elle pour elle-même.

Le regard de Lurenze passa de Francesca à Giulietta, avant de revenir se poser sur le vendeur de préservatifs, qui attendait patiemment qu'il se décide.

— Bon, très bien, marmotta-t-il. Je le fais, mais uniquement pour ma descendance.

— Montrez vos articles à Son Excellence, ordonna vivement Giulietta au vendeur. Et la meilleure qualité, s'il vous plaît. Ceux du dessous.

Docile, l'homme souleva le tissu pour montrer les préservatifs emballés avec soin dans du papier de soie. Lurenze les considéra un instant avant de tendre la main vers un petit paquet. Mais Giulietta lui repoussa le bras.

— Non, pas celui-là. Celui-ci.

Elle s'empara d'un paquet plus grand, le déballa et sortit le préservatif. Le ruban qui servait à l'attacher sur le pénis était d'un joli rouge profond.

Le teint du prince, qui était peu à peu revenu à la normale, prit instantanément la même couleur.

— Est-ce la plus grande taille que vous ayez? demanda Giulietta au vendeur. Vous comprenez, un prince est bien mieux pourvu que le commun des mortels.

— Je vous assure que cet article conviendra aux plus virils, *signorina*, affirma le vendeur. Et la qualité ne pourrait être meilleure. Celui-ci est fabriqué avec des intestins de mouton.

La mine sérieuse, Giulietta tiraillait sur le préservatif. Puis elle y enfonça sa main menue comme s'il s'agissait d'un gant, avant de la brandir.

— Pensez-vous que cela conviendra, Votre Sublimité? s'enquit-elle d'un ton innocent.

Lurenze étudia sa main, paupières plissées, la mine pensive, avant de répondre:

— Je ne saurais l'affirmer avec certitude, *signorina*. Pouvez-vous l'enfiler sur la tête?

Ses yeux pétillèrent et, l'instant d'après, il partit dans un grand rire si communicatif que Francesca ne put faire autrement que de l'imiter. Giulietta se joignit à eux et tous trois s'esclaffèrent bruyamment.

Dans le salon, toutes les têtes se tournèrent et les regards convergèrent dans leur direction.

Y compris celui de Cordier.

Enfin. Ce n'était pas trop tôt!


L'éclat de rire collectif avait attiré l'attention de toute la tablée. James aurait bien joué l'indifférence, mais cela aurait à coup sûr paru bizarre. Il tourna donc la tête lui aussi.

Les trois compères riaient à gorge déployée devant un vendeur ambulant.

Ce soir-là, La Bonnard portait ses rubis. Une cascade de rubis aux oreilles, sur la gorge, et aux poignets. Elle avait drapé sur ses épaules une étole en cachemire de la même couleur. Celle-ci avait glissé et révélait le profond décolleté de sa robe vert jade coupée dans un tissu très fin, sans doute une mousseline de soie tissée de fils argentés qui scintillait au moindre mouvement.

De la taille haute, ajustée sous la poitrine, tombaient d'innombrables plis qui évoquaient les robes des femmes peintes sur les tombeaux égyptiens. Le drapé épousait de manière indécente le renflement de ses hanches et moulait ses longues jambes.

D'où il était, elle offrait une vision alléchante.

James se rappela les mules de satin vert qu'il avait entrevues dans le joyeux désordre de sa chambre. L'impatience le gagna. Il avait des fourmis dans les jambes et devait lutter contre l'envie qui le démangeait de traverser la salle à grands pas pour la soulever dans ses bras et l'emmener loin de tous ces gens.

Ceux en compagnie desquels il se trouvait se contentèrent de regarder un instant la table du prince avant de reprendre leur conversation. La comtesse de Benzoni se pencha alors vers James pour murmurer :

— Il ne faut pas s'attendre que Son Altesse quitte ces deux-là. Elles sont bien trop amusantes. Avez-vous déjà fait salon chez la *signora* Bonnard, *signor* Cordier ?

— Je ne suis à Venise que depuis une semaine, madame.

— Autrefois, vous auriez eu le choix entre des dizaines de salons, chaque jour de la semaine. La première fois que lord Byron a séjourné ici, il n'en restait déjà plus que deux : le mien et celui de la comtesse d'Albrizzi. Puis la *signora* Bonnard est arrivée, et c'est son salon qui est devenu son préféré. Elle est si gaie, si pleine de vie. Et il faut reconnaître qu'elle a reçu en outre une excellente éducation.

— Aucune femme n'est plus belle ni plus intelligente que vous, mon cœur, intervint Rangone avec sa ferveur coutumière.

— Que vous dites, très cher. Mais lorsqu'elle rit, vous tournez la tête dans sa direction, comme tous les autres hommes, d'ailleurs, rétorqua la comtesse avec lucidité.

Un peu plus tard, le rire de Francesca Bonnard s'éleva de nouveau. James jeta un coup d'œil vers sa table et constata que le trio s'apprêtait à partir.

Quelques minutes plus tard, après des adieux qui lui parurent durer une éternité, il quitta à son tour le *Café Florian*.

Francesca Bonnard et ses compagnons n'étaient pas allés bien loin. La jeune femme avait les yeux levés sur la *Torre dell'Orologio*, la tour de l'Horloge située à l'angle nord-est de la place Saint-Marc. Au-dessus, quelques nuages filandreux blanchissaient le ciel nocturne. Le disque de la lune, qui commençait à peine à décroître, brillait au milieu d'un parterre d'étoiles. La place était illuminée, et pourtant James ne parvint pas à discerner l'expression de la jeune femme.

Giulietta avait la main sur la bouche. Elle riait. Comme toujours, des gens allaient et venaient autour d'eux. Bien que sur le déclin, Venise ne dormait jamais.

Aucun des trois ne sembla s'apercevoir que James s'approchait. Lurenze parlait en gesticulant. Puis Francesca Bonnard tourna la tête. James la vit se raidir lorsqu'elle posa les yeux sur lui, et lui aussi se tendit, sur le qui-vive.

Il rejoignit le groupe d'un pas nonchalant.

— Que s'est-il passé tout à l'heure ? lança-t-il. Tout le monde se demandait ce qui vous faisait autant rire.

— Des préservatifs, répondit Giulietta en pouffant de nouveau.

— La *signorina* Sabbadin adore me faire rougir, expliqua Lurenze. J'ai beau lui dire que dans mon pays, on n'aborde pas ouvertement certains sujets… surtout en compagnie des dames !

— Mais nous ne sommes pas en Gilénie, Votre Suprêmitude, objecta Giulietta.

— Non, loué soit le Seigneur ! Mais vous, *signorina*, dites et faites des choses scandaleuses. Vous êtes une vilaine petite fille !

Aussitôt, Giulietta se rembrunit. Son doux visage prit une expression froide et elle rétorqua :

— Je ne suis pas une petite fille !

Puis, furieuse, elle s'éloigna dans un bruissement de jupes indigné, la tête haute.

Interdit, Lurenze regarda tour à tour Francesca Bonnard, puis James.

— Qu'ai-je dit ? demanda-t-il, l'air chagrin.

— Je l'ignore, répondit James. Les Italiens ont le sang chaud. J'espère seulement qu'elle ne va pas se jeter dans le canal.

Les grands yeux innocents du prince s'élargirent encore davantage.

— Oh non ! Vous croyez que… Ce n'est pas possible !

Francesca Bonnard ouvrit la bouche, mais « Son Altesse » s'était déjà lancée aux trousses de Giulietta. Francesca les suivit un moment du regard, avant de murmurer :

— Giulietta est peut-être italienne, mais pas plus que moi il ne lui viendrait à l'idée d'aller se jeter dans le canal. Et vous le savez parfaitement, monsieur.

— Décidément, vous ne comprenez rien. Si elle a fait semblant de se fâcher, c'était uniquement pour qu'il lui coure après. Je lui ai juste donné un petit coup de pouce. Avez-vous l'intention d'être désagréable ? Vous espériez le garder pour vous toute seule ?

— Oui, c'est exactement ce que j'espérais. Et puis je vous ai vu, et je me suis dit : franchement, qu'irais-je faire avec un prince fringant, jeune, beau, galant et richissime qui ne demande qu'à dilapider sa fortune avec des femmes de mauvaise vie, alors que je peux être avec un fils cadet mal élevé et sans le sou qui m'a soutiré des péridots, sème la discorde parmi mes amis et ne sait jamais ce qu'il veut ?

— Vous ai-je manqué, *cara* ? Cela fait plus de trois jours entiers que nous ne nous sommes vus.

— Si longtemps ? J'ai l'impression que cela fait trois minutes. Que je viens à peine de me débarrasser de vous et que vous voilà déjà sur mes talons.

— Si vous le prenez ainsi, je ne vous emmènerai pas en haut du Campanile, répliqua-t-il en désignant du menton le clocher qui culminait au-dessus de leurs têtes.

— Quel désastre ! Je suis accablée. Je me demande où je vais trouver la force de m'en remettre. Ma vie est irrémédiablement brisée.

— Êtes-vous jamais allée tout en haut du Campanile la nuit ?

— Je doute que quiconque l'ait fait depuis que Galilée y est monté pour découvrir que la terre était ronde. La tour est fermée la nuit, et il y a des gardes.

Mais elle n'avait pu s'empêcher de lever les yeux et une lueur était apparue dans son regard.

— C'est une nuit parfaite, mais le ciel pâlira d'ici une heure ou deux. Nous avons intérêt à nous dépêcher, dit-il en lui prenant la main.

Elle tenta de se libérer, mais il resserra sa prise et l'entraîna vers le Campanile. Sagement, elle décida de ne pas lutter.

— Je refuse de me battre avec vous place Saint-Marc, Cordier.

— Tant mieux, parce que vous perdriez.

Sa main gantée était lovée dans la sienne. Il se rappela le soir où elle avait ôté ses gants et une bouffée de désir l'envahit.

— Si nous réussissons à monter tout là-haut, le prévint-elle, la première chose que je ferai sera de vous pousser par-dessus la rambarde. Mais inutile de vous inquiéter, nous n'y parviendrons pas. Le garde est sûrement autrichien, et vous savez que les Autrichiens ne dérogent jamais à la règle.

— Cessez de jacasser. Gardez votre souffle pour gravir les marches.

Francesca fut à bout de souffle bien avant qu'ils n'entament l'ascension de l'escalier en spirale.

C'était à cause de sa main qui enserrait la sienne, et qui était si grande et chaude et ferme. La dernière fois qu'elle avait marché ainsi, main dans la main, avec un homme, c'était au tout début de son mariage, quand John Bonnard était encore tendre et affectueux, et qu'elle semblait l'aimer davantage chaque jour.

Ses yeux la picotèrent. Elle cilla de toutes ses forces, soulagée qu'il fasse nuit et qu'ils se tiennent dans l'ombre du Campanile. Seigneur, voilà qu'elle était au bord des larmes ! Pourquoi diable avait-elle envie de pleurer après tout ce temps ?

Pourtant, quand Cordier lui lâcha la main, le temps de discuter avec le soldat qui montait la garde au bas de la tour, elle se sentit abandonnée et ses paupières la brûlèrent de plus belle.

« Arrête de pleurnicher ! » s'admonesta-t-elle.

Elle entendait la voix basse de Cordier, et celle du garde qui lui répondait. Cela ne dura guère. Cordier revint vers elle et lui reprit la main en souriant, tellement sûr de lui.

— C'est un Vénitien, expliqua-t-il. Quand il a vu que j'étais accompagné d'une très belle femme, il n'a pas fallu insister beaucoup pour le convaincre.

Le fait qu'il parlât italien comme s'il s'agissait de sa langue natale avait sûrement plus joué en sa faveur que la fibre romantique du soldat. Francesca savait également qu'une pièce ou deux pouvaient faire des miracles, même quand on avait affaire aux Autrichiens pourtant réputés intransigeants et incorruptibles.

— Il y a un autre garde en haut de la rampe, l'avertit-elle. Et celui-là sera autrichien, à tous les coups.

— Mais son travail est d'empêcher les émeutes, les incendies, les tentatives d'évasion et les événements similaires. Il nous fouillera peut-être pour vérifier que nous ne transportons pas d'armes, c'est tout. Cela vous ennuierait beaucoup d'être fouillée au corps ?

— Cela dépend si le garde est jeune et beau.

— Ma foi, nous jugerons sur pièce. Et si nous faisions la course jusqu'en haut ?

— Voilà le genre de suggestion typiquement masculine. Je vous rappelle que vous êtes en pantalon et que moi, je suis handicapée par des jupes et des jupons, sans compter le corset.

Au moment où le garde ouvrait la porte, Cordier se pencha pour chuchoter à l'oreille de Francesca :

— Nous pouvons toujours les *enlever*.

Une suite de petits frissons coururent le long de sa colonne vertébrale. Elle s'était figée. Mais, riant, il l'entraîna à l'intérieur de la tour.

Et elle le suivit, idiote qu'elle était, parce que la nuit était étoilée, qu'il était interdit de monter là-haut et que la dernière fois qu'elle y était allée, c'était en plein jour, parmi une foule de touristes…

… et parce qu'il lui tenait la main et qu'elle était prête à aller n'importe où il lui prendrait l'envie de l'emmener.

Ce n'était que du désir physique, se dit-elle, et plus tôt elle exorciserait ce démon, mieux cela vaudrait.

L'aube ne se lèverait pas avant une heure et à l'intérieur de la tour, les rayons de la lune n'éclairaient pas grand-chose, même si James était capable de discerner la découpe arrondie des fenêtres.

Il aurait pu demander au garde de leur prêter une lanterne ou une torche, mais il n'avait ni besoin ni envie de lumière. Il n'avait jamais eu de problème pour se repérer dans l'obscurité et, dans le cas présent, ils ne risquaient pas de s'égarer : il n'y avait d'autre solution que de gravir la rampe qui montait en pente douce.

Quoi qu'il en soit, il se sentait plus à l'aise dans le noir.

Et cette nuit, il tenait la main de Francesca dans la sienne, entendait le bruissement de ses jupes tandis qu'elle avançait à ses côtés. Parfois, la soie froufroutante lui frôlait la jambe. Et de temps en temps, une légère bouffée de parfum à laquelle se mêlait l'odeur de sa peau lui effleurait les narines.

— Cette odeur… Ce sont vos vêtements que vous parfumez ? Je reconnais le jasmin, mais j'ai l'impression qu'il s'y mêle une autre note que je ne parviens pas à identifier.

— Thérèse glisse des sachets dans ma garde-robe, parmi mes gants, mes sous-vêtements, mes mouchoirs. Voyez-vous, cela ne suffit pas de porter de belles toilettes. Les putains flamboyantes se doivent d'avoir leur propre parfum.

— Êtes-vous une putain flamboyante ?

Il ne voulait pas penser à sa chambre en désordre, aux vêtements épars, aux flacons et pots de crème sur la coiffeuse avec leur couvercle doré et leur calligraphie alambiquée. Surtout, il ne voulait pas penser à sa lingerie, ni se souvenir de l'indécente chemise de nuit qu'elle portait quelques jours plus tôt.

— Vous gardez vos amants merveilleusement secrets, ajouta-t-il encore. Pour le moment, je n'en compte que deux… enfin trois avec moi.

— Vous n'êtes pas mon amant. Vous êtes une aberration.

— D'accord. Mais en Italie, les dames respectables peuvent avoir deux amants, et peut-être une ou deux aberrations.

— Je ne suis pas italienne. Je suis anglaise et divorcée.

— À Rome, on vit comme les Romains. Et selon les critères romains – ou même italiens et européens –, vous êtes une petite putain.

— Ne soyez pas ridicule. Je suis une putain flamboyante. J'ai tous les bijoux qu'il faut pour le prouver.

— Une femme d'affaires avisée, certainement.

— Je tiens ma science de la meilleure. Fanchon Noirot. De Paris.

Il laissa échapper un long sifflement et admit :

— J'ai entendu parler d'elle. Elle doit avoir au moins soixante ans, à présent.

— Soixante-cinq. Et elle jouit d'une retraite dorée auprès d'un amant dévoué. Cette courtisane-là n'a pas fini dans le caniveau, je vous le garantis.

Il s'immobilisa.

— Sapristi, madame Bonnard, vous avez étudié la question de manière approfondie !

— Vous saurez tout en lisant mes mémoires. J'ai l'intention de les écrire quand j'aurai quarante ans, c'est-à-dire avant que les protagonistes principaux ne soient morts, ou qu'ils ne soient trop vieux pour éprouver de la honte... ou de l'amusement, qui sait ?

— En ferai-je partie ?

— Probablement pas. J'ai l'intention de vous oublier dès demain matin.

— Oh, dans ce cas, il faut profiter au maximum de cette nuit.

Et, serrant sa main dans la sienne, il se remit en marche.

# 9

> *Lorsque tout disparaît dans la nuit*
> *(et plus sombre elle est, meilleure elle est),*
> *commence l'heureux temps,*
> *Qu'aiment moins les maris peu*
> *clairvoyants dans l'ombre,*
> *Que, dit-on, les voleurs, les chats et les amants.*
> *La Pruderie alors vigoureusement jette*
> *Son bonnet par-dessus les moulins, à la fête*
> *Elle accourt, – la Folie agite ses grelots,*
> *L'air retentit de cris et de chansons bachiques,*
> *Ce sont des rires fous, des transports frénétiques !*
> Lord Byron, *Beppo*

Il avait dû être un chat dans une autre vie, songea Francesca. Car ils avaient beau se déplacer dans l'obscurité, il n'hésitait ni ne trébuchait jamais.

Il était vraiment d'une souplesse étonnante.

Une idée germa dans son cerveau, aussi fugace qu'une étincelle. Elle en conçut une impression de malaise et, à mesure qu'ils approchaient du beffroi, elle prit conscience – trop tard – qu'elle était seule avec un quasi inconnu.

Elle se souvint – trop tard – qu'un homme avait tenté de l'assassiner quelques jours plus tôt... et qu'un autre homme, titré et bénéficiant de relations haut placées au sein du gouvernement britannique, avait fait fouiller sa demeure quelques semaines plus tôt.

Elle se rappela – trop tard encore – de quelle force Cordier était doté. Il n'aurait aucun mal à la soulever et la faire basculer par l'une des fenêtres pour la précipiter sur le pavé en dessous.

Le cœur tambourinant, elle s'exhorta mentalement au calme. Allons, c'était ridicule, voilà qu'elle laissait les craintes du comte de Magny s'emparer d'elle.

— Pourquoi ? demanda-t-elle soudain. Pourquoi avez-vous décidé sur un coup de tête de grimper en haut du Campanile au milieu de la nuit ?

— J'ai eu envie de voir Venise sous les étoiles en compagnie d'une jolie femme.

— Il y avait plein de jolies femmes dans l'entourage de la comtesse de Benzoni. Et Giulietta est très belle, elle aussi. Vous auriez pu prendre Lurenze de vitesse et courir après elle.

Il soupira…

— Je sais. Le problème, c'est que, pour une obscure raison, je ne vois que vous. Vous êtes la seule avec qui j'aie envie de monter en haut de cette tour. Étrange, non ?

— Non, il n'y a rien d'étrange là-dedans. Vous êtes entiché de moi, voilà tout. Cela arrive tout le temps.

Il éclata de rire… et trébucha en avant. Avec un petit cri, elle tenta de libérer sa main pour ne pas être entraînée dans sa chute. Il parvint heureusement à se rétablir, et elle avec.

— J'ai oublié qu'il y avait un escalier ici, murmura-t-il.

Le bruit qu'ils avaient fait avait alerté le vigile qui gardait le beffroi. Une petite silhouette sombre jaillit de nulle part, une lanterne à bout de bras.

— Qui va là ? cria-t-il.

Cordier n'eut pas plus de difficultés avec celui-ci. Il parla, l'homme lui répondit, et la discussion se poursuivit de la manière la plus cordiale qui soit. Enfin Cordier montra le ticket que le garde du bas lui avait remis, avant de faire tomber une pièce d'or dans la main de son nouvel ami.

Tout en devisant aimablement, le soldat les précéda pour gravir une autre volée de marches et leur ouvrit la porte de la galerie supérieure. Puis il retourna à sa sieste interrompue.

— Je ne suis pas entiché de vous, objecta Cordier en guidant Francesca vers l'extrémité du balcon de pierre.

« Vous ne l'êtes peut-être pas, mais moi si », songea-t-elle.

— Taisez-vous, lui intima-t-elle à voix haute.

Elle ne voulait pas parler. Elle ne voulait pas penser. Elle voulait bannir toute idée parasite de son esprit pour savourer l'instant présent et le spectacle magique qui s'offrait à eux.

À l'horizon, le ciel commençait à blanchir, mais les étoiles étaient encore suspendues dans le ciel. En contrebas, la ville formait un sombre paysage féerique piqueté de lumières scintillantes.

Émerveillée, Francesca longea la balustrade. La lagune luisait, reflétant la lumière pâlissante des astres, ainsi que les lanternes des bateaux, et peut-être aussi les rayons du soleil qui léchaient l'horizon.

— C'est ainsi que les dieux voient le monde, murmura-t-elle. À leurs yeux, nous ne sommes que des grains de poussière.

Les gens qui allaient et venaient sur la place ressemblaient en effet à des grains de poussière sombres qui se détachaient sur fond d'ombre et d'argent.

Francesca chercha à repérer le dédale de canaux, mais à cette hauteur, ils étaient masqués par les toits des maisons et les dômes des monuments. Elle savait que les cimes enneigées des montagnes se dressaient au lointain, mais pour l'heure l'obscurité les avait englouties. Sans doute apparaîtraient-elles peu à peu lorsque le soleil se lèverait, si la journée était aussi claire que la nuit l'avait été.

Cependant, ce n'étaient pas les reliefs du continent qui la fascinaient. C'étaient la lagune et les îles disséminées à sa surface, les embarcations qui tanguaient doucement ou circulaient déjà, juste avant la venue de l'aube.

Francesca inspira une profonde goulée d'air marin.

— C'est à cela que devrait ressembler le paradis, souffla-t-elle.

Sa gorge se noua douloureusement. Ses yeux s'emplirent de larmes. Et, à sa profonde consternation, elle se mit à pleurer.


James n'était pas du genre à se laisser émouvoir par une femme en pleurs. Il avait grandi au milieu d'une tribu de sœurs, tantes, nièces et cousines. Mais aussi, ce n'étaient que ses sœurs, ses tantes, ses nièces et ses cousines.

Il s'écarta du mur auquel il s'était adossé et s'approcha de la jeune femme.

— *Per carità*, fit-il en l'entourant de ses bras. Bonté divine, qu'y a-t-il ?

Tête baissée, elle pleurait. Non pas doucement et en silence. De gros sanglots lui déchiraient la poitrine et lui secouaient les épaules. De ces sanglots qui trahissent les pires chagrins.

Son cœur se mit à battre à grands coups sourds.

— Allons, madame Bonnard, il faut vous reprendre, dit-il avec une désinvolture forcée. Je sais que vous nourrissez pour moi un amour irrépressible, mais...

Elle déglutit bruyamment, puis sanglota de plus belle. Il resserra son étreinte.

— Je vous supplie de ne pas songer à vous jeter par-dessus cette balustrade. Je n'en vaux pas la peine, je vous assure.

Elle releva la tête et le regarda. Une grosse larme glissa le long de son nez fin.

— Vraiment je n'en vaux pas la peine, répéta-t-il.

— *Cretino!* Si j'en avais le pouvoir, c'est vous que je pousserais par-dessus la balustrade, riposta-t-elle d'une voix hachée.

On aurait pu croire que se faire traiter de crétin était un compliment, car un immense soulagement le submergea, telle une vague de fraîcheur délicieuse après la canicule.

— Il me faut un mouchoir, hoqueta-t-elle. Je ne vais tout de même pas me moucher dans votre cravate !

— Pas question. Je ferais n'importe quoi pour vous, *mia cara*, mais la cravate d'un homme est sacrée.

Il la lâcha pour sortir son mouchoir. Quand il l'eut récupéré, tout au fond de la poche de sa redingote, Francesca avait eu le temps de trouver le sien : un petit carré de tissu fin, gansé d'au moins six mètres de dentelle. Elle se tamponna les yeux à l'aide de ce chiffon inutile, puis se moucha délicatement.

James rangea son propre mouchoir.

— Vous moucher dans ma cravate, franchement ! Vous croyez vraiment que je suis entiché de vous ? Eh bien, laissez-moi vous dire une bonne chose, déesse de beauté, grande courtisane devant l'Éternel et reine de Saba, ou quels que soient les titres de gloire que vous revendiquiez...

— Vous êtes un homme, le coupa-t-elle. Vous ne comprenez rien à ces choses-là. Rien du tout.

Elle agita sa main gantée, du geste d'une reine qui congédie un manant, puis elle s'éloigna en direction de l'escalier.

— Les sorties. Voilà ce qui plaît aux femmes. Elles s'arrangent toujours pour qu'elles soient le plus théâtrales possible, commenta-t-il, avant de lui emboîter le pas en chantonnant le livret de Figaro : *Donne, donne, eterni dei/Chi v'arriva a indovinar ?*

Femmes, femmes, déesses éternelles/qui peut sonder les mystères de leur esprit ?

Du tac au tac, elle répondit, non pas de la voix de soprano qui était celle de Rosina en théorie, mais d'une voix d'alto profonde :

— *Ah, tu solo, amor, tu sei/Che mi devi consolar.*

Ah, toi seul mon amour, toi seul/peux consoler mon cœur.

Le cœur de James manqua un battement. Puis un second. Il la rattrapa.

— Vous voyez, c'est là le nœud du problème ! s'exclama-t-il. Nous avons trop de choses en commun. Vous connaissez Rossini, vous connaissez Byron... Ou du moins les mêmes extraits que moi.

— La moitié de la planète les connaît, rétorqua-t-elle. La moitié du monde connaît par cœur *le Barbier de Séville*. Continuez de chercher des raisons pour expliquer que vous ne puissiez vous passer de moi, Cordier. Vous êtes exactement comme Lurenze. Vous êtes entiché. La seule différence, c'est que *lui* au moins a le courage de l'admettre.

James n'était pas entiché. Il savait parfaitement ce que c'était que de l'être. Il était tombé éperdument amoureux de tout un tas de filles pas forcément recommandables au cours de sa jeunesse tumultueuse.

— C'est du désir, stupide femelle ! contra-t-il. Ce que ressent Lurenze, c'est ce qu'éprouve tout homme normalement constitué et dans la force de l'âge auprès d'une jolie femme. Dans son cas, c'est plus intense que d'ordinaire parce qu'il a été couvé trop longtemps dans la nursery royale. Ses pulsions naturelles ont été tenues en bride trop longtemps. Tout ce qu'il lui faut, à présent, c'est une bonne partie de jambes en l'air.

Francesca éclata de rire, de ce rire diabolique qui lui donnait la chair de poule et mit aussitôt sa virilité au garde-à-vous.

— Vous êtes ridicule, Cordier, vous savez cela ? Vous m'avez emmenée tout en haut de la tour du Campanile par une nuit étoilée. C'est le comble du romantisme. Au point que je me suis mise à pleurer il y a un instant. Et que je vais sans doute recommencer sous peu tant je suis consternée, effondrée, stupéfiée par votre incommensurable bêtise.

Elle longea la rambarde, le regard tourné vers l'horizon. James serra les poings si fort que ses ongles lui entamèrent la chair. Puis il baissa les yeux sur ses mains et, lentement, desserra les poings.

Que lui arrivait-il donc ?

Il n'avait aucune raison de ressentir cette tempête intérieure. Absolument aucune. Elle avait raison, cet interlude était censé être romantique. Il devait la séduire, gagner sa confiance. Tout cela était prévu, il ne faisait que son boulot.

Sauf que les choses ne se passaient pas du tout comme elles l'auraient dû.

Il avait *trébuché*, bon Dieu. Il ne trébuchait jamais d'ordinaire.

Il devenait maladroit, pataud et stupide. Mais cela n'avait rien d'étonnant, il était fatigué, las, et aurait dû être rentré chez lui depuis des mois. Il était vidé de ses forces, exténué.

Mais entiché, *non*. Il ne l'était nullement.

— Je sais ce que vous voulez, enchaîna-t-elle. Vous voulez mener la danse. Je vous conseille d'abandonner tout de suite cet espoir, mon cher. Je n'ai pas parcouru tout ce chemin pour arriver là où je suis aujourd'hui en laissant quiconque prendre la main.

Cela incluait certainement Elphick. Se servait-elle des lettres qu'elle détenait pour réduire son ex-mari à l'impuissance ? Était-ce pour cette raison qu'elle refusait aussi obstinément d'admettre qu'elle les possédait ?

Mais il ne voulait pas songer à Elphick ni à ces maudites lettres.

Il s'approcha, s'immobilisa derrière elle.

Accoudée à la rambarde de pierre, elle observait la piazzetta en contrebas.

Il se pencha pour regarder par-dessus son épaule ce qu'elle voyait : pas seulement la place, mais la ville qui l'entourait, les dômes dorés qui luisaient doucement dans la pâle lumière du levant et, au-delà, les îles de la lagune éparpillées sur les eaux scintillantes.

Une sensation étrange lui serra le cœur. Il n'avait pas voulu venir ici. À ses yeux, Venise était une ville en déclin, un lieu mélancolique. Mais en cet instant, alors qu'il regardait la cité à travers le regard de la Francesca – le regard d'une femme qui avait trouvé là un refuge –, il ressentait profondément ses sortilèges.

— Je ne suis pas un crétin.

Il posa les mains à côté des siennes sur la balustrade, l'entourant de ses bras. Son parfum se mêlait aux senteurs de Venise, à l'odeur des vieilles pierres et au relent métallique des grandes cloches suspendues au-dessus de leurs têtes.

Inclinant la tête, il posa les lèvres sur sa nuque, avant de remonter et de s'attarder à cet endroit si sensible, juste sous l'oreille.

Elle frissonna, puis se baissa vivement pour passer sous son bras avant de s'éloigner en riant.

Son rire cascada en écho sous le beffroi.

— Vous êtes une abominable coquette, lança-t-il.

— Et vous un séducteur patenté.

Il la rattrapa et l'enlaça avec autorité.

— J'en ai assez de ces petits jeux.

Erreur. Il avait une mission à remplir et ces «jeux» en faisaient intégralement partie. Mais il avait les bras pleins d'elle, pleins de soie froufroutante, de cette odeur de jasmin entêtante, de ces courbes féminines, de cette peau veloutée.

Quelle mission?

Ses lèvres n'eurent qu'à frôler les siennes pour que le feu qui couvait en lui explose, se répande dans ses veines, annihile sa raison, balaye ce qui lui restait de bon sens et le transforme en idiot brûlant de désir.

Elle se libéra d'une torsion du corps.

— Eh bien moi pas, répliqua-t-elle.

Elle s'éloigna en fredonnant, d'une démarche chaloupée. Il lui emboîta le pas. Elle se mit à chanter. Il reconnut les paroles. Qui ne les connaissait, en effet? Un extrait du *Barbier de Séville*. Une aria, *Una voce poco fa*, composée pour une soprano. Mais chantée par une voix plus basse, elle semblait encore plus suggestive.

— Docile? dit-il. Respectueuse? Obéissante? *Vous?*

— *Dolce, amorosa,* chantonna-t-elle.

— Douce? Aimante? Non, je ne crois pas.

— *Ma se mi toccano/Dov'è il mio debole/Saro una vipera, saro.*

Mais si l'on me contrarie, je peux me transformer en vipère.

— Ah, là je vous retrouve! Une vipère, exactement. Ce qui expliquerait...

Il se tut à temps. Il avait failli évoquer le serpent dessiné sur son omoplate. Il ne l'avait vu qu'une seule fois, à *La Fenice*, alors qu'il était déguisé en valet. La ridicule chemise de nuit qu'elle portait l'autre matin, toute indécente qu'elle fût, ne dévoilait pas le tatouage.

Idiot. Crétin.

Par chance, elle ne semblait pas avoir remarqué sa brusque interruption. L'avait-elle seulement écouté ? Elle fredonnait toujours, continuait de garder ses distances en se déplaçant d'une fenêtre à l'autre.

— *Cara*... commença-t-il.

Elle leva la main.

— Ne m'appelez pas ainsi. Pas de petits mots doux, même pour rire.

— Bonnar ?

— Non, pas cela non plus !

— Francesca.

Il prononça son prénom et sentit ses joues s'enflammer, comme un galopin qui vient de commettre une action qu'il sait scandaleuse. Quand avait-il rougi ainsi pour la dernière fois ?

Son prénom avait roulé sur sa langue comme si là était sa place, de même que sa petite main était chez elle dans la sienne, de même que son corps s'ajustait parfaitement contre le sien.

— Diablesse.

Elle rit doucement, puis s'accouda de nouveau à la balustrade. Il s'approcha et, une fois de plus, se posta derrière elle, les mains posées sur la rambarde.

Elle était prisonnière de ses bras.

— Essayons encore, murmura-t-il.

Elle secoua la tête sans répondre.

Il lui embrassa le cou. Elle tressaillit, tenta de s'échapper comme elle l'avait fait à l'instant, mais cette fois, il avait anticipé sa réaction et se mit à lui butiner le cou.

Elle se figea.

Doucement, il lui mordit le lobe de l'oreille.

Un tremblement la saisit.

Il fit courir le bout de la langue le long de son cou, jusqu'à l'épaule. Puis, comme elle tournait la tête, il embrassa sa belle bouche pulpeuse et, la sentant trembler encore, il la mordit.

Elle sursauta.

— Sauvage ! souffla-t-elle.

— *Votre* sauvage.

Il tira sur la bretelle de sa robe, dénudant davantage sa chair, fit pleuvoir des baisers sur le haut de son bras. L'air frais de la nuit rafraîchissait sa peau, il sentait l'odeur du jasmin mêlée au parfum iodé de la lagune et à cette autre fragrance qu'il ne parvenait toujours pas à nommer et qui devait provenir de sa peau. Ce mélange envahissait son esprit, son univers tout entier, devenait une mer, un océan dans lequel il était prêt à se noyer.

Tout en elle poussait un homme vers sa propre destruction.

Il aurait dû être immunisé contre son charme, mais ce n'était pas le cas.

Et en cet instant, il ne le voulait pas.

Il la désirait, *elle*, tout simplement.

Il glissa les mains sur son corsage. Il voulait sentir sa chair nue sous ses paumes. Il voulait prendre ses seins en coupe, les soupeser, les pétrir. Mais la passion avait beau flamber en lui, il n'en oubliait pas pour autant qu'ils se trouvaient dans le beffroi du Campanile, certes dans l'ombre d'une colonne, mais cela n'en demeurait pas moins un lieu public. Et le jour se levait.

Remontant son étole sur ses épaules, il s'en servit comme d'un rideau tandis qu'il dénouait le ruban qui fermait son corsage, puis libérait ses seins ronds, doux et tièdes, qui parurent gonfler sous ses mains.

Avec un soupir, elle se cambra, pressa les fesses contre son bas-ventre. Son sexe durcit encore davantage.

Pour la faire tenir tranquille, il lui mordilla le cou tout en lui retroussant sa jupe et ses jupons.

— Vous êtes une coquine, chuchota-t-il. Une très vilaine fille.
— Oh oui, acquiesça-t-elle. Cela ne fait aucun doute.

Elle était une très vilaine fille, et c'était exactement ce qu'elle voulait être, songea-t-elle.

Elle regrettait juste… mais non. Cela ne rimait à rien de ressasser le passé, de se perdre en regrets sur ce qu'on ne pouvait plus changer, de souhaiter un nouveau départ, une ardoise neuve. L'instant était trop précieux, trop magique pour s'abandonner aux regrets.

Elle ouvrit les yeux. Venise s'étendait à ses pieds telle une boîte à bijoux renversée qui aurait répandu ses trésors : les lumières, les toitures dorées, les bateaux qui tanguaient sur la mer scintillante. Elle inspira l'air iodé et l'odeur musquée de l'homme qui se pressait contre son dos. Elle entendit un bruissement de soie au moment où il lui remontait sa jupe.

Une fille vertueuse l'aurait arrêté. Mais elle n'avait rien d'une fille vertueuse, ne souhaitait certainement pas l'être. Elle était très vilaine, et tremblait d'impatience tandis que ses mains remontaient sur ses cuisses, puis ses fesses, pour se loger enfin entre ses jambes.

À présent, elle ne pouvait plus jouer au chat et à la souris. Elle ne pouvait plus prétendre que tout cela n'était qu'un jeu. La vérité était trop évidente. Sous ses doigts qui la fouaillaient, elle ne pouvait cacher que sa chair était brûlante et moite. Du reste, elle était prête bien avant qu'il ne la touche. Elle s'était fait désirer en lui échappant à plusieurs reprises, mais tout cela n'était que comédie, une façon désespérée de dissimuler qu'elle était… entichée.

Elle n'était pas un homme. Contrairement à lui, elle se rendait bien compte de ce qui se passait.

Mais elle ne voulait pas y penser. Pas maintenant.

Pour l'heure, elle était une déesse avec le monde à ses pieds, et elle n'aspirait qu'à ses caresses, ses baisers, et ses douces morsures si espiègles et si intentionnelles...

Au premier contact intime, elle sentit ses genoux se dérober sous elle. Sans la balustrade sur laquelle elle s'appuyait, elle se serait effondrée sur le sol.

Le désir était comme une douleur, une pulsation lancinante et infernale au creux de son ventre. Elle ondula contre sa main mais cela ne suffit pas.

« Maintenant, le supplia-t-elle en silence. Je vous en prie, maintenant ! »

Jamais elle ne l'aurait supplié ainsi, mais il comprit. Elle entendit le chuintement de tissu tandis qu'il ouvrait son pantalon et libérait son sexe. Lorsqu'il plaqua le bassin contre ses fesses, elle retint une exclamation. Il était énorme, si rigide et si brûlant qu'elle connut un instant de panique. Absurde. Comme si elle était encore une jeune fille innocente...

De la main, il appuya sur son dos, la forçant doucement à s'incliner dans une position plus commode pour lui. Il insinua les doigts dans sa fente humide, en écarta les replis, puis s'enfonça en elle.

Francesca émit un bruit proche de la suffocation, qui s'acheva en soupir. Le plaisir fleurit en elle, se déploya dans une sorte de tourbillon frénétique pareil à l'ouverture de *La Gazza Ladra*. Cela ressemblait à la joie presque douloureuse que lui procurait la musique, et elle crut mourir de bonheur.

*Oh oui. Oui !*

Il semblait qu'elle avait attendu cela toute sa vie.

Il posa les lèvres sur sa nuque et commença à se mouvoir en elle. Elle tourna la tête. Cette fois encore il comprit, et la gratifia d'un long baiser profond, et plein d'une étrange tendresse qui la bouleversa. Mais le besoin d'assouvissement était trop puissant et, alors que des sensations sauvages dont elle n'avait encore jamais fait l'expérience explosaient en elle, l'emportant au triple galop, elle se mit à bouger au même rythme que lui.

Son cœur gonflait dans sa poitrine, semblait soudain trop gros, il battait trop fort, menaçait de la faire éclater. Elle tenta de ralentir le flot tumultueux de la passion, de retrouver un semblant de maîtrise – cette maîtrise de soi si essentielle à ses yeux –, mais ne trouva rien à quoi se raccrocher.

Il était trop tard. Elle avait désiré Cordier à l'instant où elle avait posé les yeux sur lui et, maintenant, elle voulait de toutes ses forces qu'il lui appartienne. Elle voulait le posséder, et être à lui, à lui seul.

Sous ses coups de boutoir qui s'accéléraient, elle s'abandonna à la déferlante. Le monde explosa, et elle eut l'impression que le sol tremblait sous leurs pieds.

Elle mit quelques secondes à comprendre que la vibration provenait des cloches qui, au-dessus de leurs têtes, s'étaient mises à sonner à la volée et emplissaient le beffroi de leur carillon assourdissant.

Cordier se mit à rire et couvrit les oreilles de Francesca de ses mains. Elle rit aussi, incapable de s'en empêcher. Puis elle ouvrit les yeux et aperçut à l'horizon l'arc rougeoyant du soleil levant.

L'haleine tiède de Cordier lui chatouilla l'oreille tandis qu'il murmurait :

— Dites-moi, *mia vipera*, est-ce assez romantique pour vous ?

Romantique, la situation l'était. Bien trop, au goût de James. C'en était ridicule : ces cloches qui s'étaient mises à carillonner au moment précis où ils atteignaient la jouissance et où le soleil se levait à l'horizon.

Mais dans l'apaisement des sens qui suivit leur étreinte, il ne put qu'en rire tandis qu'il aidait Francesca à se rajuster, à lisser jupe et jupons. Et il rit encore quand elle lui ordonna de remonter son pantalon.

Baissant les yeux, il constata qu'il était de nouveau en état d'excitation. « Pense à l'Angleterre ! » s'enjoignit-il en se reboutonnant, avant de glisser sa chemise dans sa ceinture.

— Vous êtes vraiment unique, Francesca.

— J'ignorais en tout cas que j'avais de tels pouvoirs. Vous voilà déjà prêt à remettre le couvert ! Pas mal pour un homme de votre âge.

— *Mon âge ?* s'insurgea-t-il. Et Magny, alors ?

— Magny ? Quoi, Magny ? s'enquit-elle en arrangeant son corsage autour de ses seins.

— Il pourrait être mon grand-père !

— Votre grand-père ? Non, vous exagérez.

Elle inspecta son décolleté, fronça les sourcils et demanda :

— Est-ce que ça va ? C'est mon corset préféré, mais si mes seins ne sont pas...

— Ils sont splendides, coupa-t-il. Vous êtes belle de la tête aux pieds. Mais je ne suis pas entiché de vous.

Souriante, elle leva la main pour lui tapoter la joue.

— Si c'est ce que vous voulez croire, *mio caro*, je n'aurai pas le cœur de vous ôter vos illusions. Surtout maintenant. C'était vraiment un moment rare, incroyablement romantique et terriblement coquin. Une expérience que je ne suis pas près d'oublier. *Grazie tante, amore mio.* Mais il est temps que je tire ma révérence.

Sur ce, elle tourna les talons et disparut dans l'escalier.

Merci beaucoup ? avait-elle dit. Il est temps que je tire ma révérence ?

L'esprit encore embrumé de James fut lent à réagir. Il demeura un moment immobile, frappé d'incrédulité. Enfin, il se précipita à sa suite.

— La peste soit de vous, madame Bonnard !

— Ne m'appelez pas ainsi, répliqua-t-elle tout en descendant rapidement les marches.

— Francesca.

— Et ne me suivez pas. Il fait jour, vous ne voudriez pas que tout Venise vous voie galoper sur mes talons comme un chiot en adoration ?

*Un chiot en adoration ?*

Il s'arrêta net.

— Je ne suis pas...

Sans même tourner la tête, elle continua de dévaler les marches, la main levée dans un geste censé le congédier.

— Tout cela était fort agréable, Cordier, mais c'est terminé. *Addio !*

# 10

> *Ô amour ! que de perfection*
> *dans ton art mystérieux !*
> *tu fortifies le faible et tu abats le fort.*
> *Combien elle est décevante la sagesse*
> *de ceux que ton charme a séduits !*
> Lord BYRON, *Don Juan, Chant I*

Si l'on ne pouvait avoir la main, on devait au moins faire semblant.

Francesca s'éloigna sur un geste désinvolte et un sourire moqueur qui s'effaça dès qu'elle atteignit la rampe.

Elle avait peur qu'il la suive.

Elle avait peur qu'il ne la suive pas.

Elle s'obligeait à hâter le pas, parce qu'elle avait terriblement envie de traîner pour voir s'il la poursuivait ou non. Et si tel était le cas, la tentation serait trop forte de se laisser rattraper.

Ces jeux stupides. Comme si elle était une donzelle à peine sortie du pensionnat, tout excitée à l'idée que son prétendant la pourchasse.

Elle n'était plus une ingénue quand son mariage avait commencé à battre de l'aile – ou plutôt ce fantasme de mariage auquel elle s'était cramponnée –, pourtant, de la même façon, elle avait cru que John Bonnard se lancerait à ses trousses pour l'arracher aux bras de l'homme auprès de qui elle avait trouvé consolation.

En le trompant, elle avait cru le rendre jaloux, le blesser comme il l'avait blessée.

Mais il n'éprouva ni jalousie ni chagrin.

Il fut juste dégoûté.

« Sale catin ! Vous n'avez pas plus de moralité que votre père ! Pas étonnant qu'il ait été si généreux dans le contrat de mariage. Il craignait de ne pouvoir se débarrasser de vous avant que tout le monde se rende compte quelle dépravée vous étiez ! »

Ses yeux et son visage la brûlaient. Un froid intérieur mortel l'envahit, vite remplacé par le feu de la honte, son cœur se mit à cogner sourdement dans sa poitrine comme le jour où elle avait vu l'amour de son mari se muer en haine.

La clarté du jour pénétrait à l'intérieur du Campanile, mais elle était aveuglée par la fureur et la peine. Elle trébucha, fut obligée de plaquer la main sur le mur pour se rétablir.

— Idiote ! murmura-t-elle. Brise-toi la nuque, tant que tu y es. Elphick aura une bonne raison de boire du champagne.

Voilà ce qui arrivait quand on écoutait ses sentiments. L'émotion l'emportait. On devenait mélancolique, on s'appesantissait sur le passé. L'époux qu'elle adorait, qu'elle aimait de tout son être, l'avait traitée de catin, de putain, et pire encore.

Parfait. Elle était devenue une putain. Une putain flamboyante.

L'heure n'était pas aux pleurnicheries. Elle venait de faire une sortie grandiose. Elle n'allait pas tout gâcher en remâchant de vieux souvenirs rassis.

Aussi vite que ses jupes, jupons et corset le lui permettaient, elle dévala la rampe.

Elle sortit de la tour et, une fois sur la place, consentit enfin à ralentir l'allure, histoire de préserver sa dignité. Aux petites heures de l'aube, l'endroit était loin d'être désert.

Francesca passa devant le palais des Doges, puis prit la direction du *Molo*, l'embarcadère où l'attendait sa gondole.

Uliva ne dormait pas. Il réveilla Dumini. Chaque fois que les gondoliers avaient une longue attente devant eux, ils faisaient la sieste à tour de rôle, afin que l'un d'eux reste sur le qui-vive.

— Chez la *signorina* Sabbadin, ordonna Francesca en montant à bord.

Du haut du beffroi, James la vit traverser la *piazzetta*. En dépit de ce qu'elle lui avait dit, en dépit de sa fureur, il aurait dû la suivre, ne serait-ce que pour veiller à ce qu'elle rentre chez elle sans encombre.

Il y avait très peu de risque pour que quiconque l'attaque à cette heure de la journée. La place grouillait déjà de vendeurs ambulants et de gens qui devaient gagner leur croûte et ne pouvaient se permettre de traîner au lit jusqu'à midi. Et à ces travailleurs-fourmis se mêlaient les joyeux noctambules qui rentraient chez eux après avoir profité d'une longue nuit de débauche.

Mais « très peu de risques », ce n'était pas « aucun risque ». Et si quelqu'un agressait bel et bien la jeune femme, quelle excuse donnerait-il à ses supérieurs ? « Désolé, mais elle m'a blessé dans mon orgueil, m'a mis en rage, et je n'ai pas osé la suivre de crainte de l'étrangler et de jeter son sublime corps sans vie par la fenêtre la plus proche. »

— Quel idiot ! grogna-t-il. Quel sombre crétin.

Il avait tout gâché. Le plan initial, c'était de la séduire pour qu'*elle* lui coure après. Au lieu de quoi, il avait cédé à l'impulsion du moment. Non, pire que cela : il avait obéi au cerveau qui se trouvait entre ses jambes. Il avait fait ce dont il mourait d'envie – et ce dont elle mourait d'envie aussi, visiblement –, et à présent, elle en avait terminé avec lui.

« *Ciao, cretino*, lui avait-elle dit peu ou prou. Je m'en vais faire tourner en bourrique un comte français. Et le prince de Gilénie. Et peut-être aussi quelques Russes et Bavarois, et m'offrir un gondolier en guise de dessert, pourquoi pas ? »

— Et moi, je suis quoi ? Le hors-d'œuvre ? grommela-t-il.

Il dévala les marches, puis la rampe, sortit du Campanile et courut sur le chemin qu'elle venait d'emprunter, tout en se maudissant à mi-voix, en italien, en français, en anglais et, de temps en temps, pour changer de rythme, en français, en allemand, en russe et en grec.

Quand il atteignit sa gondole, Zeggio et Sedgewick lui apprirent qu'ils avaient vu la *signora*, et qu'elle avait demandé à ses gondoliers de l'emmener chez sa meilleure amie.

« C'est le pompon », songea James. Maintenant, les deux courtisanes allaient comparer leurs expériences de la nuit, échanger des commentaires, glousser et se moquer à leur aise.

— Monsieur ?

James releva la tête. Sedgewick et Zeggio arboraient de nouveau une mine soupçonneuse.

— Où désirez-vous aller, *signore* ? demanda finalement Zeggio.

— Au monastère de San Lazarro, déclara James en grimpant à bord de la gondole. Il est temps que je rejoigne les rangs des moines.

C'était une heure inhumaine pour réveiller quelqu'un, mais Francesca était trop malheureuse pour s'en soucier.

Elle hésita pourtant lorsqu'elle parvint en vue de la demeure de Giulietta et reconnut la grande gondole amarrée devant le portail. Mais, au moment où elle se ravisait et était sur le point de prier Uliva de la ramener chez elle, une silhouette masculine apparut et grimpa à bord de la gondole qui s'éloigna sans tarder.

Quelques secondes plus tard, elle croisa l'embarcation de Francesca qui s'obligea à agiter joyeusement la main en guise de salut. L'homme assis dans la *felze* rougit jusqu'aux oreilles, mais n'en répondit pas moins en levant son chapeau avec un aplomb tout princier. Dans la lumière de l'aurore, les boucles blondes de Lurenze prenaient des reflets d'or pâle.

Quelques instants plus tard, Francesca était introduite dans le boudoir de Giulietta. Cette dernière, assise près de la cheminée où crépitait un bon feu, remuait son café à l'aide d'une petite cuillère. À l'entrée de Francesca, sa mine pensive s'évanouit.

— Eh bien, je vois que tu t'es bien amusée cette nuit, déclara Francesca sans préambule. Je viens de voir Son Altesse qui partait.

Giulietta haussa les épaules :

— Je lui avais fait acheter ce préservatif, il a bien fallu que je lui montre comment on s'en servait.

Elle réclama une autre cafetière à son majordome et invita Francesca à s'asseoir à sa table pour partager son petit déjeuner.

Francesca s'assit et, sans crier gare, éclata en sanglots.

Aussitôt, Giulietta bondit de sa chaise et se précipita vers son amie pour l'enlacer.

— Qu'y a-t-il ? la pressa-t-elle. Que se passe-t-il ? Tu n'avais donc pas envie de passer du temps avec Cordier ?

Francesca sortit de sa poche son mouchoir humide et se contenta de le fixer. Toute cette dentelle inutile...

Pourquoi donc n'avait-elle pas pris celui de Cordier quand il le lui avait offert ? Elle aurait pu le rapporter chez elle et le garder en souvenir.

À cette pensée, ses larmes redoublèrent.

Giulietta lui fourra une serviette de table dans la main.

— Qu'y a-t-il ? répéta-t-elle. Tu ne pleures jamais. Tu es enceinte ?

— N... non, hoqueta Francesca avant de s'essuyer les yeux et le nez à l'aide du carré de tissu.

— Ce n'est quand même pas à cause du prince, hasarda Giulietta. Je t'en prie, dis-moi que ce n'est pas cela ! J'étais persuadée que tu voulais partir avec l'autre. Tu avais l'air si...

— C'est pour cela que tu t'es mise en colère tout à coup et que tu nous as plantés là ? interrogea Francesca. Mais qu'aurais-tu fait si c'était Cordier qui s'était précipité à ta suite ?

— Pourquoi l'aurait-il fait ? Ce n'était pas lui qui avait heurté mes sentiments si délicats. C'était Lurenze qui m'avait traitée de petite fille, c'était à lui de se racheter. Je ne me suis pas laissé rattraper tout de suite. Au début, j'ai été très froide, très hautaine, comme si j'étais vraiment en colère. Puis je me suis radoucie progressivement, et j'ai même commencé à lui dire des choses gentilles. Et de fil en aiguille... mais je ne vais pas t'expliquer comment cela se passe.

— Cela ne marche pas avec tout le monde, apparemment. Cordier était certain que tu jouais la comédie, et il a voulu t'aider. Je vous trouve décidément pleins de sollicitude l'un envers l'autre.

Giulietta retourna à sa chaise et répondit :

— Tu sais bien que c'est Lurenze que je veux. Et tu te fiches éperdument de lui. Toi, c'est Cordier que tu veux.

— Cordier est un rien du tout.

— Et alors, pourquoi serait-il interdit de prendre pour amant un rien du tout de temps à autre ? Surtout un comme celui-ci. Ce n'est pas un garçon de café, un pêcheur ou un vendeur de fleurs. C'est quand même le fils d'un aristocrate anglais. Sa mère appartient à une illustre et très ancienne famille italienne. Tout le monde les connaît ici.

— Mais en Angleterre, il n'a qu'un statut de cadet. Et les cadets n'ont pour ainsi dire pas d'argent – enfin pas beaucoup. Il n'a pas les moyens de m'offrir ces trésors qui font grincer Elphick des dents.

Le café commandé arriva enfin.

Une fois le domestique retourné à l'office, Giulietta obligea Francesca à manger la moitié d'un gâteau et à boire un peu de café. Cela fait, elle admit :

— Je comprends ton désir de vengeance. À ta place, j'aurais sûrement tué ce monstre qui te tenait lieu de mari. Ou mieux, je me serais arrangée pour que d'autres lui infligent une mort lente, dans d'atroces souffrances. Mais ta méthode est bien plus inventive, et surtout beaucoup plus drôle. Du moins pour toi. Mais, aujourd'hui, je ne te vois plus rire. C'est stupide de te faire du mal dans le but de faire souffrir un homme qui se trouve sur une petite île lointaine et pluvieuse. Si tu veux Cordier, prends-le. Et au diable Elphick !

Francesca avala une longue gorgée de café.

— C'est fait, annonça-t-elle.

Le visage de Giulietta s'illumina.

— Vraiment ? Parfait ! Et c'était bien ?

— C'était dans le beffroi du Campanile.

— Le beffroi, répéta doucement Giulietta. Ah !

En temps normal, Francesca aurait rapporté l'expérience avec moult détails. En l'occurrence, elle ne savait pas quoi dire. Elle ne trouvait pas les mots pour décrire l'extase qui l'avait saisie. La magie. Ce raz-de-marée émotionnel qui l'avait bouleversée comme seule la musique savait le faire d'ordinaire. Mais bien plus encore.

— C'était... très romantique, dit-elle enfin.

— Ah oui ?

— Et ridicule. Mais romantique.

Elle lui raconta l'épisode des cloches et du lever de soleil.

— Il t'a fait rire ?

— Et pleurer aussi. Il m'a fait...

Francesca s'interrompit, hésita. Mais elle disait toujours tout à Giulietta. La main pressée contre la poitrine, elle reprit :

— Quand je suis avec lui, je me souviens de celle que j'étais avant. Tout me revient. Des... des émotions. Beaucoup d'émotions. Très fortes. Et je ne sais pas quoi en faire. Je pleure. J'éprouve de la colère. Je me rends malade, je souffre. J'ai envie de poser la tête sur son épaule et de sentir ses bras autour de moi, j'ai envie de l'entendre dire qu'il comprend, envie de lui faire confiance... Est-ce que ce n'est pas complètement fou ? Je l'ai rencontré il y a à peine cinq jours !

— Mais il t'a secourue, lui rappela son amie. C'est de cette façon que vous vous êtes rencontrés. Il a risqué sa vie pour sauver la tienne. Ce n'est quand même pas banal et on comprend que tu aies été bouleversée. Et quel meilleur moyen pour un homme de gagner la confiance d'une femme ? Quel meilleur moyen pour quiconque, homme ou femme, de montrer par l'action ce que les mots seuls ne peuvent prouver ?

— Magny se méfie de lui.

— Magny est plein de bon sens, concéda Giulietta. Mais il n'est pas omniscient.

— Non, en effet. Pourtant je ne peux m'empêcher de penser qu'il est plus clairvoyant que moi.

Le domestique refit son entrée. Un messager de la maison de la *signora* Bonnard était là, annonça-t-il. Il s'excusait de devoir interrompre le petit déjeuner de ces dames, mais l'affaire qui l'amenait était de la première importance.

James s'était calmé, suffisamment pour se rendre compte qu'il avait besoin de prendre un bain, de se changer et de prendre un petit déjeuner, ce qui imposait de retourner à la *Ca'* Munetti.

Il avait aussi besoin de dormir, mais il pourrait toujours piquer un somme dans la gondole sur le chemin de San Lazzaro.

Il terminait de se restaurer quand Sedgewick apparut, la mine préoccupée.

— Monsieur, quelque chose est arrivé de l'autre côté, annonça-t-il.

— Des nonnes ? s'exclama Francesca, incrédule. Vous en êtes sûr ?

Elle se trouvait dans le *Putti Inferno* et balaya la pièce du regard. Cette fois, elle n'avait pas besoin que Magny lui indique les traces subtiles de l'effraction. Les cambrioleurs avaient fait attention, mais ils n'étaient pas aussi discrets que ceux qui avaient sévi à Mira.

Les domestiques de Francesca avaient remarqué que divers objets avaient été déplacés. Ils avaient fait le rapprochement avec le fait que tous étaient tombés mystérieusement malades au cours de la nuit, quelques heures après avoir dîné en compagnie de trois nonnes.

— Elles sont arrivées peu de temps après votre départ pour l'opéra, madame, expliqua Arnaldo. Elles nous ont dit qu'elles venaient de Chypre, qu'elles avaient marché des heures, qu'elles n'avaient pas d'argent et qu'elles avaient faim. Que pouvions-nous faire ? ajouta-t-il avec un haussement d'épaules. Des bonnes sœurs… Je ne pouvais tout de même pas leur fermer la porte au nez. Alors nous avons partagé notre repas avec elles.

Peu de temps après, tous les domestiques avaient été frappés d'un mal mystérieux.

— Les nonnes se sont occupées de nous. Et mes souvenirs s'arrêtent là, poursuivit Arnaldo. Je me suis demandé : « Mais pourquoi ne sont-elles pas malades elles aussi ? », puis la tête s'est mise à me tourner et j'ai dû m'allonger. Je me suis endormi. À mon réveil, il n'y a pas très longtemps, elles avaient disparu. Très vite, je me suis rendu compte que tous les domestiques étaient dans le même état que moi. Personne n'avait surveillé la maison. Et ensuite, nous avons découvert que la place avait été fouillée. Qui d'autre aurait pu le faire sinon ces nonnes ? À première vue, aucun objet de valeur n'a été dérobé, mais nous n'en sommes pas absolument certains, voilà pourquoi je vous ai fait mander sur-le-champ, madame. Désirez-vous que j'envoie quelqu'un prévenir le gouverneur ?

— Non, décida Francesca, qui ne voulait surtout pas que le gouverneur autrichien vienne fourrer son nez dans ses affaires. Allez plutôt chercher le comte de Magny, je vous prie.

Arnaldo tenta de faire barrage à James.

— La *signora* ne reçoit pas de visiteurs.

James n'était pas dans un état d'esprit conciliant ou rationnel. Ce qu'il voyait, ce n'était pas un majordome qui ne faisait que son travail, mais un obstacle dressé sur sa route. Il avait donc envie de le saisir par le col de sa veste pour l'écarter.

Il s'exhorta mentalement à la patience. Il ne devait pas se conduire comme le dernier des idiots. Il avait appris il y a bien longtemps qu'il y avait un temps pour la violence, et il savait pertinemment que ce temps n'était pas venu.

Il était en colère parce qu'il ne s'était pas préparé à l'éventualité que quelqu'un ait non seulement l'audace de pénétrer chez Francesca Bonnard, un endroit en théorie bien gardé, mais ait en plus réussi à fouiller les lieux.

Et ce n'était pas la faute d'Arnaldo.

Aussi, dans un italien fluide et familier, remercia-t-il le domestique pour le dévouement dont il faisait preuve envers sa maîtresse, avant de le contourner pour gagner le salon à la décoration la plus folle de toute l'Italie.

Et ce n'était pas peu dire !

— Dieu merci, tous les *putti* sont encore là ! dit-il. Quand j'ai appris qu'il s'était passé quelque chose chez vous, j'ai craint un instant que tous vos petits anges n'aient déployé leurs ailes pour s'envoler.

Elle eut un mouvement vers lui et, l'espace d'un instant, il crut qu'elle allait se jeter dans ses bras. Mais elle s'arrêta net, se tint aussi raide qu'un tisonnier, et déclara froidement :

— Je ne reçois pas de visiteurs.

— J'ai entendu dire que vous aviez reçu la visite de cambrioleurs.

Elle en resta bouche bée.

— Les nouvelles vont vite sur les canaux de Venise, expliqua-t-il. Mes gondoliers l'ont appris d'un type sur le marché lacustre, qui le tenait lui-même de votre cuisinier.

Il jeta un regard circulaire et ajouta :

— Manifestement, il ne s'agissait pas d'amateurs.

Manifestement. Des amateurs n'auraient même pas réussi à franchir la porte d'entrée.

— Qu'est-ce qui vous a mis la puce à l'oreille ? demanda-t-il encore.

— Ce sont les domestiques qui se sont doutés de quelque chose. Je suis arrivée il y a seulement un instant. Mais je ne vois pas en quoi cela vous concerne.

Arnaldo, qui avait suivi James dans le salon, intervint :

— Nous avons vu que certains objets et meubles n'étaient plus tout à fait à leur place habituelle, *signore*.

Francesca leva les bras d'un air exaspéré.

— Est-ce que tout le monde se précipite tout le temps pour vous obéir ou satisfaire le moindre de vos caprices ?

— Oui. C'est mon charme personnel. Nul n'y résiste.

Elle se détourna, se laissa tomber dans un fauteuil, et agita la main en direction d'Arnaldo.

— Allez-y, racontez-lui tout puisque cela vous fait plaisir.

Dans un vénitien rapide que James peina à suivre, Arnaldo se lança dans un récit extrêmement détaillé.

— Des nonnes ? s'étonna James, tandis qu'un nœud se formait au niveau de son plexus. De Chypre, dites-vous ?

Il n'ignorait pas que Venise avait été autrefois la plaque tournante d'un vaste empire commercial. Des gens de tous les coins du globe s'y rendaient, même aujourd'hui, en ces temps difficiles. Les Arméniens y avaient bâti leur propre église, tout comme les Grecs. Et on comptait plusieurs synagogues.

Des nonnes en provenance de Chypre, cela n'avait donc rien d'exceptionnel.

Le problème, c'est qu'il savait que de prétendues nonnes chypriotes avaient commis plusieurs vols spectaculaires dans l'Italie du Sud l'année passée. Et c'était à la suite de l'un de ces cambriolages qu'il s'était rendu à Rome pour rencontrer Marta Fazi, la meneuse, la cinglée aux émeraudes.

Si cette dernière n'avait pas été folle à lier, si elle ne s'était pas pavanée dans tous les lieux publics avec les bijoux, ceux-ci n'auraient sans doute jamais été retrouvés.

Seulement, Marta était censée être en prison. Sa bande avait été dispersée. Alors ? Le cambriolage qui avait eu lieu chez Francesca était-il le fait d'un imitateur ? Ou une simple coïncidence ?

Arnaldo confirma :

— Oui, de Chypre. Tout le monde connaît l'accent chypriote. À Venise, on l'entend presque tous les jours.

James se rappela le soupçon d'accent étranger qu'il avait détecté dans la voix de Marta. Elle était née à Chypre.

N'importe qui pouvait prétendre être chypriote. Mais cet accent était très particulier, du moins pour Arnaldo.

La probabilité pour que tout cela soit le fait du hasard ou d'un imitateur se réduisait de seconde en seconde.

Quelqu'un avait dû faire libérer Marta. Elle avait été emprisonnée à Rome, et tout le monde savait que la corruption sévissait dans les États pontificaux. Des amis riches et influents pouvaient parfaitement avoir obtenu sa libération.

Tout le temps que le cerveau de James cliqueta furieusement, notant les détails et les assemblant pour aboutir tout naturellement à la conclusion qui s'imposait, il offrit une façade tout ce qu'il y avait de calme.

— Et vos bijoux ? demanda-t-il finalement à Francesca. Disparus, je suppose ?

Elle cilla à plusieurs reprises.

— Mes bijoux ? répéta-t-elle.

— Selon le dénommé Piero, c'est ce que vos agresseurs cherchaient l'autre soir, rappelez-vous.

Lui-même avait douté de cette histoire sur le moment, sa raison et son instinct lui soufflant que le gredin avait beaucoup plus à cacher. Mais à présent, un schéma était en train de s'élaborer. Et il ne lui plaisait guère.

— Dans la communauté des malfrats, personne n'ignore que vous possédez des bijoux exceptionnels, ajouta-t-il.

Francesca bondit de son siège et se précipita hors du salon.

James la suivit.


Les cambrioleurs n'avaient pas pris autant de précaution pour fouiller les appartements de Francesca. Elle se figea à la vue du spectacle qui l'attendait. Le matelas était de travers sur le lit, le bric-à-brac sur le plateau de sa coiffeuse avait été renversé, et quelques flacons avaient même roulé sur le sol.

Cela ne ressemblait en rien à ce qui s'était produit à Mira où les intrus n'avaient laissé que des signes quasi indécelables de leur passage.

Ce désordre avait quelque chose de très perturbant.

Thérèse se tenait sur le seuil du cabinet de toilette, en pleurs.

Francesca n'avait jamais vu sa camériste verser la moindre larme. Il ne lui était tout simplement jamais venu à l'esprit que cette femme fière et indépendante en soit capable.

— Thérèse? fit-elle et, rejoignant sa camériste, elle lui entoura les épaules du bras. Est-ce que ça va?

— Oh, madame!

La camériste tourna la tête pour presser le front contre l'épaule de sa maîtresse et se mit à sangloter.

— Tout va bien, la rassura Francesca. Tout le monde a été malade, mais personne n'est blessé.

Thérèse releva la tête, s'essuya les yeux d'un revers de main et, dans un français rapide, vibrant de colère, cracha :

— Ces brutes ignobles ! Oser toucher à vos affaires, vos belles robes, vos bijoux...

— Ils sont partis avec, n'est-ce pas ? fit une voix masculine derrière les deux femmes.

L'espace d'un instant, choquée de voir Thérèse dans un tel état, Francesca avait oublié la présence de Cordier.

Thérèse l'ignora, comme elle ignorait tous les hommes qui passaient dans la vie de sa maîtresse.

— Ils ont tout mis sens dessus dessous, expliqua-t-elle. Ils ont vidé votre boîte à bijoux par terre.

Elle désigna du menton le cabinet de toilette. Francesca tendit le cou pour jeter un coup d'œil à l'intérieur. Le sol était jonché d'objets divers. Y compris des bijoux.

— Intéressant, fit la voix de Cordier, plus proche maintenant, car il regardait par-dessus la tête de la camériste. Ils n'ont pas pris les joyaux. Que diable cherchaient-ils, dans ce cas ? Ces mémoires dont vous m'avez parlé ? Auriez-vous commencé à les écrire ?

Cela n'avait rien à voir avec les mémoires dont Francesca doutait fortement d'entamer un jour la rédaction. Cela n'avait rien à voir non plus avec un simple cambriolage. Les cambrioleurs ordinaires ne jetaient pas sur le sol des bijoux de prix avant de s'en aller sans les emporter.

Non. Quels qu'ils soient, ces gens étaient venus chercher quelque chose de bien plus précieux : les lettres.

Francesca secoua la tête. En dépit de son cœur qui battait la chamade, elle suggéra d'un ton détaché :

— Peut-être s'agit-il d'un acte de malveillance de la part de quelqu'un qui me déteste. D'une simple farce.

— Une farce plutôt élaborée, alors. Qui nécessitait de se déguiser en nonnes et d'empoisonner toute votre domesticité.

— C'est vraiment curieux qu'ils aient laissé les bijoux, convint-elle. Peut-être s'agissait-il de vraies nonnes ? Quel voleur digne de ce nom aurait dédaigné ces perles et ces saphirs ?

Ils étaient là, brillant doucement parmi les robes et les jupons, les corsets et les dessous, les gants et les paires de bas. Comme un défi, un pied-de-nez.

Elle aussi avait défié Elphick en lui dressant la liste de ses amants et en lui tenant le catalogue des bijoux que ces derniers lui offraient. Et il avait répliqué de même en se vantant de ses exploits politiques et de ses bonnes fortunes amoureuses. C'était un jeu entre eux. Un peu puéril sans doute.

Mais le jeu virait à la guerre impitoyable.

— Les nonnes ont peut-être voulu me mettre en garde, m'avertir que mon mode de vie dissolu me menait tout droit en enfer, improvisa-t-elle. Ou me signifier que tout n'est que vanité, ou quelque autre idiotie moralisatrice.

Thérèse, qui était entrée dans le cabinet de toilette, revint sur ses pas et annonça :

— Vos lettres, madame. Le coffret dans lequel vous conserviez votre correspondance est par terre, ouvert. Mais je ne vois les lettres nulle part, ni aucun autre document.

Non, ce n'était pas possible, se disait James. Elle n'avait quand même pas gardé des lettres aussi compromettantes dans un endroit aussi banal qu'un cabinet de toilette !

Si cela avait été le cas, les hommes de lord Quentin n'auraient eu aucun mal à les trouver lors de la fouille de ses précédents domiciles. Ils avaient passé au crible les cachettes les plus évidentes comme les autres. Des agents avaient obtenu des établissements dont elle était cliente l'accès à tous ses comptes bancaires. Dans les coffres, on avait découvert des bijoux – mis de côté en prévision des jours moins glorieux que connaît fatalement une courtisane quand sa beauté se fane –, un testament, ainsi que divers documents financiers et légaux.

Mais pas de lettres.

S'il avait suffi d'ouvrir un coffret, ou de trouver des poches cousues à l'intérieur de ses vêtements, ou dans les rideaux, ou encore des tiroirs secrets dans les meubles, les autorités britanniques n'auraient pas eu besoin de dépêcher James Cordier sur place.

Pourtant, il avait entendu Francesca retenir une exclamation lorsque Thérèse lui avait annoncé la disparition de sa correspondance. Et en ce moment même, il la voyait lutter pour garder son sang-froid. Elle savait qu'elle avait des ennuis. Restait à trouver comment le lui faire admettre.

— Cela devient de plus en plus absurde, laissa-t-elle tomber. Impossible de savoir ce qui a vraiment disparu dans ce capharnaüm. Thérèse, va chercher des femmes de chambre pour t'aider à ranger tout cela. Puis tu pourras dresser la liste de ce qui manque, si tant est qu'il manque quelque chose. J'ignore ce que cherchaient au juste ces nonnes peu ordinaires, mais je serais fort étonnée qu'elles soient parties sans emporter le moindre bijou.

La camériste quitta la chambre.

— Quelqu'un croit peut-être que vous aviez entamé la rédaction de vos mémoires, suggéra James.

Elle se détourna du cabinet de toilette et s'approcha du lit en désordre.

— Cela n'a pas de sens, rétorqua-t-elle. Cela ne fait que cinq ans que j'ai embrassé la profession de courtisane. Mes affaires ne sont un secret pour personne. Loin s'en faut. N'oubliez pas que je suis une putain flamboyante. Je n'entre pas par la porte de service, mais par la grande. Ceux qui veulent connaître la liste de mes amants n'ont qu'à lire les gazettes. D'ici quinze ou vingt ans, les intéressés trouveront peut-être ces révélations embarrassantes, mais pour l'heure, ils sont plutôt enclins à considérer une liaison avec Francesca Bonnard comme un titre de gloire. Vous voyez, si vous ne m'appréciez pas à ma juste valeur, d'autres le font.

— C'est faux, je vous apprécie infiniment. Je pensais vous l'avoir démontré tout à l'heure, en haut du Campanile. Auriez-vous déjà oublié cet intermède ?

Les yeux verts en amande étincelèrent.

— Cordier, siffla-t-elle, vous êtes un véritable imbécile.

— Je sais, je n'aurais pas dû vous laisser fuir.

Son beau regard s'assombrit et il crut entrevoir de nouveau le fantôme de cette jeune fille confiante et simple. Mais il disparut en un instant.

— Je ne me suis pas enfuie, objecta-t-elle. J'en avais fini avec vous. Je suis partie.

— Moi, je n'en ai pas fini avec vous.

— Cela m'est égal.

« Et comment faire pour que cela ne vous soit pas égal ? » faillit-il demander.

Au lieu de quoi, il répliqua :

— Je m'inquiète pour vous. Il y a à peine quelques jours, quelqu'un a essayé de vous tuer.

— De me voler mes bijoux, corrigea-t-elle.

— Vous avez été agressée, reprit-il d'un ton patient. Et cette nuit, votre maison a été vandalisée.

— Fouillée, rectifia-t-elle encore. Et, apparemment, il ne manquerait que quelques lettres sans importance, dont la lecture se révélera certainement très drôle pour quiconque les a emportées, ajouta-t-elle avec un mince sourire.

— Ce sont des lettres d'amour?

— Oh non! Pas du tout. C'est mon mari qui en est l'auteur.

La porte de la chambre s'ouvrit à la volée et le comte de Magny fit irruption dans la pièce, suivi de près par Thérèse qui protestait tant qu'elle pouvait.

— Madame, je lui ai dit que vous étiez occupée, mais...

— Vous, allez-vous-en! jeta le comte à la camériste.

Thérèse ne lui accorda même pas un regard.

— Tu peux rester, Thérèse, dit Francesca. Il faut bien que quelqu'un se charge de ranger le cabinet de toilette.

La tête haute, Thérèse passa devant le comte et gagna la pièce voisine. Magny s'emporta:

— Vos domestiques sont d'une insolence incroyable!

— Mes domestiques sont loyaux.

— Si vous ne souhaitez pas me voir, pourquoi diable m'avez-vous envoyé chercher? gronda-t-il en adressant un regard noir à James.

— Mais je souhaite vous voir. Pour autant, je ne saisis pas en quoi cela vous autoriserait à régenter ma domesticité. C'est là le problème. Il y a toujours un problème, j'aurais dû m'en souvenir! À quoi ai-je donc pensé en vous faisant mander pour avoir votre avis?

— En effet, on se le demande, alors que vous avez ici M. Cordier qui est venu faire... ce qu'il avait à faire, fit le comte avec un geste dédaigneux.

— Je ne suis pas sûr de pouvoir faire grand-chose, observa ce dernier. Il se trouve que, pour quelque raison inconnue, une horde de nonnes déchaînées est venue fouiller la maison pour s'emparer de lettres écrites par l'ex-époux de Mme Bonnard. Des lettres qui ne parlaient pas d'amour.

— Des lettres ? répéta le comte. Mais que…

Il s'interrompit, se dirigea vers le cabinet de toilette et foudroya Thérèse du regard. Cette dernière lui tourna ostensiblement le dos et continua de ranger en piles bien nettes les vêtements qu'elle venait de ramasser.

Le comte pivota et s'éloigna de la porte.

— J'en ai vu assez, Francesca. Vous allez quitter immédiatement cette maison et venir vivre sous mon toit.

— Nous avons déjà tenté l'expérience, mon cher. À deux reprises. La seconde fut aussi désastreuse que la première.

— Quoi d'étonnant ? observa James.

Magny le foudroya du regard.

— Venez plutôt habiter chez moi, ajouta James, ignorant le comte.

Le comte et Francesca le fixèrent, stupéfaits. Puis le fantôme revint hanter le regard vert de la jeune femme.

— Pourquoi ? murmura-t-elle.

— Je vous le répète, parce que je me fais du souci pour vous. Et parce que ma maison est toute proche. Vous n'aurez que le canal à traverser. Et aussi… parce que je suis entiché de vous.

— Je suis au bord de la nausée, lâcha le comte qui leva les mains, puis tourna les talons et fonça vers la porte.

Francesca le regarda partir, puis soupira :

— Il n'a jamais été romantique.

— Moi non plus, assura James, et si je pouvais trouver une raison moins révoltante, je ne m'en priverais pas. Mais la vérité, c'est que j'ai une féroce envie de lui casser la figure.

— Vous n'êtes pas le seul. Beaucoup de gens en rêve. À commencer par moi.

— Mais dans mon cas, il semblerait que ce soit la jalousie qui me motive.

Elle pivota, s'approcha de la coiffeuse et redressa un flacon d'un geste distrait.

— Vous comprenez bien que cela n'a pas de sens d'être jaloux d'une courtisane, dit-elle. Je n'appartiens à aucun homme. C'est pour cette raison que je ne peux vivre avec aucun d'entre eux. Dès qu'une femme vient vivre sous le même toit que son amant, celui-ci s'imagine qu'elle fait partie des meubles.

— Très bien, nous pouvons négocier les conditions, si vous le désirez.

— Il n'y a pas de conditions. Je n'irai pas habiter chez vous.

— Alors, c'est moi qui vais m'installer ici.

Elle cessa de ranger ses pots de crème et ses flacons, tourna lentement sur elle-même, et répliqua tranquillement :

— Certainement pas.

— Madame ! Madame !

Thérèse jaillit du cabinet de toilette, un écrin de velours dans la main.

— Madame, vos émeraudes ont disparu !

# 11

> *Un long, long baiser, un baiser de jeunesse,*
> *et d'amour et de beauté, se concentrant*
> *comme des rayons en un foyer unique*
> *allumé au feu du ciel ;*
> *un de ces baisers qui sont l'apanage*
> *de nos premiers beaux jours,*
> *alors que le cœur, et l'âme et les sens*
> *se meuvent de concert,*
> *que le sang est une lave, le pouls un incendie,*
> *et que chaque baiser porte un*
> *ébranlement au cœur :*
> *– car, si je ne me trompe, la force d'un baiser*
> *se mesure à sa longueur.*
> Lord BYRON, *Don Juan, Chant II*

James assemblait peu à peu les pièces du puzzle, et il n'aimait pas l'image qui était en train de prendre forme dans son esprit.

Des lettres avaient été volées.

Ainsi que les émeraudes.

Apparemment, les voleurs étaient partis avec les mauvaises lettres. Francesca Bonnard ne se serait pas gaussée de la sorte – et il ne pensait pas que son amusement ait été feint – si les vraies s'étaient envolées.

Mais qu'y avait-il donc dans ces lettres pour qu'elle se délecte tant à l'idée que quelqu'un les lise ?

À moins qu'elle ne s'amusât simplement de la méprise ?

James, en tout cas, ne riait pas du tout.

Quelqu'un qui ne lisait pas très bien l'anglais et, de surcroît, le comprenait mal, avait aisément pu commettre cette erreur.

Ce n'était pas obligatoirement Marta Fazi. Mais enfin, qui d'autre avait l'esprit assez dérangé pour s'emparer de ces émeraudes en dédaignant les diamants, rubis, perles et saphirs qui jonchaient le sol ?

La conclusion logique voulait que quelqu'un ait envoyé Marta récupérer ces lettres. Ce quelqu'un avait surestimé son intelligence et sous-estimé celle de Francesca Bonnard.

Son ex-époux ?

Selon Giulietta, ces deux-là jouaient à un jeu. Et éliminer Francesca reviendrait pour Elphick à admettre sa défaite.

Le problème, c'est qu'en ajoutant Marta Fazi à l'équation, on démontrait clairement l'intention de tuer.

James réfléchit, tâchant de se souvenir s'il avait entendu parler d'un lien quelconque entre Fazi et Elphick. Mais rien ne lui revint.

Se trompait-il du tout au tout ? Quelque chose de crucial lui échappait-il ? Si c'était le cas, cela n'avait rien de surprenant. Il avançait à l'aveuglette parce qu'il ne comprenait rien au petit jeu auquel Francesca et Elphick s'adonnaient. Et il continuerait de tâtonner jusqu'à ce qu'il mette un terme au jeu auquel Francesca jouait aussi avec lui.

Il se tourna vers Thérèse et, dans ce français qu'il avait perfectionné plus de vingt ans auparavant, et dont l'accent impeccable lui avait évité à plusieurs reprises la guillotine, il ordonna :

— Madame a besoin d'un bain. Faites-en préparer un et envoyez des domestiques refaire le lit. Pendant ce temps, finissez de ranger le cabinet de toilette et dressez la liste que madame vous a demandée. Il ne faudra oublier aucun objet, même le plus insignifiant. Ensuite, quand madame se sera baignée et reposée, quand elle aura toutes les informations nécessaires en main, elle pourra décider de la marche à suivre.

Thérèse inclina la tête.

— Bien monsieur, dit-elle dans sa langue maternelle avant de quitter la pièce en toute hâte.

Francesca Bonnard la suivit d'un regard éberlué avant de pivoter vers James.

— Qui diable êtes-vous ? lâcha-t-elle. Un Bourbon égaré ? Thérèse fait la sourde oreille même devant le comte de Magny. Et vous, elle vous obéit au doigt et à l'œil !

— C'est mon charme. Il est irrésistible.

Les beaux yeux en amande se plissèrent.

— En fait, je lui ai demandé de faire exactement ce qu'elle avait envie de faire, reprit-il. Thérèse s'inquiète trop à votre sujet pour pouvoir se concentrer correctement sur sa tâche. Une fois qu'elle vous saura baignée et détendue, elle retrouvera son efficacité. De même, vous ne pouvez réfléchir avec lucidité tant que vous n'aurez pas récupéré.

— De ma nuit blanche ? J'ai l'habitude, figurez-vous.

— Du choc émotionnel, corrigea-t-il.

Le visage de Francesca s'assombrit.

— Il est vrai que cela me donne le vertige, la pensée de ces nonnes furetant dans ma maison...

— Ce n'étaient pas de vraies nonnes. Et il ne s'agissait pas non plus d'un simple cambriolage. Qu'en est-il exactement, madame Bonnard ?

Elle haussa les épaules, se pencha pour ramasser un flacon par terre.

Il s'approcha d'elle.

— Vous me croyez donc stupide ? Je me rends bien compte qu'il se passe quelque chose d'anormal. Que cachez-vous ? Comment puis-je vous aider si vous vous obstinez à ne rien me dire ?

— Où avez-vous été chercher l'idée que j'avais besoin d'aide ?

— Deux gredins vous ont attaquée la semaine dernière, soi-disant pour vous voler vos bijoux...

— Soi-disant ? Vous n'en êtes pas sûr ? Vous m'avez pourtant dit que l'homme capturé vous l'avait certifié.

— Et quelques jours après cette agression, votre maison est fouillée, poursuivit-il, imperturbable. Que vous faut-il de plus pour admettre qu'un danger vous menace ? Pourquoi quelqu'un viendrait-il jusqu'ici chercher des lettres de votre ex-époux ?

— Vous oubliez mes émeraudes ! Imaginons que quelque chose ait effrayé ces nonnes alors qu'elles étaient en train de vider mon cabinet de toilette. Elles se seront sauvées en emportant ce qui leur tombait sous la main. Peut-être, dans leur hâte, ont-elles confondu ces lettres avec des billets à ordre ?

— Francesca.

— Cela ne vous regarde pas ! répliqua-t-elle sèchement. Et je ne veux pas de votre aide !

— Vous vous conduisez comme une bécasse. Êtes-vous enceinte ?

Le flacon vola en direction de sa tête. Il esquiva. L'objet heurta le dossier d'une chaise et tomba sur le sol sans se casser. Le verre devait être très épais. Si James ne s'était pas baissé par réflexe, il aurait pu avoir le crâne fracassé.

— Enceinte ? cria-t-elle. Enceinte ? Pourquoi ne pas me demander si c'est la mauvaise période du mois, tant que vous y êtes ?

— Pourquoi, c'est le cas ?

— Oh, espèce d'idiot ! Non, je ne suis pas enceinte. Et ce n'est pas la mauvaise période. Je suis fatiguée, sale, et j'ai besoin d'un bain. Et aussi de dormir. Et je veux que vous déguerpissiez de chez moi. *Va via!* cria-t-elle encore en agitant la main pour le congédier d'un geste dédaigneux.

Il secoua la tête, leva les yeux vers le plafond où caracolaient des créatures mythologiques. Ne venait-il pas de lui dire l'instant d'avant qu'elle avait besoin d'un bon bain et de prendre un peu de repos ?

Il la rejoignit en deux enjambées et la souleva dans ses bras.

— Reposez-moi immédiatement ! ordonna-t-elle.
— Je vais vous le donner, ce bain. En vous jetant dans le canal !

Francesca se débattit, bien inutilement. La brute qui avait tenté de l'étrangler était impressionnante, et James Cordier s'en était débarrassé en deux temps trois mouvements.

— Vous n'oseriez pas, lança-t-elle.

Sans répondre, il quitta la chambre et traversa le *portego* en direction de la rangée de fenêtres qui donnaient sur le canal et dont le balcon surplombait directement l'eau.

— Vous savez nager ? s'enquit-il.
— Oui.
— Alors vous n'avez rien à craindre, n'est-ce pas ?
— Cordier.
— L'eau est rafraîchissante à cette période de l'année. C'est exactement ce qu'il vous faut ; cela remettra de l'ordre dans votre petite tête.

Elle avait l'esprit embrouillé, elle le savait. Et elle savait aussi qu'elle se conduisait en parfaite garce.

Elle posa la tête sur son épaule.

— Je suis désolée, je... j'ai les nerfs à vif en ce moment.
— Non, vous êtes complètement folle.

— Je ne veux pas m'attacher à vous.

Il continua d'avancer.

— Vous ne m'aurez pas avec vos paroles sucrées. Je ne suis pas né d'hier.

— Oh, très bien! Noyez-moi donc. Ce sera un soulagement.

— Ne dites pas n'importe quoi. Vous savez nager, vous venez de me le dire. De plus, vous êtes belle, et un Vénitien à l'âme romantique va sûrement vous repêcher avant que la marée ne vous entraîne au large.

Elle resserra l'emprise de ses bras autour de son cou.

— Je suis désolée, répéta-t-elle. Je vous présente mes excuses. Ne soyez pas fâché contre moi.

De nouveau, elle sentit les larmes lui picoter les paupières. C'était horrible, encore pire qu'elle ne l'avait présagé, et elle pensait pourtant avoir envisagé le pire.

Elle avait peur de le perdre.

Elle devait être folle. Oui, c'était sûrement cela! En tout cas, elle l'espérait parce que l'alternative était trop épouvantable pour être envisagée.

Cinq jours! Elle ne le connaissait que depuis cinq jours!

— Je suis immunisé contre les larmes, la prévint-il. Et c'est pour votre bien que je fais cela.

— Je... je vais appeler à... à l'aide, bredouilla-t-elle. Les domestiques ne... ne vous laisseront pas faire.

— Il faudrait qu'ils soient sa... sacrément ra... rapides, répliqua-t-il, moqueur, en s'immobilisant devant l'une des fenêtres du *portego*.

— Cordier!

Le bras qui lui soutenait les genoux s'abaissa légèrement lorsqu'il posa la main sur l'espagnolette.

— Vous ne le ferez pas.

— Regardez donc.

Elle entrevit des têtes qui jaillissaient dans l'embrasure des deux portes du *portego*.

— Les domestiques vous en empêcheront.

— Pas du tout. Ils sont italiens, ils comprennent parfaitement.

Il ouvrit la haute croisée et passa sur le balcon étroit. Il ne lui fallut qu'un pas pour atteindre la large balustrade en pierre sur laquelle il la déposa.

Francesca entrecroisa les doigts derrière sa nuque.

— Je vous avertis, si je tombe, vous tomberez avec moi, dit-elle.

Il leva les bras, et n'eut aucun problème pour se libérer.

Le problème, en fait, c'est que ce fut elle qui le lâcha, se retourna promptement.

Et sauta.

— *Merda !* l'entendit-elle jurer.


Cela ne dura guère. Le temps d'une vie, le temps que le cœur de James s'arrête, qu'il cille, incrédule, puis articule cet unique mot, et enfin retire ses chaussures.

Le temps d'une vie s'écoula tandis qu'il plongeait à son tour.

Il la rattrapa avant qu'elle n'ait le temps de s'éloigner à la nage, ou du moins ne le tente, emberlificotée qu'elle était dans ses jupes, jupons et corset. Il la tira sur quelques mètres, ouvrit le portail et la hissa sur la margelle.

Puis, comme elle se mettait debout, il la prit aux épaules.

— Ne recommencez... plus... jamais... cela ! gronda-t-il en la secouant entre chaque mot.

Elle se tenait devant lui, dégoulinante, et le fixait. Et son regard vert si doux était empli de fantômes.

— Ne me regardez pas comme ça, aboya-t-il.

— Je ne vous regarde pas.

Il l'attira dans ses bras, embrassa son front mouillé, son nez, ses joues. Il enfouit les mains dans ses cheveux trempés, attendant que son cœur retrouve un rythme normal. En vain. Il continuait de battre à grands coups sourds, de panique et de colère, et de quelque chose d'autre qu'il ne parvenait pas à identifier. Il ne savait comment se calmer, ne savait comment reprendre le contrôle.

Alors il l'embrassa, désespérément, comme l'homme en train de se noyer qu'il était. Il la gratifia d'un baiser brûlant, vorace, brutal, qu'elle lui rendit avec la même férocité.

Elle était hardie, n'avait peur de rien et se moquait du qu'en-dira-t-on. Le contraire de ce qu'il cherchait chez une fille. Il n'empêche que c'était elle qu'il voulait, et leur baiser ardent le laissa tout étourdi de passion.

Et cependant, il n'oubliait pas où ils se trouvaient, et pourquoi il était là. Il savait qu'il ne pouvait se permettre de perdre la tête. Pas maintenant. Dans son intérêt à elle, il devait conserver son sang-froid.

Ah oui, et aussi pour le roi et pour son pays!

Cette dernière pensée lui fit l'effet d'une gifle en pleine figure.

Il s'écarta.

— J'aurais dû vous regarder tomber sans lever le petit doigt. J'aurais dû vous dire au revoir. «*Ciao!*» et penser: «Bon débarras!» Voilà ce que j'aurais dû faire. Vous n'êtes rien d'autre qu'une source d'ennuis.

Elle lui entoura la taille des bras et le serra étroitement.

Alors, roi ou pas, pays ou pas, il comprit que c'en était fait de lui.

— Vous sentez l'eau croupie, observa-t-il. Vous avez vraiment besoin d'un bain.

— Vous aussi, riposta-t-elle d'une voix étouffée par les plis de son manteau trempé.
— Vous avez une grande baignoire, au moins ?
— Je suis une putain flamboyante. À votre avis ?

La salle de bains n'était pas loin. Francesca l'avait fait aménager dans l'une des pièces confortables de la mezzanine, entre l'*andron* et le *piano nobile*.

La baignoire était effectivement très grande, comme il seyait chez une courtisane, mais elle n'y avait pour autant jamais reçu un homme.

Une petite fenêtre perçait le mur et laissait pénétrer la lumière en provenance du jardin. Même quand le soleil était à la bonne hauteur, la pièce restait l'une des plus sombres de la demeure. Lorsqu'ils entrèrent, un domestique était en train d'allumer des bougies. Un feu flambait déjà dans la cheminée.

La baignoire était installée d'un côté de celle-ci, un canapé de style antique trônant de l'autre. Sur des guéridons tout proches étaient pliées des piles de serviettes moelleuses.

Francesca avait voulu que cette pièce soit à l'image des bains romains représentés sur les mosaïques. Au lieu des *putti*, des saints et des martyrs qui pullulaient partout ailleurs, la lumière tremblotante des bougies révélait ici des dieux et des déesses, des nymphes, des satyres, qui dansaient et faisaient l'amour au milieu d'une profusion de nourriture et de vin.

De l'encens brûlait dans des braseros de fer forgé comme le voulait la coutume au temps de la Rome antique.

Cet endroit était un refuge. Francesca y venait toujours seule. Mais les domestiques avaient déjà tout préparé à son intention, elle ne se voyait pas leur demander de tout déménager sous prétexte que

Cordier était là... Ce serait capricieux, et illogique aussi. Elle était trempée, elle avait froid. Cordier était trempé et avait froid, lui aussi. Alors qu'importait qu'il pénètre dans son sanctuaire ? Pourquoi s'évertuer à le maintenir à l'écart de sa vie ?

— Vous êtes pleine de surprises, commenta-t-il après avoir inspecté la pièce. Je m'attendais à voir les domestiques apporter un tub dans votre boudoir ou dans votre chambre.

— Il y a une baignoire plus petite à l'étage, à l'intention des messieurs qui émettent le désir de me voir me baigner. Mais cette pièce-ci m'est réservée.

Le domestique s'en alla. Thérèse fit son entrée avec un panier plein de savons, crèmes et parfums. Un peignoir était drapé sur son bras. Elle adressa un regard appuyé à Francesca, jeta un coup d'œil à Cordier et pinça les lèvres.

— Madame va prendre froid, prédit-elle.

— Je veillerai à ce que cela n'arrive pas, assura Cordier en soulageant Thérèse du panier et du peignoir. Madame adore me rendre fou...

— Et monsieur adore me rendre la pareille, riposta Francesca.

— Néanmoins, je prendrai soin d'elle. Vous pouvez nous laisser, Thérèse, à présent. Madame criera si elle a besoin de vous.

Thérèse interrogea du regard Francesca qui acquiesça :

— Tu peux y aller.

La camériste s'éclipsa.

— Tous les habitants de cette maison sont au courant de ce qui vient de se passer, observa Cordier. Le bruit va se répandre dans Venise comme une traînée de poudre.

— Vous chamboulez ma vie.

— C'est réciproque.

— Je n'aime pas cela.

— Personne n'aime cela.

— J'ai passé les cinq dernières années à faire en sorte que cela n'arrive pas.

Il posa le panier, se mit à détailler les flacons et savons disposés dedans, et choisit une petite bouteille en verre. Il ôta le bouchon, en renifla le contenu, puis laissa tomber quelques gouttes dans l'eau du bain.

— Je commence à comprendre, dit-il.

— Vous êtes un homme, vous ne pouvez pas comprendre. Les hommes détiennent le pouvoir. Ils contrôlent tout. Ce sont eux qui promulguent les lois officielles qui régissent la société, ainsi que toutes les règles ordinaires et officieuses. Ils...

— Votre mari vous a brisé le cœur, n'est-ce pas ?

Que devait-elle faire ? Nier et mentir encore ? Feindre une fois de plus, feindre éternellement ? Cela fonctionnait assez bien avec tous les autres, mais avec cet homme-ci faire semblant lui donnait la nausée et l'embarrassait.

Ses épaules se voûtèrent. Elle était lasse, tout à coup, si lasse...

— Oui, souffla-t-elle.

— Approchez.

Elle obéit, bien sûr. C'était exactement ce qu'elle mourait d'envie de faire, se blottir contre lui et sentir ses bras se refermer sur elle.

Mais il ne la prit pas dans ses bras. Il la fit pivoter et entreprit de dégrafer le dos de sa robe.

— Vous ressemblez à Isis, dans cette robe. Après sa chute dans le Nil, bien sûr.

En dépit de sa lassitude, en dépit des vieilles blessures, elle sourit.

— Isis serait tombée dans le Nil ?

— À moins qu'on ne l'ait poussée, allez savoir...

Il dénoua la taille haute et la robe de soie s'affaissa. Si le tissu avait été sec, il aurait glissé sans bruit jusqu'à terre.

— J'aime beaucoup la coupe de cette toilette, commenta-t-il en tirant doucement sur le tissu pour le faire passer au niveau des hanches.

— C'était une robe magnifique. Sèche, elle émettait un joli chuchotement sur mes jupons lorsqu'on l'ôtait.

Le tissu étant humide, Jame dut tirer dessus pour qu'il tombe au sol, ce qu'il fit avec un *plop !* assez peu séduisant. Après quoi, il s'attaqua au cordon mouillé qui retenait le jupon.

— Je parie que vous n'aimez pas plus être mouillée et débraillée que de voir votre vie chamboulée. Vous auriez dû y penser avant de sauter dans le canal.

— Vous alliez m'y jeter de toute façon.

— Et vous m'avez pris de vitesse pour me priver de ce plaisir ?

— J'avais les idées un peu confuses.

— Comme je vous l'ai déjà fait remarquer, je crois. Et plus d'une fois. *Al diavolo !*

— Qu'y a-t-il ?

— Ce cordon est impossible à dénouer. Le temps que j'y parvienne et que je délace en plus votre corset, vous aurez attrapé une pneumonie. Et l'eau du bain sera froide. Je vais le couper. Vous avez les moyens de vous en offrir d'autres, vous la grande Putain de Babylone, et riche comme Crésus en plus.

La poitrine de la jeune femme se souleva.

— Ne pleurez pas, la prévint-il.

— Je ne pleure... pas.

Elle sentit le cordon se relâcher brusquement. En quelques gestes rapides, James la débarrassa de son jupon, de son corset et de sa camisole, lui laissant uniquement ses bas mouillés, ses jarretières et ses mules tachées.

Elle l'entendit prendre une brusque inspiration.

Lentement, elle pivota pour lui faire face.

Son regard glissa sur elle, de haut en bas, puis de bas en haut. Il avait un canif à la main.

— Je vais m'évanouir, dit-il.

— Ne dites pas de bêtise. Vous avez déjà vu une femme nue. Beaucoup, je pense.

— Je ne dis pas de bêtises. Je suis à moitié italien, et vous… Je crois que vous devez être le huitième péché capital, murmura-t-il en lui frôlant le sein de sa main gauche. Et qui vaut la peine qu'on passe l'éternité en enfer.

Il s'accroupit, glissa la lame du canif entre sa cuisse et la jarretière qu'il trancha. Il retroussa le bas sur sa jambe, lui enleva son soulier, fit glisser le tube de soie sur son pied menu, lui embrassant le genou au passage.

Les jambes de Francesca se mirent à trembler et elle vacilla. Elle dut s'appuyer sur l'épaule de Cordier pour garder son équilibre. Il trancha la seconde jarretière en suivant le même rituel érotique.

— À présent, dit-il en lui caressant la cuisse, j'envisage plusieurs possibilités. Mais le bain refroidirait, vous empestez l'eau croupie, et moi aussi.

Il se redressa, posa le canif et entreprit d'ôter son manteau trempé. Le vêtement lui collait au corps comme une seconde peau.

Elle esquissa un mouvement pour l'aider. Il l'arrêta d'un geste.

— Allez dans la baignoire, lui intima-t-il.

— Vous n'y arriverez jamais tout seul.

Il faudrait au moins deux valets pour réussir à l'extraire de cet habit, elle en était sûre.

— Vous verrez bien. Allez hop, à l'eau !

Elle obtempéra, et ne put retenir un soupir d'aise. L'eau était merveilleusement chaude et embaumait le citronnier. Elle ferma les yeux, se renversa en arrière et cala la nuque sur la serviette épaisse que le domestique avait drapée à son intention sur le rebord.

— C'est une magnifique salle de bains, remarqua James.

Elle rouvrit les yeux. Il était en train de suspendre son manteau au dossier d'une chaise. Cet homme avait visiblement l'habitude de se débrouiller sans valet de chambre.

Cet homme. Dont elle ne savait presque rien. Qu'elle connaissait depuis cinq jours. Et cependant...

Il déboutonna son gilet.

— Des nymphes et des satyrs, des bougies, de l'encens. Vous avez créé votre propre petit temple, non ? Le temple de Francesca, déesse du Canal.

— C'est plutôt le temple des Vestales. Aucun homme n'avait jamais pénétré ici avant vous.

Cordier, qui était en train d'enlever son gilet, s'immobilisa.

— Je suis vraiment le premier ?

— Oui, et vous n'imaginez pas à quel point vous êtes privilégié.

Il se débarrassa de son gilet, le déposa avec soin sur le dossier de la chaise.

— Je l'imagine tout à fait, détrompez-vous. Surtout maintenant que je vous ai vue nue.

— Inutile de me flatter, je n'en ai nul besoin.

— Vous ai-je déjà flattée ? Je crois plutôt vous avoir traitée d'idiote un bon nombre de fois.

Il déboutonna le col de sa chemise dont le tissu lui collait au torse, révélant un v de peau bronzée qui luisait doucement à la lueur des bougies.

Puis il s'assit sur la chaise pour enlever ses chaussettes.

— Quand je pense que j'ai failli mettre mes bottes ce matin. Nous aurions péri noyés tous les deux. Du moins, *vous* auriez péri noyée... le temps que je les enlève.

— Je ne sais pas quoi faire, dit-elle.

Il se releva, fit passer sa chemise par-dessus sa tête, puis entreprit de déboutonner son pantalon.

— Donnez-moi encore une minute, et je vais nous trouver une occupation.


Elle se laissa glisser sous l'eau et émergea quelques secondes plus tard, telle une de ces nymphes qui peuplaient les fresques. En plus belle encore.

Elle avait raison : il avait vu d'innombrables femmes nues. Et sans doute n'était-elle pas parfaite. Ses seins ronds et haut placés auraient pu être plus généreux, sa taille un peu plus fine...

Non. Il ne pouvait se montrer objectif. Il avait devant lui la perfection faite femme, une véritable déesse.

Il quitta son pantalon trempé, le repoussa d'un coup de pied et grimpa dans la baignoire.

Elle replia les jambes pour lui faire de la place.

Un moment, il se contenta de savourer les sensations qui l'envahissaient, la chaleur de l'eau, les parfums délicieux qui imprégnaient l'atmosphère de la pièce embuée. Il plongea sous l'eau comme Francesca l'avait fait un instant plus tôt, en ressortit et appuya la nuque sur le rebord de la baignoire, avant de lever les yeux au plafond où Pan jouait de la flûte et où les nymphes et les satyrs caracolaient parmi les grappes de raisin, les outres de vin.

— J'ai longtemps cru que les pièces de la mezzanine servaient de bureaux, comme celle du rez-de-chaussée, à côté de l'*andron*, expliqua-t-elle. Puis on m'a dit que depuis une génération environ, les propriétaires les avaient transformées en salons et en boudoirs. J'ai fait de celle-ci ma salle de bains privée, parce qu'elle est plus proche de la citerne et de la cuisine. Cela donne moins de travail aux domestiques pour chauffer l'eau et la transporter. Et j'aime bien ces fresques.

Il se redressa, attrapa un morceau de savon dans le panier, puis, plongeant sa main sous l'eau, trouva la cheville de Francesca.

— Vous avez besoin d'être étrillée, ma chère naïade. Et je vais m'en charger.

— Vous promettez de ne pas me faire boire la tasse ?

— Je ne vous promets rien du tout.

Il sortit le pied de Francesca de l'eau et entreprit de le savonner, en prenant tout son temps. Il remonta sur le mollet galbé, puis le genou, se rapprochant d'elle au fur et à mesure. Il atteignit la jonction des cuisses. La respiration de la jeune femme se fit plus rapide mais, comme s'il ne s'en était pas aperçu, il passa à l'autre jambe.

— Vous n'allez pas… au fond des choses, lui reprocha-t-elle d'une voix douce.

— Patience.

— Non, à votre tour, maintenant.

Elle prit une éponge dans le panier, la mouilla, et confisqua le savon à James avant de frotter celui-ci contre l'éponge jusqu'à produire un nuage de mousse. Après quoi, elle étendit ses longues jambes sur ses cuisses, se laissa glisser plus près, jusqu'à ce qu'ils se retrouvent membres mêlés au milieu de la baignoire.

Elle passa l'éponge mousseuse sur la nuque de James, ses épaules, sa poitrine. Puis sa main glissa plus bas, sous l'eau, en direction de son sexe dressé.

Mais il entendait faire durer le plaisir.

Il tendit la main.

— À moi.

Il l'imita, lui frotta doucement la nuque, le dos, les bras, les mains, avant de remonter savonner ses seins ronds avec une lenteur empreinte de tendresse. Et tandis qu'il s'activait ainsi, les mots lui venaient aisément, comme s'ils n'avaient attendu que ce moment. Il lui murmura, dans la langue de Dante, qu'elle lui incendiait les veines, qu'il l'avait désirée à la seconde où il avait posé les yeux sur elle...

Elle tendit les bras pour enfouir les doigts dans ses cheveux, et lui sourit – un sourire de petite fille coquine.

Fasciné, il sentit l'éponge lui échapper, et c'est à mains nues qu'il continua de savonner son dos, la courbe douce de ses épaules, ses bras, ses longs doigts fins, les globes ivoirins de sa poitrine. Tout ce temps, il fixa ce visage à la beauté presque surnaturelle tandis que Francesca continuait de jouer avec ses cheveux. Tout ce temps, il chuchota des mots d'amour dans la langue de sa mère, comme l'idiot romantique qu'il n'était pas.

Le regard vert chercha le sien.

Ils demeurèrent ainsi un long moment, les yeux dans les yeux.

Puis elle posa la bouche sur la sienne, à peine un frôlement.

— *Per quanto ancora mi farai aspettare?* dit-il contre ses lèvres. Combien de temps vas-tu me faire languir? *Baciami.* Embrasse-moi.

Elle sourit, et il suivit des lèvres cette courbe sensuelle.

— *Baciami.*

Ce sourire-là, c'était son sourire de courtisane. Et il s'attendait à un baiser de courtisane, même si ce n'était pas ce qu'il voulait. Même s'il ne savait pas vraiment ce qu'il voulait.

— *Baciami*, répéta-t-il.

Et elle l'embrassa.

Avec timidité. Douceur. Tendresse. Avec une telle tendresse qu'il se mit à trembler et crut que l'eau du bain s'était refroidie brusquement.

Elle ne pouvait être timide, douce, tendre. Pas elle.

Et pourtant si. C'était bien elle qui était en train de faire vibrer son cœur d'ordinaire si froid, si dur. Il l'entoura de ses bras, l'attira contre lui, tandis qu'elle nouait les jambes autour de ses reins. Leur baiser se prolongea, devint plus profond, plus sensuel, plus étourdissant. Il la serrait étroitement, comme si elle risquait de lui échapper, d'être entraînée par la mer et perdue à jamais.

C'est peut-être à cet instant qu'il comprit ce qui lui était arrivé lorsqu'elle était tombée du balcon. Sur le moment, il n'avait pas saisi la nature de cette émotion qui l'avait balayé.

Les mains de Francesca abandonnèrent ses cheveux, glissèrent sur son cou, puis sur son torse. Il interrompit leur baiser pour lui saisir la main, lui embrasser les phalanges, puis presser ses lèvres sur sa paume si douce.

Elle lui embrassa le dos de la main, se dégagea. Ses doigts s'aventurèrent plus bas, sous l'eau, se refermèrent sur sa virilité. Il gémit. Elle couvrit sa bouche de la sienne, et étouffa son grognement sous un baiser bouleversant, lui dérobant son âme.

D'un geste vif, il lui repoussa la main. Puis il l'empoigna aux hanches, la souleva et entra profondément en elle. Il la tenait étroitement serrée comme si le monde risquait de voler en éclats s'il desserrait son étreinte.

« Doucement, s'enjoignit-il. Fais que cela ne s'arrête jamais. »

Il s'efforça de ne pas précipiter les choses, mais elle déposait une pluie de baisers sur son visage, son cou... Et ses mains étaient si douces sur lui... Plus rien n'était réel.

Ils se mouvaient au même rythme dans la baignoire et l'eau débordait, éclaboussait le dallage.

Alors il s'abandonna, laissa la vague l'emporter. La jouissance les surprit au même moment, puis Francesca retomba contre lui dans un frisson, et l'univers entier parut se dissoudre.

Il redescendit lentement sur terre, tel un homme qui se noie, sombre sous les eaux, étourdi, béat.

# 12

*Elles rougissent, et nous les croyons ;
c'est ainsi du moins que j'ai toujours fait.
Essayer de répondre est à peu près inutile,
car alors leur éloquence devient
prodigue de paroles ;
et lorsqu'enfin elles sont hors d'haleine,
elles soupirent,
elles baissent leurs yeux languissants,
laissent échapper ne larme ou deux, et aussitôt
nous faisons notre paix.
Et ensuite, – et ensuite, – et ensuite,
on s'assied et l'on soupe.*
Lord BYRON, *Don Juan, Chant I*

Il l'embrassait si doucement : une traînée de baisers tendres sur le nez, les joues, le front, les oreilles, le cou, les épaules. Francesca lui rendait ses baisers avec la même tendresse, comme une jeune fille qui aimait pour la première fois.

Et lorsqu'il s'écarta légèrement pour la dévisager, elle lui retourna son regard, consciente d'avoir des étoiles qui scintillaient au fond des yeux, mais incapable de les effacer.

Elle était engourdie depuis si longtemps ! Sans même s'en rendre compte, elle s'était fermée à toute émotion. Jusqu'à maintenant. On aurait dit que ce long bain si ouvertement sensuel avait lavé non pas ses péchés – elle y était férocement attachée –, mais une sorte de pellicule, une carapace qui l'empêchait d'éprouver quoi que ce soit trop profondément, trop intensément.

À présent, les sensations étaient décuplées.

La joie vibrait en elle. Ce n'était pas le simple plaisir charnel après une étreinte, mais un bonheur limpide qui illuminait son être tout entier.

Il l'aida à se redresser et elle émergea hors de l'eau, ruisselante, docile, comme hypnotisée. Elle ne parvenait pas à détacher son regard du sien, ne se lassait pas de contempler son beau visage viril.

Plus tard, elle s'interrogerait, mais pour l'heure, elle ne pouvait que se repaître de sa vue, avec un émerveillement qui confinait à la niaiserie.

— Ne me regardez pas ainsi, murmura-t-il.

— Comment ? demanda-t-elle, comme si elle ignorait qu'elle arborait l'expression d'une femme désespérément amoureuse.

— Vous allez me mettre des idées en tête, répondit-il avant de se détourner pour attraper une serviette sèche.

Il l'en enveloppa et lui tendit la main pour l'aider à sortir de la baignoire.

— Nous n'aurions pas dû nous attarder dans le bain. Thérèse va me tuer si vous attrapez froid.

— Mais c'était très agréable.

— Agréable ?

Fronçant les sourcils, il s'empara d'une autre serviette et, avec des gestes aussi efficaces que ceux de Thérèse elle-même, en enveloppa les cheveux de la jeune femme avant de la nouer sur son crâne à la manière d'un turban.

— Vous avez l'habitude de faire cela, remarqua-t-elle.

— Pas du tout, vous êtes la première.

Elle aurait presque aimé que ce soit vrai. Elle aurait presque voulu qu'il soit son premier amant, et qu'elle puisse se convaincre qu'il ressentait la même chose qu'elle.

Presque.

Elle n'était quand même pas stupide à ce point.

S'il avait été le premier, elle n'aurait su apprécier à sa juste valeur ce qu'ils venaient de vivre. Mais elle en savait assez pour le savourer, et le garder en mémoire, souvenir ébloui à chérir pour les années à venir.

— Allez vous asseoir devant le feu, ordonna-t-il.

Elle s'approcha du canapé et s'y installa.

Elle le regarda attraper une serviette pour se sécher vigoureusement les cheveux. Lorsqu'il eut fini, les courtes mèches brunes bouclaient autour de sa tête. Elle mourait d'y enfouir les doigts de nouveau. De le toucher partout. Lentement, elle promena un regard nostalgique sur son corps superbe. Puis elle s'obligea à se détourner. Elle s'adossa aux coussins et se mit à fixer les flammes dans l'âtre.

Elle n'eut pas conscience de sombrer dans le sommeil.

Elle ne l'entendit pas sortir.


James avait noué une serviette autour des reins et s'était mis en quête d'un domestique pour commander quelque chose à manger et demander qu'on lui apporte une tenue de rechange.

Il ne tarda pas à trouver quelqu'un.

Sedgewick était assis sur les marches de l'escalier. Il l'attendait.

Un moment plus tôt, Arnaldo avait traversé le canal de son propre chef pour réclamer des vêtements propres que Sedgewick avait décidé d'apporter lui-même à son maître. Ainsi qu'un message.

— Il vient du monastère de San Lazzaro. On vous attend là-bas, monsieur. Et on demande que vous fassiez diligence, précisa-t-il.

— Madame, monsieur a laissé ceci pour vous, annonça Thérèse en tendant un billet à Francesca.

*Amor mio,*

*Ces maudits moines ! J'avais rendez-vous avec eux à San Lazzaro ce matin. J'ai oublié, à cause d'une certaine peste. Pardonnez-moi. Dînons ensemble ce soir dans mes appartements de célibataire, et je saurai me racheter.*

*Caramente,*
*C*

Francesca savait qu'elle était profondément, impardonnablement stupide. Avant même que la tristesse et la déception ne l'assaillent, un message griffonné à la hâte les avait balayées. Elle eut beau essayer, elle ne put étouffer la bouffée de soulagement et de joie qui la submergea. Elle rit tout bas.

Et quand Thérèse décréta, en la fusillant du regard, que madame devait manger un peu et se reposer, elle acquiesça, le même sourire euphorique aux lèvres.

Elle devait reprendre des forces en prévision de ce soir.

*Pendant ce temps, dans des quartiers moins élégants de Venise*

Une madone en céramique traversa le boudoir pour s'écraser contre le chambranle.

Les deux hommes qui attendaient de recevoir leur rétribution fixèrent la main de Marta Fazi, dans l'attente d'un autre projectile. Mais cette dernière était trop perplexe pour être vraiment furieuse, et elle recouvra assez vite son calme, comme à l'accoutumée.

Elle retourna s'asseoir à la petite table.

— Ce ne sont pas les bonnes lettres, déclara-t-elle.

Les deux rufians échangèrent un regard avant de reporter leur attention sur la jeune femme.

— Je vous les ai montrées, lui rappela le plus petit. Vous m'avez dit comme ça: « Oui, c'est ça, partons. » Vous nous avez tellement fait presser qu'on n'a même pas eu le temps de ramasser les bijoux.

— Je vous ai dit qu'ils étaient faux! Si vous les aviez pris, la putain anglaise en rirait encore! Vous croyez qu'elle garderait de vraies pierres chez elle, au fond d'un tiroir, là où n'importe qui peut les prendre?

En pénétrant dans la chambre, Marta n'en avait pas cru ses yeux. Mais la putain anglaise était riche, elle avait une nombreuse domesticité. Ces dames de la haute, aussi arrogantes que stupides, n'imaginaient même pas que quelqu'un puisse leur dérober quoi que ce soit. Elles étaient toujours si outrées quand cela se produisait!

Bien que le messager ait sous-entendu qu'elle avait tout loisir de se servir au cours de cette petite expédition, Marta n'en avait rien fait. Elle n'était pas idiote. Quand on volait les riches, ces fainéants de policiers faisaient tout à coup du zèle. Et les Autrichiens n'étaient pas réputés pour leur laxisme. Ils avaient attrapé Piero en deux temps trois mouvements.

Bon, évidemment, c'était un abruti fini. N'empêche qu'il sautait aux yeux que le gouverneur de Venise ne considérait pas la catin anglaise comme une vulgaire *puttana*. Si Marta et ses complices s'étaient emparés des bijoux, les autorités se seraient lancées à leurs trousses sans tarder. Et s'ils les avaient capturés, les précieuses lettres seraient tombées entre de mauvaises mains.

Les émeraudes, en revanche…

Marta savait qu'elle avait pris un risque en les emportant. Mais une seule parure, parmi tant de richesses, ce n'était pas grand-chose, finalement. Et les pierres étaient sublimes, comme l'avait promis le messager. Dignes d'une reine.

Tout cela était trop compliqué à expliquer à ces deux crétins qui ne s'étaient même pas rendu compte qu'elle avait subtilisé les émeraudes. Pour l'heure, cependant, elle ne se tracassait pas à propos de la police qui pourrait éventuellement être sur ses traces.

Elle était bien plus perturbée par ces maudites lettres.

— Elles sont bien écrites de sa main, marmonnat-elle pour elle-même, mais elles sont datées de cette année et de l'année dernière. Celles qu'il veut récupérer sont plus anciennes. Et où sont les noms qu'il m'a demandé de chercher? Je ne les vois nulle part… Mais pourquoi diable écrit-il à cette femme alors qu'il dit la détester?

Elle s'interrogeait à voix haute, mais aurait tout aussi bien pu demander aux deux buses de lui expliquer le théorème de Pythagore. Ces garçons sortaient à peine de l'adolescence. Marta les avait choisis précisément à cause leur jeune âge: un homme au menton râpeux n'est guère crédible dans le rôle d'une nonne.

Les deux acolytes se bornaient à hausser les épaules, geste universel censé dire: « J'en sais rien, moi. »

Marta replia les lettres, les attacha ensemble avec un bout de ficelle, puis les reposa sur la table.

— Il m'expliquera ceci, dit-elle. Et ses explications auront intérêt à être bonnes, sinon il le regrettera. Non, ajouta-t-elle à l'intention des deux jeunes gens, ce ne sont pas les lettres que nous cherchions. Et j'en ai assez de jouer à ces petits jeux avec la grande dame. Assez!

— C'est terminé, alors? hasarda le plus petit.

— Terminé? répéta-t-elle. Le soleil de Sicile vous a cuit la cervelle ou quoi? Comment voulez-vous que ce soit terminé alors que je n'ai pas les bonnes lettres?

— Vous venez de dire que vous en aviez assez...

— Oui, assez de rôder ici ou là, de m'introduire à la sauvette pour fureter partout. La prochaine fois, nous ferons le travail proprement.

Comme Piero et Bruno étaient censés le faire, ces imbéciles!

— La prochaine fois, nous ferons en sorte qu'*elle* nous dise où chercher, conclut Marta.

Et, souriant, elle sortit son couteau de sa poche et fit étinceler la lame à la lumière.

Le monastère de San Lazzaro degli Armeni se dressait au milieu de magnifiques jardins plantés de cyprès sur une petite île au-delà du Lido.

Au début du siècle précédent, l'île, qui était alors un refuge pour lépreux, avait été offerte à un moine arménien contraint de fuir l'invasion turque. Ici, quelques années plus tôt, Byron s'était échiné à apprendre l'arménien. Il n'y était jamais parvenu, probablement à cause de toutes ces femmes qui le distrayaient de ses études.

James, lui, ne pensait qu'à une seule femme. Hélas, elle était plus obsédante à elle seule que tout le sérail de Byron!

La chasser de son esprit était de toute façon hors de question dans la mesure où elle était le sujet de la conversation qui se déroulait en ce moment même.

James se promenait – ou du moins s'efforçait d'adopter une allure nonchalante, alors même qu'il bouillait intérieurement – à travers le cloître, en compagnie de lord Quentin, l'homme qui l'avait recruté quinze ans plus tôt.

Son aîné de dix ans, lord Quentin s'était lui aussi embarqué très jeune dans les conspirations et les secrets d'une existence d'espion. Il avait tout à fait le physique de l'emploi avec sa stature moyenne, ses traits anodins, et cette façon de ne jamais attirer l'attention sur sa personne, un peu à la manière de Sedgewick. Les hommes tels qu'eux avaient rarement besoin de se déguiser. Personne ne les remarquait jamais.

— Si Mme Bonnard apprend que vous êtes ici et que je me suis entretenu avec vous, je ferais aussi bien de rentrer, bougonna James.

— J'ai conscience du risque, admit lord Quentin. Mais il fallait absolument que je vous parle de vive voix. Je suis au courant de l'agression dont elle a été victime l'autre soir.

— Je suis tombé des nues. Personne ne m'avait dit qu'elle était menacée.

— Nous ne pensions pas qu'Elphick agirait si promptement.

— Il a forcément appris que vous aviez rendu visite à son ex-femme à Mira. Il a des informateurs là-bas. Non pas qu'il en ait besoin, car elle lui a sûrement écrit pour le lui raconter.

Si Elphick écrivait à son ex-femme, il n'y avait pas de raison pour que la réciproque ne soit pas vraie.

— Ils entretiennent en effet une correspondance suivie. Mais à moins qu'il n'existe un code secret entre eux, leurs échanges sont d'une banalité affligeante. Ils parlent des fêtes et réceptions auxquelles ils ont assisté, et des personnes qu'ils y ont rencontrées. Le contenu des fameuses lettres est bien plus sulfureux.

Secouant la tête, lord Quentin ajouta :

— Il est vraisemblable qu'Elphick ait réagi dès qu'il a appris que je me rendais en Italie. J'espérais être déjà rentré en Angleterre quand il aurait vent de ce déplacement. Qui aurait imaginé qu'elle se montrerait si obstinée, si irrationnelle à propos de ces lettres, après tout ce qu'il lui a fait subir ? J'étais sûr qu'au contraire elle sauterait sur l'occasion de lui nuire et qu'elle nous les donnerait sans délai. Si j'avais eu le moindre doute à ce propos, je n'aurais jamais tenté une approche aussi directe.

Cela réglait déjà une question, à savoir : les lettres dérobées dans le cabinet de toilette par les fausses nonnes n'avaient pas la moindre importance, du moins en ce qui concernait la mission de James. Francesca n'avait donc pas simulé l'indifférence, elle se fichait bel et bien de ce qui était advenu de ces missives.

— Quoi qu'il en soit, poursuivit lord Quentin, vos progrès ne sont pas fulgurants. Que diable avez-vous fait la semaine passée, à part essayer de tuer un informateur potentiel ?

— Pour ce que j'en sais, ce Piero est toujours en vie.

— Je parlais de l'autre. Nous l'avons trouvé hier et nous avons eu un mal de chien à le capturer sans attirer l'attention.

— Le dénommé Bruno ? Il est vivant ?

— Oui, et ce n'est pas grâce à vous. Bon sang, Cordier, à quoi donc pensez-vous ?

— Je voulais l'empêcher de tuer Mme Bonnard.

— Sauf que vous avez failli l'empêcher définitivement de répondre à nos questions. Dites-moi, seriez-vous tombé sous la coupe de cette intrigante, vous aussi ?

« Oui, en effet », songea James.

Il se contenta de répondre :

— J'étais sur le point d'obtenir les renseignements que nous cherchons quand vous m'avez convoqué ici. Était-ce seulement pour vous plaindre de ma lenteur ?

Lord Quentin jeta un regard autour d'eux. Deux moines remontaient à pas lents le sentier ombragé qui traversait le jardin. Mais d'où ils étaient, ils ne pouvaient entendre leurs propos.

— Notre ami Bruno est dans un état trop pitoyable pour nous être utile, reprit lord Quentin. Pneumonie, lésion de la trachée, épaule démise, et j'en passe. Par chance pour nous, il a aussi eu la fièvre et s'est mis à délirer. Entre deux hallucinations, il a évoqué des lettres et a prononcé le nom de Marta Fazi à plusieurs reprises.

Le dernier espoir, quoique faible, que James avait de s'être trompé mourut sur-le-champ. Son instinct lui avait donc soufflé la bonne hypothèse. Et, comme il l'avait supputé, la situation déjà complexe promettait d'empirer sous peu.

Y avait-il d'autres nouvelles de ce genre ?

— On peut parler de chance, en effet, ironisa-t-il. Cette chère Marta. Je me souviens parfaitement de cette délicate personne qui a promis de me couper les génitoires en menus morceaux à la première occasion. Marta qui, aux dernières nouvelles, était en prison à Rome, mais a bien dû en sortir d'une manière ou d'une autre, puisqu'en réalité elle se trouvait *à Venise hier soir*, occupée à mettre à sac le *palazzo* Neroni.

Il n'osait même pas imaginer ce qui se serait passé si elle avait trouvé Francesca chez elle. Il en était malade.

— Cela n'augure rien de bon, je vous l'accorde, grommela lord Quentin.

Il alla s'asseoir sur un banc de pierre, l'air fatigué tout à coup. Fatigué, lui aussi, James l'imita. Il était en colère, certes, mais ce n'était pas rare. Il arrivait que des plans soigneusement élaborés tombent à l'eau ; que des malfrats échappent aux mailles du filet ; que des documents cruciaux échouent entre de mauvaises mains ; et que des camarades soient tués, trop souvent dans des circonstances effroyables. La nature même de son métier voulait cela. Il l'avait appris très tôt. On avait affaire à des êtres humains qui étaient tous faillibles, corruptibles.

— Êtes-vous certain qu'il s'agissait de Fazi ? s'enquit lord Quentin au bout d'un moment.

— Ils étaient déguisés en nonnes, sacrebleu ! Ils se sont introduits dans la maison et ont drogué la nourriture des domestiques. C'est exactement la même méthode qu'elle a utilisée pour les autres cambriolages. Ils se sont emparés d'un lot de lettres – les mauvaises – et d'une parure d'émeraudes. Aucun autre bijou. Seules les émeraudes ont disparu. N'est-ce pas signé ?

— Ainsi, Elphick a bel et bien lancé Fazi sur la piste de son ex-épouse, murmura Quentin. Le salaud !

— Comment diable en est-il venu à engager Fazi ?

— Qui sait ? Cela fait seulement dix-huit mois que nous l'avons mis sous surveillance – depuis que vous avez décrypté ce code, en fait. Peut-être la connaît-il depuis des années, pour ce que nous en savons. À moins qu'un de ses agents italiens n'ait choisi Fazi pour faire le boulot. Ils ont dû payer une fortune pour la faire sortir de prison.

— J'en déduis qu'Elphick la connaît bien, en personne ou de réputation, observa James. À sa place, c'est sur elle que j'aurais jeté mon dévolu pour effectuer ce genre de travail. D'accord, ce n'est pas un cerveau, mais elle est rusée, audacieuse et surtout tenace.

Grâce à ses talents hors du commun, Marta Fazi avait réussi à s'emparer de bijoux remarquables au cours de divers cambriolages qui avaient eu lieu l'année passée. James et ses collègues avaient laissé aux autorités locales le soin de s'occuper du problème, jusqu'à l'affaire des émeraudes. Les agents britanniques étaient alors intervenus afin de rendre service à un allié d'importance, lequel avait exprimé sa gratitude en signant un traité essentiel pour l'Angleterre.

— Mon instinct me souffle que cette première agression dont Mme Bonnard a été victime n'était pas une simple tentative de vol, poursuivit James. Pourtant, l'opération ne portait pas la marque de Fazi.

— À Rome, vous avez démoli ses meilleures recrues. Elle a fait avec ce qu'elle avait sous la main. Et je parie que Piero et Bruno n'ont pas suivi ses ordres. Il y a dû y avoir un dérapage.

James médita quelques instants ces paroles, puis :

— Mme Bonnard portait de magnifiques saphirs, ce soir-là. La main m'a démangé, je vous assure. Apparemment, Bruno, lui, ne possède pas mes pouvoirs surhumains lorsqu'il s'agit de résister à la tentation. Il a été distrait par les pierres et la femme. Quelle chance, selon vous, qu'une pareille brute pose un jour les mains sur une belle femme de haute naissance ? Son petit cerveau n'a pas supporté. Et je suis intervenu avant que son complice n'ait le temps de lui rappeler le but de leur mission.

— Personnellement, j'aimerais bien savoir en quoi elle consistait au juste. Notre ami Bruno n'a pas été très bavard.

— Je pense qu'ils avaient pour ordre de la terrifier, dit James, qui connaissait les méthodes de

Marta Fazi. Ces brutes devaient la malmener jusqu'à ce qu'elle leur dise où se trouvaient les lettres. Si elle leur avait résisté, ils l'auraient enlevée et l'auraient torturée pour la faire parler.

Alors qu'il prononçait ces mots, son estomac se noua et son cœur se mit à cogner dans sa poitrine. Il se leva.

— À l'instant où je suis monté dans une gondole, la semaine dernière, j'ai su que je posais le pied dans *un mare di merda*, grommela-t-il. Je ferais mieux de retourner à Venise.

Lord Quentin se leva également.

— Je vais faire prévenir Goetz qu'une dangereuse fugitive rôde dans les rues de la ville. À ce stade, peu importe qui retrouve Fazi le premier, du moment qu'elle finit sous les verrous. Il ne faudrait pas qu'il arrive malheur à Mme Bonnard. Sa mort serait pour nous...

— Sacrément embarrassante, acheva James, les dents serrées. Oui, je sais.

Le retour à Venise lui parut interminable. Il était sur des charbons ardents, même si le simple bon sens lui disait que Marta Fazi n'allait pas prendre le risque de frapper en plein jour.

D'ailleurs, il avait pris ses précautions. Avant de partir pour San Lazzaro, il avait fait envoyer un message à Lurenze pour le prier de reprendre son rôle de chien de garde. Et pour être certain que le prince ne se laisserait pas distraire de sa mission, il avait également fait parvenir un billet à Giulietta.

Ces deux-là auraient eu vent sans tarder du cambriolage perpétré par les prétendues nonnes. Ils se seraient précipités au *palazzo* Neroni de toute façon. Mais James voulait être certain qu'ils demeureraient auprès de Francesca jusqu'à son retour. Fazi ne passerait jamais à l'attaque dans ces conditions. S'en prendre à l'héritier du trône de Gilénie, c'était à coup sûr se retrouver avec toutes les forces de police aux trousses, et elle le savait.

Il n'empêche que James était nerveux et irrité. Il n'échangea que quelques mots rogues avec Sedgewick et Zeggio qui ne firent que l'exaspérer davantage en échangeant ces regards entendus qu'il commençait à bien connaître.

Il ne consentit à se détendre que lorsqu'ils parvinrent en vue du *palazzo* Neroni devant lequel étaient amarrées deux gondoles familières.

De retour chez lui, il s'habilla à la hâte, sans parvenir à se défaire d'une impression de malaise. Il donna quantité d'instructions à ses serviteurs à propos du dîner, la plupart inintelligibles. Et quand enfin ceux-ci lui apprirent que la gondole de Mme Bonnard était en train de traverser le canal, il dévala l'escalier pour faire irruption dans l'*andron*.

La jeune femme avait à peine posé le pied sur le *terrazzo* qu'il la prenait dans ses bras et la gratifiait d'un long baiser fougueux qui les laissa tous deux hors d'haleine.

À contrecœur, il consentit à lâcher ses lèvres pour lui permettre de reprendre sa respiration.

— Bon sang, j'ai bien cru que ces maudits moines ne me libéreraient jamais ! s'exclama-t-il.

Elle leva les yeux sur lui, avec cette expression qu'il lui avait déjà vue. Le fantôme était bien là, et il ne vit qu'une fille, une fille superbe qui le regardait avec adoration.

C'était ce qu'il avait toujours voulu, une fille qui le regarderait ainsi en mettant tout son cœur dans ses yeux. Mais il avait imaginé les choses si différemment ! Il s'était représenté une jeune fille innocente, honnête, douce et attentionnée, qui ignorerait tout de la face sombre de la vie, qui se serait préservée pour lui, qui lui aurait été fidèle et ne lui aurait jamais menti...

— Maudits moines, répéta-t-elle. Vous ont-ils obligé à étudier l'arménien contre votre gré ? Byron a fini par admettre que c'était au-dessus de ses forces.

— Ce satané moine était enfin là, celui qui détient la clé de la bibliothèque, prétendit-il.

Le paradoxe ne lui échappa pas : lui qui passait sa vie à mentir insistait pour qu'une femme soit pure et honnête.

— Mais il y avait d'autres visiteurs aujourd'hui, improvisa-t-il encore, et il a fallu que le bibliothécaire nous fasse faire le grand tour et nous montre presque chaque livre. Après quoi, les autres visiteurs ont posé tout un tas de questions idiotes auxquelles il a répondu avec patience, et avec force détails.

Francesca lui prit doucement le visage entre ses mains.

— Pauvre homme ! Quelle épreuve vous avez endurée là.

Il tourna la tête pour lui embrasser la paume et inhala son parfum, mêlé à cette note entêtante de jasmin.

— Et tout cela pour rien, avoua-t-il dans un soupir. Je n'ai pas écouté un mot sur cinquante. Mon esprit était resté à Venise, au *palazzo* Neroni, où une peste dormait sans doute... pendant que je passais trop de temps à me demander si elle rêvait de moi.

Elle laissa retomber ses mains et détourna le regard.

— Attention monsieur, vous commencez à devenir diablement romantique.

— Le manque de sommeil, probablement, répliqua-t-il. Cela ira mieux demain matin.

— Cela ne dépendra pas de la façon dont vous passerez la nuit ?

Le fantôme avait disparu. Une étincelle malicieuse pétillait maintenant dans les yeux verts en amande.

— J'ai déjà tout prévu, annonça-t-il.

Il avait d'abord pensé instaurer une ambiance d'orgie romaine, lui expliqua-t-il.

Le problème, c'est qu'il n'avait pas le mobilier adéquat. Alors il avait demandé aux domestiques d'enlever les meubles, puis d'empiler par terre des tapis et des coussins, dans l'une des pièces contiguës au *portego*. Des pétales de fleurs avaient été semés sur le sol.

À la place, ce serait donc un *seraglio* turc. Il serait le sultan et elle serait toutes les femmes de son harem.

La façon dont il la regardait en disant cela donnait vraiment l'impression à Francesca qu'elle incarnait toutes les femmes du monde – ou du moins, toutes celles qu'il désirerait jamais.

Les autres hommes la regardaient sans doute aussi de cette manière.

Mais elle se rappelait la façon dont il l'avait prise dans ses bras quand elle était descendue de sa gondole, et ce baiser fiévreux, presque empreint de désespoir lui avait-il semblé, qu'il lui avait donné.

Elle aussi se sentait désespérée.

Quand elle s'était enfin levée, en milieu d'après-midi, elle avait trouvé Lurenze et Giulietta qui piaffaient d'impatience en attendant qu'elle se réveille. Elle avait eu un mal fou à apaiser leurs angoisses et, un peu plus tard, à avoir une conversation normale avec eux, alors que tout ce qu'elle souhaitait, c'était d'être de l'autre côté du canal, dans les bras de l'homme qui la regardait maintenant.

Seul un restant de fierté l'avait empêchée de se ruer hors de chez elle en robe de chambre. Cette même fierté exigeait qu'elle porte une tenue audacieuse pour le faire saliver. Sa toilette était donc écarlate, la couleur idéale pour une courtisane. Le décolleté était profond, devant comme derrière, de sorte qu'un bout de son tatouage – la marque du péché – était visible au ras de la dentelle.

Toutefois, elle demeurait lucide. Étant un homme, Cordier n'était sûrement pas aussi exalté que la petite sotte qu'elle était. Certes, il brûlait d'un intense désir qu'elle faisait de son mieux pour attiser, mais il ne s'agissait là que de la passion qui marque le début de toute nouvelle liaison.

Durant le dîner, elle s'efforça de ne pas bâtir de châteaux en Espagne. Mais c'était difficile, car il la traitait avec tant d'égards et de tendresse. Étendus sur les coussins dans une position décadente, comme avaient dû le faire ses ancêtres romains, il riait et la nourrissait de douceurs piochées ici ou là dans les plats, des olives, un morceau de pain, des fruits, du fromage…

Une fois restaurés, ils se tournèrent l'un vers l'autre, le coude plié, la tête calée sur la main, dans une étrange intimité pleine de complicité. Et ils… parlèrent. Comme deux véritables amis.

Il lui décrivit le monastère, lui expliqua que les moines avaient transformé en quasi-lieu de pèlerinage la salle où Byron avait étudié.

— Est-ce là que vous étudierez vous aussi ? s'enquit-elle.

— Moi ? fit-il en cillant.

— N'êtes-vous pas venu étudier l'arménien avec les moines ?

— Cela semblait une bonne idée au départ, mais c'est vraiment une langue impossible. Je ne suis pas étonné que Byron ait renoncé. Je préfère vous étudier vous.

— Pas de trop près, alors. Et jamais à la lumière du soleil. Aucune femme ne supporterait un examen aussi minutieux.

— Vous croyez que le soleil de midi ferait voler mes illusions en éclats ? Vous pensez vraiment que j'en ai encore, stupide petite fille ?

Oui, elle était stupide. Quand il lui souriait ainsi, comme s'il éprouvait une affection sincère pour elle, et qu'elle se perdait dans ses yeux bleus, elle oubliait tout ce qu'elle avait durement appris au cours des cinq dernières années. Elle redevenait l'ingénue crédule qu'elle était autrefois.

— En Angleterre, le soleil est plus clément pour les femmes, expliqua-t-elle. Il brille si rarement que nous échappons à ses rayons ardents. Et, parfois, la lumière grise de Londres me manque, admit-elle.

— Assez pour envisager de rentrer ?

Une douleur soudaine lui perça le cœur, tandis qu'une nostalgie inattendue l'envahissait. Elle n'avait pas éprouvé cela depuis des lustres.

C'est peut-être ce qui lui délia la langue. À moins que ce ne soit cette façon qu'il avait de la regarder, de l'écouter avec une attention sincère, ce que les hommes faisaient rarement. La plupart du temps, ils n'écoutaient pas ce qu'elle disait, mais la façon dont elle le disait et son apparence lorsqu'elle parlait.

Elle les connaissait par cœur et se servait de son savoir pour les manipuler. Mais elle découvrait que celui-ci était impossible à manipuler.

— Il m'arrive de temps à autre de souhaiter vraiment rentrer… à la maison, convint-elle. C'est idiot, je le sais bien. Sur le continent, je suis une simple divorcée. En général, les gens n'y accordent pas grande importance et je suis reçue presque partout. Sauf là où la société anglaise se réunit. Je devrais plutôt me réjouir de n'être plus obligée d'obéir à leurs innombrables règles, aussi fastidieuses qu'hypocrites.

— Certes, mais vous restez une étrangère ici. C'est tout naturel, de temps en temps, de regretter le monde dans lequel on a grandi.

Comme de bien entendu, il la comprenait. Mais elle n'allait pas croire tout à coup à ces stupides histoires d'âmes sœurs. Un tel lien n'existait pas entre hommes et femmes. Elle était bien placée pour le savoir. Si Cordier la comprenait, c'est que lui aussi était un égaré, un nomade. Ne lui avait-il pas dit que, somme toute, il n'avait passé que très peu de temps en Angleterre ?

— Les voix me manquent, reprit-elle. Les sons de ma langue natale, avec tous ces accents, ceux des snobs comme ceux des gens du peuple. Et la bonne société de Londres me manque aussi. La Saison. J'étais douée pour cela, savez-vous. J'étais une excellente hôtesse. Je m'acquittais à la perfection de mes devoirs. Oui, vraiment, j'étais une bonne épouse. J'aimais mon mari. Je voulais être la femme idéale à ses yeux. Je pensais que cela faisait partie du contrat, que chacun de nous devait faire le bonheur de l'autre. Je pensais que si l'on aimait quelqu'un et qu'on l'épousait, c'était pour toujours. Après tout, c'est ce que l'on dit lorsqu'on prononce ses vœux devant Dieu.

Sa poitrine se gonfla. Les larmes se mirent à couler. Elle les essuya d'un revers de main.

— Allez au diable, Cordier. Comment vous y prenez-vous pour me faire toujours pleurer ? Pourquoi me laissez-vous discourir sur mon mariage désastreux ? Quelle sorte de vin m'avez-vous donc fait boire pour que je sois à ce point larmoyante ?

Il tendit la main et lui caressa doucement la joue de ses doigts repliés.

— Larmoyante ou en colère ? Souvent, les femmes pleurent parce qu'elles sont en colère. Contrairement aux hommes, on ne les encourage pas à exprimer physiquement des émotions fortes. Par exemple, jeter quelqu'un dans un canal est un bon moyen d'évacuer tout un tas d'émotions agaçantes qui vous rongent de l'intérieur.

Elle rit, et sa tristesse s'évapora d'un coup. Mais quand il retira sa main, elle éprouva une sensation de manque.

— C'est vrai, acquiesça-t-elle, on dresse les femmes à être courageuses, à sourire tout le temps quoi qu'il advienne, ou à exprimer leurs sentiments par des paroles uniquement.

— Vous pourriez écrire un roman, vous savez, un roman à clés, comme le *Glenarvon* de Caroline Lamb. Rappelez-vous comment elle a férocement déchiqueté son Byron adoré.

Francesca secoua la tête. Elle se redressa pour saisir son verre de vin et avala une gorgée avant d'en fixer le contenu comme s'il pouvait lui expliquer quoi faire, que dire, et jusqu'à quel point se confier.

— J'ai ma propre méthode, dit-elle au bout d'un moment. Plus directe. J'écris à Elphick au moins une fois par semaine.

Cordier haussa les sourcils.

— Si souvent ?

— Oui. Je suis très fidèle… dans ma correspondance.

— Vous lui écrivez pour lui faire des reproches ? Après tout ce temps ?

Son expression sidérée lui arracha un rire et répondit :

— Certainement pas. Il penserait que je suis horriblement malheureuse et que je souffre. Non, je lui raconte en détail la vie merveilleuse que je mène loin de lui. Je lui dresse la liste de mes visiteurs, je lui rapporte nos conversations, je lui dis qui m'invite et où, qui a commandé mon portrait à tel artiste célèbre, qui m'a fait tel cadeau et quelle en est sa valeur. Mes lettres sont remplies de noms illustres. Je connais personnellement des peintres, des poètes, des auteurs de théâtre. Mais surtout, je fréquente des gens titrés et de nombreuses têtes couronnées. Des gens qu'Elphick rêverait de compter parmi ses relations. Je sais qu'il grince des dents quand il lit ma prose, et c'est une vengeance bien douce, je l'avoue.

Le silence retomba.

Elle but une autre gorgée de vin, rassembla son courage, puis :

— Il le mérite. Il a monté tous mes amis contre moi. Mon père avait déjà pris la poudre d'escampette. Je n'avais personne vers qui me tourner. Naturellement, Elphick s'attendait à me voir sombrer rapidement dans la déchéance.

— Au lieu de quoi, vous êtes devenue une reine.

— La reine des putains, oui. Mais sur le continent, c'est une distinction qui vous élève presque au rang de vraie souveraine. Saviez-vous que dans certaines cours, la maîtresse du roi occupe une fonction tout à fait officielle ? C'était le cas en France et, aux dernières nouvelles, ça l'est toujours en Gilénie.

L'expression de Cordier se modifia, ses traits se durcirent dans l'instant. Il se redressa brusquement.

— C'est la position que vous comptiez occuper auprès de Lurenze ? Aurais-je bouleversé vos plans ?

— Je ne veux appartenir à aucun homme. Roi ou pas. Maîtrisez-vous monsieur, s'esclaffa-t-elle, ou je vais finir par croire que vous êtes vraiment jaloux.

— Je le suis, riposta-t-il. Allez-vous raconter aussi cela à votre ex-époux ?

— Seigneur, non ! Le barreau que vous occupez dans l'échelle sociale n'est pas assez élevé. Elphick n'a que faire de vous.

— C'est stupide, vous savez, répliqua-t-il d'un ton crispé. Cela fait cinq ans que vous êtes divorcée. Vous jouez un jeu dangereux.

— C'est lui qui a commencé. Pourquoi ne pas répliquer ? Il me narre les fêtes et réceptions auxquelles il a assisté, me dit qui s'y trouvait et ce qui s'y est dit. Il sait bien que cela me manque. Il sait que mes anciens amis me manquent en dépit de tout. Alors il retourne le couteau dans la plaie. Il voudrait que tout le monde me méprise, que je me retrouve sans le sou, à la rue. Voilà pourquoi je le tourmente avec la liste de mes succès. Que feriez-vous à ma place ?

Il lui confisqua son verre de vin, le posa sur le sol.

— Si j'étais à *sa* place, je ne vous aurais jamais laissée partir en premier lieu.

D'un geste vif, il l'enlaça, puis l'embrassa jusqu'à lui faire oublier tout le reste. La tête de Francesca retomba en arrière et elle le laissa l'emporter où il voulait, faire d'elle ce qu'il voulait. L'instant d'après, riant, elle était sous lui tandis qu'il retroussait ses jupes.

# 13

> *Le cœur ressemble au firmament ;*
> *comme lui il fait partie du ciel,*
> *et comme lui aussi il change nuit et jour ;*
> *les nuages et le tonnerre, les ténèbres et*
> *la destruction, le traversent ;*
> *mais après avoir été sillonné par*
> *la foudre, transpercé, déchiré,*
> *ses orages se résolvent en pluie ;*
> *le sang du cœur, changé en larmes,*
> *s'épanche par les yeux ;*
> *c'est ce qui constitue le climat anglais de notre vie.*
> Lord BYRON, *Don Juan, Chant II*

James avait une centaine de raisons d'être furieux. Francesca jouait à un jeu dangereux avec un homme dangereux. Elle était menacée par les pires fripouilles de toute l'Italie – et ce n'était pas peu dire. Lui-même jouait un double jeu, tout en sachant qu'elle le détesterait lorsqu'elle découvrirait la vérité.

Car il faudrait bien qu'elle l'apprenne, et le plus tôt possible, pour sa propre sauvegarde.

Il y avait plus, bien plus encore, mais il n'était pas d'humeur à considérer dans le détail son état d'esprit actuel. Il réglerait donc la question comme le font les hommes en général, c'est-à-dire par l'action physique.

Il réclama sa bouche dans un baiser avide. Son impatience la fit rire. Elle rit encore quand il la renversa sur le dos et remonta ses jupes. C'était cela qu'il aimait tant en elle : sa joie de vivre, sa nature exubérante. Elle ressentait, aimait, vivait chaque instant le plus intensément possible.

Et elle le haïrait avec la même intensité.

Il ne prit pas la peine de la dévêtir, ni de se déshabiller lui-même. Il déboutonna son pantalon, comme il l'avait fait au sommet du Campanile. Il était aussi pressé qu'un collégien. Ce n'était peut-être pas très raffiné, mais il s'en fichait, et elle aussi.

Les doigts enfouis dans ses cheveux, elle lui murmura des mots qui lui fouettèrent le sang, en anglais, puis dans cet anglais teinté d'accent italien qui l'excita plus encore. Il rit lui aussi. Il ne pouvait s'en empêcher. Un rire sauvage, plein d'une joie vibrante, parce qu'il pouvait la toucher, la serrer contre lui, parce qu'elle était consentante et aussi impatiente que lui, douce et humide, là, dans le nid secret caché entre ses cuisses...

Il la pénétra et toutes les pensées qui le hantaient se volatilisèrent, ainsi que la peur, et la colère. De nouveau, il se perdit en elle et, cette fois, il n'essaya même pas de garder le contrôle.

Ce fut une affaire vite expédiée, jusqu'à l'explosion finale.

Ensuite, il roula sur le dos, l'entraînant dans son mouvement, puis il la plaqua contre lui, le dos contre son torse, savourant le contact de ses fesses rondes et fermes contre son sexe amolli. Leurs deux corps s'emboîtaient parfaitement. Il s'efforça de ne pas songer à ce que leur réservait l'avenir, refusa de penser à ce qu'il ferait plus tard, quand elle ne souffrirait même plus d'entendre prononcer son nom.

Pour l'heure, elle le chérissait.

Bientôt, il faudrait lui dire la vérité. Ils ne pouvaient continuer ainsi. Le danger se rapprochait trop. Ils n'avaient pas beaucoup de temps devant eux.

Ils n'avaient que cette nuit.

Tandis qu'ils s'aimaient avec passion, la lune s'était levée. Ses rayons pénétraient par la haute fenêtre et dans leur lumière, la peau de la Francesca avait l'éclat des perles.

Il l'embrassa derrière l'oreille, là où il savait qu'elle aimait être embrassée, et elle frissonna, comme chaque fois. Il lui embrassa la nuque, puis s'écarta légèrement et dégrafa le dos de sa robe. Les pans s'écartèrent, révélant l'étonnant tatouage. Il y posa brièvement les lèvres.

Il lui ôta ses vêtements : la robe, les jupons, le corset, la camisole. Le sourire aux lèvres, elle le laissa jouer les caméristes, se laissa manipuler, jusqu'à se retrouver enfin nue.

Il se dévêtit à son tour, sans hâte.

Allongée sur le dos, les mains croisées sous la tête, elle le regarda. Elle n'eut rien d'autre à faire que de laisser son regard vert glisser sur son corps pour que son sexe reprenne vie et se dresse vers elle.

Cette fois, il prit tout son temps.

Cette fois, il explora son corps lentement, comme s'il voulait le graver dans sa mémoire.

Cette fois, il savoura chaque centimètre carré de sa peau. Il s'enivra de son parfum, de l'odeur de son corps. Il apprit par cœur chacune des courbes dont ses doigts dessinaient le tracé : la ligne racée de son cou, la rondeur de ses épaules, le globe parfait de ses seins. Il suivit l'arabesque de sa taille et de ses hanches, le voluptueux renflement de ses fesses, le tracé délié de ses longues jambes fuselées, jusqu'à ses pieds au modelé délicat.

Il lui embrassa les orteils, les chevilles, les genoux, avant de remonter jusqu'à sa féminité offerte. Et tandis qu'il lui donnait du plaisir avec les mains, la bouche et la langue, il mémorisa ses soupirs, ses gémissements, et ce doux cri qui lui échappa lorsque l'extase l'emporta de nouveau.

Il glissa alors sur elle, s'empara de ses lèvres, et entra en elle d'un puissant coup de reins. Ils ondulèrent doucement, à un rythme délicieusement lent. Elle lui caressait le visage et la nuque, posait la bouche là où ses mains avaient été, et ses caresses et ses baisers étaient si aimants qu'il eut l'impression d'être frappé en plein cœur chaque fois.

Il lui rendit baiser pour baiser, mais si les siens étaient ceux d'un traître, ils n'en étaient pas moins emplis de tendresse, malheureusement pour lui.

Et quand enfin la jouissance le saisit, il s'y abandonna avec la conscience aiguë que c'était la dernière fois.

Pour la deuxième fois en moins de vingt-quatre heures, Francesca dormit comme un bébé. Elle aurait continué de dormir si elle n'avait senti Cordier bouger près d'elle.

Puis elle prit conscience du bruit qui provenait de l'extérieur.

Encore à demi endormie, elle ouvrit les yeux, l'aperçut qui enfilait son pantalon à la hâte avant de se précipiter vers la fenêtre.

— Cette garce! maugréa-t-il. Elle est folle ou quoi? Ah... je vois.

Francesca était bien réveillée, à présent. Elle tâtonna, trouva sa camisole, l'enfila en hâte et rejoignit Cordier devant la fenêtre.

De l'autre côté du canal, des flammes illuminaient le rez-de-chaussée du *palazzo* Neroni.

— Ô mon Dieu! s'écria-t-elle.

Paralysée par la stupeur, elle demeura un instant immobile, puis fit volte-face et courut ramasser ses vêtements éparpillés sur le sol. Cordier la rattrapa et la saisit par le bras

— Arrêtez. Votre maison n'est pas en train de brûler. Moi aussi j'y ai cru, tout d'abord. Mais ils ne prendraient pas un tel risque. C'est juste une tentative de diversion.

Il l'entraîna vers la fenêtre.

— Regardez. Ils se sont servis d'un engin incendiaire quelconque, peut-être des fusées de pyrotechnie. Le but est de faire beaucoup de bruit, de réveiller les gens et de provoquer un mouvement de panique. Vos domestiques vont bientôt sortir en courant, laissant les lieux sans surveillance et...

— Que me racontez-vous là ? coupa-t-elle. Nous ne pouvons pas rester ici sans rien faire ! Il pourrait y avoir des blessés...

— Francesca, c'est une diversion, répéta-t-il en détachant chaque syllabe comme s'il s'adressait à une enfant.

Elle crut qu'il allait ajouter quelque chose, mais il s'en tint là. Il la fixait sans vraiment la voir, comme si elle était transparente. Puis il hocha la tête.

— C'est très certainement un piège. Se ruer là-bas serait la dernière chose à faire. Quelqu'un s'attend peut-être que vous fassiez précisément cela.

— *Moi ?*

— Oui.

La peur panique qu'elle avait tout d'abord éprouvée en pensant à ses serviteurs, à sa maison, se transforma en une crainte plus insidieuse. C'était comme si le sol vacillait soudain sous ses pieds, et qu'elle ne savait où poser le pied pour être en sécurité.

— Que voulez-vous dire ? Pourquoi m'attendrait-on ? Que savez-vous de tout cela ?

— Je vous le dirai bientôt. Et vous me détesterez.

Il lui lâcha le bras.

Assaillie par la nausée, elle chercha son regard. Elle lui avait fait *confiance*. Elle voulait continuer à lui faire confiance. Et pourtant, elle ne pouvait se défaire de cette impression d'avancer en terrain mouvant.

Qu'avait-il à lui dire ?

Elle se remémora cette première nuit, lorsqu'il avait tué cet homme avec une telle facilité.

— Mais avant de vous dire quoi que ce soit, il me faut vos vêtements, reprit-il.

— Mes *quoi* ?

Il ne répondit pas, et elle se contenta de le regarder, son esprit luttant pour donner un sens à ce qui n'en avait pas. De toutes les réponses qu'elle attendait – certaines acceptables, certaines intolérables –, celle-ci était bien la dernière qu'elle aurait imaginée.

Elle demeura bouche bée tandis qu'il rassemblait en hâte ses vêtements épars. Il se redressa, ces derniers pressés contre sa poitrine.

— Je dois mettre votre robe, expliqua-t-il.

La peur écœurante se dissipa. Francesca ne savait si elle devait rire ou pleurer. Elle connaissait des hommes qui aimaient s'habiller en femme. Certains étaient même extrêmement virils. Mais en l'occurrence, cela ne lui faisait pas plaisir.

— Vous ne rentrerez jamais dedans, finit-elle par dire faute d'une meilleure objection.

— Nous allons arranger cela.

— Cordier, vous faites deux fois ma taille. Et cette robe est ma préférée après celle que vous avez saccagée en me jetant dans le canal !

— C'est *vous* qui avez sauté.

— Vous m'auriez lâchée de toute façon. Je vous ai juste coupé l'herbe sous le pied.

— Je ne vaux pas votre robe préférée ?

Un coin de sa bouche se retroussa, il eut l'air d'un petit garçon sur le point de commettre un tour pendable.

— Seigneur, vous allez me manquer! soupira-t-il en la rejoignant.

Il l'embrassa sans douceur, et elle se sentit fondre, corps et esprit. Pourtant quelque chose n'allait pas. Il détournait son attention avec cette histoire de robe. S'agissait-il là aussi d'une tentative de diversion?

— Je reviens bientôt, promit-il en s'écartant.
— Dites-moi au moins où vous allez. Ce que vous comptez faire!
— Cela prendrait trop de temps à expliquer.
— Vous me prenez pour une idiote, Cordier?

Mais il franchissait déjà le seuil. Elle le suivit, le vit traverser le *portego* d'un pas rapide.

— Cordier!
— Plus tard.

Elle ravala un juron, mais la dignité lui interdisait de lui courir après uniquement vêtue de sa camisole, et de laisser les domestiques de la *Ca'*Munetti la reluquer… gratuitement.

De plus, elle était certaine qu'il ne changerait pas d'avis.

— Ne vous avisez pas d'abîmer cette robe! lui cria-t-elle.


Ce n'était pas la première fois que James endossait des vêtements féminins. Mais d'ordinaire, il s'agissait de robes amples, destinées à de fortes femmes, et revues pour s'adapter à sa morphologie masculine.

La robe de Francesca était bien plus étroite qu'il ne le pensait. Il s'en rendit compte lorsqu'il tenta de l'enfiler, dans l'un des bureaux poussiéreux qui flanquaient l'*andron*.

— Il va falloir couper dedans, monsieur, l'avertit Sedgewick.

— Impossible, elle me tuerait. C'est sa robe préférée après celle que j'ai détruite.

Sedgewick décocha à Zeggio cet agaçant coup d'œil, et expliqua d'un ton patient :

— Monsieur, nous n'avons pas le temps de défaire les coutures.

— Non, non, ce n'est pas la peine, intervint Zeggio. Je sais comment faire, *signore*. Très simple. Vous laissez ouverte la partie où elle met les seins.

— Le corsage, traduisit James.

— Voilà. Ainsi, vous pourrez l'enfiler, je pense. Au niveau des hanches, vous êtes plus étroit qu'elle, ça passera. Ce qui compte, c'est qu'on voit la jupe, qu'elle cache votre pantalon. Mettez l'étole sur la tête, nouez-la sur la poitrine, et personne ne verra que le corsage est ouvert. Il fait nuit et vous serez assis dans la *felze*. Même avec la lune, on ne remarquera rien.

— Bien vu, approuva James.

Il aurait dû y songer lui-même. Il aurait dû voir tout de suite quoi faire de cette fichue robe. D'ordinaire, il était plus vif d'esprit.

— Vous pourrez bouger plus facilement, renchérit Sedgewick. Il ne faudrait pas que vous soyez gêné dans vos mouvements, parce qu'ils vont sûrement essayer de vous tuer.

C'est sûr, James allait certainement devoir faire un peu de sport. Et la robe serait fichue au bout du compte.

Quelle différence cela ferait-il ? Quoi qu'il advienne, elle allait le détester.

Pour le roi et l'Angleterre, se dit-il. Une fois de plus.

Ils l'avaient enfermée !

Francesca avait réintégré la chambre de Cordier et, peu après, un domestique était venu lui apporter un plateau bien garni. En repartant, il avait fermé la porte derrière lui. Étant légèrement vêtue, elle avait supposé qu'il voulait la protéger des regards curieux de la domesticité.

Manger l'aurait occupée durant cette attente forcée, mais elle n'avait pas faim. Aussi, après avoir contemplé la nourriture un instant, avait-elle voulu ressortir pour demander des nouvelles du maître de maison. La séductrice accomplie qu'elle était ne devrait pas avoir de mal à soutirer quelques informations à un valet.

Mais elle avait eu beau secouer la poignée, la porte était restée obstinément fermée.

Les deux autres portes étaient également verrouillées, avait-elle constaté.

L'avait-on enfermée pour son bien, ou parce que Cordier ne voulait pas d'elle dans les pattes ? Les deux, sans doute.

Elle envisagea de hurler, se rendit vite compte que cela ne servirait à rien. Cordier avait donné des ordres et ses domestiques lui obéiraient. Ses domestiques *à elle* lui obéissaient bien !

Elle se mit à arpenter la pièce, s'aperçut qu'elle se frictionnait les bras machinalement. Elle n'avait certes que sa camisole, mais la nuit n'était pas très froide et un feu flambait dans la cheminée. Cependant, il semblait qu'elle n'arrivait pas à se réchauffer.

S'emparant d'un des tapis qui jonchaient le sol, elle le drapa sur ses épaules. Sans résultat. Le froid provenait de l'intérieur, du doute et de son compagnon habituel… la peur.

Elle s'efforça de réfléchir calmement.

Selon Cordier, le feu et le vacarme n'avaient été qu'une tentative de diversion, un piège qu'on lui aurait tendu. On l'attendait en ce moment même chez elle, au *palazzo* Neroni, ou tout près. Or ce n'étaient pas ses bijoux qui intéressaient ces gens, elle le savait. C'étaient les lettres. Ils avaient renoncé à les chercher et avaient décidé de s'en prendre directement à elle pour l'obliger à avouer où elle les cachait.

Elphick avait dû céder à la panique.

Finalement, après cinq ans.

Avant cela, il n'avait pas de raisons de s'inquiéter. Il avait si méthodiquement détruit sa réputation que personne ne l'aurait écoutée si elle avait tenté de lui nuire. À l'époque, elle n'était pas certaine que ces lettres fussent ce qu'elle pensait qu'elles étaient, cependant, elle avait deviné qu'elle détenait là quelque chose d'important. Sinon, pourquoi Elphick les aurait-il gardées dans un tiroir fermé à clé ?

La visite de lord Quentin, l'été passé, avait dissipé ses ultimes doutes. Ce dernier ne se serait pas donné le mal de réclamer une correspondance sans intérêt. Or il avait lourdement insisté, tentant à plusieurs reprises de la persuader de lui céder ces lettres.

Ses hommes et lui avaient réuni d'autres preuves contre Elphick, lui avait-il confié. Ces lettres faisaient partie d'un puzzle qui leur permettrait de résoudre l'énigme qui les tenait en échec depuis des années.

Mais Francesca se méfiait. Elphick était malin. Comment être sûre que lord Quentin n'était pas l'un de ses complices ?

Aujourd'hui, Elphick était populaire. Il ambitionnait de remplacer lord Liverpool au poste de Premier ministre. Mais il savait, grâce aux lettres que Francesca continuait de lui envoyer, que de son côté elle gravitait dans des cercles huppés et fréquentait des hommes importants, certes des étrangers pour la plupart, mais qui avaient de l'influence sur le gouvernement britannique. Si l'on méprisait les divorcées en Angleterre, on accordait en revanche de l'attention à un noble ou aux membres d'une famille royale d'où qu'ils viennent.

Francesca se souvint de ce que le comte de Magny lui avait dit au sujet des parents de Cordier. Ils avaient risqué leur vie pour sauver de la guillotine des aristocrates français. De nombreux étrangers avaient les mêmes sympathies et auraient été enchantés de confondre un traître.

Elphick avait de bonnes raisons d'avoir peur, à présent, et donc d'agir – ce dont le comte de Magny avait averti Francesca récemment.

Mais le comte ne se fiait pas plus qu'elle à lord Quentin.

Il ne faisait confiance à personne.

Et elle aurait sans doute été bien avisée de l'imiter.

Nerveuse, elle s'approcha de la fenêtre. La lune décroissait, mais était encore pleine aux trois quarts. Elle baignait le canal de ses rayons. Sur l'autre rive, l'excitation s'était un peu apaisée. Les flammes avaient disparu et seuls quelques curieux s'attardaient encore aux balcons voisins.

Cordier avait donc raison. Cet incendie n'en était pas un. Dans ces vieilles demeures, on n'éteignait pas un feu aussi aisément, malgré la proximité de l'eau. Le palais des Doges n'avait-il pas brûlé plusieurs fois au cours des siècles ?

Mais, en l'occurrence, il s'agissait seulement d'une tentative de diversion, avait assuré Cordier. Et il…

*Je dois mettre votre robe.*

Elle aperçut sa gondole qui traversait le canal. Il y avait une femme à l'intérieur de la *felze*.

Une femme qui portait sa robe rouge !

La couleur se voyait nettement. C'était précisément pour cette raison que Francesca avait choisi de la porter. Elle savait que dans cette toilette de couleur vive qui se détachait contre le noir de la nuit, elle offrait un spectacle sensationnel, et cela lui plaisait.

Elle appuya le nez contre la vitre.

« Je dois mettre votre robe », avait-il dit.

C'était Cordier, là, dans sa gondole.

Il s'était déguisé pour jouer l'appât.

Le cœur de Francesca se mit à battre si violemment qu'elle en eut le souffle coupé.

Elle gardait les yeux rivés sur la gondole. La distance était courte entre les deux maisons. À l'approche de l'embarcation, le portail du *palazzo* s'ouvrit. Plusieurs silhouettes sombres jaillirent et sautèrent à bord. En deux temps trois mouvements, les gondoliers furent précipités à l'eau.

Au bout d'un poing dressé, la lame d'un couteau étincela dans les rayons de lune. Celui qui tenait l'arme plongea vers la *felze*.

C'était une embuscade, et James vit que, cette fois, ils n'avaient rien laissé au hasard.

Ils n'étaient pas deux, mais au moins six. Profitant de la panique, ils avaient dû se tapir quelque part au rez-de-chaussée, et maintenant, ils passaient à l'attaque.

Uliva et Zeggio, pourtant sur leurs gardes, furent vite submergés par le nombre. Au moment où James tirait son couteau, un homme fonça vers la *felze*, un poignard à la main. Il eut un instant d'hésitation quand James surgit de la cabine et se rua droit sur lui, avant de se prendre les pieds dans l'ourlet de la robe et de s'étaler de tout son long. James sentit plus qu'il ne vit l'homme attaquer, et il roula sur lui-même pour éviter le couteau. Sans attendre il décocha un coup de pied dans les chevilles de son adversaire qui s'affala à son tour sur le pont. Se redressant à genoux, James brandit son arme.

— Attention ! hurla une voix de femme.

Par réflexe, il se baissa. La matraque qui le visait passa au ras de sa tête dans un sinistre sifflement avant de heurter le pont.

— *Aiuto ! Aiuto* ! Au secours ! À l'assassin !

Les cris féminins transpercèrent le silence de la nuit. Au loin, des chiens se mirent à aboyer, puis à hurler à la mort. Sur la gondole, les hommes se figèrent, le temps de scruter les environs. L'instant d'après, des gens apparurent aux balcons et tout le monde se mit à crier.

Profitant du désarroi de ses agresseurs, James contre-attaqua. Il confisqua la matraque à celui qui avait essayé de lui fracasser le crâne, tandis que Zeggio, qui venait de se hisser à bord de la gondole, s'occupait de l'homme au couteau.

Leurs complices tentèrent alors de s'échapper, mais les domestiques de Francesca les attendaient. Leur abandonnant les gredins, James se tourna vers l'endroit d'où provenaient les cris féminins.

C'est alors qu'il la vit, cramponnée à un poteau d'amarrage.


Elle était tout à fait capable de rentrer chez elle à la nage, assura Francesca, indignée, comme il la hissait à bord de la gondole. Il n'y avait que quelques mètres à parcourir. Non, elle n'était pas en train de suffoquer, elle reprenait simplement son souffle après avoir tant crié.

Rapidement, elle fut transportée de la gondole à l'*andron*.

Là, les domestiques affrontaient les gredins dans une aimable pagaille. Tous brandissaient des armes improvisées, qui un chandelier, qui un couteau de cuisine, un vase, un plateau ou une bouteille.

Les combattants se figèrent lorsque Cordier fit son entrée dans la pièce en portant Francesca. Puis ils baissèrent lentement les bras.

Il la reposa sur le sol et se mit à la secouer.

— Ne vous avisez pas de recommencer. Jamais !

— C'était juste une tentative de diversion…

— Vous en créez une en ce moment même ! Vous ne portez qu'une camisole de rien du tout, et mouillée par-dessus le marché. Vous pourriez tout aussi bien être nue. Et tout le monde vous regarde !

— Je m'y oppose. Je suis une courtisane. Pour regarder, il faut payer.

— Je vais vous tuer.

Il se détourna, aboya à l'intention de Zeggio :

— Va chercher un châle pour cette dame avant qu'elle n'attrape la mort !

Francesca ne se souciait pas d'attraper froid. Elle regardait Cordier. Il portait une chemise, un gilet, et sa robe mise devant derrière.

Face à son expression interloquée, il se justifia :

— Je ne pouvais pas rentrer dedans.

— Je vous avais prévenu.

Zeggio revint avec le châle demandé. Cordier le lui arracha des mains et le drapa sur les épaules de la jeune femme. Puis il la guida vers l'escalier.

Thérèse bouscula deux filles de cuisine pour courir vers sa maîtresse.

— Oh, madame !

— Je sais, coupa Francesca. Il a abîmé ma robe préférée.

— Pas du tout ! protesta Cordier. J'ai fait très attention à ne pas la tacher. Et, cette fois, je me suis abstenu de sauter dans le canal pour venir à votre secours. Regardez, elle est intacte.

Il pivota sur lui-même pour faire tourbillonner la jupe, avec grâce et aisance, comme s'il avait porté des robes toute sa vie.

Francesca ne put s'empêcher de glousser. Le spectacle était trop drôle. C'était vraiment un excellent imitateur. Elle ne s'était pas rendu compte que...

Un imitateur.

Une suite d'images défila dans son esprit : l'Espagnol comique qui s'était planté devant l'entrée de la *felze* et dont elle avait remarqué les longues jambes musclées... Plus tard, le même homme ôtant son chapeau au *Café Florian* en un salut théâtral... ses cheveux noirs gluant de pommade... La comtesse de Benzoni qui fixait non pas ses cheveux, mais son corps musclé et viril.

*Ce* corps musclé et viril.

Elle revit soudain les longues jambes puissantes du valet de *La Fenice* : celui qui avait renversé du vin sur le pantalon de Lurenze... celui au physique si alléchant.

*Ce* physique.

Elle se rappela ce qu'il avait dit un peu plus tôt, avant de ramasser sa robe : « Je vous le dirai bientôt. Et vous me détesterez. »

— Vous, souffla-t-elle. C'était vous !

Il s'immobilisa, son air malicieux disparut, et une lueur méfiante s'alluma dans son regard.

— C'était moi quoi ?

— Vous, répéta-t-elle, incapable de s'exprimer d'une manière cohérente avec toutes ces images qui se bousculaient dans sa tête. Le valet. L'Espagnol. C'était *vous*. Qui que vous soyez.

Les traits de Cordier se durcirent.

— Thérèse, vous feriez mieux d'emmener madame dans ses appartements, dit-il.

Francesca arracha le plateau que Thérèse tenait entre les mains et le jeta sur Cordier. Il esquiva d'un mouvement vif. Le plateau heurta le sol dans un fracas de vaisselle brisée.

— Espèce de fourbe ! hurla-t-elle, avant de poursuivre en italien, celui de la rue : Ordure ! Fumier ! J'aurais dû les laisser vous tuer ! J'espère qu'ils réussiront la prochaine fois et que vous irez rôtir en enfer ! Approchez-moi encore et je vous coupe les couilles en rondelles !

Et, telle une furie, elle monta l'escalier au pas de charge, Thérèse sur les talons.

James la suivit du regard. Il s'éclaircit la voix.
— Cela s'est bien passé, je crois.
— Oui, monsieur, acquiesça Sedgewick.
— Ce n'est rien, *signore*, assura Zeggio. Les femmes, elles nous menacent toujours de nous couper les couilles. C'est comme quand les hommes leur disent : « Mais bien sûr que je te respecterai encore demain matin. » Ça ne veut rien dire du tout.

James jeta un coup d'œil aux domestiques, qui l'observaient avec la même expression déçue. Les brigands eux-mêmes semblaient dépités. Tous s'attendaient qu'il se rue derrière Francesca et fasse une grande scène, avec des cris, des sanglots, puis des baisers étourdissants.

Ces Italiens ! songea-t-il.

Puis il se rappela qu'il était italien, lui aussi. *Per tutti i diavoli dell'inferno !* Par tous les diables de l'enfer !

Il s'élança dans l'escalier.
— *Vai al diavolo !* cria-t-elle. *Vai all'inferno !*

Va au diable. Va en enfer.

Ah oui, bien sûr, il fallait commencer par se lancer quelques insanités à la figure.

— Vous êtes impossible et ingrate ! riposta-t-il.

Parvenue sous l'arche qui menait au *piano nobile*, elle fit volte-face, des éclairs crépitant dans ses yeux verts.

— Espèce de pourriture hypocrite et sans cœur ! Vous n'avez fait que causer des ennuis partout où vous êtes passé depuis votre arrivée. J'avais une vie tranquille, une belle vie paisible... jusqu'à ce que vous débarquiez à Venise.

Sur ce, elle pivota et s'éloigna en direction du *portego*, laissant des empreintes de pas mouillées sur le sol.

— Votre vie était de la *merda*, et vous le savez très bien ! contre-attaqua-t-il. Rien de tout cela ne serait arrivé si vous aviez deux sous de bon sens. Tout a commencé par votre faute !

— Ma vie était absolument *parfaite* ! rétorqua-t-elle sans s'arrêter.

Il la rattrapa. Elle accéléra l'allure, mais il ne se laissa pas distancer.

— Un parfait mensonge, oui, riposta-t-il.

— Vous êtes bien placé pour me faire un tel reproche ! Mais moi, je ne fais pas semblant d'être...

— Vous ne faites que cela ! coupa-t-il. Prétendre, feindre, et mentir. Vous me direz que votre métier consiste à jouer la comédie. Eh bien, c'est la même chose pour moi.

Sans répondre, elle bifurqua et franchit une porte. Thérèse s'y engouffra à son tour et tenta de fermer le battant au nez de James, mais il força le passage en le repoussant de la main.

— Serait-il possible de ne pas avoir cette conversation devant les domestiques ? s'enquit-il plus calmement.

— Vous préférez que je vous poignarde sans témoins ?

James se tourna vers la camériste et lui ordonna en français :

— Thérèse, veuillez nous laisser, je vous prie.
— Thérèse, je t'interdis de bouger ! lança Francesca.

Thérèse regarda sa maîtresse, puis James, avant de se faufiler hors de la pièce.

— Thérèse ! appela Francesca en fonçant à sa suite.

James lui bloqua le passage.

— Je vous hais ! cracha-t-elle.

Quoi de plus normal ? Il lui avait menti depuis le début. Il avait trahi la confiance du fantôme de l'innocente jeune fille qui hantait son regard vert.

Il se vit tel qu'il était, dans cette robe qu'il lui avait confisquée sans daigner lui fournir la moindre explication tant il redoutait sa réaction... alors que, quelques instants avant, ils s'étaient aimés comme seuls le font les vrais amants.

Il empoigna le haut de la robe, la tira vers le bas, et finit par s'en extirper. Le vêtement tomba par terre. Il le ramassa et le tendit à Francesca qui le lui arracha et le plaqua contre sa poitrine.

— Je sais que vous me haïssez, murmura-t-il. Je sais que vous ne supportez plus ma vue. Dites-moi simplement où sont les lettres, Francesca, et je m'en irai pour de bon.

# 14

> *Hélas ! l'amour des femmes, on le sait,*
> *c'est une chose à la fois charmante et redoutable ;*
> *toute leur destinée est placée sur cette carte unique ;*
> *si elles perdent, la vie n'a plus à leur offrir*
> *que le spectacle dérisoire du passé,*
> *et leur vengeance est comme le bond du tigre,*
> *mortelle, prompte, écrasante ;*
> *elles ressentent, de leur côté, des tortures non*
> *moins réelles ; ce qu'elles infligent,*
> *elles l'éprouvent.*
> Lord BYRON, *Don Juan, Chant II*

— Je vous hais ! répéta Francesca.

Elle était mouillée et aurait dû avoir froid, mais la rage et l'humiliation la faisaient bouillir. Elle n'arrivait pas à croire qu'elle ait pu tout gober comme la dernière des idiotes. C'était pire, bien pire encore que la candeur dont elle avait fait preuve envers John Bonnard.

À l'époque, au moins avait-elle l'excuse de la jeunesse et de l'innocence. Mais quelle excuse avait-elle aujourd'hui, à vingt-sept ans ? Sans parler de sa formation chez Fanchon Noirot qui lui avait appris comment ne *pas* se faire avoir !

Elle connaissait cet homme depuis moins d'une semaine – si l'on excluait les rencontres où il s'était fait passer pour un autre – et ne savait toujours pas qui il était en vérité. Et pourtant… elle était tombée amoureuse de lui.

Elle aurait aimé pouvoir affirmer qu'il s'agissait d'autre chose, mais comment qualifier autrement le sentiment qu'elle éprouvait, elle qui n'avait pas hésité à sauter dans le canal pour le sauver ?

À ce souvenir, elle ressentait une honte sans nom. Pendant quelques précieuses minutes, avant qu'elle ne découvre qu'il l'avait dupée, cette action d'éclat lui avait paru si… romantique.

— Je vous hais, répéta-t-elle. Et je me hais encore davantage, si une telle chose est possible.

Il referma doucement la porte.

— Je suis désolé, dit-il. Mais vous devez me dire où sont ces lettres. Pour votre propre sécurité.

— Quelles lettres ? feignit-elle de s'étonner, comme elle l'avait fait à maintes reprises avec lord Quentin.

— Francesca.

Elle jeta un regard circulaire. Dans sa rage, elle n'avait pas fait attention où ses pas la menaient et s'était contentée de pousser la première porte venue. Et il avait fallu que ce soit celle du *Putti Inferno*. À présent, les angelots dodus s'esclaffaient en montrant du doigt celle qui n'était plus la Putain Flamboyante mais l'Idiote de Venise.

Elle leva les yeux au plafond. Combien étaient-ils au juste, ces gamins horripilants ? Comme ses ennuis, ils semblaient s'être multipliés depuis la dernière fois qu'elle était entrée dans cette pièce.

— Eux aussi, je les hais.

— Francesca, nous n'avons plus le temps de jouer.

— Je ne joue pas.

— Les lettres.

— Quelles lettres ?

« De quel côté êtes-vous ? », aurait-elle voulu lui demander. Mais à quoi bon ? En quel honneur lui aurait-il dit la vérité ? La vérité n'avait aucune importance. Seules les lettres comptaient.

Maudites lettres. Maudit Cordier.

— Je vais tout vous expliquer, dit-il.

— Je ne veux pas de vos explications. J'aimerais juste savoir pourquoi j'ai risqué ma vie… non, pire, ma dignité pour un scélérat tel que vous.

— Je sais que vous ne me croirez pas, mais je vais m'expliquer quand même. Après quoi, j'obtiendrai de vous l'information dont j'ai besoin, dussais-je vous étrangler pour cela – parce que ce qui est en jeu est plus important que vous et moi, ou que votre dignité blessée.

— Salaud, gronda-t-elle.

— C'est grâce à cela que je suis encore en vie, répliqua-t-il. C'est ainsi que je fais mon métier. En étant un salaud. Sans vous, je ne serais pas en mission aujourd'hui. À l'heure qu'il est, j'aurais regagné l'Angleterre depuis longtemps pour reprendre la vie d'un être humain normal. Je serais peut-être en train de faire la cour à une jeune fille de bonne famille à qui je ferais miroiter le mariage et de beaux enfants. Ou je serais à mon club, à lire le journal, ou à regarder par la fenêtre, ou à plaisanter avec mes amis ou à jouer aux cartes. Je me pavanerais peut-être dans les allées de Hyde Park, monté sur mon bel étalon, et j'en profiterais pour converser avec les débutantes en essayant de détourner l'attention de leurs chaperons. J'irais danser à l'Almack avec des jeunes filles en robe blanche. Ou je me saoulerais en échangeant des blagues grivoises avec mes camarades de beuverie. Oui, sans vous, je mènerais une existence normale, avec des gens normaux. Mais non. Il a fallu que vous mentiez à lord Quentin. Une poignée de lettres, c'est tout ce qu'il vous réclamait, mais vous avez refusé d'aider un groupe de loyaux sujets britanniques à abattre un félon vendu aux puissances étrangères ennemies. À cause de vous, je n'ai pas pu rentrer dans mon pays. Il a fallu que je vienne ici, à Venise… *et que je heurte votre fichue dignité* !

Il lui avait fait suffisamment honte pour qu'elle se sente déstabilisée. Elle avait vécu à Londres, elle connaissait la vie des aristocrates anglais et comprenait pourquoi tout cela lui manquait, pourquoi il avait le mal du pays. Elle aussi éprouvait parfois cette nostalgie insupportable, en dépit de la liberté et du bonheur qu'elle avait trouvés ici. Le monde qu'elle avait laissé derrière elle, et qui l'avait ostracisée, n'était pas le meilleur des mondes, mais il lui était familier et elle y avait été heureuse. Elle avait aimé sa vie d'autrefois, avant que tout déraille. Et elle était bien placée pour savoir ce que l'on ressentait quand on ne pouvait pas rentrer chez soi.

— Comment pouvais-je savoir que lord Quentin était digne de confiance ? se rebiffa-t-elle. Avez-vous la moindre idée du nombre d'hommes qui m'ont menti ? Savez-vous combien de prétendus amis m'ont rejetée après mon divorce ? Savez-vous ce que l'on ressent quand tous les gens que vous connaissez – je dis bien *tous* – se liguent contre vous et se mettent à vous dénigrer, en se fiant aux propos d'un seul homme ? Quelle certitude avais-je que lord Quentin n'était pas à la solde d'Elphick ? Tout le monde était de son côté et personne du mien. Même mes avocats me méprisaient.

Il secoua la tête et répondit d'une voix sourde :

— Quentin et moi-même ne sommes pas du côté d'Elphick. Il y a dix ans, votre ex-mari a vendu aux agents de Napoléon les noms de cinq de mes camarades et de moi-même. Nous avons été emprisonnés à l'Abbaye et torturés pendant des semaines.

Francesca ferma brièvement les yeux. Elle avait entendu parler des prisons de Paris. Parmi elles, l'Abbaye était tristement célèbre. Certains des amis de Fanchon Noirot avaient échoué là-bas. Les rares qui en étaient sortis avaient été conduits à la guillotine. Rouvrant les yeux, elle surprit le regard bleu vissé au sien.

— « Et ils sont morts, et je me suis échappé seul pour te l'annoncer », cita-t-il d'après le Livre de Job. Mais pourquoi me croiriez-vous ?

Oui, pourquoi en effet ?

Pourtant, elle avait du mal à ne pas le croire. Tout semblait indiquer qu'il disait la vérité, à commencer par son expression crispée, tandis qu'il évoquait ses camarades disparus dans d'atroces circonstances. En outre, elle savait de quoi Elphick était capable. Du moins en avait-elle une idée. Mais jusqu'à cet instant, elle n'avait pas vraiment pris conscience des implications possibles. Or cela aurait dû lui sembler évident : Elphick n'avait aucun sens moral, aucun scrupule. Sa loyauté n'allait qu'à lui-même. Il était dépourvu cœur. C'était un véritable monstre. Elle comprenait maintenant que ce qu'il lui avait infligé n'était rien comparé à ce qu'il avait fait à tant d'autres.

Elle n'avait vu les choses que de son point de vue à elle, s'était concentrée sur ce qu'il lui avait fait endurer. Elle était si jeune et si naïve. La collusion d'Elphick avec des ennemis de l'Angleterre, ses conséquences et les personnes qui en souffriraient, tout cela lui apparaissait abstrait. Mais en quelques mots – êtres humains, camarades, lui-même, torture –, Cordier l'avait rendu réel.

Et même si tout cela n'était finalement qu'un tissu de mensonge, elle était révoltée.

Elle se détourna, s'approcha de la croisée. De l'autre côté du canal, les fenêtres de la *Ca'* Munetti étaient illuminées. Le reste était plongé dans les ténèbres. La lune avait dû disparaître derrière un nuage. Cette obscurité reflétait son état d'esprit. Elle avait cru tout comprendre, tout maîtriser, quand en réalité elle tâtonnait dans la nuit.

— Il va bien falloir que vous fassiez confiance à quelqu'un, reprit-il. À moi ou à eux.

— Y suis-je vraiment obligée ? Rien ne me garantit que vous ne soyez pas de leur bord. Peut-être êtes-vous en train de vous faire passer pour un héros afin de mieux m'abuser.

— Que dire de plus ? Comment vous convaincre de me croire ? Je ne sais pas pourquoi je ne vous extorque pas ce que je cherche sans attendre, histoire d'en finir.

Il laissa passer quelques secondes, le temps sans doute de maîtriser sa colère, car il reprit d'une voix plus posée :

— Vous savez, ces deux hommes qui vous ont agressée la semaine dernière... et les nonnes chypriotes qui ont fouillé votre maison... et ces types qui ont attaqué votre gondole cette nuit en pensant que vous étiez à bord ? Eh bien, leur chef est une femme du nom de Marta Fazi. Elle a à peu près votre âge, mais je ne pense pas que vous la trouveriez sympathique.

« À l'âge de huit ans, elle a coupé l'oreille d'une fille qui l'avait insultée. Si ces charmants individus vous avaient enlevée tout à l'heure, ils vous auraient livrée à Marta. Et elle n'aurait eu aucun mal à vous persuader de lui remettre ces lettres ! En vous lacérant le visage avec son couteau, par exemple. Elle adore défigurer les belles femmes. Enfin, si elle est d'humeur gentille. Sinon, ses méthodes de persuasion sont bien plus drastiques.

Les oreilles de Francesca se mirent à bourdonner. Elle se sentit vaciller. Cordier fut près d'elle en un éclair, mains tendues, mais elle le repoussa, tituba jusqu'à la chaise la plus proche où elle se laissa tomber abruptement.

— Marta devrait être en prison et nous essayons de lui remettre la main dessus, poursuivit-il. Lord Quentin a même demandé l'aide du gouverneur Goetz, même si ce dernier ne connaît pas la moitié des tenants et aboutissants de cette histoire et ne les connaîtra jamais. Jusqu'à ce qu'elle soit de nouveau sous les verrous – ou que vous nous ayez remis les lettres – vous ne serez pas en sécurité.

Francesca se mit à rire. Un rire grinçant, amer, qui frisait l'hystérie.

— Et dire que personne ne me croyait! s'exclama-t-elle. Quand Elphick s'est rendu compte que je lui avais dérobé cette correspondance, il ne s'est même pas inquiété. Il m'avait déjà ruinée de réputation auprès de toute la bonne société londonienne, de sorte que je ne pouvais lui nuire d'aucune façon. Et durant toutes ces années, je n'ai pas été menacée. Il m'a laissée partir à l'étranger. Je me suis sauvée comme le font ceux qui ont tué un homme en duel, ou qui sont perclus de dettes et fuient leurs créanciers. Elphick n'a pas cherché à me retrouver. Et je n'aurais rien eu à craindre si, comme il l'espérait, j'avais échoué dans le caniveau. Mais non, aujourd'hui j'ai des princes à mes pieds, j'ai de l'influence, j'ai des amis parmi les grands de ce monde. Aujourd'hui, cela vaut la peine de me tuer.

Elle avait froid maintenant. Elle frissonnait. Elle entendit Cordier bouger. En dépit de sa détresse et du bourdonnement persistant dans ses oreilles, elle perçut un tintement, et se retrouva l'instant d'après avec un verre de cognac dans la main.

— Il est peut-être empoisonné, marmonna-t-elle, avant d'en boire le contenu d'une traite.

Le liquide lui incendia le gosier, mais le vacarme sous son crâne s'apaisa un peu.

— Non, il n'est pas empoisonné, contra Cordier. Nous ne sommes pas des personnages d'opéra, et je ne suis pas le méchant de service. Pourriez-vous, s'il vous plaît, être raisonnable, Francesca, et me dire où sont les lettres ?

Elle contempla son beau visage, ses yeux d'un bleu rare. Il y avait gros à parier que si c'était à refaire, elle sauterait de nouveau dans ce maudit canal. Pour lui. Pour le sauver.

Son regard dévia vers le mur, remonta vers le plafond et ses angelots provocants.

— C'est compliqué, commença-t-elle.

— Non, ça ne l'est pas. C'est très simple, au contraire. Vous me dites où...

Il se tut brutalement. Elle attendit qu'il reprenne et mit un moment à comprendre la raison de cette interruption. Il avait l'ouïe si fine, bien plus qu'elle. Maintenant elle entendait les bruits de pas en provenance du *portego*. Des bruits de bottes. Plusieurs. Qui avançaient d'un pas martial.

La porte s'ouvrit. Personne n'avait pris la peine de frapper.

C'était Arnaldo qui, comme d'habitude, l'avait dénichée. Cet homme devait avoir un peu de sang de chien dans les veines. Il savait toujours où elle se trouvait. Un vrai limier.

— Son Excellence le gouverneur de Venise, monsieur le comte de Goetz, annonça-t-il.

L'Autrichien fit son entrée. Après un premier regard surpris à Francesca, il fixa résolument le mur.

— Je vous demande pardon, madame, pour cette arrivée impromptue, mais je suppose que vous en devinez la cause.

— Oui, cet incident...

— Un incident que nous prenons tout à fait au sérieux. De fait, je dois m'entretenir avec M. Cordier.

— Je m'y attendais, acquiesça Cordier, aussi à l'aise qu'à l'accoutumée. Mme Bonnard nous excusera, j'en suis sûr. De toute façon, il faut qu'elle… euh… s'habille.

— Madame a subi un choc. Nous n'allons pas l'importuner plus longtemps. Nous allons regagner le palais des Doges, monsieur Cordier. Ensuite, dès que madame sera prête, j'insiste pour qu'elle quitte cette maison.

— Il n'en est pas question ! s'insurgea Francesca.

— J'insiste, répéta le comte. Tous les étages doivent être minutieusement fouillés. Il est possible que des gredins ou des engins explosifs soient cachés quelque part. Vous serez plus en sécurité chez une amie. Je vous ferai escorter par des gardes en armes.

Le comte était gouverneur de Venise. Quand le gouverneur insistait, on obéissait. Le régime austro-hongrois se montrait relativement tolérant eu égard aux particularités propres à Venise, néanmoins son autorité demeurait incontestable. Toute tentative de désobéissance sentait la sédition aux yeux des Autrichiens et était immédiatement – voire brutalement – réprimée.

Et, après tout, c'était peut-être la solution la plus sage, se dit Francesca, qui ne se sentait plus vraiment en sécurité chez elle. Elle ne savait plus qui croire, ne savait pas à quoi s'attendre ni quoi faire. Et de toute façon, même si les hommes de Goetz fouillaient la maison de fond en comble, elle était certaine qu'ils ne trouveraient pas les lettres.

Non qu'ils sauraient qu'en faire si, par hasard, ils mettaient la main dessus.

— C'est entendu, monsieur le comte.

Celui-ci hocha brièvement la tête, veillant toujours à ne pas la regarder.

— Je suppose que vous préférerez vous installer chez votre amie, Mlle Sabbadin.

— Non. Elle est… occupée en ce moment.

Francesca retint un sourire en pensant à Giulietta et à son beau prince. Comme la vie aurait été facile si c'était de Lurenze dont elle était tombée amoureuse !

— J'irai chez le comte de Magny. Je suis toujours la bienvenue chez lui, à toute heure du jour et de la nuit.

Sur ce, elle quitta la pièce, consciente du regard furieux de Cordier qui lui vrillait les omoplates.

James ne se sentait pas d'humeur à coopérer, quoi qu'il en dise. Il n'avait aucune envie de se rendre au palais des Doges, en premier lieu parce qu'il n'était pas exclu qu'il finisse dans les *pozzi*. Ce serait excessivement ennuyeux, car il faudrait sans doute des heures – voire un ou deux jours – pour que Quentin obtienne sa libération.

La prison n'était pas nécessairement une épreuve terrible, James le savait d'expérience. Si l'on excluait son passage à l'Abbaye, la plupart du temps il avait trouvé ces séjours plutôt... reposants.

Évidemment, le confort laissait à désirer. Mais en prison, on avait le temps de reprendre ses esprits, et de réfléchir sans être distrait.

Or, il avait grandement besoin de réfléchir.

Toutefois, l'heure n'était pas à l'introspection dans la solitude d'un cachot humide. Il avait d'autres chats à fouetter.

Goetz avait de bonnes raisons pour l'enfermer. Le gouverneur n'était pas idiot, et James devinait quelles pensées agitaient son cerveau autrichien.

« J'avais une belle vie paisible jusqu'à ce que vous débarquiez à Venise ! » lui avait reproché Francesca.

Et Goetz devait se trouver à peu près dans le même état d'esprit. Il devait penser que depuis l'arrivée de

James Cordier, Venise avait beaucoup perdu de sa tranquillité légendaire.

Selon toutes probabilités, James allait subir un interrogatoire serré, ce qui prendrait un temps fou. Du temps dont il ne disposait malheureusement pas.

Peut-être aurait-il dû suivre son instinct premier, et prendre la poudre d'escampette à l'instant où il avait distingué l'écho de ce pas militaire – un son qu'il aurait reconnu n'importe où – en provenance du *portego*.

Mais il ignorait de qui il s'agissait, et il aurait été franchement peu chevaleresque de laisser Francesca affronter seule un éventuel péril. Encore qu'il l'aurait fait si elle avait consenti à lui révéler où se trouvaient ces fichues lettres, se dit-il.

Car c'était là tout ce qu'il voulait. Le reste – la jalousie, les sentiments blessés, la confiance trahie – ne comptait pas. Il avait une mission à remplir, et ce n'était pas à lui qu'on allait apprendre à quel point mêler les sentiments au travail était une erreur.

Qu'elle coure donc se réfugier chez Magny si le cœur lui en disait ! Ou qu'elle aille au diable ! Pour ce qu'il en avait à faire.

En attendant, plus vite il apaiserait les inquiétudes de Goetz, plus tôt il pourrait se remettre au travail.

Aussi proposa-t-il d'emblée :

— Je connais plutôt bien le *palazzo* Neroni. La fouille ira peut-être plus vite si je vous donne un coup de main, non ?

Marta Fazi ne faisait pas partie de la bande de ruffians qui avaient feint d'incendier le *palazzo* Neroni. Elle avait observé la mise en scène à bord d'un petit bateau resté à bonne distance, et de son point de vue privilégié, il lui avait fallu moins de temps qu'à ces benêts pour comprendre que le plan C venait de tomber lamentablement à l'eau.

Elle ne s'était pas attardée dans l'espoir d'un hypothétique retournement de situation en leur faveur. Elle était peut-être analphabète, mais elle savait reconnaître un fiasco quand elle en voyait un.

Elle dut ramer elle-même pour s'éloigner du *palazzo* Neroni envahi par la soldatesque autrichienne. Et, ayant les mains occupées, elle ne put passer sa rage sur quelque promeneur innocent qui, sinon, aurait découvert de la manière la plus douloureuse qui soit à quel point elle était contrariée.

Elle se contenta donc de vociférer injures et imprécations diverses dans sa langue natale, incompréhensible pour le quidam vénitien.

— Voilà ce qui arrive quand on travaille avec des imbéciles ! ragea-t-elle face à la mer. C'est facile pour lui ! Il reste à Londres, entouré de ses valets et il me dit : « Oh Marta, s'il te plaît, va donc me chercher ces lettres. » Mais pourquoi il les a laissées à cette garce si elles sont si précieuses ? Pourquoi il ne vient pas les récupérer lui-même en lui flanquant une bonne raclée dans la foulée ? Pourquoi est-ce qu'il lui écrit ? Pourquoi est-ce qu'il se soucie encore d'elle ?

Le temps de reprendre son souffle, puis Marta se déchaîna de nouveau :

— Elle est trop grande, on dirait une girafe. Pourquoi il ne m'achète pas une robe rouge ? Et depuis quand il ne m'a pas offert de bijoux ? Si j'en veux un, je suis obligée de le voler ! Pas elle. Tous ces idiots la couvrent de perles et d'émeraudes parce qu'elle leur vend ce que la plupart des femmes donnent gratuitement. Je la déteste et je déteste ces stupides lettres ! Elle se croit très maligne, elle se prend pour une grande dame et elle pense que tous les hommes rampent à ses pieds. On verra bien qui est la plus maligne quand elle sera à ma merci. Oui, on verra bien !

Marta avait une assez bonne idée de ce qu'elle ferait subir à la putain anglaise. Il fallait juste qu'elle trouve le moyen de lui mettre la main dessus.

Goetz était quelqu'un de minutieux. Ses hommes partirent du toit et se mirent en devoir de fouiller la maison étage après étage.

Comme promis, James leur apporta son aide, bien qu'il n'ait guère d'espoir de retrouver les fameuses lettres. Francesca n'avait franchement pas eu l'air inquiet quand elle était partie sachant que sa demeure allait être passée au peigne fin.

Où diable les avait-elle cachées ?

Se pouvait-il qu'elle les ait brûlées, tout simplement ?

Non, elle n'aurait pas fait une chose aussi stupide. Francesca Bonnard était bien des choses, mais elle n'était pas stupide.

Difficile, obstinée, emportée, exubérante, cynique, téméraire, coquine. Si elle n'avait pas été tout cela et plus encore – intelligente, pleine d'esprit, passionnée... et sacrément chère, il ne devait pas l'oublier –, il aurait résolu cette affaire en trois jours maximum.

Mais voilà, elle était tout cela, et les lettres ne se trouvaient sûrement pas au *palazzo* Neroni. James aurait misé sa vie là-dessus. Il s'était pourtant juché sur une échelle pour inspecter les plafonds, les angelots, les moulures, les tentures... Il avait également vérifié les cadres des tableaux à la recherche d'un endroit qui sonnerait creux, sous prétexte de chercher un détonateur, avait-il dit à Goetz.

Un peu plus tard, n'ayant trouvé ni anarchiste ni machine infernale, il se résolut à accompagner le gouverneur au palais des Doges où ce dernier entama comme prévu un long interrogatoire.

James réussit à amadouer l'Autrichien en lui révélant que, selon des sources bien informées, une certaine Marta Fazi, criminelle notoire, bien connue pour ses exactions dans le sud de l'Italie et dans les États pontificaux, s'était installée à Venise.

Selon toute vraisemblance, cette personne mal intentionnée avait décidé de s'en prendre à Mme Bonnard parce que : a) Mme Bonnard était femme, donc vulnérable, et b) elle possédait une fabuleuse collection de joyaux.

— Fazi est une voleuse de bijoux, expliqua-t-il au gouverneur. Ses hommes et elle proviennent des régions les plus reculées de l'Italie. La subtilité n'est pas leur style. Ils débarquent en force et n'hésitent pas à tuer, même quand cela n'est pas nécessaire. Ils ont aussi le goût de la vengeance. En ce qui concerne Mme Bonnard, il semblerait que cette Fazi ait échoué à plusieurs reprises. Sa colère a dû grimper d'un cran chaque fois, et plus elle sera furieuse, plus elle sera déterminée et dangereuse.

— Il est déplorable que les États pontificaux tolèrent de telles pratiques, acquiesça le gouverneur. On y a perpétré plus de deux cents meurtres rien que pour l'année écoulée. Ici heureusement, la loi et l'ordre règnent. Nous trouverons cette femme, monsieur Cordier, et nous ferons comprendre aux autres criminels qu'ils ont tout intérêt à rester à l'intérieur des frontières de leurs contrées sauvages.

« Eh bien, bonne chance », lui souhaita James en silence.


James retourna à la *Ca'* Munetti peu avant minuit et dormit jusqu'au lendemain matin.

Il était capable de dormir en toutes circonstances. À la prison de l'Abbaye, leurs bourreaux les avaient, entre autres sévices raffinés, privés de sommeil, ses camarades et lui, jusqu'à ce qu'ils souffrent d'hallucinations. James avait donc appris à dormir les yeux ouverts. Il pouvait dormir n'importe où, à n'importe quel moment, et se réveiller en un clin d'œil.

En l'occurrence, il était furieux, mécontent, et cependant il avait dormi comme un bébé.

À son réveil, la situation ne lui parut pas plus brillante qu'au coucher.

Il prenait un petit déjeuner tardif quand le message lui parvint.

Il n'émanait pas de Francesca.

Rédigé sur un papier sobrement luxueux, par la main efficace d'un secrétaire, il était à peu près aussi solennel qu'une proclamation royale.

En bref, il était invité à prendre le thé chez le comte de Magny.

Dans un style tout aussi guindé, James répondit qu'il accepterait l'invitation. Puis il fit appeler Sedgewick et passa les quelques heures qui suivirent à se tracasser à propos de la tenue qu'il porterait pour l'occasion.

Francesca avait envoyé Thérèse chercher une toilette au *palazzo* Neroni. Bien décidée à ne pas en faire toute une histoire, elle avait simplement indiqué à sa camériste l'identité de la personne qui viendrait prendre le thé et lui avait laissé le soin de choisir sa robe.

En conséquence, il y avait des volants. Partout. Et blancs, de surcroît.

Ils commençaient à la base de la gorge, agrémentant le décolleté très sage qui ne laissait voir que le cou. Des volants symétriques et verticaux ornaient le corsage et frémissaient en délicates vagues blanches sur l'ourlet de la jupe. Le haut des bras de Francesca était caché par des manches gigot qui se terminaient, bien entendu, par une cascade de soie volantée.

Quand elle s'était regardée dans la glace, elle avait pensé à ces meringues qu'elle servait autrefois à ses invités londoniens pour le dessert.

Ensuite, elle n'avait cessé de changer d'avis, tantôt ravie de se sentir virginale et éthérée, tantôt atterrée et convaincue qu'elle était ridicule, et que Cordier allait s'étouffer de rire en la voyant.

Mais après tout, ne souhaitait-elle pas justement sa mort, si possible dans d'atroces souffrances ?

C'est du moins ce dont elle tentait de se persuader quand il franchit le seuil du salon et que son cœur imbécile s'emballa sous les volants.

Il était très élégant dans sa redingote de laine fine, d'une teinte qui accentuait péniblement le bleu profond de ses yeux et offrait un contraste splendide avec son gilet de soie jaune pâle. Son pantalon moulait ses cuisses musclées. Sa cravate immaculée était nouée de manière très simple, à la perfection, chaque pli tombant exactement là où il fallait. Une épingle à tête d'onyx la maintenait en place.

Mais c'est nu que Francesca l'imaginait. Elle ne parvenait pas à repousser le souvenir de leurs deux corps enlacés à même le sol, la fièvre, l'urgence, la passion primitive, et, plus tard, cette infinie tendresse...

Pourtant il ne lui avait pas vraiment fait l'amour, se rappela-t-elle. Il n'avait fait que son travail.

Cette pensée l'aida à conserver une expression froide et un petit sourire détaché aux lèvres, comme si cette visite n'avait pas plus d'importance pour elle que pour le comte de Magny.

Ce n'était qu'une simple négociation, lui avait dit ce dernier. Et, après tout, elle était une femme d'affaires.

Les salutations furent polies. Les messieurs s'inclinèrent et elle fit une petite révérence, comme la politesse l'exigeait. Cordier et le comte étaient résolus à se conduire en hommes du monde, et Francesca, ex-femme du monde, était tout à fait capable de se couler dans le moule.

« Vous ne faites que cela ! Prétendre, feindre, et mentir. Vous me direz que votre métier consiste à jouer la comédie. Eh bien, c'est la même chose pour moi », lui avait dit Cordier la veille.

Elle sentit son cœur se serrer. Peut-être n'avait-il pas complètement tort. Même si…

Oh, et puis, à quoi bon ? Elle n'arrêtait pas de se revoir en train de sauter dans le canal en camisole pour voler à son secours.

Fallait-il être cruche, tout de même !

La veille, le comte et elle s'étaient une fois de plus querellés quand ils avaient discuté de la conduite à tenir.

— Ne soyez pas puérile, lui avait dit le comte. Cessez de réfléchir avec vos émotions et votre fierté, et utilisez votre raison, bon sang !

Elle n'était plus une enfant. Elle avait enduré des trahisons bien pires : son père l'avait abandonnée au moment précis où elle avait besoin de lui, et son mari l'avait traitée avec une cruauté inouïe, sans que personne s'en soucie.

Elle supporterait aisément cette nouvelle déconvenue, et garderait la tête haute, comme d'habitude.

Très digne, elle joua le rôle de la parfaite hôtesse, un rôle taillé sur mesure et qui lui avait toujours procuré beaucoup de plaisir lorsqu'elle recevait jadis. Elle servit le thé, incita les messieurs à goûter aux délicieuses pâtisseries préparées par le chef cuisinier du comte, et veilla à participer à la conversation qui roula sur des sujets très généraux : littérature, poésie, théâtre, opéra, le tout saupoudré de quelques potins concernant leurs connaissances communes.

Enfin, lorsqu'on eut épuisé les sujets habituels, le comte déclara :

— Monsieur Cordier, vous vous doutez qu'en vous invitant aujourd'hui chez moi, mon but n'était pas simplement de bavarder avec vous.

— Je ne suis sûr que d'une chose : Mme Bonnard serait ravie de m'arracher le cœur – peut-être avec ce grand couteau qui me paraît bien acéré pour découper un simple gâteau – afin de le jeter ensuite aux pigeons de la place Saint-Marc.

Francesca eut un sourire suave.

— Voilà une excellente idée.

— Plus tard, peut-être, intervint le comte. Pour l'heure, Francesca a admis que vous lui étiez plus utile vivant que mort. Je vous garantis qu'il m'a fallu user de persuasion pour l'amener à voir les choses ainsi. Mais enfin, elle et moi sommes enfin tombés d'accord. N'est-ce pas, ma chérie ?

— En effet, acquiesça-t-elle docilement.

Les sourcils de Cordier se froncèrent et une lueur dangereuse s'alluma dans son regard.

Le comte poursuivit :

— Il est évident que Francesca demeurera en danger tant qu'elle gardera en sa possession les objets que vous réclamez. Or, sa sécurité est bien plus importante que se venger de vieilles blessures. Francesca n'a aucune estime pour ses compatriotes qui l'ont indignement traitée, et elle n'a que faire de l'homme qui fut son mari. Pour elle, la balance ne penche d'aucun côté. Qui dit la vérité ? Qui ment ? Peu importe. Mais dans la mesure où vous n'avez pas ouvertement tenté de l'assassiner, je lui ai conseillé de vous remettre ces objets. Après quoi, vous pourrez les donner à qui de droit, les gentils ou les méchants, à votre guise. Tout ce que nous exigeons en retour, c'est que vous quittiez Venise et sortiez définitivement de nos vies.

James était confondu.
Après toutes ces épreuves, ces complications, ces péripéties et tribulations diverses, cela se terminait aussi simplement ?
Ils allaient lui donner les lettres, et il ne lui resterait plus qu'à rentrer en Angleterre, comme il y aspirait tant.
Sa mission accomplie, il en aurait terminé avec Francesca Bonnard.
— Je comprends tout à fait, répondit-il. Et je suis soulagé que vous ayez réussi à convaincre Mme Bonnard de…
Il s'interrompit et regarda la jeune femme. Les volants et ruchés de sa robe lui évoquaient des jupons et des draps froissés. Il la revit se jetant du balcon. Il la revit dans l'eau, cramponnée à un poteau d'amarrage… pour créer une diversion.
Elle-même incarnait une formidable diversion. Elle le détournait de tous ses beaux projets, de son devoir, de la raison.
— Les conditions…
De nouveau, il s'interrompit.
« Allons, Jamie, mon garçon, ne fais pas l'imbécile ! »
— Ces conditions, reprit-il, je ne peux les accepter.
— Quelles conditions ? fit le comte. L'affaire est on ne peut plus simple, il me semble. Nous ne demandons pas d'argent, nous ne formulons aucune exigence. Vous serez libre de vendre ces lettres à cette femme, cette Marta Fazi… ou directement à Elphick.
— Je ne sortirai pas de vos vies, déclara James. Je vais faire ce que j'ai à faire, parce que c'est mon devoir. Mais ensuite, je reviendrai, Francesca.

La jeune femme demeura absolument immobile. S'il n'avait vu les volants frémir sur sa poitrine, il aurait pu croire qu'elle avait cessé de respirer.

James reporta son attention sur le comte de Magny.

— Tous les coups sont permis en amour comme à la guerre, vous le savez. Mais je vais quand même vous avertir, monsieur. Il n'est pas question que je vous laisse le champ libre. Cette femme est peut-être à vous pour le moment, mais je reviendrai la chercher, quel que soit…

Le comte leva les mains.

— Je vous en prie, assez ! Ce que vous dites est révoltant.

— Cela m'est égal, répliqua James. Je ne suis pas français, et cartésien. Je suis anglais *et* italien, et…

— Et vous devez être également aveugle, jeune homme. Vous ne comprenez donc pas que Francesca sera toujours à moi ?

— Non, pas toujours, objecta James, têtu.

— Si, toujours, rétorqua Magny.

— Toujours ! confirma Francesca avec un sourire espiègle.

— Car voyez-vous, monsieur Cordier, enchaîna le comte, c'est ma fille.

# 15

> *Elle était parfaite ;*
> *mais, hélas ! la perfection est insipide*
> *dans ce monde pervers,*
> *où nos premiers parents ne durent*
> *leur premier baiser*
> *qu'à leur exil de ce paradis, séjour de paix,*
> *d'innocence et de félicité (je serais*
> *curieux de savoir à quoi ils employaient*
> *les douze heures de la journée).*
> Lord BYRON, *Don Juan, Chant I*

James devait arborer une expression impayable, il n'avait aucun doute là-dessus. Bouche bée, il regarda le comte, puis Francesca, puis le comte, puis Francesca...

Cette dernière paraissait presque aussi choquée que lui. Son visage avait viré à l'écarlate. Tout à coup, elle bondit de sa chaise.

James se leva également, par réflexe. Il avait de l'éducation. Quand une femme se levait, il l'imitait.

Les yeux verts fusillèrent le comte de Magny.

— Avez-vous perdu l'esprit ? Je vous avais dit que je ne voulais pas...

— Ne me dites pas ce que je dois faire ou pas ! jeta le comte, ou plutôt sir Michael.

Francesca leva les bras au ciel.

— Je n'arrive pas à y croire ! Demain, tout Venise sera au courant. Et alors… alors…

— *Aspetti*, intervint James. Attendez. S'il vous plaît. Vous avez bien dit votre *fille* ?

— Il est impossible ! enrageait Francesca. Quand j'ai besoin de lui, il s'en va. Et quand je me débrouille parfaitement sans lui, voilà qu'il ressurgit et veut à toute force régenter ma vie.

— Votre vie est de la *merde*, ma chérie.

Le comte avait parlé en français, mais James se rappela avoir formulé la même idée en italien quelque temps plus tôt.

Le regard vert flamboyait, passant d'un homme à l'autre.

— C'est faux ! Pourquoi vous obstinez-vous à ne pas comprendre, tous les deux ? J'ai voulu cette vie. J'ai eu des amants, oui, et à une exception près – elle foudroya James du regard –, ils ont tous chèrement payé pour ce privilège. Mais j'ai *toujours* choisi qui je laissais entrer dans ma chambre ! Je n'ai jamais fait quoi que ce soit contre mon gré. Sauf quand j'étais mariée. Quant à ce qui se passe au lit, j'en ai fait moins, *bien moins* que vous deux !

— Ma foi, je l'espère, commenta le comte. Après tout…

— Mais parce que je n'ai pas fait vœu d'abstinence, enchaîna-t-elle, vous osez comparer ma vie à des excréments ? Vous vous trompez. J'ai été heureuse. Et libre. Les seuls grains de sable dans cette belle mécanique… c'est vous. Vous deux. Et vous pouvez aller au diable !

Dans un tourbillon de volants, elle se tourna vers la porte.

— *Un momento*, dit James.

Elle pivota, et lui adressa un regard assassin.

— Quoi ?

— Hum… les lettres ?

Les paupières de la jeune femme se plissèrent.
— Désolé, ajouta-t-il.
— Ma sortie était superbe.
— Oui, je sais. Je suis vraiment navré de l'avoir gâchée.

Francesca retraversa le salon au pas de charge et se laissa tomber sur le canapé, près de la cheminée.

— Sa mère aussi avait la tête près du bonnet, remarqua le comte d'un air d'excuse.

Non, pas le comte, sir Michael Saunders. Pourtant James ne pouvait s'empêcher de penser à cet homme comme à un Français, et à un comte. Peut-être parce qu'il continuait de parler avec l'accent.

— Ma mère, railla Francesca. Elle a bon dos, franchement ! Vous piquez une colère toutes les cinq minutes pour des futilités.

— Ma fille est une courtisane, ce n'est pas précisément ce que j'appellerais une futilité.

— Nos querelles domestiques n'intéressent pas M. Cordier.

— Oh, mais si, ça m'intéresse beaucoup, au contraire, assura James.

— Eh bien moi, cela me fatigue, jeta Francesca. J'en ai assez d'être traitée comme une enfant.

Saunders soupira.

— Si on nous écoutait, nous, pères, nos filles resteraient vierges toute leur vie. Nous les enfermerions toutes dans des couvents si c'était possible. Mais ça ne l'est pas, car ce serait la fin du monde. Enfin, peut-être pas, puisque les canailles réussissent toujours à s'introduire dans les lieux les mieux gardés.

— Et les nonnes en remercient Dieu tous les jours, je parie, déclara Francesca.

Sur ce, elle éclata de rire.

Ce rire irrésistible, si sensuel. Et James eut l'impression que l'intérieur de son être se liquéfiait. Son expression dut se modifier, s'adoucir au point de paraître totalement abrutie.

— Vous êtes une coquine, lança-t-il.
— Je sais.
— Pas étonnant que j'en sois arrivé là où j'en suis.
— Vous êtes entiché. Je vous l'ai dit et répété.
— Je crois que vous avez raison.

Elle agita la main, l'air indifférent.

— Cela m'est égal. C'est votre problème. Mon problème, pour l'heure, est de mettre un terme à cette traque et de faire en sorte que des gens cessent de tenter de me tuer.
— Je comprends. Mais je suis curieux, je l'avoue, à propos de… monsieur, fit James en se tournant vers son père. Personne ne s'est jamais posé de question sur votre titre ? Vous n'avez pas eu de difficultés à vous faire établir un passeport ?

James lui-même endossait des identités différentes sans le moindre problème, ses supérieurs y veillaient. Mais le père de Francesca était censé être mort. Après avoir escroqué massivement ses pairs.

— Si seulement c'était le cas, il ne serait pas ici à me harceler, se plaignit sa fille bien-aimée.

Saunders-Magny lui lança un regard excédé qu'elle soutint sans ciller. C'est à cet instant que James saisit enfin une ressemblance entre le père et la fille, non dans l'apparence physique, mais dans l'allure et les expressions.

Le prétendu comte s'approcha de la fenêtre. Les mains jointes dans le dos, il expliqua :

— La famille de ma mère était française. Le titre de comte appartient en fait à mon cousin. Il existe une certaine ressemblance entre nous, pour ne pas dire une ressemblance certaine. Quand nous étions enfants, nous nous amusions parfois à nous faire passer l'un pour l'autre. Et cela marchait. Nous nous sommes toujours très bien entendus. Aussi, quand mes déboires financiers ont commencé, je suis allé le trouver en France. C'était à l'époque où Napoléon venait de s'échapper de l'île d'Elbe.

James se rappelait fort bien cette période, en particulier le massacre de Waterloo qui avait mis un terme aux ambitions de Bonaparte.

— J'ai aidé mon cousin à lutter contre le Corse, poursuivit Saunders-Magny. Je n'étais guère qu'un messager, je n'effectuais aucune mission complexe, comme vous, Cordier. Mon cousin, en revanche…

Il s'interrompit, secoua la tête avant d'ajouter :

— Mais mieux vaut rester discret. Il suffit de dire qu'il est devenu plus pratique pour mon cousin de me « prêter » son identité pendant qu'il avait affaire ailleurs.

— Vous imaginez combien je suis impatiente que son cousin en ait terminé avec cette mission, commenta Francesca.

Ce disant, elle lança un drôle de regard à son père. Ce fut trop rapide pour que James puisse l'interpréter avec exactitude, mais il y avait là, semblait-il, un mélange de tendresse et d'exaspération.

Cette lueur disparut toutefois comme elle reportait son attention sur lui.

— Mais revenons-en à notre affaire, monsieur Cordier. Vous voudriez savoir ce que j'ai fait des lettres ?

— Oui. Je sais déjà qu'elles ne sont pas chez vous.

Elle sourit.

Ce n'était pas le sourire de la sirène qui tente d'attirer un homme vers sa perte. Ce sourire-là traduisait un réel amusement, ainsi qu'une note de triomphe.

— *Che io sia dannato !* s'exclama-t-il. Que je sois damné ! Elles y sont bel et bien. Espèce de petite diablesse !

— Quand vous connaîtrez ma cachette, vous vous donnerez une gifle en vous traitant d'âne bâté.

— Ce ne sera pas la première fois.

Il songea à toutes les choses stupides qu'il avait faites depuis qu'il la connaissait, toutes les erreurs qu'il avait commises. La veille encore, il s'était lourdement trompé en refusant de lui faire confiance. Il aurait dû courir le risque, en homme, au lieu de se conduire comme un lâche et de retarder l'inéluctable.

« J'ai eu des amants, oui, et, à une exception près, ils ont tous chèrement payé pour ce privilège », avait-elle dit.

C'était effectivement un privilège que de devenir son amant. Et il avait été le plus privilégié d'entre tous puisqu'elle l'avait laissé entrer dans son cœur.

À présent, il se rendait compte que s'il voulait de nouveau conquérir ce cœur, il allait devoir marcher sur la tête.

— Ce ne serait pas la première fois que je me conduirais de façon stupide vous concernant, ajouta-t-il.

— Ce n'est pas moi qui vous contredirai. Je suis très tentée de vous laisser chercher : « Vous chauffez, vous brûlez, vous refroidissez... » Mais nous n'en finirions pas, et j'ai mieux à faire.

Sans lui, sous-entendait-elle.

« Non, pas sans moi, s'insurgea-t-il à part soi. Pas si je peux l'empêcher. »

— Oui, plus tôt ce sera fini, mieux ce sera, opina Saunders-Magny.

« Réfléchis, s'enjoignit James. Réfléchis vite ! »

— Comme je vous l'ai dit, c'est assez compliqué de récupérer ces lettres. Et je ne vais pas vous crier leur cachette à travers la pièce. Venez donc ici, grand benêt, que je vous le chuchote à l'oreille.

L'index recourbé, elle lui fit signe d'approcher.

Il obtempéra.

Puis il s'immobilisa, sourcils froncés. Il réfléchissait. Et réfléchit encore.

— Cordier, il est un peu tard pour vous faire désirer, il me semble.

— Une minute, je réfléchis.

— Vous allez vous fatiguer les méninges. J'ai déjà réfléchi à votre place, *mio caro*. Tout ce que vous avez à faire…

— Ne me le dites pas, coupa-t-il. Je vous en prie, ne me dites rien !

Francesca l'aurait étranglé. Elle était tellement pressée de l'attirer sur le canapé, tout près d'elle, pour le torturer à sa guise, lui parler à l'oreille d'une voix veloutée, attiser son désir. Elle était tellement pressée de le punir pour l'avoir rendue folle d'amour.

— C'est le comble ! s'exclama-t-elle en se levant.

Elle traversa le salon et sortit. Elle entendit ses pas derrière elle.

— *Va via !* cria-t-elle sans se retourner. Fichez le camp. *Vai all'inferno !*

— Ma mère m'a toujours dit que c'est là que je finirai, répondit dans son dos la voix de Don Carlo. Mais en temps voulu, belle dame. Pas avant de nombreuses années, j'espère. Mon tendre postérieur craint beaucoup les méchantes fourches. Et puis, j'ai des choses importantes à faire avant. J'ai un plan, un plan très rusé.

— Je m'en moque !

— Soyez raisonnable, insista-t-il, reprenant sa voix normale, celle de l'Anglais horripilant.

— Je viens justement de décider que la chose la plus raisonnable à faire était de rester à bonne distance de vous.

— Francesca, vous voulez être en sécurité. Votre…

Il s'interrompit, jeta un coup d'œil alentour pour vérifier qu'aucune oreille indiscrète ne traînait, puis reprit en baissant d'un ton :

— Le comte de Magny a dit que le plus important était votre sécurité. Or vous ne serez jamais en sécurité tant que cette femme sera libre de ses mouvements.

Le pouls de Francesca s'emballa.

— N'essayez pas de m'alarmer, se rebiffa-t-elle. Je ne craindrai plus rien quand je vous aurai remis les… les objets en question.

— Je ne les apporterai pas à cette femme. Je ne suis pas de son côté. Et ne dites pas que vous vous moquez de savoir de quel bord je suis ou que cela n'a pas d'importance.

— Soit. Je ne le dirai pas. Mais je le penserai.

— Peu importe. Francesca, s'il vous plaît, je vous demande de m'écouter.

Elle ne voulait pas l'écouter. Il était trop persuasif et elle l'aimait trop. À plusieurs reprises, par sa faute, elle avait agi en dépit du bon sens et enfreint les règles strictes qu'elle avait mis tant de temps à apprendre.

Elle jeta un coup d'œil à la grande arche de marbre, près de l'escalier, à quelques mètres. Elle pouvait courir jusqu'à l'*andron*, sortir dans le jardin, et disparaître rapidement dans le dédale de rues et de venelles vénitiennes… où elle était sûre de se perdre et où, avec un peu de chance, elle tomberait sur des malfrats.

Restait le canal. C'était moins risqué, mais il faudrait attendre qu'on lui prépare une gondole.

Sortie pitoyable.

Elle s'immobilisa sous l'arche, et regarda le bel hypocrite qui l'avait trompée.

— Vous croyez que je ne comprends pas, mais c'est faux, reprit-il. Vous êtes en colère contre l'Angleterre. C'est le Parlement qui accorde le divorce aux aristocrates, et tous ces législateurs vous ont traitée comme la Grande Putain de Babylone. Ils ont détruit votre vie, votre nom. Dans ces conditions, pourquoi feriez-vous le moindre geste pour aider ce gouvernement ? Pourquoi ne pas les laisser avoir le Premier ministre qu'ils méritent ? Elphick, la pire canaille que le monde ait porté.

Elle leva les yeux sur les sculptures délicates qui ornaient le fronton de l'arche : Neptune sur une mer déchaînée, entouré de créatures étranges. En quittant l'Angleterre, elle avait laissé derrière elle la mer déchaînée, du moins l'avait-elle cru. Mais les tourbillons sournois avaient fini par la rattraper et la cerner de toutes parts.

— Je pourrais l'exprimer de manière plus subtile, mais vous avez parfaitement résumé le fond de ma pensée, admit-elle.

— Vous savez que ces... objets ont une grande importance. Vous l'avez toujours su. C'est pour cela que vous les avez conservés toutes ces années, alors même que vous aviez deviné que les posséder pourrait se révéler dangereux un jour ou l'autre.

— Eh bien, aujourd'hui j'ai décidé que le danger était trop grand. Pourquoi risquer ma vie pour l'Angleterre, pour ce gouvernement inique et ces gens immondes ?

— C'était une époque difficile. Comme l'a dit votre... comme l'a dit le comte de Magny, Napoléon venait de s'échapper. Les aristocrates étaient emplis de crainte et de haine. La Terreur était encore dans toutes les mémoires. On redoutait que le Corse ne reprenne le pouvoir et ne tente d'envahir l'Angleterre avec l'aide de certains traîtres à la nation. Tous ces beaux messieurs du Parlement imaginaient déjà leurs femmes et leurs enfants sous la lame de la guillotine...

— Mais je ne fomentais pas une révolution ! J'avais une banale liaison ! Une seule ! Mon mari en a eu des quantités. Il avait une maîtresse officielle avant notre mariage, il l'a gardée ensuite, et elle est toujours à ses côtés aujourd'hui sans que quiconque pense du mal de lui pour autant.

— Je ne suis pas en train de dire que vous avez essayé de renverser la Couronne. Je dis que ces hommes étaient dans un état d'esprit qui a facilité les choses pour Elphick. Un énorme scandale, une femme dépravée… Il a su rediriger la peur et la haine contre vous, une cible clairement identifiable. Vous, ils pouvaient vous régler votre compte. C'était simple. Napoléon et l'instabilité politique constituaient un problème autrement plus complexe. Vous ne voyez donc pas que vous avez servi de moyen de diversion ? Tout le monde avait les yeux braqués sur vous, et du coup, personne n'a remarqué ce que trafiquait Elphick. Ces gens se sont mal conduits, j'en conviens. Ce n'était pas la première fois, ce ne sera pas la dernière. Mais ils avaient tort et, dans votre cas, je sais qu'ils feront amende honorable… si toutefois vous leur en donnez l'occasion.

Francesca n'avait aucune envie de se montrer indulgente envers ceux qui l'avaient dénigrée et humiliée. Mais il est vrai qu'elle n'avait jamais réfléchi au contexte. Cela ne les rendait pas moins haïssables, mais leur comportement lui devenait plus compréhensible.

— Rien ne les empêche de faire amende honorable, répliqua-t-elle. Si vous êtes celui que vous prétendez être, si vous êtes du bon côté…

— Pas « si ». Je veux que vous sachiez, sans le moindre doute, que je ne fais pas partie de vos ennemis. Je ne veux pas que vous en preniez conscience dans six mois, ou dans un an, ou quand cette affaire sera enfin résolue, mais *maintenant*. Je veux vous le prouver, et je crois… oui, je crois que j'ai une assez bonne idée sur la façon dont je vais m'y prendre.

Francesca leva de nouveau les yeux sur Neptune. Puis son regard glissa vers Minerve, déesse de la sagesse, qui protégeait une autre arche. Une femme se montrait-elle jamais sage quand il était question des hommes ? Probablement pas, ou l'espèce humaine n'y aurait pas survécu.

— Vous êtes tellement agaçant, soupira-t-elle. Après tout ce temps, j'ai enfin décidé de me débarrasser de ces satanées lettres, et vous n'en voulez plus.

— Si, je les veux. Mais pas aujourd'hui. Tant que je n'aurai pas démêlé cette affaire, elles seront plus en sécurité là où vous les avez cachées.

— Et moi ? Je suis censée croiser les bras et attendre patiemment que vous mettiez en œuvre votre plan ? Je vais devoir attendre sans savoir quand ni comment cette Fazi frappera de nouveau ?

— Elle a besoin de temps pour rallier des troupes. Cela nous laisse en gros une semaine. Mais je vous promets de ne pas vous faire languir aussi longtemps. Un jour ou deux, c'est tout ce que je vous demande.

Quel choix avait-elle, de toute façon ?

— Très bien. Démêlez votre affaire. En attendant, je rentre chez moi. J'ai assez supporté mon... Magny. Et si vous avez deux sous de bon sens, vous vous tiendrez à l'écart de ma route tant que vous n'aurez pas quelque chose qui en vaille la peine à me dire.

Le lendemain, James se rendit au palais des Doges pour y rencontrer le comte de Goetz. Celui-ci conservait une attitude défiante à son égard.

— Nous avons de nouveau interrogé le dénommé Piero, lui dit-il. Naturellement, nous avons envisagé la possibilité qu'il vous ait menti sur ses motivations.

Il serait du sud de l'Italie, comme semble l'indiquer cet abominable dialecte dans lequel il s'exprime. Cette Marta Fazi est du Sud, elle aussi. Que ces deux-là soient à Venise en même temps n'est sûrement pas une coïncidence. Pourtant, il persiste à clamer qu'il n'a jamais entendu parler d'elle. Il s'accroche à son histoire comme un chien à son os.

« Je sais qu'il ment. Mais que faire ? Le suspendre par les pouces ? Il y aura toujours quelqu'un pour se plaindre de nos méthodes brutales et pour prononcer des discours enflammés sur une place publique. Et dans la foulée, qui sait ? déclencher une insurrection. Ces Italiens sont butés et prompts à s'énerver.

— À mon avis, il est bien moins buté que terrifié, fit remarquer James.

Goetz le dévisagea un moment, avant de lâcher :

— Quelle différence cela fait-il ? De toute façon, il reste muet comme une tombe.

Même si Piero avait parlé aux Autrichiens, ceux-ci n'auraient compris qu'un mot sur vingt. Et encore.

— Je me demandais si, par hasard, vous me laisseriez faire une tentative, hasarda James.

— Non ! déclara Goetz, d'un ton catégorique.

Deux heures plus tard, James retourna au palais des Doges, cette fois en compagnie du prince Lurenze.

Étrangement, Goetz se montra beaucoup plus aimable et désireux de faire tout ce qui était en son pouvoir pour satisfaire Son Altesse, ce qui ne l'empêcha pas de gratifier James d'un regard noir.

Il y avait certains avantages à compter une tête couronnée parmi ses amis.

— J'aimerais comprendre, dit Lurenze, pourquoi M. Cordier n'est pas autorisé à faire une tentative là où vos services ont échoué. S'il obtenait des informations, celles-ci nous permettraient peut-être d'éviter qu'il arrive malheur à Mme Bonnard.

Goetz entreprit de citer quelques lois concernant les prisonniers et les étrangers.

Lurenze leva la main pour l'interrompre.

— Expliquez-moi, quelle est la loi qui interdit de protéger une dame et de capturer les dangereux malfrats qui la menacent ?

Goetz baissa les yeux sur son bureau impeccablement rangé. Il serra les mâchoires.

Il n'était guère difficile de deviner ses pensées.

Les Autrichiens semblaient avoir la mainmise sur le nord de l'Italie, mais en réalité, c'était la loi austro-hongroise qui prévalait. Et Goetz n'ignorait pas que le prince héritier de Gilénie venait de demander en mariage une certaine dame hongroise de haute naissance.

Le gouverneur de Venise serait mal avisé d'offenser le prince, surtout à propos d'une affaire aussi vénielle. Après tout, il ne s'agissait que d'accorder à l'un de ses amis quelques minutes en tête à tête avec un prisonnier.

Après mûre réflexion, le comte décida qu'il n'était pas sûr d'avoir correctement interprété la loi en question.

— Vous pouvez tenter votre chance, monsieur Cordier. Mais vous allez me donner votre parole de gentleman de me répéter tout ce que Piero vous aura dit.

— Mais certainement, assura James sans sourciller.

Gentleman ou pas, ce n'était ni le premier ni le dernier mensonge qu'il proférait. D'ailleurs, ce n'en était peut-être pas un, car après tout Goetz n'avait pas spécifié *quand* il devrait le lui dire.

James était venu à plusieurs reprises au palais des Doges. Lors de son précédent passage, le gouverneur, mieux disposé à son égard, lui avait fait visiter les lieux. Mais ils n'avaient pas pénétré à l'intérieur de la prison, Goetz ayant ordonné que le captif leur soit amené.

Cette fois, James irait trouver Piero dans son cachot.

Lurenze insista pour l'accompagner, au cas où on lui ferait des difficultés, argumenta-t-il.

— Je n'aime pas l'attitude qu'a le gouverneur vis-à-vis de vous, ajouta-t-il après qu'ils eurent quitté un Goetz clairement contrarié. Il est hostile. Si je reste dans les parages, il n'osera pas inventer je ne sais quelle loi stupide pour vous mettre les bâtons dans les roues, et peut-être vous jeter en prison, vous aussi.

Enfin, quelqu'un avait confiance en lui, songea James. L'ironie étant qu'il s'agissait d'un rival. Même si la rivalité ne semblait plus aussi exacerbée entre eux.

James avait écumé tout Venise à la recherche de Lurenze, pour finalement le débusquer dans sa gondole, en route pour la demeure du comte de Magny. Lurenze était en compagnie de Giulietta, et tous deux avaient l'air dans les meilleurs termes, même si la jeune courtisane s'obstinait à donner au prince les titres honorifiques les plus grotesques tels : « Votre Célestialité », « Votre Luminescence » et autres sottises que Lurenze tolérait sans broncher.

En cet instant même, son visage absurdement beau demeurait empreint de gravité, alors que les deux hommes suivaient le garde qui devait les conduire à Piero.

Le chemin qui menait du palais ducal à la prison n'était pas fait pour alléger l'humeur. Ils commencèrent par emprunter un passage sombre et étroit, au sol inégal, qui menait au Pont des Soupirs. Vu de l'extérieur, la structure voûtée était magnifique. À l'intérieur, l'atmosphère lugubre expliquait comment l'édifice avait gagné ce nom.

Deux couloirs couraient sur toute sa longueur. Deux hautes fenêtres dotées de grilles laissaient à peine passer la lumière du jour. Le garde les précédait, une bougie à la main. Ils empruntèrent un escalier qui s'enfonçait dans les profondeurs de la ville, vers les sinistres geôles connues sous le nom de *pozzi*, les puits.

Le garde avait manifestement l'habitude de jouer les guides. Tout en marchant, il leur expliqua qu'il y avait en tout dix-huit cellules aménagées sur plusieurs étages. Elles faisaient un peu plus de trois mètres de long sur deux de large, précisa-t-il. Leur plafond était voûté, il n'y avait qu'une seule petite ouverture. Les plus basses se trouvaient au niveau du canal.

L'homme désigna des trous pratiqués dans les murs de pierre. Ceux-ci, indiqua-t-il, servaient à fixer les barres auxquelles les prisonniers étaient parfois suspendus. Il attira également leur attention sur des niches noircies de suie. Ici, les bourreaux posaient leurs lampes, afin de bénéficier d'un bon éclairage pour travailler. Avec une jubilation évidente, il expliqua encore pourquoi le dallage était sillonné de rigoles. Quand on écartelait un criminel, le sang qui coulait était récupéré et finissait dans le canal. Il montra dans la foulée la porte par laquelle les cadavres étaient jetés directement dans des bateaux pour être emmenés à la fosse publique.

— On m'avait dit que cette prison était moderne, fit remarquer Lurenze. On l'appelle bien *Prigioni Nuove*, non ? La nouvelle prison ?

— Elle était moderne il y a deux cents ans, au moment de sa construction, rétorqua James.

— C'est tout à fait barbare !
— Oh, j'ai vu pire.

Finalement, ils atteignirent le cachot dans lequel Piero avait été jeté pour réfléchir à ses crimes, ainsi qu'à l'opportunité de révéler aux autorités ce qu'elles voulaient savoir.

L'homme avait été laissé dans le noir complet. Lorsque le garde ouvrit la porte, la puanteur qui s'échappa de l'intérieur les prit à la gorge.

Lurenze recula en titubant.

— Seigneur, c'est abominable !
— Vous n'êtes pas obligé d'entrer, lui dit James. C'est exigu là-dedans, nous allons être les uns sur les autres.
— Non, je viens. Laissez-moi juste un instant... Voilà, je suis prêt, annonça le prince en carrant les épaules.

Lurenze était peut-être prince, et gâté, mais il avait du cran.

Il valait cependant mieux ne pas faire traîner les choses en longueur. Même s'il faisait preuve de vaillance, Lurenze n'avait pas l'habitude des cellules pestilentielles. Il était susceptible de s'évanouir ou de vomir tripes et boyaux. Et ce n'était pas la meilleure façon d'inspirer de la crainte ou du respect au prisonnier.

— Comme vous voudrez, Votre Altesse, dit James, qui ajouta en baissant la voix : Je vous conseille toutefois de rester près de la porte. Vous pourrez respirer plus librement, car une petite ouverture se trouve juste au-dessus. Et vous devez me donner votre parole de ne pas parler, à moins que je ne m'adresse à vous, auquel cas vous me laisserez diriger la manœuvre. C'est une question de vie ou de mort.

— Oui, bien sûr, acquiesça Lurenze.

James annonça au garde qu'ils étaient prêts. L'homme alluma la lampe du couloir et tendit la chandelle à James. Ce dernier entra, Lurenze sur les talons.

La porte se referma en grinçant dans leur dos.

Une semaine passée dans ce trou à rat avait fait de Piero une loque. La vue de James, qui aurait dû le terrifier, ne provoqua chez lui qu'une vague grimace. Recroquevillé dans un coin, il fixait ses pieds nus couverts de crasse.

Obéissant, Lurenze se campa près de la porte. James se demanda combien de temps le prince tiendrait. La puanteur était insoutenable.

Il ne fallait pas perdre une minute.

Il en vint directement au fait et déclara dans un italien sans fioritures :

— Nous cherchons Marta Fazi.

— Jamais entendu parler, grogna Piero.

— C'est bien dommage, parce que je détiens quelque chose qu'elle désire. Quelque chose que la dame anglaise possédait. Pas des bijoux. Des documents.

Piero ne répondit pas, mais se raidit de manière notable.

— Je sais que Marta Fazi veut ces lettres, poursuivit James. Je peux les lui vendre, ou bien les vendre au gouvernement britannique.

— Qu'est-ce que ça peut me faire ? rétorqua Piero.

— Je vais te le dire. Si je n'arrive pas à trouver Marta, je vendrai ces lettres à l'autre camp. Quand elle l'apprendra, quand elle saura que tu avais l'occasion de les lui procurer et que tu n'en as rien fait...

Piero commença à frotter nerveusement les pieds sur le sol.

— ... elle risque de ne pas être très contente, acheva James.

Pas de réponse.

— Et à mon avis, même ici, tu ne seras pas à l'abri de sa colère.

Le silence se prolongeait, mais quelque chose avait changé. À présent, la peur de Piero était palpable.

James enfonça le clou.

— Très bien. Tu as toujours dit que tu ne savais rien, que tu ne connaissais pas cette femme. C'est peut-être vrai, après tout. Et dans ce cas, il est injuste de te détenir ici. Je vais demander qu'on te libère.

Du coin de l'œil, il vit Lurenze écarquiller les yeux. À son crédit, celui-ci ne fit aucun commentaire. De crainte peut-être de vomir s'il ouvrait la bouche...

Piero avait tressailli et levé les yeux sur James. L'expression morne et indifférente qu'il arborait à leur entrée avait laissé la place à la peur.

— Ils me laisseront jamais sortir, marmotta-t-il.

— Bien sûr que si, répliqua James d'un ton léger. Sois tranquille, je leur dirai que, finalement, après t'avoir mieux regardé, je me suis rendu compte que j'avais commis une méprise, que tu n'es pas l'homme qui s'est attaqué à la dame anglaise.

— Je peux rien vous dire ! Je sais rien !

Piero était encore trop terrifié par Marta pour révéler ce qu'il savait.

— C'est très ennuyeux, fit James. Je n'ai pas l'intention de m'éterniser dans ce trou puant, et j'en ai assez de toi. J'ai essayé de te raisonner, malheureusement tu n'es pas raisonnable. Alors voilà ce que je vais faire : je vais faire courir le bruit que tu as trahi Marta Fazi et que pour te récompenser, les autorités t'ont libéré.

James glissa un coup d'œil à Lurenze. Dans la pénombre, il était difficile de discerner ses traits, mais on aurait juré que son teint avait viré au vert.

— Votre Excellence, serait-il possible que vous usiez de votre influence pour faire libérer cet homme ? s'enquit James.

— Naturellement, haleta Lurenze.

— Je peux rien dire ! Je sais rien ! s'entêta Piero. Mais sa voix était montée d'une octave.

— Les rumeurs vont si vite à Venise. Si Marta Fazi est dans les parages, elle apprendra dès demain que tu l'as trahie, peut-être même avant. Je devrais pouvoir te faire libérer d'ici deux ou trois jours. Tu auras peut-être le temps de filer avant qu'elle ne te mette la main dessus. Mais peut-être qu'elle t'attendra devant la porte de la prison. À moins qu'elle ne t'envoie l'un de ses hommes. Il y a plusieurs possibilités.

— Vous êtes le diable, gronda Piero. Mais le nom que vous avez dit... c'est le diable, elle aussi.

— Je veux juste que tu lui fasses parvenir un message.

Il y eut un silence durant lequel Piero parut réfléchir, puis :

— Ça, je peux peut-être le faire. Mais renvoyez-moi l'autre gars, là, avant qu'il me dégobille dessus !

# 16

*Mais hélas ! qui peut aimer et rester sage ?*
Lord BYRON, *Don Juan, Chant I*

En réponse au message de James, envoyé peu de temps après son entrevue avec Piero, Francesca accepta de le recevoir le lendemain matin, un vendredi, à 10 heures.

La première chose qu'il remarqua en entrant dans le salon infesté de *putti* fut sa pâleur. Elle n'avait pas l'air d'avoir beaucoup dormi. Ou peut-être était-ce sa tenue qui la faisait paraître si blême.

Elle portait une sobre robe blanche à col haut agrémentée de quelques broderies vert pâle. Elle n'avait aucun bijou et ses cheveux étaient en partie dissimulés sous une espèce d'écharpe de dentelle. Une tenue qu'on se serait attendu à voir sur une jeune fille innocente, et qui, du coup, soulignait la sensualité de celle qui la portait, l'exotisme de ses yeux en amande, sa bouche pulpeuse, sa silhouette aux courbes voluptueuses.

Le résultat était saisissant... et séduisant.

— Je croyais que vous ne vous leviez jamais avant midi ? s'étonna-t-il sans s'embarrasser de formules de politesse.

— D'ordinaire, oui. Mais je suis impatiente d'en finir avec tout cela.

Il la rejoignit et s'empara de ses mains.
— Ma chère, je suis un monstre. J'aurais dû vous envoyer un mot dès hier, ne serait-ce que pour vous faire savoir quelles étaient mes intentions. Mais je ne suis pas habitué à… à…
— À rendre des comptes à une femme ?
Elle semblait sincèrement amusée. Était-il sur la voie du pardon ?
— Pas depuis l'époque où ma mère me demandait quel mauvais coup je mijotais, admit-il.
— Quand vous aviez huit ans ?
— Dix-huit. Vingt-huit. Chaque fois qu'elle me voit, elle exige un rapport complet.
— Et je parie que vous lui obéissez au doigt et à l'œil.
— Bien sûr. Comme tout homme qui se respecte, j'ai peur de ma mère.
— Horrible charmeur. Vous êtes déterminé à me séduire, même lorsque j'ai du mal à garder les yeux ouverts et que cela me met en rogne. C'est vraiment inhumain de me tirer du lit si tôt !
— Pourquoi ne pas y retourner ? Avec moi.
— Vous pouvez toujours rêver. Tout votre charme ne suffira pas à accomplir un tel prodige.
Elle dégagea ses mains des siennes et s'éloigna. Et c'est seulement à cet instant, alors qu'il la suivait du regard, qu'il remarqua enfin ce qui clochait dans la pièce.
Cela crevait pourtant les yeux : une haute échelle était appuyée contre le mur opposé aux fenêtres. James n'y avait pas prêté attention en entrant parce que c'était elle qu'il cherchait et qu'il n'avait vu qu'elle dès qu'il avait franchi le seuil.
Il la vit s'emparer d'un objet étroit posé sur une table, et s'approcha pour voir de quoi il s'agissait.
— Un coupe-papier ?
— Quelle perspicacité.

Une flamme malicieuse pétillait dans les yeux verts.

Il considéra l'instrument à la lame acérée, puis l'échelle, puis tous ces *putti* dodus qui gambadaient au plafond.

— J'ai regardé partout, dit-il. J'étais sûr qu'elles étaient cachées près des angelots. Et croyez-moi, je me suis donné du mal. Je ne sais pas combien il y a de figure de plâtre dans cette maison ! J'ai pensé que vous auriez pu les glisser entre les jambes d'une des quatre vestales qui retiennent les draperies de plâtre dans les angles. Je vous imaginais bien faire ce genre de farce. Mais non, je n'ai rien trouvé, ni là ni ailleurs.

— Je sais. Je savais que vous regarderiez là, et que vous ne trouveriez rien. Mais vous brûlez. Voulez-vous me tenir l'échelle, s'il vous plaît ?

— L'échelle ? Vous ne comptez pas grimper dessus, j'espère ?

Elle lui décocha un regard exaspéré.

— Une fois, une seule, j'aimerais pouvoir faire quelque chose sans avoir à me quereller avec vous, articula-t-elle.

— Vous n'en faites qu'à votre tête. Tout le temps. Vous agissez avant que quiconque ait le temps de se quereller avec vous. En sautant dans le canal, par exemple.

— Je n'ai pas l'intention de sauter de l'échelle, si c'est cela qui vous inquiète. Cela n'aurait rien d'amusant, sauf si je vous tombais dessus, et brisais votre tête de mule. Allez-vous me tenir cette échelle, oui ou non ?

— Qui vous l'a tenue la première fois ?

— Personne. Je ne voulais surtout pas de témoins. Je l'ai fait la nuit, pendant que les domestiques étaient au carnaval. J'ai déplacé les tables les plus lourdes pour la coincer. Je pourrais certes recommencer, mais j'ai pensé que vous seriez content de regarder sous mes jupes.

Le plafond était très haut, l'échelle immense. Ce n'était pas raisonnable. Mais elle était têtue et il n'était qu'un homme.

— Bon, si vous le prenez comme ça...


James résista héroïquement à l'envie de butiner ses fines chevilles lorsqu'elles passèrent dans son champ de vision. Il se contenta d'admirer. Il lorgna ses mollets autant qu'il le put, mais il n'y avait pas assez de chair visible à son goût.

Bientôt, elle se mit à l'œuvre et, fasciné, il la regarda insérer le coupe-papier dans un joint de plâtre.

Il avait eu raison de suspecter que le choix de la cachette témoignerait d'un sens de l'humour particulier. Car Francesca venait de s'attaquer au postérieur rebondi d'un angelot qui semblait se dissimuler à demi sous une tenture de plâtre.

Quelques morceaux de plâtre tombèrent sur la tête de James. Il se demanda pourquoi il n'y avait pas pensé : elle s'était contentée de loger le rouleau de lettres dans une crevasse opportune, puis de couvrir l'ensemble avec une fine couche de plâtre. Enfantin ! L'artiste qui avait exécuté ces sculptures aurait peut-être remarqué quelque chose, mais même un œil exercé comme celui de James n'avait rien décelé. Il avait cherché des documents, des feuilles de papier, or la tranche du rouleau recouverte de plâtre donnait seulement l'illusion d'un pli ornemental de plus dans les tentures.

Tout en dégageant l'objet avec précaution, Francesca expliqua :

— Ne craignez rien, elles ne risquent pas d'avoir été abîmées. J'en ai pris grand soin. Je les ai enveloppées dans du tissu huilé pour les préserver de l'humidité, puis je les ai encore entourées d'un tissu rugueux afin que le plâtre adhère bien.

— J'avais entendu dire que les grandes courtisanes de Venise étaient très cultivées et possédaient de multiples talents, mais j'ignorais qu'elles savaient aussi gâcher du plâtre.

— À la grande époque, elles étaient toutes blondes, le saviez-vous? La teinte à la mode alors était un blond doré tirant sur le roux: le blond vénitien. Et celles qui n'avaient pas la chance d'avoir cette couleur au naturel utilisaient des artifices assez effrayants pour se décolorer.

— Ne touchez surtout pas à vos cheveux, je les aime comme ils sont. Mais ces beautés dont vous parlez sculptaient-elles le plâtre?

— Elles l'auraient pu. En Angleterre, de nombreuses dames le font. Nous apprenons cela en classe. Travaux artistiques. Nous collons des coquillages sur les murs, nous décorons des fausses grottes, nous faisons des masques.

Des petites particules de plâtre continuaient de pleuvoir sur le crâne de James. Enfin, Francesca saisit l'extrémité du rouleau et parvint à l'extirper hors de sa cachette. Puis, les yeux brillants, le visage empourpré, elle redescendit de l'échelle.

James s'écarta pour lui permettre de poser les pieds sur le sol.

— Voilà, dit-elle en lui tendant le paquet auquel des morceaux de plâtre étaient restés accrochés.

Il s'en empara. Après tout ce temps et tous ces ennuis, il les tenait enfin! S'il avait eu l'occasion de fouiller de nouveau la maison, jamais il ne les aurait dénichées.

Son regard vola vers le plafond, vers la paire de fesses rebondie qui dépassait du pan de rideau. Il ne manquait que quelques éclats de plâtre. Rien ne laissait supposer que quelque chose était caché là un instant avant. Le mur était vieux, craquelé, jauni, les moulures étaient toutes plus ou moins ébréchées. Qui l'aurait deviné ?

— La seule chose que je redoutais, c'était un incendie, avoua Francesca. Voilà pourquoi je me suis affolée l'autre nuit.

Il hocha la tête sans répondre.

— Quoi ? fit-elle. Seriez-vous enfin réduit au silence ?

Il croisa son regard, vit l'éclair de triomphe dans ses yeux, son amusement et... le fantôme.

— Il n'y a que vous pour cacher des documents top secret dans les fesses d'un angelot, observa-t-il. Vous êtes vraiment unique.

— Je sais, oui.

Elle recula, fit un petit signe de la main.

— Et maintenant, disparaissez avec vos précieuses lettres et faites ce que vous avez à faire.

Il ne bougea pas.

Il regarda le rouleau de lettres, puis la jeune femme moulée dans sa robe de jeune fille sage qu'elle parvenait à rendre provocante.

Elle s'était montrée plus futée que tout le monde, plus futée que son ex-époux pervers et que les meilleurs agents du gouvernement britannique. Elle était courageuse, voire stupidement téméraire, comme il fallait l'être parfois. Elle avait connu la honte et la désolation, et avait su transformer sa disgrâce en un étourdissant succès.

Il se remémora l'état d'esprit dans lequel il était à son arrivée à Venise : immensément las, de corps et d'esprit, et dégoûté de tout.

Aujourd'hui, il n'était plus le même homme.

Grâce à elle.

Parce qu'il était tombé amoureux, bêtement, éperdument, incurablement amoureux.

Mais s'il le lui disait, elle ne le croirait pas et il ne pourrait le lui reprocher.

Alors il dit à la place :

— Ce que j'ai à faire... commença-t-il, je me demandais si vous aimeriez le faire avec moi.

Elle l'étudia un moment, avant de demander :

— Y a-t-il dans vos propos un sous-entendu que je devrais saisir ? Pardonnez-moi si je ne le comprends pas, mais il est très tôt pour moi.

— Il n'y a aucun sous-entendu. Je vous ai dit que j'avais un plan, sans vous fournir de détails. Aimeriez-vous être ma complice ?

Le visage de la jeune femme s'illumina, exactement comme le soir où elle avait évoqué lord Byron, alors que James était déguisé en don Carlo.

— Cordier, c'est la première fois depuis ce matin que vous faites preuve d'un semblant d'intelligence ! s'écria-t-elle.

— Dois-je prendre cela pour un « oui » ?

Elle se jeta dans ses bras, le heurta si fort qu'il en lâcha le paquet de lettres. Il n'en avait cure. Le forçant à incliner la tête, elle l'embrassa férocement, et il lui rendit son baiser avec la même énergie, en espérant qu'il n'était pas en train de commettre la plus grave erreur de sa vie.

*Cette nuit-là*

Il n'était pas difficile de se cacher à Venise, pour peu qu'on soit un peu malin, qu'on sache où aller, et que l'on soit de nature sociable.

Malheureusement, ce n'était pas le cas de Piero.

Il n'aurait pas fini dans les *pozzi* s'il n'avait pas essayé de voler une gondole. Il ignorait que les manœuvres dans les canaux exigeaient une certaine habileté, et combien les gondoliers tenaient à leurs ridicules esquifs.

Marta Fazi aurait dû le prévenir. Contrairement à lui, elle avait beaucoup voyagé, surtout en temps de guerre, et ce n'était pas la première fois qu'elle mettait les pieds à Venise. Elle avait de l'argent et avait loué une chambre confortable dans une maison du quartier du Rialto.

Lorsque Piero vint frapper à sa porte, elle l'accueillit comme un fils prodigue.

Piero n'était peut-être pas un intellectuel, mais il n'était pas idiot au point de croire qu'elle était réellement heureuse de le voir. Il savait en revanche qu'elle avait désespérément besoin d'hommes pour grossir ses troupes dévastées après les arrestations massives qui avaient eu lieu la nuit du simulacre d'incendie.

Ainsi donc, à moins que Marta ne pique l'une de ces colères dont elle était coutumière, il n'avait pas à redouter de finir découpé en rondelles.

Elle s'assit à une petite table, dans la chambre plutôt coquette. Il y avait là deux autres sièges et un tapis sur le sol. Un feu flambait dans la cheminée. Piero savait que, ces derniers temps, Marta s'était habituée à un certain luxe et que tout cela devait lui paraître assez spartiate. Cela dit, elle avait vécu dans la rue autrefois, et elle était capable de s'adapter à n'importe quel milieu.

Pour l'heure, elle sirotait du vin dans un joli verre à pied. Il l'avait déjà vue boire à même le goulot. Elle n'alla pas jusqu'à lui proposer de boire avec elle, mais elle ne s'empara pas non plus du couteau posé sur la table, près de la bouteille. Elle l'écouta patiemment expliquer pourquoi le gouverneur l'avait relâché.

— C'est à cause de l'Anglaise. Elle a peur de vous, conclut-il.

— Pourquoi ? Elle ne me connaît pas. Tu n'as pas eu la bêtise de parler de moi, n'est-ce pas ?

Il secoua la tête.

— Non, non. Ce sont eux qui ont prononcé votre nom, enfin, un des étrangers, la première nuit. Après, ç'a été le gouverneur. Chaque fois, j'ai répété que j'avais jamais entendu parler de vous. Seulement ce soir, quand ils m'ont dit ce qu'ils voulaient que je fasse, je leur ai répondu que je pourrais essayer de vous faire passer un message.

Marta baissa les yeux sur le couteau dont la lame luisait à la lueur de la lampe.

— Piero, j'espère que tu ne t'es pas fait berner encore une fois.

— Un de leurs hommes a essayé de me suivre, mais je l'ai semé dans la foule, près de l'opéra.

Il ne précisa pas qu'avant cela et aussi après, il s'était lui-même égaré à plusieurs reprises.

— Les gens ne se sont donc pas écartés sur ton passage ? s'étonna-t-elle. Tu empestes autant qu'un poisson mort depuis huit jours.

— Désolé pour l'odeur. J'ai pas eu le temps de me laver. Je suis venu aussi vite que possible. Quand je vous aurai tout expliqué, vous me direz si j'ai eu raison ou pas.

Marta attendit en silence.

— Je savais que vous vouliez à tout prix des papiers de cette Anglaise. Et un des étrangers connaissait aussi ces papiers.

— Forcément. Sinon, mon ami anglais ne m'aurait pas demandé de lui rendre ce petit service.

— Les deux qui sont venus me voir ce soir voulaient pas vous donner les lettres. Mais l'Anglaise a peur que vous la pourchassiez où qu'elle aille. Elle fait faire ce qu'elle veut à ses amis. Le prince – celui qui a les cheveux blonds – est un de ses amis.

— Ah oui, je l'ai vu. Très mignon.

— C'est lui qui m'a fait libérer. Il s'est disputé avec l'autre, un grand type brun. Celui-là, il est terrible. Pour passer le temps, j'imaginais toutes les façons possibles de le tuer.

— Pauvre Piero ! Le temps passe lentement en prison. Je suis au courant.

Elle l'aurait laissé pourrir sur place et n'aurait pas bronché si on était venu l'avertir qu'il avait été pendu ou guillotiné. Mais il fallait avouer que Piero aurait réagi de même s'il avait appris qu'elle avait échoué dans les *pozzi*. C'était chacun pour soi, pas vrai ?

— Le prince pense seulement à l'Anglaise, il se fiche du reste. Il veut pas qu'il lui arrive malheur. Il dit que vous êtes un fléau.

Marta eut un rire bref.

— Un fléau ? C'est vrai. Mais je ne le serais pas autant si mes hommes m'obéissaient. Nous aurions dû mettre la main sur ces papiers dès la première nuit. Mais il a fallu que Bruno et toi, vous vous amusiez avec la putain.

Elle leva son verre et scruta Piero par-dessus le bord.

— C'était la faute de Bruno ! C'est lui qu'a pas suivi vos ordres ! protesta Piero.

— Et tu as été assez bête pour te faire prendre. Il faut vraiment être le dernier des crétins pour voler une gondole.

Piero haussa les épaules.

— Voilà ce qui se passe quand on travaille avec des outils de mauvaise qualité, maugréa-t-elle. Je suis entourée d'une tripotée d'incapables. Tout ça pourquoi ? Parce que mes meilleurs éléments sont en prison ou infirmes. À cause de ce fumier.

Elle allait s'énerver, se mettre en colère et, comme d'habitude, fulminer contre le beau garçon qui l'avait séduite avant de la délester de ses émeraudes et d'estropier ses hommes.

Résigné, Piero attendit la diatribe qui ne manquerait pas de suivre.

— Tout va de travers ! Cette ville de rien du tout, minuscule, ridicule... je la déteste ! Il y a plus de rats que de gens, ici ! Et même pas de vraies rues ! Pour faire dix coudées, il faut prendre un bateau et supporter les âneries que débitent ces stupides Vénitiens à longueur de journée. J'étais déjà venue ici et je m'étais promis de plus jamais y remettre les pieds. Et pourtant...

Elle remplit son verre, but plusieurs gorgées avides, avant de reprendre :

— J'ai affronté pire pour des récompenses moindres. Mais cette fois...

Elle laissa sa phrase en suspens. Son regard furibond se fixa sur Piero, puis elle demanda :

— Et qu'est-ce qu'elle me propose pour que je m'en aille ? Elle croit qu'un gros pot-de-vin suffira ?

— Elle vous offre les papiers que veut votre ami anglais.

— C'est tout ?

— C'est ce qu'ils m'ont dit.

— À d'autres ! Je renifle le piège... ou est-ce que c'est seulement toi, cette odeur de putréfaction ?

De nouveau, Piero haussa les épaules.

— Je sais pas. Je répète juste ce qu'ils m'ont dit. Ils ont dit aussi que l'Anglaise se doutait que vous lui feriez pas confiance. Alors elle vous propose de choisir vous-même le lieu et l'heure. Comme ça, vous serez sûre qu'il y a pas d'entourloupe. Donnez-lui vos instructions, elle obéira. Mais comme elle a peur de vous, elle viendra avec un homme pour la protéger.

— Quel homme ?

— J'en sais rien. Un de ses amants. Sans doute le prince. Il la suit partout comme un petit chien.

Marta s'était radoucie. Elle agita la bouteille dans sa direction.

— Tiens, viens boire un coup pendant que je réfléchis à tout ça.

Piero dénicha un verre, se servit une fois, puis une autre.

Au bout d'un moment, elle reprit :

— Je sais ce que je vais faire. Il y a un petit risque, mais c'est toujours le cas, pas vrai ? Dis-moi Piero, tu sais ce que valent ces papiers ?

— Très cher, j'espère. Avec tout ce mal qu'on s'est donné !

— Quand mon ami anglais les aura récupérées, il n'y aura plus aucun obstacle sur sa route. Il sera comme... comme un roi. Et il me récompensera, comme il l'a toujours fait. Mais cette fois, en plus, il fera de moi une dame. Je serai remerciée... comment il dit, déjà ? Ah oui, pour « service rendu à la Couronne ».

Elle éclata de rire.

— Et toutes ces belles dames s'inclineront devant moi en m'appelant « Votre Excellence ». Oh, j'adorerais voir l'Anglaise ramper à mes pieds !

Marta remplit le verre de Piero, puis le sien, avant de reprendre son monologue :

— Rien que pour ça, cela vaudrait la peine de la laisser en vie. Pourtant, ce n'est pas l'envie qui me manque de lui refaire le portrait...

Elle saisit son couteau, le fit tourner dans sa main et regarda le reflet de la lampe danser sur la lame.

Piero s'empressa de vider son verre.

Marta caressait le plat de la lame du pouce.

— Nous verrons, dit-elle finalement. Nous verrons bien comment les choses se passent, hein ?

— Nous ? répéta Piero, ahuri, avant de regarder autour de lui.

— Oui. Toi et moi. Elle a dit qu'elle amènerait un homme. Eh bien, je vais en faire autant. Et s'il s'avère que c'est un piège, et que tu m'as trahie…

Avec un froid sourire, elle lâcha :

— Je suis rapide. Pour courir et pour lancer mon couteau. Alors prie très fort pour ne pas t'être fait berner encore une fois, Piero.

*La nuit suivante*

Le métier de Cordier n'était pas de ceux qu'elle aurait choisis, songeait Francesca. D'abord, il fallait attendre des heures durant, et elle n'était guère patiente. Elle n'avait pas l'habitude d'attendre le bon vouloir de qui que ce soit, encore moins celui de voleurs et d'assassins. Elle n'aimait pas cela.

Giulietta et Lurenze s'étaient joints à eux pour le dîner, mais ensuite, le prince avait dû se rendre à une célébration officielle à laquelle il était obligé d'assister. Giulietta avait proposé de rester avec Francesca, mais Cordier l'avait encouragée à accompagner le prince.

— Il ne se passera sûrement rien ce soir, lui avait-il dit, et cette réception sera moins ennuyeuse pour Son Altesse si vous êtes auprès de lui.

Assurés qu'ils seraient prévenus à la moindre alerte, Lurenze et Giulietta étaient partis une heure plus tôt.

Francesca et Cordier se trouvaient à présent dans le boudoir. La jeune femme était en train d'écrire une lettre à lord Byron, mais avait beaucoup de mal à se concentrer à cause de Cordier qui lui posait sans cesse des questions et venait regarder par-dessus son épaule toutes les cinq minutes.

Il avait commencé par se prélasser sur le canapé, et Francesca en avait déduit qu'ayant l'habitude d'attendre, il allait s'octroyer une petite sieste. Mais dès qu'elle s'était assise devant le secrétaire, il avait paru très intéressé et s'était relevé.

Sentant sa présence dans son dos, elle posa sa plume et suggéra :

— Vous devriez peut-être aller attendre chez vous. Si je reçois un message, je vous ferai prévenir dans la minute.

— Comme je l'ai dit à Lurenze, je doute que nous ayons une réaction aussi rapide. Fazi va nous faire poireauter quelques jours, le temps pour elle d'organiser sa fuite et de trouver le lieu idéal pour notre rendez-vous.

Francesca pivota sur sa chaise.

— Vous êtes persuadé qu'elle va accepter, n'est-ce pas ?

— Oh oui ! Dites-moi, vous lui écrivez souvent ?

Elle retourna sa lettre face contre le plateau du secrétaire, et la repoussa dans un coin.

— Pas aussi souvent que je le souhaiterais, dit-elle en rebouchant l'encrier.

Cordier se redressa.

— Désolé. Espionner est une seconde nature chez moi. Entre autres choses.

Il eut un sourire canaille, et elle faillit l'attraper par sa cravate pour l'embrasser jusqu'à lui faire perdre le souffle.

Cela aurait été une bonne façon de passer le temps et d'évacuer la tension. Car avec cette attente horripilante, sa nervosité augmentait à toute allure, même si elle faisait de son mieux pour paraître nonchalante.

— Vous comprenez mieux ces questions que moi, dit-elle en se levant, mais si j'étais à la place de Marta Fazi, je m'éclipserais. J'ai du mal à croire qu'elle prenne le risque de se faire prendre pour les beaux yeux d'Elphick, même s'il la paie grassement. Il faudrait être désespérée.

— Marta n'est pas désespérée, elle est folle. Elle n'a pas de limites, ne renonce jamais. C'est bien pour cela qu'ils l'ont engagée. Par trois fois, elle a essayé de s'emparer de ces lettres, et par trois fois, elle a échoué. Maintenant, c'est une question d'orgueil. Après tout le mal qu'elle s'est déjà donné, elle ne va sûrement pas laisser passer une telle occasion, même si elle soupçonne une entourloupe.

— Il faudrait qu'elle soit idiote pour ne rien suspecter !

— Elle est hardie et pleine de ressources. Elle doit l'être. Les hommes n'aiment pas être commandés par une femme, mais elle a toujours réussi à s'imposer comme meneuse.

— Mais pas cette fois, vous pensez.

— Elle n'a pas beaucoup de temps pour recruter. Elle ne parle pas le vénitien et fera avec les moyens du bord, c'est-à-dire Piero. La contrariété va la pousser à prendre des risques, mais la rendre aussi plus dangereuse.

Le regard bleu chercha le sien.

— Auriez-vous peur ? Il n'est pas trop tard pour faire marche arrière, vous savez. Je peux demander à Zeggio de jouer votre rôle et de se déguiser en femme, comme j'en avais eu l'idée à l'origine.

Il était assez tentant d'accepter. Mais...

— Et vous permettre de me ruiner une autre de mes robes ? répliqua-t-elle. Sûrement pas.

Bien sûr qu'elle avait peur. Mais il lui avait demandé de l'aider, d'être sa partenaire dans cette aventure et, pour elle, c'était un cadeau presque aussi mirifique qu'une rivière de diamants. Ou peut-être plus, puisqu'elle était assez bête et sentimentale pour accepter par amour d'affronter une folle.

— À propos de robe... commença-t-il.

Même si elle avait compris qu'elle risquait de passer la nuit à attendre un hypothétique message,

Francesca s'était habillée comme tous les soirs, comme si elle s'apprêtait à aller à l'opéra. Sa robe de mousseline de soie bleu canard était agrémentée d'une parure en perles. Elle avait posé sur ses cheveux une résille de perles.

Le regard de Cordier glissa jusqu'à ses pieds chaussés de mules en satin bleu, avant de remonter tranquillement sur sa gorge où luisaient les perles.

— Vous ne trouvez pas votre tenue un brin habillée pour un rendez-vous avec une tueuse ?

— C'est le soir, rétorqua-t-elle. Je veux être vêtue convenablement au cas où je serais obligée de sortir.

— « Convenablement » n'est pas le terme que j'emploierais. Si votre décolleté était un tout petit peu plus profond, je verrais votre nombril.

— Vous le connaissez déjà, non ?

Ils se regardèrent et une vague de désir submergea Francesca. La bouche sèche, elle suivit du bout de l'index le tracé arrondi du décolleté.

Les yeux bleus étincelèrent.

— D'un autre côté, dit-il, si c'est à mon intention que vous avez choisi cette toilette...

Il inclina la tête.

À cet instant, la porte s'ouvrit et Arnaldo fit son entrée, un plateau d'argent à la main.

— Un jeune garçon vient d'apporter ceci, madame.

Cordier se redressa vivement. Il n'y avait plus trace de désir sur ses traits tendus. Il était déjà sur le qui-vive.

— Un petit ruffian tout crotté, précisa le majordome. Il m'a remis ceci et s'est enfui à toutes jambes.

Il apporta le plateau à Francesca, qui s'empara du mot. Arnaldo s'inclina et disparut.

Les doigts tremblants, elle déplia le papier. Cordier lui effleura la main, et cela suffit à apaiser sa nervosité.

Les lettres, tracées d'une main malhabile sur le papier couvert de pâtés d'encre, disaient :
*23 heures ce soir. San Giacomo di Rialto. Pas de masque.*


Il y eut quelques instants de frénésie. Le message était arrivé peu après 22 heures, ce qui ne leur laissait guère de temps pour réfléchir, et encore moins de se préparer. Mais Francesca avait déjà réfléchi tout son saoul le jour où Cordier lui avait exposé son plan.

Elle n'eut qu'à entrer dans le salon pour prendre le paquet qui l'y attendait. Thérèse lui tendit sa cape du soir. Cinq minutes plus tard, Francesca et Cordier descendaient l'escalier, tandis que ce dernier répétait aux domestiques diverses instructions.

Peu après, ils étaient à bord de la gondole. Comme l'avait stipulé le message, ils ne portaient pas de masque, même si cela n'aurait étonné personne à Venise.

Une fois en route, quand Francesca fut certaine que Cordier ne la renverrait pas, elle sortit des plis de sa cape le paquet enveloppé de soie et orné de rubans bleus, qu'elle posa sur ses genoux.

— Qu'est-ce que c'est ? s'enquit-il.

— Un cadeau.

— Enveloppé de soie rose ? Il n'est pas pour moi, alors.

— Non. Il est pour elle.

L'espace de quelques secondes, Cordier ne dit mot. Il se contenta de fixer l'objet sur lequel reposait sa main gantée encerclée de bracelets.

Enfin il explosa :

— Avez-vous perdu l'esprit ? Un cadeau ? Pour Marta Fazi ?

— Un pot-de-vin, plus précisément.

— Un pot-de-vin ? Un *pot-de-vin* ? Vous êtes folle ! Savez-vous à qui vous avez affaire ?

Il était furieux et arborait la même expression farouche que le soir où il avait précipité la grande brute dans le canal.

— J'ai affaire à une femme qui veut me tuer, rétorqua-t-elle, placide, avant de répéter : Une *femme*.

— Vous ne connaissez rien à ce genre de femme ! Elle ne vous ressemble pas. Ce n'est pas Giulietta !

Il se tut, laissa passer quelques secondes, puis reprit d'une voix plus calme :

— Je reconnais la forme de cette boîte. Je sais ce qu'il y a à l'intérieur. Francesca, vous ne pouvez pas faire cela.

— Elle est venue chez moi. Elle a vu mes bijoux. Elle les a probablement eus entre les mains, mais elle les a laissés derrière elle. Elle n'a pris que les émeraudes.

— Marta est dingue d'émeraudes. Littéralement. Folle. Aliénée.

— C'est une *femme*, s'entêta Francesca. Renoncer à tous ces bijoux a dû lui demander un immense effort de volonté.

— Je vais m'arracher les cheveux, fit Cordier. Bon sang, quelle idée ai-je eue de vous mêler à cette histoire ? J'aurais dû me douter que vous y mettriez votre grain de sel...

— Vous avez dit qu'obtenir ces lettres était une question d'orgueil, à présent. On la paie pour cela. Mais si *moi* je lui offre plus ? Je ne peux croire qu'Elphick lu*i* ait donné une fraction de ce que vaut ceci, ajouta-t-elle en tapotant la boîte de forme oblongue.

— Justement, il ne va rien lui donner du tout. Elle est du côté des perdants, c'est tout ce qu'elle a besoin de savoir. C'est sa seule et unique chance de s'en tirer. Si j'étais parvenu à la coincer, je l'aurais fait, mais Piero a semé Zeggio dans Venise, et nous ne savons pas où elle se cache. C'est le seul moyen de l'amener en terrain découvert, et comme nous avons été pris de court, nous ne pouvons pas compter sur les forces de l'ordre pour surgir au moment opportun. *Maledizione!*

Il se carra contre le dossier de son siège, secoua la tête.

— Je pensais vraiment que nous aurions plus de temps devant nous. Voilà ce qui arrive quand on ne réfléchit plus avec sa tête. Voilà ce qui arrive quand un homme se laisse mener par le bout du nez. Si j'avais écouté mon instinct au lieu de suivre la voix de mon cœur...

— Oh, la, la, vous n'allez pas faire toute une histoire pour un malheureux collier!

— Je suis un voleur de bijoux! Imaginez-vous ce que je ressens à l'idée de vous voir donner cette rivière à Fazi?

— J'en ai une petite idée maintenant. J'ai l'impression d'être à l'opéra.

Il lui décocha ce regard furibond dont ses ancêtres italiens avaient dû crucifier leurs épouses importunes, juste avant de donner l'ordre de les étrangler ou de les empoisonner.

— Cela vous va bien d'être en colère, commenta-t-elle.

Il ferma les yeux, et elle songea : « Il va encore me jeter à l'eau. »

Mais il secoua la tête, se mit à rire, et Francesca expira l'air qu'elle avait retenu dans ses poumons.

— Vous êtes impossible, lâcha-t-il.

— Je vous ai prévenu il y a fort longtemps.

— Et vous êtes une idiote. Mais nous n'y pouvons rien. Moi aussi, je suis un idiot. J'étais si ébloui ce soir que j'ai été incapable de réfléchir. Ces maudites perles! J'aurais dû vous demander d'enlever cette parure. Vous ne devriez pas porter de bijoux.

— Une robe du soir sans bijoux ? Enfin, de quoi aurais-je l'air ? De plus, Marta penserait que j'ai peur.

— Mais ce n'est pas le cas.

— Vous plaisantez ? Bien sûr que j'ai peur. Quelle femme n'aurait pas peur à ma place ?

— Vous savez sacrément donner le change, alors.

Il s'empara d'une de ses mains et y déposa un baiser. Elle ne sentit pas le contact de ses lèvres à travers son gant, néanmoins ce geste la réconforta.

— Vous vous retrouvez dans ce genre de situation tout le temps, reprit-elle. Et bien pire, je parie. Vous n'avez jamais peur ?

— Si, parfois. Mais le plus souvent, je ressens de l'excitation.

— Et en ce moment ?

— J'aurais l'esprit plus tranquille si nous n'avions pas été pris au dépourvu et si j'étais sûr que Lurenze et ses soldats seront dans les parages. Mais tout l'intérêt était que nous soyons disponibles à tout moment. Fazi savait que nous n'aurions pas le temps d'ameuter la troupe et, de notre côté, nous savions qu'elle n'aurait pas le temps de rassembler des hommes.

C'était une véritable aventure, se dit Francesca. Au moins Cordier ne l'avait-il pas obligée à attendre chez elle en se rongeant les sangs. Elle serait bientôt au centre de la bataille, que l'issue soit bonne ou désastreuse. Son cœur battait à tout rompre, et ce n'était peut-être pas seulement sous l'effet de la peur. Peut-être était-elle excitée, elle aussi.

Cordier avait gardé sa main dans la sienne, il n'avait pas essayé de lui confisquer le paquet. Il n'y avait plus qu'à espérer que tout se déroulerait selon leurs vœux.

Comme il détournait la tête, elle suivit la direction de son regard et aperçut la silhouette du Rialto. Quelques instants plus tard, leur gondole passa sous le pont et approcha la *Riva del Vin*, le large trottoir qui courait le long du Grand Canal et accueillait l'un des marchés les plus connus.

La gondole s'immobilisa.

— C'est ici que nous descendons, annonça James.

# 17

> […] *les adieux*
> *Sous l'empire de noirs sentiments prophétiques,*
> *Avaient de part et d'autre été très-pathétiques.*
> *– Pour certains esprits forts, ces noirs pressentiments*
> *Sans cause ni raison, ne sont que des chimères.*
> *Moi, pour mon compte, bien que je ne puisse guère*
> *Les expliquer, j'y crois et même les comprends.*
> Lord BYRON, *Beppo*

San Giacomo di Rialto était une petite église ancienne mais modeste, située non loin du pont du Rialto. La place était flanquée d'arcades le long desquelles s'alignaient des échoppes où l'on vendait de l'or et de l'argent. Comme c'était souvent le cas, elle était dominée par la statue d'un personnage historique quelconque. Pour l'heure, James ne parvint pas à se souvenir de qui il s'agissait.

Le jour, il y avait foule sous les arcades et sur la place. On trouvait là des commerçants, des artistes, ou encore des étrangers en promenade. Mais à cette heure, les travailleurs étaient au lit et les privilégiés étaient au théâtre ou à l'opéra. L'endroit était donc désert.

Fazi avait bien choisi son heure.

Elle avait également choisi la bonne nuit. Le ciel était clair, et une demi-lune brillante baignait la place d'une lumière argentée. Malgré les recoins d'ombre qui persistaient çà et là, elle aurait eu tout autant de mal à cacher un gang de brigands que James en aurait eu à dissimuler une troupe de soldats.

Comme ils débouchaient sur la place, il leva les yeux vers le magnifique clocher… et fronça les sourcils, perplexe.

— Ne vous fiez pas à cette horloge, dit Francesca. Elle n'a jamais indiqué l'heure exacte depuis que le clocher a été érigé, il y a deux ou trois siècles.

— J'espère que Fazi le sait aussi.

Tout en marchant, il avait inspecté les environs, mais n'avait rien remarqué de suspect. Comme il l'avait dit à Francesca pour la rassurer, les probabilités pour qu'ils tombent dans une embuscade étaient minimes. Lui-même n'avait pas eu le temps de planifier une attaque, et il doutait fortement que, de son côté, Marta Fazi en ait eu l'occasion, ou même l'envie.

La situation actuelle lui convenait parfaitement, réfléchit-il. Leur confrontation était réduite à sa plus simple expression, tel un duel : deux personnages principaux, deux personnages secondaires.

Comme elle était facile à décrypter !

D'ailleurs, la plupart des femmes l'étaient selon lui. Là où d'autres hommes s'arrachaient les cheveux en s'interrogeant sans fin devant tant de complexité et de paradoxes, James ne voyait que de simples principes en action. Par le passé, il s'était servi de ces principes pour manipuler Fazi, comme il avait manipulé quantité d'autres femmes. Et naturellement, il avait cru pouvoir manœuvrer Francesca Bonnard de la même façon.

Cela avait été sa première erreur de calcul.

Il n'eut pas le temps de dresser la liste de celles qui avaient suivi, car il capta soudain un mouvement du côté du parvis de l'église.

L'instant d'après, Marta Fazi émergeait de l'ombre, Piero à ses côtés.

Elle s'avança jusqu'au centre de la place, ses longs cheveux bruns rassemblés en une lourde tresse retombant sur l'épaule. Sa mise était très simple. Pas de dentelles, pas de volants, pas de plumes.

Tout de suite, elle parut fascinée par la parure de perles qui ceignait la chevelure de Francesca. Un sourire moqueur se dessina sur ses lèvres. Son regard passa rapidement sur James, retourna à la parure, puis revint sur lui. Son sourire s'effaça d'un coup, une expression incrédule se peignit sur ses traits et elle s'arrêta net.

— Toi !

— Vous vous souvenez de moi ? Je suis flatté, rétorqua James.

— Moi aussi, je me souviens de vous, intervint Piero d'une voix grondante. Vous avez failli me casser le bras, en prison. Vous avez eu tort de venir. Vous auriez dû envoyer le prince à votre place. J'avais rien contre lui.

Fazi s'était ressaisie et avait retrouvé son sourire moqueur. Elle fit quelques pas en direction de James et de Francesca.

— Ainsi, c'est encore mieux que je ne l'espérais, dit-elle. Madame, vous avez quelque chose pour moi, pas vrai ? Des lettres, je crois. Ou est-ce que votre *cavalier servente* les porte pour vous, avec votre mouchoir et votre éventail ?

Ignorant le sarcasme, Francesca sortit le joli paquet des plis de sa cape.

— Je ne confierais pas quelque chose d'aussi précieux à cet individu, répondit-elle. Il serait tenté de s'enfuir avec.

Fazi ricana. Son regard noir se braqua sur James.

— Tu ne l'as donc pas embobinée comme tu m'as embobinée à Rome ? Mais peut-être que tu l'as déçue au lit ! Ta queue était peut-être trop fatiguée après avoir mignonné la moitié de l'Italie, cracha-t-elle, obscène.

— Oh, elle n'est jamais fatiguée, répliqua James. Elle s'ennuie parfois, mais elle n'est jamais fatiguée. Le seul souci, c'est que cette dame et moi n'étions pas d'accord à propos des lettres que votre ami anglais désire tant récupérer.

— Oui, il les désire, bien plus qu'il n'a jamais désiré sa femme, acquiesça Marta en parcourant Francesca d'un regard dédaigneux. Mais, voyez-vous, son père avait de l'argent et des amis influents, alors il l'a épousée quand même. Une fois qu'il a eu l'argent et les relations, il aurait pu la tuer, mais Dieu sait pourquoi, il a eu pitié d'elle et il s'est contenté de divorcer.

— Comme c'était magnanime de sa part, susurra Francesca.

— Je lui ai dit qu'il était trop gentil. Mais il vous a offert cette seconde chance, et vous en avez fait quoi ? Vous vous êtes rabattue sur celui-là, qui a l'âme plus fausse que n'importe qui. Le voleur et la putain. Ah, franchement vous faites une jolie paire !

James sentait que la situation était en train de déraper. Marta s'énervait, la crise n'était pas loin. Et il n'était pas sûr des réactions de Francesca.

Tout bien réfléchi, peut-être aurait-il dû lui expliquer de quelle manière il avait mené à bien sa dernière mission à Rome.

— *Vero*, dit-il d'un ton d'excuse. C'est vrai.

Mais Marta ne s'occupait plus de lui. Elle avait beau être en rage contre lui, c'était Francesca qui l'obsédait. Elle semblait décidée à la provoquer, pour la faire sortir de ses gonds ou l'amener à commettre une imprudence qui lui aurait donné un prétexte pour sortir son couteau.

James s'interdit pourtant de regarder Francesca ou de la mettre en garde. Pour le moment, elle demeurait imperturbable. Même si le ton ou l'attitude de Marta lui avaient déplu, elle n'en montrait rien. Il est vrai que c'était une excellente comédienne.

Marta, en revanche, ne savait pas jouer la comédie. La moindre de ses émotions transparaissait sur ses traits mobiles, et elle n'avait aucune retenue.

— Un fourbe et une putain, insista Marta, un sourire mauvais aux lèvres. Et vous avez renoncé à un prince pour celui-ci ? Je préférerais encore un mendiant borgne, un stupide estropié avec des verrues et des chancres ! Pour ce qui est des hommes, vous avez vraiment un goût de truie !

Il s'agissait là de la pire des insultes dans la bouche de Marta, et Francesca ne s'y trompa pas. Esquissant un froid sourire, elle se mit à jouer avec le triple rang de perles qui lui ceignait le cou.

— Je suis peut-être une truie, mais les hommes me couvrent de bijoux. Tandis que vous...

— J'avais des bijoux ! cria Marta. Des émeraudes. Ce traître ne vous a pas dit qu'il me les avait volées après m'avoir fait l'amour toute la nuit ?

— Je comprends maintenant pourquoi vous n'avez pas résisté à la tentation, l'autre soir, chez moi. Vous avez dérobé mes émeraudes pour remplacer celles que vous aviez perdues.

— Les miennes étaient plus belles !

— Plus grosses, précisa James. Une parure clinquante et vulgaire de qualité bien inférieure.

— Vulgaires ? répéta Marta dont les yeux étincelèrent dangereusement.

Il ne réussit pas à détourner son attention. Il ne l'intéressait visiblement pas. C'était Francesca qui la fascinait avec ses vêtements de prix et ses bijoux exceptionnels. Marta était bien plus jalouse de tout cela que d'un homme, un vague amant de passage.

Francesca agita la main avec dédain.

— Quelle importance ? dit-elle. Je ne suis pas venue pour comparer le contenu de nos cassettes respectives, savoir laquelle a les plus beaux bijoux, et laquelle est aux ordres d'un coureur de jupons sans scrupules.

James frémit en voyant Marta réagir à son geste méprisant. Ulcérée, celle-ci pointa son pouce vers son opulente poitrine.

— Votre Gianni vous a peut-être cocufiée à tour de bras, mais à *moi* il est fidèle ! fanfaronna-t-elle.

— Vraiment ? Vous le connaissez personnellement ?

Impuissant, James assistait à l'échange. Quel but poursuivait Francesca ? Essayait-elle délibérément de défier Marta ? Ou tentait-elle simplement de gagner du temps pour permettre à Lurenze et à ses hommes de les rejoindre ?

— Je le connais depuis très longtemps, crâna encore Marta. Des années. Je le connaissais avant qu'il vous épouse. Il a acheté une belle maison à Londres, rien que pour moi. Quand je vais là-bas lui rendre visite, il me donne tout ce que je lui demande. Et quand je lui rends service, il me récompense royalement. Quand j'ai des ennuis, il intervient. Mais j'ai déjà perdu trop de temps à vous parler. Donnez-moi les lettres.

— Il fait vraiment tout cela ? feignit de s'étonner Francesca d'une voix suave. Seigneur, quel homme actif ! Vous êtes quoi ? La maîtresse numéro cinquante-deux ? Quatre-vingt-sept ? Pas étonnant qu'il ait eu besoin d'épouser une femme riche !

— Je suis la première dans son cœur, la seule qui compte vraiment, riposta Marta.

— Johanna Ide sera surprise d'entendre cela. Mais elle est à Londres, avec lui. Elle ne le quitte pas d'un pas. Alors que vous, vous êtes ici, à Venise, recherchée par la police autrichienne.

Marta Fazi fut momentanément déstabilisée.

— Johanna Ide ? répéta-t-elle. Je ne connais pas ce nom.

— Bien sûr. Pourquoi vous aurait-il parlé de sa lady Macbeth ?

Marta s'était reprise et haussa le menton d'un air bravache.

— Je me fiche de savoir comment s'appellent toutes ces femmes. Ce ne sont que des catins, et les hommes doivent avoir leurs catins, comme vous le savez si bien. Mais assez jacassé. Les lettres, s'il vous plaît, ma belle dame.

— Mon Dieu, j'espère vraiment que vous n'êtes pas trop dépendante de mon ex-époux, parce qu'à l'avenir, il ne pourra plus grand-chose pour vous. La maison de Londres, les récompenses, sa protection contre la police... tout cela va prendre fin.

Marta plissa les paupières. La main qu'elle avait tendue pour se saisir des lettres retomba sur sa hanche droite, là où pendait son couteau.

James se raidit, prêt à parer une attaque.

— Oui, je suis vraiment désolée, poursuivit Francesca. Je n'ai jamais fait le trottoir, comme vous, aussi ai-je toujours été mal à l'aise à l'idée de rencontrer des gens en pleine nuit, sur une place déserte. Alors hier, je me suis rendue en gondole à San Lazzaro pour y remettre les lettres à un gentleman anglais. Ses collègues et lui sont déjà repartis pour l'Angleterre à l'heure qu'il est. Mais pas pour les remettre à votre cher Gianni. Par conséquent, je me permets de vous donner un conseil : à votre place, j'oublierais Elphick pour me dénicher un autre protecteur. Une belle femme comme vous, encore jeune, n'aura pas de mal à trouver mieux que ce traître qui vous exploite sans vergogne pendant qu'il entretient tout un harem en Angleterre.

Marta inclina la tête de côté. Elle écoutait les propos de Francesca et s'efforçait de démêler le faux du vrai. James avait une bonne idée de l'état d'esprit dans lequel elle se trouvait. Il aurait dû se douter que Francesca jouerait cette partie selon ses propres règles.

— Vous dites n'importe quoi, lâcha enfin Marta. Les lettres sont ici, dans ce paquet que vous avez apporté.

— Oh, vous voulez parler de ceci ? fit Francesca en levant ledit paquet. Eh bien, c'est assez cocasse, en fait. Voyez-vous, j'ai eu pitié de vous. Vous n'avez vraiment pas de chance avec les hommes. Vous vous donnez un mal de chien pour eux, et ils ne cessent de vous jouer des vilains tours.

Sans mot dire, Marta lui arracha le paquet de la main. Un homme aurait tranché les rubans, mais elle était assez femme pour se contenter de les dénouer. Son regard vola vers James, comme pour le garder en mémoire, tel un prédateur qui ne perd pas de vue son futur repas. Puis elle fourra le tissu d'emballage et les rubans dans son corsage, et ouvrit l'écrin.

À l'intérieur scintillait la parure de saphir que portait Francesca le soir où James l'avait vue pour la première fois.

Fazi poussa une exclamation étouffée.

James ravala un grognement consterné. Dire qu'une telle merveille allait finir dans la poche de Marta !

— Ces pierres sont à vous, déclara Francesca, très calme. Prenez-les et disparaissez avant qu'il ne soit trop tard.

James se décida à intervenir.

— Nous n'avons rien d'autre à vous offrir. Vous n'aurez jamais les lettres, et, dorénavant, Elphick ne pourra plus vous venir en aide. Si cela ne tenait qu'à moi, je ne vous donnerais que la corde pour vous pendre, mais cette dame pense – Dieu sait pourquoi – que vous méritez une compensation. Je vous assure que je ne partage pas son avis. Quoi qu'il en soit, si j'étais vous, je m'empresserais de déguerpir avant l'arrivée des soldats.

Marta recula d'un pas. Elle se détourna brusquement et murmura à Piero dans sa langue natale :

— Tue-les.

À peine avait-elle prononcé ces mots que l'homme dégainait son couteau.

— Avec plaisir, grogna-t-il avant de bondir en avant.

James poussa Francesca de côté, et agrippa au vol le poignet velu de Piero. Il pivota, collant son dos contre le torse de l'homme et, d'une torsion du bras, tenta de le désarmer.

Piero, moins grand mais robuste, s'agrippa au cou de James pour tenter de l'étrangler. James n'eut qu'à se pencher en avant pour le faire basculer par-dessus son épaule et le projeter à terre. Le crâne du misérable heurta le pavé dans un craquement sinistre, suivi du cliquetis du couteau qui rebondit sur la pierre, non loin de sa main ouverte.

Pantelant, James se redressa et jeta un regard circulaire.

Marta avait disparu.

Bon débarras.

Mais où donc était…

Il parcourut la place d'un regard frénétique, scrutant les moindres recoins. Personne. L'endroit était désert.

Il n'y avait plus que lui et l'homme inerte sur le sol.

James s'élança en courant. Au moment où il atteignait le pont du Rialto, il entendit un cri suivi d'un bruit d'éclaboussures.

— *Francesca !* rugit-il.


James courut le long de la *Riva del Vin*.

Un silence stupéfait avait suivi le cri, puis les gondoliers s'étaient mis à crier à leur tour. Il faisait très sombre dans cette zone, au pied des bâtiments, et James eut de la peine à distinguer leurs silhouettes. Il ralentit, le cœur battant.

Les gondoliers pointaient l'eau du doigt.

— Ici ! disait l'un.

— Non, là ! répliquait un autre.

Enfin retentit une voix féminine que James reconnut avec un ineffable soulagement.

— Là ! Vite ! Par ici. Vous ne voyez donc pas ?

— Non, *signora*. Il n'y a personne. C'est juste un morceau de bois.

James se précipita vers Francesca et la prit dans ses bras.

— Vous êtes saine et sauve ! *Dio del cielo*, vous m'avez flanqué une de ces peurs ! haleta-t-il en l'embrassant sur le haut du crâne. Vous n'avez rien, *cuore mio*.

Il la serra contre lui à la broyer. Elle se trémoussa dans ses bras.

— Cordier...

Il resserra son étreinte. C'était si bon de la sentir contre lui, tiède, vivante. Plus jamais il ne la laisserait s'éloigner.

— Cordier !

Il l'encerclait toujours de ses bras.

Elle lui écrasa le pied et il consentit enfin à la libérer.

— Cette femme, commença-t-elle.

« Cette femme ? Quelle femme ? » s'interrogea James.

Puis il se souvint. Il était tellement affolé qu'il en avait oublié Marta Fazi. Elle s'était enfuie... et Francesca l'avait poursuivie.

— Espèce de petite folle ! gronda-t-il en la saisissant aux épaules pour la secouer rudement. Ne recommencez jamais cela. *Jamais*, vous m'entendez ?

Francesca se dégagea d'une secousse.

— Quoi ? riposta-t-elle. Vous auriez préféré que je vous aide à terrasser le petit costaud ?

— J'aurais préféré que vous ne fassiez rien du tout au lieu de m'infliger cette frousse qui m'a sûrement fait vieillir de dix ans ! Elle aurait pu vous entraîner dans un coin sombre, vous sauter dessus et vous lacérer le visage à coups de couteau. Vous n'avez pas idée du plaisir qu'elle aurait pris à vous défigurer !

— Oh, que si, détrompez-vous ! Pauvre créature ignorante... même *elle* s'est laissé manipuler par Elphick comme une marionnette. Il a dû lui dire : « *Ma amo solo te, dolcezza mi.* » Et elle l'a cru !

« Je n'aime que toi, ma douce. »

James avait prononcé ces mots pour taquiner Francesca, le soir où elle avait été agressée à bord de sa gondole, alors qu'elle venait de lui lancer une bouteille à la figure.

— Tous les hommes disent cela, mais ils n'en pensent pas un mot, ajouta-t-elle.

— *Ma amo solo te, dolcezza mia*, murmura-t-il gravement. Et je le pense vraiment.

Elle le dévisagea longuement, et il sentit ses joues devenir brûlantes.

— Me diriez-vous la même chose si cette femme m'avait défigurée ? demanda-t-elle enfin.

La réponse évidente était sur le bout de sa langue : « Bien sûr que je vous dirais la même chose ! » Mais était-ce vrai ? Et pouvait-il prendre le risque de ne pas se montrer d'une honnêteté absolue, même si sa réponse n'était pas celle attendue ?

— Je n'en sais rien.

Elle écarquilla les yeux.

— Eh bien, voilà qui a le mérite d'être franc !

— Nous ne connaîtrons jamais la réponse, de toute façon.

Il jeta un regard en direction du canal où les gondoliers, aidés de quelques-uns de leurs collègues arrivés depuis, continuaient de fouiller les eaux noires.

— Je pense qu'elle sait nager, reprit James. Mais avec sa robe et ses jupons... je ne sais pas quelles chances elle a de s'en tirer. Ce n'est pas une petite voie intérieure, c'est le Grand Canal. Et la marée peut être forte, ici.

Ils demeurèrent silencieux un moment, observant les gondoliers qui poursuivaient leurs recherches tant bien que mal, la nuit étant devenue soudain plus sombre. James leva les yeux vers le ciel. Des nuages venaient d'obscurcir le croissant de lune.

— Je ne sais pas si je suis abattue ou soulagée, murmura Francesca. Cette fille est une vraie tigresse ! Et ces saphirs... ils coûtent les yeux de la tête.

James se retint de dire : « Si vous m'aviez écouté. »

— Je peux comprendre qu'elle était furieuse contre nous, poursuivit Francesca, mais pourquoi réagir de manière aussi stupide ? Si elle avait eu un brin de bon sens – sans parler d'éducation –, elle aurait dit « merci » et se serait éclipsée. Mais non. Je lui offre ma rivière de saphirs, et elle ordonne à son homme de main de nous tuer !

James n'eut pas le loisir de lui demander comment elle avait réussi à comprendre l'italien parlé par Marta, car Zeggio approchait, accompagné d'un autre gondolier.

— Nous avons demandé qu'on nous apporte d'autres lanternes, *signore*. Mais la lune s'est cachée et on n'y voit presque plus rien, maintenant. Elle peut s'être cachée n'importe où. Ou elle est peut-être au fond du canal ou la mer l'a déjà emportée. Mais ce gars, mon cousin, il vient de trouver quelque chose.

Le jeune gondolier qui escortait Zeggio tendit un coffret étroit à James.

— Zeggio m'a dit qu'il pensait que ça appartenait à la dame. J'espère que l'eau ne l'a pas trop abîmé.

James remit la boîte dégoulinante à Francesca.

— Voilà pourquoi vous lui avez couru après, je présume ?

Elle ouvrit l'écrin. Les saphirs étaient toujours là, cascade de pierres bleutées sur leur lit de velours.

— L'idiote, marmonna-t-elle. Elle n'a même pas eu l'idée de les porter.

— Vous vouliez récupérer vos saphirs, n'est-ce pas ? insista-t-il.

— Je ne sais pas vraiment, avoua-t-elle en refermant l'écrin. Peut-être. J'étais tellement hors de moi. J'avais envie de lui arracher les cheveux.

— J'espère que vous n'avez pas risqué votre vie – une fois de plus – pour ma modeste personne.

— Ne soyez pas grotesque. J'étais furieuse parce qu'elle nous a trompés. J'ai essayé de jouer franc jeu avec elle, de me montrer compréhensive... Et vous avez vu avec quelle ingratitude elle a répliqué ? Cela dit, ajouta-t-elle en plissant le front, maintenant que j'y réfléchis, qu'elle ait eu envie de vous tuer ne m'étonne pas. À sa place, j'aurais réagi de même.

À cet instant, James entendit des voix s'élever derrière lui. Il se retourna. Giulietta et Lurenze approchaient à pas pressés. Giulietta entoura Francesca de ses bras.

— Dieu merci tu n'as rien ! s'écria-t-elle. J'étais malade d'inquiétude.

— Crois-moi, j'ai eu très peur aussi, assura Francesca. Mais ça va, maintenant.

— Nous sommes venus aussi vite que possible, dit Lurenze. Mais nous arrivons trop tard. Tout est terminé n'est-ce pas ?

Francesca jeta un regard autour d'elle, sur les gondoliers qui s'activaient toujours. Puis elle baissa les yeux sur l'écrin qui renfermait les saphirs. Ces pierres qu'elle avait tenté d'offrir à une femme qui ne comprenait pas les gestes généreux.

Enfin, ses yeux se posèrent brièvement sur James.

— Oui, tout est terminé. Mais pourquoi cela brille-t-il autant ? s'étonna-t-elle.

Avant de s'effondrer doucement sur le sol.

# 18

> *Par exemple, les maris dont les moitiés se permettent de sauter à pieds joints par-dessus les obligations écrites de la femme, et d'enfreindre le...*
> *– pourriez-vous me dire le chiffre du commandement transgressé par ces dames (je l'ai oublié, et je pense qu'on ne doit jamais faire de citation qu'à bon escient).*
> Lord BYRON, *Don Juan, Chant I*

Tandis qu'elle revenait à elle dans la gondole de Lurenze, Francesca expliqua qu'elle s'était évanouie parce qu'elle n'avait pas l'habitude de courir. Par chance, il s'agissait de la gondole d'apparat, plus large et plus luxueuse que les autres embarcations, car elle servait d'ordinaire lors des cérémonies officielles. Ils n'eurent aucun mal à s'installer tous quatre à bord.

— Vous est-il arrivé de courir avec un corset ? demanda-t-elle à James. Mais suis-je bête ! Bien sûr que vous l'avez déjà fait. Seulement vous êtes un homme, et vous avez de plus gros poumons.

Il lui frictionnait les poignets.

— Vous n'auriez pas dû courir.

— Ne la grondez pas, intervint Giulietta. Elle a pris de grands risques pour vous. Elle a même essayé d'être gentille avec votre ancienne *amorosa*.

— Fazi n'est pas mon ancienne *amorosa* ! répliqua Cordier.

— En tout cas, vous lui avez fait grande impression, rétorqua Francesca. Elle a fait allusion, si je me souviens bien, à une nuit d'amour…

— Ma mission l'exigeait. Et si je lui ai fait si grande impression, c'est parce que je lui ai volé ses émeraudes. Qui, soit dit en passant, ne lui appartenaient pas. Elle les avait elle-même dérobées à leur légitime propriétaire.

— Et ladite propriétaire a-t-elle eu droit, elle aussi, à sa « nuit d'amour » ?

— Non, répliqua James entre ses dents. En l'occurrence, il s'agissait d'un homme. Ces bijoux provenaient d'un trésor royal, et ceux qui les avaient perdus étaient à même d'offrir une récompense de valeur à ceux auxquels j'étais associé. C'est tout ce que vous saurez de cette affaire.

— Ah, la politique ! fit Lurenze d'un air entendu. Je connais toutes ces choses. Je vous en prie, mesdames, ne vous montrez pas trop curieuses. Mais, monsieur Cordier, il faudra bien donner quelque explication au gouverneur. Il ne tardera pas à apprendre qu'il s'est passé des choses sur la *Riva del Vin*. Vous m'indiquerez quoi dire. Je ne voudrais pas commettre un impair.

— Pourquoi ne pas aller de ce pas au palais des Doges ? suggéra Cordier. Quelqu'un finira bien par réveiller le comte de Goetz pour le mettre au courant. Autant que ce soit nous. Quant à *vous*, ajouta-t-il en se tournant vers Francesca dont il tenait toujours la main, vous allez rentrer chez vous et me promettre de vous mettre tout de suite au lit.

— Je vous le promets. Je n'ai pas la force de me disputer avec vous. Je n'ai même pas la force de faire une allusion grivoise. Giulietta, ma chérie, peux-tu t'en charger à ma place s'il te plaît ?

Giulietta saisit la main libre de Francesca et la pressa contre sa joue en secouant la tête.

— Non, non. L'heure n'est pas à la plaisanterie. Je vois bien que tu es épuisée et choquée. Je resterai auprès de toi ce soir. Ces messieurs s'en iront de leur côté s'occuper de politique et de conspirations à leur guise. Personnellement, cela m'ennuie à mourir. J'aimerais manger un morceau, boire un verre et me reposer un peu. Je propose que nous nous installions dans ton salon, devant la cheminée, les pieds sur le guéridon, et que nous comptions les petits pénis au plafond. Cela te convient-il ?

— Voilà qui me paraît une occupation délicieuse, répondit Francesca.

— Et demain soir, quand nous serons de nouveau en pleine possession de nos moyens, nous irons à l'opéra.

— Excellent programme.

— Ces messieurs nous y rejoindront peut-être, s'ils promettent de ne pas nous assommer avec la politique ou la liste des femmes dont ils ont brisé le cœur.

Cordier voulut protester :

— Je n'ai jamais…

Mais Lurenze l'interrompit :

— Dites simplement : « C'est promis. » Acquiescer est plus simple.

— C'est promis, répondit Cordier docilement.

Francesca et Giulietta passèrent une soirée fort agréable. Plutôt que de rester confinées dans le *Putti Inferno* à compter les petits pénis de plâtre, elles se réfugièrent dans le boudoir de Francesca pour partager un dîner léger et une bouteille de vin tout en bavardant.

Quand enfin, la fatigue l'emportant, elles sentirent leurs paupières se fermer irrésistiblement, elles se pelotonnèrent dans le grand lit et continuèrent à échanger des confidences à mi-voix avant de sombrer dans un profond sommeil.

Comme le disait Giulietta, rien n'était plus normal que d'avoir un homme dans son lit. C'était même en général une fort bonne chose. Mais parfois, une femme avait envie d'être tranquille. Et parfois, elle ne désirait rien d'autre que la présence complice de sa meilleure amie.

La compagnie de Giulietta avait fait merveille sur l'anxiété de Francesca. À son amie, elle avait pu parler en toute liberté d'Elphick, de Marta Fazi, de la compassion étrange que cette dernière avait éveillée en elle. Car en vérité, elle la plaignait autant qu'elle la haïssait. Giulietta lui avait assuré qu'elle avait fait le bon choix en offrant ses saphirs à Marta, et Francesca s'était sentie réconfortée.

Oui, elle s'était conduite de manière honorable et avait fait preuve de générosité. Ce n'était pas sa faute si l'autre était trop bête pour apprécier son geste.

Giulietta avait aussi compris pourquoi elle s'était lancée aux trousses de Marta.

— Moi aussi, j'aurais eu envie de la rattraper pour la secouer jusqu'à ce que ses dents s'entrechoquent ! s'était-elle exclamée. Je lui aurais crié : « Comment peut-on être aussi stupide ? Risquer la pendaison ou la décapitation pour un *homme* ? Mais aucun homme ne vaut cela ! Tu n'as donc pas de cervelle ? » Et à sa place, sais-tu ce que j'aurais fait ? J'aurais pris les saphirs et j'aurais fait la révérence en disant : « Merci beaucoup, madame. C'est un magnifique cadeau. Et cet homme qui vous accompagne, maintenant que je le vois de près, je m'aperçois que je me suis trompée et que je ne l'ai jamais rencontré auparavant. Au revoir, madame. » Puis j'aurais ordonné à mon homme de main de ranger son couteau, et j'aurais ajouté : « Le climat de Venise est bien trop humide, partons, allons-nous-en le plus loin possible, là où il fait meilleur et où l'on parle une langue que je comprends. » Oui, voilà ce que j'aurais fait à sa place ! avait conclu Giulietta avec véhémence.

— Mais tu ne te retrouveras jamais dans une telle situation, avait objecté Francesca, parce que tu es maligne et que tu as bon cœur.

— N'empêche, nous ne devons pas oublier : c'est Dieu qui préside à nos destinées.

La philosophie de Giulietta avait rasséréné Francesca qui s'était sentie plus sereine qu'elle ne l'avait été depuis une éternité. Comme elle l'avait dit à Lurenze, tout était terminé.

Cette partie de longue haleine, tortueuse et perverse, qu'elle avait disputée contre lord Elphick était arrivée à son terme. Francesca avait tiré un trait sur le passé et se sentait enfin totalement guérie.

Elle ne s'était pas rendu compte qu'une vilaine épine était restée plantée dans son cœur si longtemps. Elle s'en apercevait aujourd'hui parce que l'épine avait disparu, et qu'elle respirait de nouveau librement.

Et pour ce qui était de Cordier…

— Celui-là, il faut le garder, avait conseillé Giulietta quand Francesca avait abordé la question. C'est un peu comme… tu sais, la comtesse de Benzoni et son dévoué Rangone. Celui-là t'est dévoué, je pense.

— Nous verrons bien, avait soupiré Francesca, avant de demander d'une voix ensommeillée : Et Lurenze ?

— Oh, il est délicieux ! avait répondu Giulietta en souriant rêveusement. Je crains qu'il ne se lasse de moi bien avant que je ne me lasse de lui. Mais je prends le pari en toute connaissance de cause.

Sur quoi, elle avait fermé ses beaux yeux de biche et s'était laissé happer par le sommeil.

Le lendemain après-midi, Francesca se rendit au *palazzo* de Magny. Ce dernier lui avait fait parvenir un message dans lequel il exigeait de savoir ce qui s'était passé, car, disait-il, les rumeurs les plus ridicules étaient parvenues jusqu'à ses oreilles.

Il ne fut guère heureux de son compte rendu. Francesca ne s'attendait du reste pas qu'il le fût.

Avait-on idée d'aller en pleine nuit sur une place déserte pour rencontrer une criminelle ? Une folle hystérique, à qui de surcroît elle avait offert des bijoux d'une valeur inestimable !

Quand elle lui avoua qu'elle avait poursuivi Marta jusque sur les bords du canal, Magny en resta quelques instants muet de fureur. Lorsqu'il recouvra enfin l'usage de la parole, ce fut pour exploser :

— Mais bonté divine, vous êtes devenue complètement folle ?

— J'étais en colère.

— C'est la goutte d'eau qui fait déborder le vase, Francesca. Dorénavant...

Il ne fut pas en mesure d'achever sa phrase, car un domestique venait de faire son entrée pour annoncer l'arrivée de M. Cordier qui sollicitait une entrevue avec M. le comte.

— Mais bien sûr, faites-le entrer ! lâcha Magny avec irritation.

Dès que le majordome fut sorti, il grommela :

— Je ne comprends rien à ces salamalecs. M. Cordier m'a fait envoyer un message ce matin en m'expliquant très solennellement qu'il souhaitait s'entretenir avec moi d'une question d'ordre privée.

Le comte quitta son siège pour s'approcher de son secrétaire.

— Tenez, voyez plutôt, dit-il en tendant à sa fille une luxueuse feuille de papier.

Francesca le rejoignit, s'empara de la missive qu'elle parcourut rapidement, celle-ci s'avérant plutôt brève.

— En effet, quel ton formel il emploie, remarqua-t-elle en arquant les sourcils.

— Je parie que cela a trait à mon identité d'emprunt, marmonna-t-il. Lord Quentin a dû poser quelques questions embarrassantes.

— *Signor* Cordier, annonça le majordome de retour dans la pièce.

Le domestique s'écarta pour livrer passage au visiteur. Cordier était encore plus élégant que de coutume dans sa redingote bleu marine, son gilet à petits pois et sa chemise à large col. Son pantalon blanc était maintenu en place sur ses bottes rutilantes par des éperons.

D'un geste désinvolte, Francesca laissa tomber la lettre sur le plateau du secrétaire.

Cordier la salua avec une politesse exagérée. Amusée, elle l'imita. Après un court échange de banalités, elle déclara :

— Je sais que vous devez discuter avec M. de Magny de quelque affaire privée. Je vous verrai plus tard. À *La Fenice*, peut-être ?

Elle se dirigea vers la porte, le frôla au passage en faisant bruire ses jupes contre son pantalon, et lui chuchota :

— Peut-être pourrez-vous remettre pour l'occasion votre livrée de valet ? Ce serait… excitant.

— Pourquoi pas, répondit-il sur le même ton, avant d'ajouter en haussant la voix : Il n'y a aucune raison pour que vous quittiez la pièce, madame Bonnard. Ce que j'ai à dire au comte de Magny vous concerne également.

La curiosité de Francesca s'éveilla. Si son père trouvait normal qu'elle lui raconte absolument tout de sa vie, en revanche, il ne se montrait guère bavard sur ses propres agissements. La meilleure preuve, c'était qu'il avait carrément omis de la prévenir qu'il n'était pas mort, comme elle l'avait longtemps cru. Il s'était borné à refaire son apparition un beau jour, à Paris, lui causant la frayeur de sa vie.

Cordier avait tourné son attention vers le comte.

— Monsieur, je ne vais pas vous faire languir davantage. Pour aller droit au but : je viens vous demander de bien vouloir m'accorder la main de votre… euh, de cette dame.

Francesca ouvrit stupidement la bouche.

Magny parut peut-être encore plus abasourdi. Il plaqua la main sur sa poitrine. Puis, d'une voix sourde, frémissante, il articula :

— Voilà qui me coupe le souffle, monsieur. Vous le voulez vraiment ? L'épouser, je veux dire ?

— Je ne vois pas d'alternative, répondit Cordier.

Francesca retrouva ses esprits, et l'usage de la parole.

— Pardonnez-moi, mais moi, j'en vois ! Vous épouser ?

— Oui, s'il vous plaît. Je suis terriblement amoureux de vous.

— Oui, je le sais… mais, le mariage ? Avez-vous perdu la tête ? Pourquoi gâcher une liaison qui, somme toute, se passe fort bien en m'épousant ?

— Parce que je ne veux que vous, ma douce.

— Sans doute, mais de mon côté, je ne suis pas sûre de souhaiter une relation aussi exclusive.

Son père leva les yeux au ciel.

— Enfin, Francesca, voici un homme qui désire faire de vous une honnête femme, en dépit de tout ce que vous avez…

— Mais je ne veux pas devenir une honnête femme ! le coupa-t-elle. Quand diable parviendrez-vous à vous fourrer cela dans la tête, tous autant que vous êtes ?

— Mon enfant, je ne veux que votre bonheur. Si je continue à m'inquiéter pour vous comme je le fais, je rejoindrai précocement la tombe. D'ailleurs, ce n'est pas une façon de parler à ses... hum... ses aînés.

— Dans ce cas je vais me taire, lança Francesca, avant de se précipiter hors de la pièce.

À sa grande déconvenue, Cordier ne se rua pas derrière elle.

Elle gagna le *portego* à vive allure, mais ne put s'empêcher de tendre l'oreille dans l'espoir d'entendre des pas résonner dans son dos. En vain. Quelques secondes plus tard, elle montait à bord de sa gondole.

Magny dévisageait James :
— Êtes-vous certain de vouloir l'épouser ?
— Oui.
— Je vous préviens, elle est impossible.
— Moi aussi. Et qui pourrait lui reprocher d'être quelque peu nerveuse sur la question du mariage après ce qu'elle a vécu ?

Magny détourna les yeux en direction de la porte par laquelle la jeune femme venait de disparaître de manière si théâtrale.

— Vous n'avez pas l'intention de lui courir après, de vous traîner à ses genoux, de lui jurer un amour éternel, et toutes ces fadaises révoltantes ? s'étonna-t-il.
— Non.
— Dans ce cas, que diriez-vous d'un verre ?
— Volontiers. Avec plaisir.

*Ce soir-là*

Installée dans la *felze*, Francesca lança un regard plein de ressentiment à la façade de la *Ca'* Munetti d'où aucun amant éploré n'était sorti pour la supplier de reconsidérer sa décision.

Le bougre.

Mais elle s'en moquait royalement, se dit-elle tandis que la gondole s'éloignait. Et elle avait bien l'intention de passer une soirée merveilleuse.

Dans l'après-midi, on lui avait livré une robe neuve, ce qui tombait à point nommé, car elle venait de perdre deux – ou était-ce trois ? – de ses plus belles toilettes, et ne pouvait s'en prendre qu'à elle-même. Quelle idée, aussi, de fréquenter un gredin tel que James Cordier ! Et dominateur, de surcroît.

L'épouser, non mais ! Il n'aurait plus manqué que cela.

Elle se rappela les vers délicieux que Byron lui avait adressés, extraits du troisième chant de *Don Juan* sur lequel il travaillait, et qui constituaient un vibrant plaidoyer contre le mariage et la monotonie conjugale.

Francesca était bien d'accord. Rien de tel que le mariage pour éteindre le brasier de la passion chez des amants ! songea-t-elle.

Et rien de tel que la jalousie pour ramener un homme dans le droit chemin.

La robe neuve était en crêpe de soie noire, bordée de satin noir et subtilement agrémentée de fils d'argent. Le décolleté était profond et plongeait en V jusqu'au milieu du dos. Comparée à ses autres toilettes, celle-ci pouvait paraître austère. Mais en fait, elle mettait magnifiquement en valeur sa parure de diamants, dont la pièce la plus remarquable était le collier constitué de gouttes cristallines scintillant de mille feux. Quant aux boucles d'oreilles en forme de girandoles, elles comptaient parmi ses favorites.

Elle s'imagina, radieuse et impériale dans sa loge tapissée de velours bleu nuit, flirtant avec chaque homme séduisant qui viendrait la saluer. Cela ferait les pieds à Cordier, lui qui était persuadé qu'elle allait lui tomber toute cuite dans le bec, trop heureuse qu'il condescende à faire d'elle sa femme !

Dire qu'il avait osé demander la permission de l'épouser à son père, comme si elle était encore une débutante à peine sortie de son pensionnat, incapable de décider par elle-même !

Comme si elle ne savait pas depuis longtemps que le mariage était la pire des choses qui puisse arriver à une femme !

Une silhouette apparut sur le *fondamenta* tout proche, au moment où la gondole s'apprêtait à bifurquer dans le canal perpendiculaire. L'homme était grand et...

Et sauta d'un bond à bord de la gondole qui se mit à tanguer. Uliva jura, imité par Dumini.

— Et que voulez-vous que je fasse ? leur lança en italien une voix grave on ne peut plus familière. Quand j'essaie de faire une demande dans les règles, chez son père, elle pique une crise et claque la porte. Ici, au moins, elle ne peut pas s'échapper !

Sur ces mots, Cordier pénétra dans la *felze*, referma le battant et se laissa choir sur la banquette, à côté de Francesca.

Le cœur tambourinant, elle tourna la tête vers la fenêtre.

— Superbes diamants, commenta-t-il, en anglais cette fois.

— C'est Nitot qui a créé cette parure.

Elle faisait allusion au célèbre joaillier qui avait travaillé pour la cour de France, des Bourbons aux Bonaparte.

— Certaines de ces pierres ont appartenu au roi Louis XIV lui-même, précisa-t-elle. La parure m'a été offerte par un *marchese* très beau et très spirituel, qui était complètement fou de moi.

— Je vois de qui vous parlez. Mais la famille de ma mère est plus ancienne et d'un sang plus noble. Au demeurant, ma mère vous accueillera bien plus chaleureusement que ne l'aurait fait la sienne. Je la connais, elle est très collet monté, et d'autant plus hautaine qu'elle vient de la haute bourgeoisie. Ma mère, en revanche, sera enchantée que j'aie trouvé une femme qui fasse preuve d'un goût aussi exquis en matière de bijoux. Elle ne se préoccupera pas des détails, à savoir comment vous les avez obtenus. Quant à moi, vous savez que je ne vous ferai jamais aucun reproche. Ce serait malvenu, dans la mesure où je me suis procuré des bijoux en employant les méthodes les plus discutables qui soient.

Le problème avec lui, c'était sa trop grande franchise. Une fripouille honnête, quel paradoxe! Elle se décida enfin à lui faire face. Il était vêtu d'une élégante veste de soirée noire. Seule une touche de blanc l'agrémentait aux poignets et au col. La canaille avait ôté son chapeau, et ses boucles sombres luisaient à la lumière de la lanterne qui éclairait la cabine. Il savait bien qu'il avait des cheveux magnifiques! Il n'ignorait pas qu'aucune femme ne pouvait le regarder sans avoir envie de glisser les doigts dans cette chevelure soyeuse.

Décidément, il était odieux.

— Cordier.

Il prit sa main dans la sienne. Heureusement, il portait des gants, et elle aussi. Sinon, elle n'aurait pas réussi à respirer normalement.

— Il est grand temps d'oublier le passé, dit-il. Nous en avons tous deux fini avec Elphick. Je n'aurais jamais pu me fixer et avoir une vie normale tant que mes camarades n'étaient pas vengés. C'est chose faite aujourd'hui. Et vous aurez également votre revanche. Et quand finalement toute la vérité jaillira, votre père sera lui aussi lavé de tout opprobre pour les escroqueries que seul Elphick a commises.

Baissant les yeux sur la main qui tenait la sienne, elle fronça les sourcils.

— Êtes-vous certain, absolument certain, que père n'a rien à se reprocher ? Parce que vous savez… il n'est pas totalement digne de confiance.

— Quoi qu'ait fait ou non votre père par ailleurs, c'est Elphick qui est à l'origine de cette vaste fraude. Il l'a lui-même élaborée et mise en œuvre.

— Mon père ne m'en a jamais parlé. C'était si finement conçu et les résultats ont été si spectaculaires qu'il était, je pense, un peu envieux et qu'il n'a pas voulu admettre s'être fait rouler, comme tout le monde.

— Peu importe. Ce chapitre est clos. Et j'aimerais que nous en commencions un autre.

— Moi aussi. Je sais que vous croyez bien faire en m'offrant le mariage, mais vous ne pouvez pas comprendre. Vous êtes un homme.

— Je sais. Je ne peux pas m'en empêcher.

— Vous ignorez ce que c'est pour une femme que d'être une épouse respectable. Jadis, j'ai cru qu'on pouvait être libre et mariée. Et puis, je suis venue sur le continent et j'ai abandonné toute idée de respectabilité. Les femmes mariées vivent dans un carcan doré sans même s'en rendre compte. Elles sont soumises à quantité de règles tacites. Il y a ce qui se fait et ce qui ne se fait pas. Et si jamais elles s'autorisent à enfreindre ces règles, elles doivent faire preuve d'une très grande discrétion. Elles doivent se cacher et se conduire en parfaites hypocrites.

— C'est l'Angleterre. Mais nous sommes en Italie. Votre père et moi avons établi un contrat de mariage à cent pour cent italien...

— Ma parole, seriez-vous devenus sourds tous les deux ? s'exclama-t-elle. Il me semble avoir décliné votre proposition. Seigneur, c'est tellement typique... cette arrogance des mâles qui...

— Ce contrat spécifie que je serai un *cavalier servente*, poursuivit-il comme si de rien n'était.

Lui lâchant la main, il entreprit d'ôter ses gants.

— Un chevalier servant. Il est impensable qu'une dame de haute naissance n'en ait pas un. Une femme doit avoir un mari, qui est souvent un raseur. Aussi, pour alléger cet état de fait, existe-t-il l'ami dévoué, qui l'escorte partout, satisfait au moindre de ses caprices, l'amuse, et peut être ou pas son amant.

Tout en parlant, il s'était débarrassé de ses gants. Elle fixa ses longs doigts nerveux, déglutit.

— Vous ne pouvez pas être à la fois mon mari et mon *cavalier servente*, objecta-t-elle.

— Certes, mais je me suis dit que si je parvenais à ne pas être un raseur, vous n'auriez nul besoin de *cavalier servente* ou d'amants superflus pour égayer votre existence.

Les longs doigts remontèrent le long de son bras et s'immiscèrent sous son étole pour trouver le haut de son long gant de soirée. Petit à petit, il retroussa la souple peau de chevreau jusqu'à l'endroit où cliquetaient ses bracelets.

Elle se surprit à trembler.

— Vous dites cela maintenant. Mais plus tard...

Le pire, c'est qu'en dépit de son expérience passée, en dépit de la raison raisonnante, elle le *croyait*. Mais peut-être qu'un homme qui avait des mains aussi belles et habiles pouvait faire gober n'importe quoi à la femme la plus sensée du monde.

— *Amor mio*, si j'échouais à vous rendre heureuse, je ne mériterais pas votre fidélité, dit-il en se penchant pour s'occuper de l'autre gant. Et si je ne pouvais me satisfaire d'une seule femme, alors qu'elle est ce que je désire le plus au monde...

— N'oubliez pas, je vous prie, que je suis ce que *tous* les hommes désirent le plus au monde.

— Je me garderai de l'oublier, soyez-en sûre. Si je ne peux être suprêmement heureux avec vous, si je ne peux me donner tout le mal possible pour faire votre bonheur, alors je mériterais de porter des cornes.

Le second gant venait de tomber à son tour sur ceux de Cordier. Ils formaient maintenant une petite pile sur la banquette.

— Vous marquez un point, concéda-t-elle.

— Laissez-moi continuer sur ma lancée.

Il lui frôla le cou, se mit à jouer avec le pendant de diamants à son oreille.

— Comme je l'ai expliqué à votre père, je ne suis peut-être pas l'aîné de ma fratrie, mais j'ai des états de service impeccables. Je devrais être à même de vous offrir le train de vie que vous affectionnez. Peut-être pas *exactement* le même, mais très proche.

Il lui embrassa l'oreille.

— Je ne suis pas avide, protesta-t-elle d'une voix enrouée. « Très proche » me suffit. Mais il faudra me rendre les péridots.

Il rit doucement contre son cou et son haleine lui picota la peau.

— Quoi ? Ces choses insignifiantes ?

— Ce sont les premiers bijoux que vous m'ayez presque donnés. Je les chéris pour des raisons sentimentales.

— Fort bien, je vous les rendrai. Alors, voulez-vous de moi, *tesoro mio* ?

Il l'embrassa dans le cou, à l'endroit précis qui la rendait folle, puis plus bas, sur sa clavicule.

Francesca était en train de se liquéfier. Du miel tiède coulait dans ses veines. Où aurait-elle trouvé la force de refuser? Elle avait déjà risqué sa vie plusieurs fois pour lui. Ne pouvait-elle parier sur l'avenir?

Elle se souvint de ce que lui avait dit Giulietta la veille, avant qu'elles ne s'endorment:

«Je prends le pari en toute connaissance de cause.»

L'amour n'était-il pas *toujours* un pari insensé sur l'avenir?

— Je réfléchis, le prévint-elle.

— Bien, au moins nous avançons.

L'attirant sur ses genoux, il entreprit de déposer une traînée de baisers le long de son décolleté.

— Êtes-vous sûr que vous ne regretterez pas plus tard de ne pas avoir épousé l'une de ces jeunes vierges en robe blanche? s'enquit-elle dans un chuchotement.

Il repoussa l'étoffe de sa robe et posa ses lèvres gourmandes à la naissance de son sein. Elle ne put retenir un petit cri.

— Les jeunes vierges, répéta-t-elle faiblement. Les clubs pour messieurs. La grande salle à manger d'apparat et ces tablées d'hommes qui échangent des grivoiseries. Hyde Park…

— Au diable tout cela! gronda-t-il.

Du bout de la langue, il taquina la pointe de son sein. Une sensation lancinante naquit au creux du ventre de Francesca, comme lorsqu'elle l'avait vu pour la première fois, alors qu'elle ignorait encore qui il était.

Ce n'était peut-être que du désir physique pour un homme séduisant.

Ou l'attirance puissante que l'on éprouve quand on rencontre l'âme sœur.

Elle n'avait pas envie de résister. Et pourtant elle avait… peur.

— Et votre famille ? jeta-t-elle avec désespoir. Les mères italiennes. Aucune femme n'est jamais assez bien pour leur précieux rejeton…

— Faites-moi confiance, chuchota-t-il en glissant les mains sur sa jupe. Vous lui plairez. Et je parie qu'elle dira que j'ai eu beaucoup de chance. Mais comment pouvez-vous parler de ma mère en un moment pareil ?

Elle n'avait aucune envie d'aborder ce genre de sujets. Mais il le fallait bien, avant qu'elle ne fonde littéralement. Sa propre mère était morte peu de temps après son mariage. Elle lui manquait beaucoup.

— J'aimerais… avoir des femmes pour amies.

Il avait glissé les mains sous sa jupe, sous son jupon. Une partie d'elle-même était déjà son esclave, assujettie à ces mains diaboliques qui distillaient un plaisir enivrant. Depuis combien de temps n'avaient-ils pas fait l'amour ?

Pourtant, une part d'elle-même pensait à ses anciens amis, à tous ceux qu'elle avait perdus à cette période si dramatique de sa vie.

— Giulietta, murmura-t-elle.

— Je sais.

Il releva la tête, plongea son regard dans le sien.

— Faites-moi confiance. Nous serons heureux. Fermez les volets.

Elle obéit, se tortilla tandis que ses mains remontaient jusqu'à ses jarretières. Elle se redressa alors et lui prit le visage entre ses mains pour l'approcher du sien.

— Vous êtes trop pressé. *Baciami*.

Riant, il obtempéra, l'embrassa, et elle goûta son rire sur ses lèvres tièdes. Lui aussi était un vil pécheur, comme elle. Et comme elle, il ne manifestait pas le moindre repentir. Il ne serait jamais tout à fait respectable. Il ne serait jamais collet monté. Il se moquait comme d'une guigne qu'elle était une courtisane, et ne verrait pas d'inconvénient à ce que sa meilleure amie le soit.

Avec cet homme-là, elle pourrait être heureuse.

Il avait le pouvoir de lui tourner la tête d'un seul long baiser enfiévré.

Fébrile, elle déboutonna son pantalon et s'empara de son sexe rigide. Il frémit de tout son être.

— Qui est trop pressée à présent ? dit-il d'une voix rauque.

— Nous sommes presque arrivés à l'opéra.

Elle commença à le caresser, fit aller et venir sa main le long de sa virilité. Mais elle n'avait pas la patience de le taquiner plus longtemps. Il souleva ses jupes et elle écarta les jambes.

Comme il la caressait à son tour, elle souffla :

— Oui. Oui, maintenant !

Elle noua les bras autour de son cou, le gratifia d'un baiser ardent, éperdu, tandis qu'il s'insinuait en elle.

Une explosion de chaleur lui embrasa le ventre, mélange de plaisir, de joie, de possessivité. Elle renonça à penser, renonça à sa précieuse maîtrise d'elle-même pour s'abandonner aux sensations.

Oui. Celui-ci – cet homme –, elle allait le garder.

Aussi se cramponna-t-elle à lui, pendant que leurs deux corps unis vibraient à l'unisson, au rythme de leurs cœurs affolés. Elle l'embrassait, riait sous la montée du plaisir. Un premier orgasme l'emporta, puis un autre, et encore un autre à l'instant où lui-même atteignait à son tour l'extase.

Ensemble, ils chevauchèrent cette ultime vague, vécurent ce moment magique, avant que celui-ci ne se dissolve dans un océan de pur bonheur.

Dehors, Uliva et Dumini avaient remarqué que les volets de la *felze* avaient été fermés bien que la nuit soit étonnamment tiède pour la saison, et que les quelques nuages qui flottaient dans le ciel n'aient rien de menaçants.

Les deux gondoliers échangèrent un coup d'œil entendu, puis, sans un mot, entreprirent de faire un long détour.

# Épilogue

*Toutes les tragédies se terminent par une mort ;*
*toutes les comédies finissent par un mariage ;*
Lord BYRON, *Don Juan, Chant III*

Le scandale qui entoura le procès de lord Elphick se révéla plus retentissant encore que celui soulevé par son divorce. Les gazettes s'étendirent à longueur d'articles sur les détails juridiques. M. Cruikshank et bien d'autres illustrateurs régalèrent les lecteurs de dessins satiriques : lord Elphick embrassant le postérieur de Napoléon ; lord Elphick en état d'ébriété avancée, entouré de femmes vulgaires se livrant à des libations orgiaques ; la tête de lord Elphick sous la forme d'un champignon vénéneux qui poussait sur un tas de fumier ; lord Elphick déféquant sur la carte de son pays ; lord Elphick dérobant de la nourriture à des soldats affamés...

Et ces caricatures comptaient parmi les plus clémentes.

Chaque jour, alors qu'on emmenait Sa Seigneurie à Westminster pour qu'il assiste au procès, la foule bombardait sa voiture de cadavres d'animaux ou d'excréments, les fruits et les légumes pourris ne suffisant pas à exprimer le dégoût que ce traître à la patrie inspirait aux loyaux sujets de Sa Majesté.

Le procès fut interminable, plus long encore que celui de la reine Caroline, et beaucoup plus sordide. À la fin, personne ne fut surpris qu'Elphick soit déclaré coupable.

Néanmoins il parvint à doubler la justice. La veille de la date choisie pour son exécution, on le trouva en train de se tordre de douleur sur le sol de sa cellule. On lui avait confisqué rasoir, couteau, et même ses bretelles pour parer à toute tentative de suicide, mais ces précautions se révélèrent insuffisantes. D'une manière ou d'une autre, il avait réussi à se procurer une dose de poison qu'il avait avalée.

Il était encore en vie lorsqu'on le découvrit, mais il était trop tard. Rien ne put être fait et il mourut quelques heures plus tard, au terme d'atroces souffrances.

À en juger par les symptômes décrits dans un article de presse envoyé par l'une des sœurs de James, il s'agissait d'arsenic. James subodorait également que cette mort n'avait de suicide que le nom.

— S'il a réussi à se procurer du poison, il aurait tout aussi bien pu obtenir un rasoir ou un pistolet, dit-il à Francesca. Et de tous les poisons, choisir l'arsenic… Il est très difficile de déterminer la bonne dose. Je parie que c'est là l'œuvre d'une femme. Ce n'est pas bien compliqué d'empoisonner un prisonnier.

— Même quand il est surveillé de près ? s'étonna Francesca. Comment vous y prendriez-vous ?

— Je ne vais pas vous le dire, mon ange. Si d'aventure vous décidez de m'empoisonner, vous devrez vous débrouiller par vous-même, comme le veut la tradition chez mes ancêtres italiens.

— Je ne chercherai pas à deviner qui a bien pu l'empoisonner. Cela pourrait être n'importe laquelle des centaines de personnes qu'il a utilisées et a busées…

— L'une de celles qui ne se sont pas enfuies lorsque le scandale a éclaté.

— Sa chère Johanna n'a pas attendu aussi longtemps. Elle avait déguerpi avant même que lord Quentin n'atteigne Londres.

Peu de temps après cette conversation, les lettres se mirent à arriver.

Lord Byron avait déjà écrit un petit mot plein de jubilation à Francesca : *Au moins l'un de nous est innocenté*. Il y avait adjoint un court poème composé pour l'occasion, qui incluait plusieurs sous-entendus coquins concernant son second mari.

Lord Quentin avait écrit, lui aussi, afin de les maintenir au courant du déroulement de l'affaire à Londres, et pour remercier Francesca de les avoir aidés à boucler un dossier délicat.

Puis, à la grande stupeur de la jeune femme, des lettres d'anciens amis et de vieilles connaissances commencèrent à affluer. Certains la remerciaient, beaucoup lui présentaient leurs plus plates excuses.

Le plus stupéfiant fut la lettre que le roi leur adressa à tous deux. Dépêchée par porteur spécial, elle arriva tard un jour de février, longtemps après que les domestiques avaient apporté le courrier.

Ce soir-là, James et Francesca attendaient des visiteurs : Giulietta et Lurenze devaient les rejoindre pour dîner, avant qu'ils aillent tous ensemble à l'opéra.

James se prélassait sur le canapé d'où il étudiait les *putti*. Quand ils avaient discuté de l'endroit où ils vivraient une fois mariés, il avait suggéré le *palazzo* Neroni, arguant qu'il portait aux angelots dénudés un attachement sentimental croissant.

La lettre à la main, Francesca vint s'asseoir près de lui. Il se redressa, tendit le cou afin de lire par-dessus son épaule.

Entre autres choses, Sa Majesté remerciait la jeune femme pour avoir risqué sa vie dans l'intérêt de son pays.

Ils poursuivirent leur lecture dans un silence confondu, puis James observa :

— Vous ne vous attendiez pas à cela, pas vrai ? Quand vous vous êtes jetée dans le canal, quand vous avez pourchassé Marta Fazi, vous n'aviez pas conscience de servir votre patrie, avouez-le ?

— C'est très noble de la part de lord Quentin de me faire passer pour une héroïne. Mais la vérité, c'est que j'étais seulement stupidement amoureuse.

— C'était très noble de votre part d'être stupide. Stupide, mais très noble.

Elle passa à la page suivante de la missive et reprit sa lecture.

— Dieu du ciel ! s'exclama-t-elle.

— *Santo Cielo !* s'écria James simultanément.

— C'est ridicule ! Qu'est-ce qui leur a pris ?

— Lord et lady Delcaire. Qu'en dites-vous, mon cœur ? Cela sonne bien. Nous allons être anoblis... pour service rendu à la nation, rien que ça.

— *Vous* allez être anobli, corrigea-t-elle. Moi, je ne fais que suivre, telle une vulgaire valise.

— La plus jolie des valises.

— Et moi qui commençais tout juste à m'habituer à ce qu'on m'appelle Mme Cordier.

— Il y a plusieurs Mme Cordier, *mia cara*. Et d'autres viendront, sans aucun doute. Songez un peu : en tant que lady Delcaire, vous porterez bientôt une couronne à perles d'argent et un manteau bordé d'hermine.

— Et rien en dessous, ajouta-t-elle après un court temps de réflexion.

— Excellente idée ! Ce que j'adore chez vous, entre autres, mon ange, c'est votre sens inné de la mode.

— Mais nous devrons aller à Londres, n'est-ce pas ?

— Ce serait la moindre des choses. Cela vous ennuie ? Nous ne sommes pas obligés d'y résider de manière permanente. Quelques mois suffiront sans doute. Nous pourrions passer la Saison là-bas.

— Comment cela pourrait-il m'ennuyer ? Mes amis m'ont implorée de leur accorder mon pardon. Mon mari vient de recevoir un titre en remerciement pour ses hauts faits. Nous passerons la Saison à Londres et nous donnerons des réceptions. Ce sera parfait.

La lettre lui échappa des mains tandis qu'elle échafaudait déjà mille projets heureux.

— Un grand dîner, pour commencer. Je me demande si Giulietta et Lurenze se laisseraient convaincre de venir à Londres ? Pourquoi pas ? S'il fait d'elle une comtesse ou une archiduchesse, personne n'osera la regarder de haut. Lurenze est prince, il a le droit de faire ce qu'il veut. Oh oui, c'est une bonne idée !

Pendant quelques secondes, il contempla son beau visage exotique qui irradiait de bonheur. Il l'aimait pour d'innombrables raisons, mais son exubérance était sans doute ce qu'il chérissait le plus chez elle.

— Approchez, lui dit-il en se poussant pour lui permettre de se pelotonner contre lui. Je n'ai encore jamais embrassé une lady Delcaire.

— Certainement pas ! protesta-t-elle, un éclair de malice dans les yeux. Vous froisseriez ma robe.

— C'était bien mon intention.

— Mais nous attendons de la visite, lui rappela-t-elle.

— Lurenze et Giulietta ? Oh, ils seront horrifiés, c'est sûr. Allons venez ici, chère petite valise. Je veux juste un baiser... et peut-être quelques privautés conjugales.

Riant, elle finit par céder et coula son corps souple contre le sien. Il lui prit le menton, posa sur ses lèvres un tendre baiser, tandis qu'elle lui répondait avec la même douceur, les doigts enfouis dans ses cheveux.

Quand enfin ils s'écartèrent, il plongea le regard dans les deux lacs verts de ses yeux et songea qu'il s'y noierait avec plaisir.

— Quand partons-nous pour Londres ? demanda-t-elle.

— Quand vous le déciderez. D'ici quinze jours ? Combien de temps faut-il à une femme pour faire ses bagages ?

— Quinze jours, cela me paraît suffisant, acquiesça-t-elle.

— Bien sûr, nous reviendrons vite. Je ne supporterai pas de rester longtemps éloigné des enfants !

Elle leva les yeux pour contempler le plafond, et sourit.

— Ils sont tellement ridicules ! Mais attachants, j'en conviens.

— C'est peut-être pour cela qu'on leur confie des documents...

Il s'interrompit alors que sa main s'égarait dans le décolleté de sa femme.

— Ce qui me rappelle, reprit-il : lorsque nous serons à Londres, il ne faudra dire à personne où vous aviez caché ces lettres.

Francesca, qui avait fermé les yeux pour mieux goûter ses caresses, les rouvrit brusquement.

— Vous ne l'avez pas dit à lord Quentin ? Il ne vous a pas posé de questions ?

Elle était restée à bord de la gondole ce jour-là – quand James avait retrouvé lord Quentin à San Lazzaro pour lui remettre les lettres.

— En de telles circonstances, nous n'avons pas pour habitude d'avoir de longues discussions, expliqua-t-il. Je lui ai donné le paquet et il a juste dit :

« Eh bien, il était sacrément temps ! » Puis il a tourné les talons et s'en est allé.

— Si c'est tout ce qu'il a dit en guise de remerciements, il ne mérite pas d'en savoir plus.

— De toute façon, je ne lui aurais rien révélé s'il m'avait interrogé. Qui sait ? J'aurai peut-être un jour besoin d'utiliser cette cachette, dit-il avant de concentrer toute son attention sur les seins de sa femme.

— Je croyais que vous aviez pris votre retraite des Services Secrets.

— Je l'ai prise, en effet, opina-t-il. Même si c'était finalement diablement excitant de vous avoir pour partenaire dans le crime. Ou plutôt *contre* le crime.

— Vous m'avez pourtant dit que vos activités vous procuraient des sensations fortes, non ?

— Quand je suis arrivé à Venise, cela ne m'amusait plus du tout. J'avais eu mon comptant de sensations fortes, j'étais blasé, usé. Mais j'ai cessé de m'ennuyer dès que je vous ai rencontrée. Et l'affrontement avec Marta Fazi a sans doute été l'expérience la plus effrayante de ma vie.

Francesca se renfonça contre les coussins du canapé et, levant la main, lui caressa doucement le visage.

— C'était bel et bien excitant, en tout cas, murmura-t-elle.

Il tourna à demi la tête pour lui embrasser la paume.

— Vous êtes si imprévisible… C'est cela qui était excitant. D'où ce grand frisson comme je n'en avais pas goûté depuis une éternité – le frisson de la terreur pure, précisa-t-il. Non, tout bien réfléchi, être marié avec vous devrait me suffire en matière de sensations fortes. Mais qu'importe. Gardons pour nous le secret des *putti*, d'accord ?

— *Si, eccellenza*, acquiesça-t-elle en traçant du bout de l'index le contour de ses lèvres.

Il rit, et elle laissa retomber sa main.

— Quoi ? Ne donne-t-on pas du « *eccellenza* » à tous les aristocrates ?

— C'est votre accent. Tellement anglais.

— Le *marchese* le trouvait charmant.

— Il est absolument délicieux. Vous êtes délicieuse. Oubliez le *marchese*.

Les petits démons dansaient de nouveau parmi les taches d'or qui illuminaient son regard vert.

— Je ne suis pas sûre de le pouvoir, avoua-t-elle. J'aurais peut-être besoin d'une… diversion.

Laissant sa main courir sur les courbes pulpeuses, il répondit :

— Fort bien, lady Delcaire. Voyons un peu comment je puis vous distraire…

**9213**

*Composition*
CHESTEROC LTD

*Achevé d'imprimer en Italie
par GRAFICA VENETA
le 7 mars 2010.*

Dépôt légal mars 2010.
EAN 9782290018132

**ÉDITIONS J'AI LU**
87, quai Panhard-et-Levassor, 75013 Paris

*Diffusion France et étranger : Flammarion*